Mujeres
de la Biblia...
ligeramente
malas

Mujeres *de la* Biblia... ligeramente malas

Mujeres imperfectas amadas

por un Dios perfecto.

Liz Curtis Higgs

La misión de Editorial Vida es ser la compañía líder en comunicación cristiana que satisfaga las necesidades de las personas, con recursos cuyo contenido glorifique a Jesucristo y promueva principios bíblicos.

MUJERES DE LA BIBLIA... LIGERAMENTE MALAS
Edición en español publicada por
Editorial Vida – 2009
Miami, Florida

©**2009 por Editorial Vida**

Originally published in the USA under the title:
    Slightly Bad Girls of the Bibles
    ©*2007 by Liz Curtis Higgs*
Published by WaterBrook Press
12265 Oracle Boulevard, Suite 200 Colorado Springs, Colorado 80921
A division of Random House Inc.
This translation published by arrangement with WaterBrook Press, a division of Random House, Inc. All rights reserved.

Traducción: *Marcela Robaina*
Edición: *Wendy Bello*
Diseño interior: *Cathy Spee*
Diseño de cubierta: *Base Creativa*

ISBN: 978-0-8297-5510-7

CATEGORÍA: Estudios biblicos/General

IMPRESO EN ESTADOS UNIDOS DE AMÉRICA
PRINTED IN THE UNITED STATES OF AMERICA

09 10 11 12 ❖ 6 5 4 3 2 1

«Liz Higgs, la popular relatora de cuentos, echa una mirada a las vampiresas y descarriadas de la Biblia en busca de lecciones que podamos aprender de estas mujeres malvadas. Higgs vuelve a contar estas historias bíblicas con humor juguetón e ideas profundas, mientras enseña acerca de la naturaleza del pecado y la bondad».
PUBLISHERS WEEKLY

«*Mujeres de la Biblia...ligeramente malas* no solo es una lectura divertida, sino que también está lleno de sinceras advertencias en cuanto a decisiones cuestionables y de un estímulo sincero a seguir el camino de Dios, por nuestro propio bien».
GLORIA GAITHER
AUTORA, CONFERENCISTA Y CANTAUTORA

«Liz Curtis Higgs descubre nuevos campos con un método refrescante y emocionante para el estudio de las mujeres de la Biblia. Las mujeres buenas, las malas y las no tan malas se tornan transparentes a medida que nosotras, quizá por primera vez, comenzamos realmente a conocerlas y comprenderlas. Felicitaciones».
JERE CARLSON
COLLEGE AVENUE BAPTIST CHURCH, SAN DIEGO,
CALIFORNIA

«Liz toma el mensaje evangélico, con humildad y humor, y lo presenta a través de un lente que cualquiera puede observar. Un logro verdaderamente notable».
RELIGIONS & ETHICS NEWS WEEKLY

«¡Me encantan los libros de Liz! Ella es capaz de entretener mientras enseña y me deja con temas de reflexión por mucho tiempo. Sus ideas son frescas y emocionantes, y atraerán a los lectores a la lectura de la Palabra de Dios».
FRANCINE RIVERS
AFAMADA ESCRITORA, AUTORA DE *REDEEMING LOVE*

«En el curso de los años nos cansamos de tantas historias sobre las mujeres de Biblia. Pero en esta ocasión ellas se nos presentan en un estilo fresco y vibrante; cobran vida no como mujeres santas e inmaculadas sino como mujeres de verdad».

SIMONE MONROE
PRIMERA IGLESIA BAUTISTA DE DALLAS, TEXAS

«Todo lo que Liz Curtis Higgs toca se convierte en fuente de humor y de estímulo. Higgs conecta a cada una de sus Mujeres Malas con sus lectoras. Una mirada refrescante a personajes bíblicos que no se ve mucho».

CHURCH & SYNAGOGE LIBRARIES

«¡Liz volvió a hacerlo! Ella comprende el corazón y las circunstancias de una mujer de Magdala y la transporta al siglo veintiuno. Esto traerá mucha esperanza y promesa a muchas mujeres que no pueden comprender cuán preciosas son para Dios».

KAY ARTHUR
AFAMADA ESCRITORA, AUTORA DE *LORD, I WANT TO KNOW YOU*

«Me encantó el realismo práctico. En vez de dar una sensación casi artificiales, *Mujeres de la Biblia... ligeramente malas* presenta aplicaciones prácticas nuevas, relevantes e interesantes».

BECKY MOLTUMY
BROOKSIDE CHURCH, OMAHA, NEBRASKA

«Higgs es una escritora excelente. Nos invita a pensar en la "maldad" no como algo "externo" sino como algo que tenemos dentro. La clave, huelga decir, está en sacar la lección debida de estos malos ejemplos. Y Higgs lo hace de manera espléndida».

DESERET NEWS

Para Laura Barker,

Mi talentosa editora en WaterBrook Press y una de las auténticas Mujeres Buenas. Tu paciencia, cariño y apoyo me ayudaron a perseverar en mi escritorio, durante varias largas noches.

Bendita tú eres por los empujoncitos que me diste, sin intimidación; por hacerme sugerencias sin insistir, y por preocuparte tanto como yo por la terminación de estas páginas. (Con un énfasis especial en la palabra *terminación*.)

¡Sí, lo logramos, hermana!
Gracias a ti.

Contenido

Introducción

AFÁN DE CONTROL

*Que se muevan solo las marionetas, yo tengo
mi deseo.*
CHARLES CHURCHILL

Dora se quedó observando la pila de cartas que su esposo llevaba en la mano, todavía con los guantes puestos, mientras se sacudía la nieve que mojaba sus zapatos.

—¿Alguna cosa interesante? —preguntó, intentando sonar despreocupada.

Él le entregó el botín diario que había retirado de su buzón.

—Míralo tú misma.

Dora separó rápidamente las tarjetas navideñas atrasadas con los sobres inflados por las cartas con orgullosas noticias de la familia. El próximo año, *ella* tal vez tendría algo de qué alardear. Si todo salía bien, Máximo, su hijo, ingresaría a una de las mejores universidades cristianas del país. Es decir, *si* ...

Con un leve suspiro dejó caer el resto de las cartas sobre la mesa de la cocina al encontrar lo que realmente importaba: un sobre blanco, alargado, con el conocido logo azul en una de sus esquinas. *Sí.* La universidad había prometido hacerles saber su decisión antes del 31 de diciembre. La carta había llegado dos días antes; lo que era, sin duda, una buena señal.

Tomó el sobre en sus manos, procurando calcular cuántas hojas habría dentro. Era pesado. Entonces no podía limitarse a una carta de rechazo cuidadosamente redactada.

Dora sonrió, disfrutando el momento. Era obvio que sus oraciones habían sido contestadas. Era el resultado de meses de ardua labor, de visitar a diferentes campus universitarios, de completar formularios por Internet, de solicitar cartas de referencia, de corregir y enviar ensayos y transcripciones. Ella misma había redactado la carta adjuntando la solicitud de ingreso. Se había asegurado de que todo estuviera bien presentado. Máximo no parecía estar muy interesado, y ella tenía talento para estas cosas, ¿no es cierto?

El esposo, mirando por encima de su hombro, le comentó:

—Parece que hemos tenido noticias de tu universidad preferida.

Dora se encogió de hombros, la tierna broma de su esposo no le molestaba. ¿Acaso ella no tenía derecho a opinar sobre dónde tendría que pasar su hijo los siguientes cuatro años de su vida? Es verdad, ya lo habían aceptado en otras universidades, pero *esta* era la que realmente importaba. Esta universidad tenía una política de ingreso mucho más selectiva y una lista de egresados mucho más notable.

Y el campus … Ah, ¡qué *campus*! Era tan elegante como el de cualquier universidad prestigiosa, con sus majestuosos edificios de ladrillo y sus jardines impecables. En octubre había caminado por los senderos bien pavimentados, imaginándose que *ella* era la que estudiaría allí: asistiría a las clases en sus aulas bien equipadas, aprendería con los mejores y más brillantes pensadores, conocería a estudiantes de todas partes del mundo.

De regreso a casa, Máximo la había reprendido: «Mamá, ¿por qué no pides *tú* que te acepten?». Le pareció percibir un dejo de frustración en la voz de su hijo. ¿Se habría excedido? ¿Habría alabado a la universidad con demasiado entusiasmo? Tal vez la entrevista de tú a tú con la consejera de admisiones había sido una exageración; pero la joven mujer se había ofrecido a responder las preguntas de los estudiantes interesados. ¿Qué importaba que la madre planteara las dudas mientras su hijo examinaba la librería de la universidad?

Su esposo interrumpió sus pensamientos, mientras colocaba su abrigo húmedo sobre el respaldo de una de las sillas de la cocina:

—Por supuesto que *esperarás* hasta que Máximo llegue a casa para abrir ese sobre.

La firmeza de sus palabras la exasperaba.

—Por supuesto —Dora recostó el sobre contra el servilletero, en un lugar bien visible—. No es mi costumbre leer cartas ajenas.

Cuando una hora más tarde Máximo finalmente llegó a su casa, ella tomó el sobre y se lo mostró:

—Mira lo que llegó.

Su hijo lo abrió sin hacer ningún comentario, luego suspiró y se lo entregó a su madre.

—Ahí tienes, mamá.

Dora leyó las primeras tres palabras: *¡Felicitaciones! Su solicitud …* y dejó escapar un grito de alegría.

—Máximo, ¡estoy tan orgullosa de ti! Todos estamos orgullosos de ti —agregó sin demora al ver de reojo a su marido y a su hija.

Máximo asintió con la cabeza y luego se dirigió hacia su computadora. La falta de entusiasmo de Máximo no le preocupaba. Él era así. Pronto se acostumbraría a la idea.

Pero no fue así. Durante todo el mes de enero, Máximo hablaba de una escuela y otra y daba excusas para no tomar una decisión. Al menos, esa era la impresión que tenía Dora, que ya había enviado dinero para la matrícula a cuatro universidades, pidiéndoles que le reservaran el lugar. «Tengo ochocientos dólares en depósitos», le recordaba a Máximo cada vez que surgía la cuestión.

Dora se aseguraba de que el tema surgiera a diario.

Llegado febrero, ella perdió la paciencia:

—Comencemos por el principio. ¿A qué universidad *no* quieres ir?

Con dificultad, Máximo escogió una: la misma que ella hubiera seleccionado como la menos indicada.

—Bien —le dijo, dándole un apretón en el hombro—, no fue tan difícil, ¿no? La semana que viene descartaremos otra.

Ella también lo ayudó a tomar esa decisión, aunque se dio cuenta de que le fue más difícil. Para ella era un misterio que Máximo no pudiese decidirse de una vez y optar por la *mejor* universidad.

Cuando finalmente la decisión quedó restringida a dos universidades, la preferida por ella y la alma máter de su esposo, dio un suspiro de alivio. En realidad, no había comparación: una institución de mucho prestigio y reconocimiento nacional o una facultad de artes y oficios no muy famosa y cerca de su hogar.

Máximo había prometido hacerles saber su decisión después de la cena. Dora cocinó pasta, el plato preferido de Máximo, y observó mientras él se lo comía, orgullosa de haber podido controlarse y no hablar del tema durante la cena. Mientras le servía a su hijo una porción de torta de chocolate, se inclinó y le sonrió:

—Ya te decidiste, ¿no?

Por primera vez en la noche, Máximo no esquivó la mirada de su madre:

—Sí, mamá.

Cuando él pronunció el nombre de la universidad que había escogido, la escuela *equivocada,* Dora dio un paso hacia atrás, como si la hubiesen abofeteado.

—No hablas en serio.

—Hablo *muy en serio* —le dijo Máximo, cruzando la mirada con su padre—. Me ofrecieron una beca mejor ...

—El *dinero* no es un problema.

La ira acaloró su rostro e hizo punzantes sus palabras.

—Estás desperdiciando tu vida, Máximo. —*¿Por qué le cuesta tanto comprenderlo? ¿Qué es lo que no entiende?*— Si mis padres me hubiesen dado a mí esta oportunidad ...

Las lágrimas le ahogaron las palabras.

—Si ellos hubiesen estado dispuestos a pagar mis estudios, a enviarme donde yo hubiera querido ir, esa sería la *última* universidad que hubiera elegido.

—Pero, mamá ...

—No me importa si tu padre es egresado de esa institución —Dora ahora casi gritaba, pasando por alto las delicadas protestas de su hijo, la expresión desconcertada de su hija y el dolor en los ojos de su esposo—. Has elegido una universidad de segunda categoría, en una ciudad de mala muerte, en un estado del que me avergüenzo llamar mi hogar.

—¡Dora!

La voz de su esposo la hizo callar, aunque en su interior la tormenta continuaba con furia, aun cuando la vergüenza y la culpa comenzaban su ataque dual.

Ni que esta situación fuera tomada de un libro. Dora confundía la maternidad con el manejo de marionetas y estaba dispuesta a manejar los hilos de todo el mundo.

Algunas tenemos una amiga como Dora.

O tenemos que trabajar con alguien como Dora.

Algunas (seamos francas) *somos* Doras. Insistimos en salirnos con la nuestra, convencidas de que sabemos qué es lo mejor, controlando a todos y a todo en la medida de nuestras posibilidades, fingiendo no darnos cuenta de que en el proceso pasamos por encima de otros.

No deseamos gobernar el universo, nos basta con regir nuestro rinconcito en el mundo. Tampoco nos importan las demoras, siempre y cuando el resultado positivo esté garantizado. Cuando Dios nos derrama su bendición, nos sentimos verdaderamente agradecidas y más que dispuestas a darle toda la gloria de la que él es digno. Sin embargo, cuando él nos dice «no» o «espera» o «pronto, pero todavía no», comenzamos a pensar qué podríamos hacer para acelerar el proceso.

De veras, Señor. Puedo ayudar.

Si no supiera la verdad, diría que la frase «Ayúdate que Dios te ayudará» la redactó una Mujer Mala impaciente. En realidad, la frase se deriva de una fábula de Esopo: «Los dioses ayudan a quienes se ayudan».[1] Tal vez aquellos dioses griegos creados por los hombres requerían de la ayuda de los humanos, pero *Dios*, el único y verdadero, el Dios Todopoderoso, no necesita nuestra ayuda para llevar a cabo su divino plan.

La definición de una Mujer Ligeramente Mala es sencilla: una mujer que no está dispuesta a someterse por completo a la voluntad de Dios. Lo amamos, lo servimos, lo adoramos pero, no obstante, tenemos dificultad para confiar en él plenamente, para aceptar su plan para nuestra vida, para entregarnos a él y descansar en su señorío.

Por lo tanto, calladamente (o quizá no tan calladamente) intentamos recuperar las riendas una vez tras otra. *Déjame a mí, Señor. Yo sé qué es lo que más conviene.* Oramos y luego avanzamos sin esperar la respuesta. Hacemos todo lo bueno, todas las cosas buenas que las Mujeres Buenas hacen y esperamos que nadie se fije en nuestra necesidad desesperada de controlar todos los aspectos de nuestra vida. Leemos en la Biblia que se dice de alguien: «No confía en el SEÑOR, ni se acerca a su Dios»[2] y la idea nos produce escalofríos, pero nunca pensamos que esas palabras se refieran a nosotras.

Si has leído otros libros de mi serie de Mujeres Malas de la Biblia, sabrás de mi disposición a abrir las páginas de mi diario, aunque solo sea para animar a mis hermanas y recordarles que el perdón de Dios cubre toda nuestra vida y no se limita a los años vividos antes de conocerlo.

Por eso, la historia de Dora es mi historia … y una historia bastante reciente.

¿Qué clase de madre cristiana manipula a su hijo, desprecia a su esposo y le entra una rabieta mientras toda la familia está cenando.

Yo, me temo.

Como lo expresó el apóstol Pablo: «Yo sé que en mí, es decir, en mi naturaleza pecaminosa, nada bueno habita. Aunque deseo hacer lo bueno, no soy capaz de hacerlo».[3] Amén, hermano, ¡vaya si sé a qué te refieres!

El hogar de los Higgs solo recuperó su paz cuando finalmente me calmé y pedí perdón a todos, a cada uno por separado y a todos colectivamente, les confesé que *de verdad* amaba mi estado adoptivo de Kentucky y le aseguré a mi querido hijo que había tomado una buena decisión.

Pero no me engaño. El daño estaba hecho y llevaría tiempo reparar y sanar las heridas que yo había provocado.

Aun dos años después de este episodio, cuando envié estas páginas a mi hijo estudiante para que las leyera y me diera su opinión, él me mandó un correo electrónico y me dijo: «Mamá, lo que escribiste hizo que se nublaran mis ojos de lágrimas. Lamento haberte desilusionado tanto».

¡Aghhh!

Le escribí en seguida: «El problema era únicamente mío, mi hijo querido. Tú estás exactamente en el lugar donde Dios quería que estuvieras, lo que es maravilloso. Me encanta tenerte cerca de casa ... »

Ese es el problema del pecado: su influencia perdura. Mi rabieta de diez minutos todavía tiene poder para lastimar a mi precioso hijo, años después de sucedido el hecho. A pesar de lo que diga y haga ahora, él recordará lo que dije e hice en aquel momento. Dios perdona por completo nuestros pecados, pero las consecuencias permanecen. No se puede retirar lo dicho. A pesar de ello, mi hijo concluyó sus comentarios con lo siguiente: «Mamá, no te aflijas tanto. No te lo mereces».

Lo que no me merezco realmente es tener un hijo tan generoso para perdonar.

Gracias a Dios, el Señor sabe qué hacer con las Mujeres Malas (y con los Varones Malos también). Él nos libra de nosotros mismos y derrama su gracia sobre nosotros. «El que no escatimó ni a su propio Hijo, sino que lo entregó por todos nosotros, ¿cómo no habrá de darnos generosamente, junto con él, todas las cosas?».[4]

Desde la primera hasta la última palabra de la Biblia, Dios revela nuestra maldad y su divina bondad, nuestra necesidad y su provisión, nuestro quebranto y su mano sanadora. Eso es lo bueno de su Palabra: «Nos muestra la vida y las personas como son en realidad, no como desearíamos que fueran».[5] Nos enseña la verdad acerca de Dios y sobre nosotros. Por mi parte, estoy agradecida porque me permite saber que nuestros antepasados bíblicos también tenían defectos. Saber que Dios amó a esta familia patriarcal imperfecta es garantía suficiente de que todas tenemos esperanza.

Una lectora me escribió diciendo: «Estoy a años luz de ser como las Mujeres Buenas de la Biblia». Tengo una noticia alentadora en cuando a eso: aun las Mujeres Buenas de la Biblia tuvieron sus malos momentos. Las cinco mujeres que estudiaremos en este libro son fundamentalmente buenas, pero a veces un poco malas. Fueron mujeres de fe, pero con defectos. Y todas tuvieron un carácter fuerte.

Sara, nuestra primera Mujer Ligeramente Mala, es presentada en el Nuevo Testamento como ejemplo de vida: «Así se adornaban en tiempos antiguos las santas mujeres que esperaban en Dios, cada una sumisa a su esposo. Tal es el caso de Sara, que obedecía a Abraham y lo llamaba su señor».[6]

En efecto, llamaba señor a su esposo; pero amiga, eso no fue lo único que dijo. ¡Deja que escuches las palabras estridentes que podían salir de boca de Sara! A pesar de eso, Dios la bendijo, le dio un hijo y la amó. Y Abraham también la amó.

¡Qué alivio! Ya puedo respirar mejor. ¿Tú también?

Las otras mujeres de la Biblia ligeramente malas tal vez también sean una sorpresa. Rebeca y Raquel: *ellas* seguramente fueron buenas. Al igual que Sara, eran hermosas. Fueron amadas. Pero (¡caramba!) también fueron prepotentes, manipuladoras, tercas, maquinadoras … Si bien las historias de Agar y Lea quizá sean menos conocidas, ellas tienen mucho que enseñarnos sobre la compasión y la misericordia que Dios tiene para las mujeres obligadas a vivir situaciones penosas. Como grupo, estas mujeres «engalanan las páginas de Génesis con su risa, sus angustias, su fortaleza y su poder».[7] También consideraremos a los hombres en la vida de estas mujeres y descubriremos algunas metidas de pata que estos Varones Malos también cometieron en el curso de los años.

Cada capítulo está precedido por un ejemplo moderno ficticio de una Mujer Ligeramente Mala, para evitar que pensemos: «Pero antes las cosas eran distintas». *Todo lo contrario*. Las modas, la alimentación y los muebles tal vez cambien con el paso de los siglos, pero la naturaleza humana no ha cambiado desde los días de la primera Mujer Mala, Eva. Aunque desde el punto de vista histórico estas mujeres abarcan un plazo de tres generaciones y más de doscientos años, opté por introducir cada capítulo con un episodio del presente para que podamos identificarnos más fácilmente con las historias de estas mujeres.

Prepárate para borrar cuatro mil años de historia mientras Sara, Agar, Rebeca, Lea y Raquel entran a la sala de tu casa. Qué bueno que estés aquí y puedas saludarlas, hermana.

Nota: No me importa en qué universidad estudiaste, o si no fuiste a ninguna universidad. De veras.

1

ES CUESTIÓN DE TIEMPO

Soy una mujer de una paciencia extraordinaria,
con tal de que, al final, se haga lo que yo
quiero.
MARGARET THATCHER

¿*Dos minutos?* Sandra miró su reloj y dejó escapar un gemido. *Ya van casi diez, Alan.*

Caminaba afuera de la oficina privada de su esposo, prestando apenas atención a la elegante alfombra oriental bajo sus pies: regalo de un socio comercial de Estambul. En una tonalidad azul nocturno y rosa viejo, los colores eran sorprendentemente vibrantes. El decorador de interiores de Alan decía que la clásica alfombra Kerman databa de fines del siglo diecinueve.

Y aquí hay otra antigüedad. Sandra se detuvo en el espejo de la entrada y se retiró un mechón de cabello rubio ceniza de la frente, contenta de no ver ninguna cana platinada que delatara su edad pero disgustada por las finas arrugas que se formaban cerca de sus ojos. Alan ya había traspasado el medio siglo, pero recibía las mañanas soleadas de Maryland sin temor, sin arrugas. Ella, en cambio, a pesar de ser cinco años menor que él, se ocultaba detrás de un sombrero de ala ancha. Sandra dio un paso hacia atrás para contemplar bien su figura en el espejo.

—¿Admirando el paisaje? —bromeó Alan, de pie junto a la puerta de su oficina—. Pensé que eso era trabajo mío. Cruzó la sala vacía y se paró detrás de ella, frente al espejo, deslizó el brazo por su cintura y la atrajo hacia él. Le dio un beso tibio en la nuca y ella sintió que una onda de placer le recorría todo el cuerpo y observó cómo se ruborizaba.

Llevaban casados veinticinco años y él todavía la trataba como si fuera una princesa.

Ella suspiró, ya no estaba irritada porque él la había hecho esperar.

Desde el punto de vista de Alan, a ella le sobraba el tiempo. Tiempo para salir de compras y adquirir prendas de marcas famosas. Tiempo para organizar suntuosas cenas. Tiempo para viajar por el mundo en cualquier momento.

Era cierto, ella *tenía* tiempo; lo que no tenía era hijos.

—Te sienta muy bien el azul —dijo Alan, mirándola a los ojos en el espejo—. ¿Fue uno de los colores que sugirió el fotógrafo?

—No, lo eligió Pavla.

—Ah.

Sandra se percató de su tono ecuánime, y escuchó las palabras reprimidas. Alan pensaba que ella dependía demasiado de Pavla, la joven encargada doméstica que hacía que sus vidas se deslizaran sobre ruedas.

Él volteó a Sandra para tenerla frente a frente y la besó suavemente.

—Lo que necesitas es una hora con un fotógrafo que adule tu belleza.

Ella iba a protestar pero él se ensombreció mientras exageraba una reprimenda:

—Nada de eso de «hay que tener en cuenta mi edad». Cuando entremos en su estudio, Yafeu insistirá en incorporarte a su lista de modelos.

—De *mujeres mayores*, tal vez —murmuró Sandra, aunque el cumplido de Alan la había enternecido. Había muy pocos maridos tan compasivos como Alan Caballero.

Esa noche llegaron a su hogar y los recibió una mezcla de aromas de ajo y cebolla. «La cena a las siete», le recordó Sandra a su esposo mientras él se dirigía a su estudio en la parte trasera de la casa. Ella se dirigió a la cocina. El menú para la cena era «Pollo cosaco».

Encontró a Pavla picando hongos frescos, las manos y el cuchillo se movían sin esfuerzo y con precisión sobre la tabla de picar. Dispuestos sobre la encimera ya estaban los demás ingredientes: queso suizo rallado, queso feta desmenuzado, crema agria y nuez moscada. Pavla levantó la mirada, tocándose el cabello recogido con el dorso de la mano. «¿Salió bien la sesión de fotos, verdad?».

Sandra se encogió de hombros. Yafeu la había colmado de elogios: el cabello, sus facciones, la vestimenta, su porte. Todo había sido alcanzado por los ojos oscuros del fotógrafo egipcio, pero como en su agenda de reservas tenía anotado: «Retrato de familia», Yafeu había preguntado no una vez sino tres veces: «¿Dónde están los niños? ¿Dónde están los nietos?».

«No hay», había respondido Alan por ambos, pero la resignación era evidente en su voz. Un hijo: eso era lo único que pedía en oración, lo único que deseaba. Por su parte, Sandra sentía que estaba a punto de estallar cuando la sesión terminó. Yafeu no podía imaginar el dolor que sus inocentes comentarios habían producido. El fotógrafo los había despedido con una colección gratis de marcos realizados en plata de ley, pero sus palabras todavía flotaban en el aire y se burlaban de ella: *¿Dónde están los niños?*

—Está cansada —dijo Pavla, mientras agregaba los hongos picados a la olla—. ¿Por qué no se recuesta antes de la cena?

—Estoy agotada —le confirmó Sandra. Últimamente no dormía bien y tenía dificultad para concentrarse. La mayoría de los días tenía los nervios a flor de piel y a menudo le respondía mal a Alan sin ningún motivo. En su última visita al ginecólogo y obstetra, Sandra le había recitado todos los síntomas, mientras que el Dr. González asentía, y luego daba su diagnóstico: «Premenopausia».

No había necesidad de mayores explicaciones. Con cuarenta y seis años, ella sabía de sobra lo que eso significaba.

Por costumbre, Sandra revisó una vez más la preparación de Pavla para la cena, y luego se retiró a la oscuridad y frescura del dormitorio matrimonial. Su encargada doméstica tenía razón: una siesta le ayudaría a mejorar su perspectiva. Después de quitarse el vestido azul, se metió en la cama y se cubrió con el cobertor. Cerró los ojos y esperó mientras se sumergía en el sueño hipnótico. «Tenías razón, Pavla», se dijo, dejándose caer pesadamente en la almohada.

Cuando Pavla Teslenko recién llegó de Ucrania, en busca de una vida mejor, Alan y Sandra habían invitado a la muchacha a entrar en su hogar, seguros de que necesitarían a alguien para cuidar a los niños. Con el paso de los años, los niños no llegaron, y Pavla se dedicó a limpiar la casa, lavar la ropa y hacer recados. Poco a poco, había desplazado a Sandra de la cocina, y se había especializado en los crepés de papa preferidos de Alan (ella los llamaba *deruny*) y en un paté de hígado que los invitados adoraban.

Con la guía de Alan y Sandra, la muchacha temerosa y tímida se había convertido en una joven segura y competente, con un cabello oscuro enmarcando un rostro muy agradable. Pavla hablaba bien el inglés y en la última primavera había obtenido la ciudadanía norteamericana, pero todavía era leal a los Caballero.

Varias amigas le habían advertido a Sandra sobre los riesgos de albergar bajo el mismo techo a una mujer joven junto a su marido rico.

«Tienes el doble de edad que Pavla», le había recordado Liz, una amiga de la clase para matrimonios, el domingo pasado. «Sé que es como tu mano derecha pero ... »

«Y la izquierda también», Sandra le había dicho a su amiga, poniendo fin a la discusión. Ella no pensaba dejar marchar a una encargada doméstica tan valiosa para mitigar los resquemores de Lyz o de nadie.

Demasiado agitada para poder dormir, Sandra dio media vuelta y miró el reloj despertador. ¿También tendría que usar lentes bifocales?

Un golpe en la puerta y luego entró Alan a su dormitorio.

—Pavla me dijo que te encontraría descansando —él se recostó en la cama y se estiró para retirarle el cabello de los ojos—. Lamento que hayas tenido un día tan duro.

Ella esquivó la mirada; no soportaba ver la ternura de su expresión.

—Es peor que un mal día.

Un largo silencio.

—Dime nuevamente qué fue lo que el Dr. González te dijo la semana pasada.

—Me dijo que ... que un embarazo saludable, sin complicaciones es ... improbable —se le hizo un nudo en la garganta—. Alan, hemos hecho todo bien. ¿Por qué no puedo ... ?

Alan se inclinó y le besó cada mejilla.

—Solo Dios lo sabe —dijo suavemente, con intención de reconfortarla.

Sandra nunca le confesaría sus pensamientos a su esposo fiel, pero ella no estaba tan convencida de que Dios estuviera lo suficientemente interesado como para intervenir. Él había creado el mundo y todo lo que en él habitaba. ¿Por qué no podía bendecir su vientre con un hijo saludable? ¿Acaso era pedir demasiado? Ella y Alan habían soportado años de pruebas de fertilidad y terapias médicas; cada fracaso había sido un golpe devastador, cada vez más desesperanzador.

El Dr. González había descartado la posibilidad de la fertilización in Vitro. La adopción tampoco era una opción ya que Alan insistía en tener un hijo biológicamente suyo. «No porque la adopción no sea algo maravilloso», se apuraba a aclarar cada vez que ella sugería la posibilidad, «pero tengo la certeza divina de que si confío en Dios, él nos dará un hijo nuestro algún día. Sé que eso es también lo que tú quieres».

Sandra quería tener un niño en sus brazos. *Pronto. Mañana. Ahora.*

Cuando Alan se puso de pie, ayudó a Sandra a levantarse también.

—Vamos a cenar, mi amor. No hay pena que Pavla no pueda arreglar con sus comidas.

Qué atento, Alan, querido. El hombre estaba decidido a hacerla feliz.

Minutos más tarde, después de cambiarse de ropa y de perfumarse, Sandra se unió a su marido en el amplio comedor, diseñado con el propósito de agasajar invitados. Se sentaron en uno de los extremos de una larga mesa, una fuente de gladiolos rojos creaba un ambiente más íntimo. Pavla sirvió la cena, como de costumbre, colocando cada plato delante de ellos con calmada seguridad.

Sandra la observaba cuidadosamente, dándose cuenta, quizá por primera vez, en lo madura que se había convertido. Era una mujer saludable, de veinte y tantos años. Llena de energía y rebosante de vida. La edad perfecta para concebir un hijo, para dar a luz ...

Sandra abrió más los ojos. *No hay pena que Pavla no pueda arreglar.* Esas habían sido las palabras de Alan, pero con un significado diferente. *Pavla. Podría llevar al hijo de Alan en su vientre. Para mí.*

Sandra palideció ante una idea tan escandalosa. ¿Tenía alguna conocida que hubiera hecho algo así? Sin embargo, si la ley permitía las madres de alquiler y si ambas partes daban su consentimiento, ¿no sería la mejor solución?

Sumida en sus pensamientos, dejó que Alan llevara la conversación durante la cena, hasta que Pavla llegó con el postre ...

Saray: La princesa desposada

Un nombre hermoso, formado por consonantes suaves y vocales etéreas. Casi no hay necesidad de pronunciarlo, basta con exhalarlo. Entre los nombres bíblicos más comunes, *Sara* es el más popular, y con razón: el nombre significa «princesa».[1]

En las Escrituras, es la mujer que más se menciona por su nombre: cincuenta veces en la Nueva Versión Internacional, y esta es la primera vez que se le menciona:

Abram se casó con Saray ... *Génesis 11:29*

No, no se trata de ningún error; durante casi toda su vida su nombre fue «Saray». Según los expertos bíblicos, aun con la *y*, el nombre significa «princesa», pero hay otra fuente que postula una definición alternativa para *Saray*: «discutidora».[2] Tengamos presente esta interesante acepción de su nombre mientras se desarrolla la historia. *Saray* era también un nombre popular entre los devotos de Ningal, consorte del dios lunar, diosa adorada en su Asiria natal.[3] ¡Cómo no iba Dios a cambiar la ortografía de su nombre, de *Saray* a *Sara*!

Pero nos estamos adelantando. Podemos suponer que con ese nombre de abolengo, Saray ocupaba un lugar de jerarquía en la escala social y «llevaba una vida de privilegios en una de las ciudades más grandes de la antigüedad».[4] Es decir, en Ur.

A pesar de lo escueto del nombre, la ciudad de Ur en su día era un centro comercial y cultural, un lugar de reunión para filósofos y astrónomos.[5] Gracias a los noticieros de la noche, podemos ubicar la región en un mapa del mundo, entre el extremo del golfo Pérsico y Bagdad.

Con más exactitud en el sureste de Irak.

Alrededor de 2100 a. C., unas doce mil personas transitaban por las calles de Ur, en la época de su apogeo.[6] Los arqueólogos han desenterrado varios objetos valiosos del sitio donde una vez se encontraba esta ciudad: oro, plata, piedras preciosas, instrumentos musicales, armas, incluso juegos de mesa.[7] (No tengo idea de si jugaban al Monopolio, al Scrabble, al Clue, al … ¡Uy! Perdón, creo que me fui del tema.)

Cuando mi esposo leyó esta parte del manuscrito, pegó un grito: «*El Juego Real de Ur*». *¿El qué?* Resulta que se trata de un juego de mesa que todavía se puede conseguir en el mercado y que consiste en la réplica de un antiguo tablero que Sir Leonard Wooley descubrió en la década de 1920 en el Cementerio Real de Ur.[8]

Imagínate: ¡Abram y Saray tal vez jugaban a esto!

Pero no jugaban a nada cuando se trataba de su matrimonio. Su relación «hasta que la muerte los separe» duró un *siglo* o más, dependiendo de la edad que Saray tenía cuando se casó. Aunque para los cánones de la antigüedad ella era hermosa, «de todas las doncellas y las novias que pasan debajo del dosel nupcial ninguna era más hermosa que ella»,[9] una nube oscura se cernía sobre la tienda de Saray.

Pero Saray era estéril; no podía tener hijos. *Génesis 11:30*

¡Qué desgracia! Ya sea que se use la expresión plural, «no podía tener hijos», o el singular, «no tenía hijo» (RVR 1960), la triste verdad se expresa claramente dos veces en este escueto versículo que *además* de describir a Saray como estéril, aclara que no podía tener hijos. Las Escrituras «enfatizan la gravedad de su situación con esta redundancia».[10]

Ya lo entendimos la primera vez. Ya nos duele que esta hermosa mujer sea estéril; nos imaginamos la esperanza que latía en su corazón todos los meses, solo para quedar ahogada por la angustia cuando veía una gota de sangre en su túnica. *Este mes no será. Nunca será.*

Hace cuatro mil años, la esterilidad en las mujeres era «la peor de las desgracias; se entendía que era señal de la falta de favor divino».[11] De hecho, una mujer incapaz de concebir hubiera sido considerada una Mujer Mala. Además, la mujer estéril «no solo sufría la falta de estima, sino también sufría la amenaza del divorcio».[12] Por si fuera poco, era objeto de burlas por parte de otros, pues se creía que era despreciada por Dios *y* que su esposo la consideraba desechable.

Por suerte, la palabra *estéril* para describir a las mujeres que no pueden tener hijos no tiene hoy las connotaciones tan negativas que tenía en la antigüedad. *Estéril* tiene hoy una connotación más clínica y menos condenatoria, aunque para una mujer que desea concebir, el resultado desventurado es el mismo: un vientre vacío.

Algunas de nosotras entendemos la angustia de Saray de manera muy personal. ¿Es tu caso, querida hermana? Entonces quisiera darte una palabra de consuelo antes de continuar: puedes seguir leyendo. No agravaré tu dolor. Además, puedes estar segura de que Saray no era una Mujer Ligeramente Mala por causa de no poder concebir. Ni por asomo. En realidad, su esterilidad hizo posible que Dios obrara un milagro. Dios no estaba disgustado con ella sino que quería ser glorificado a través de ella. ¡Piénsalo! La esterilidad se convirtió en «el campo de acción de Dios para dar vida».[13]

Aunque la historia de Saray comenzó en Ur, no acabó allí. Esta familia era itinerante.

> Téraj salió de Ur de los caldeos rumbo a Canaán. Se fue con su hijo Abram, su nieto Lot y su nuera Saray, la esposa de Abram. *Génesis 11:31*

El paso de los siglos ha convertido la prosperidad de Ur en ruinas, y en la actualidad solo queda en pie un objeto prominente: «una torre de ladrillos, de forma piramidal, o zigurat, edificada como tributo a Sin, el dios de la luna».[14] Naturalmente, Abram y Saray tuvieron que darle la espalda a Sin (que significa pecado en inglés) para poder seguir a Dios, y entonces esta pareja decidida marchó con sus camellos en dirección al norte, bordeando el vasto desierto de Arabia.

Saray cambió «la certeza por la incertidumbre, la posesión por la posibilidad, los conocidos por los desconocidos ... las comodidades de la ciudad por las penurias del desierto».[15] Dio muestras de fortaleza, de valentía y de voluntad para correr riesgos. Esta mujer ya me cae bien.

> Sin embargo, al llegar a la ciudad de Jarán, se quedaron a vivir en aquel lugar. *Génesis 11:31*

Pero no por mucho tiempo. Si bien algunos miembros de la familia permanecieron en Jarán, Abram y Saray sabían que este era solo el comienzo del viaje.

> El SEÑOR le dijo a Abram: «Deja tu tierra, tus parientes y la casa de tu padre, y vete a la tierra que te mostraré. *Génesis 12:1*

Sin duda, Dios le pedía muchísimo a Abram, incluso le pedía que «renunciara a su herencia y a su derecho a la propiedad familiar».[16] Tú y yo conocemos amigos muy valientes que han dejado atrás a sus seres queridos y todas sus posesiones materiales, y se han marchado a campos misioneros muy lejos de su hogar. Dicho grado de compromiso me resulta admirable.

Pero Dios esperaba todavía más de Abram y de Saray: «La tierra que te mostraré» no figura en ningún mapa. Dios no les explicó el lugar exacto de esta tierra sin nombre ni cuántos años esperaba que Abram y compañía se quedaran allí. Dios simplemente les dijo: «Vete, y yo te mostraré». Punto. Para ser un llamado divino, este era «peligrosamente muy amplio».[17]

A mí me resulta más fácil viajar con un boleto de ida y vuelta; no sé cómo será en tu caso.

Esto es precisamente lo que hace que Abram y Saray sean famosos por su fe: *fueron.* Confiaron en el Señor, en Yavé, una deidad muy distinta a todos los dioses de Ur, ligados a sus zigurates y monumentos. «Yavé es único».[18] Está en todas partes, y le pide a su pueblo que lo siga.

Dos mil años después, el Hijo de Dios reiteró el mismo mandato: «Quien quiera servirme, debe seguirme».[19] Él no nos arrastra ni nos empuja. Por el contrario, el Señor Jesús camina delante de nosotros, dejando sus huellas en la arena para que nunca lo perdamos de vista. Toda la historia no es más que la afirmación de la sabiduría de seguir a Dios; Abram y Saray fueron los pioneros. Pronto descubriremos sus defectos, pero mientras tanto, no perdamos de vista el coraje que requirió dar aquel primer paso.

Una voluntad de hierro

Aunque Dios solo le habló a Abram, estoy segura de que el hombre transmitió a su esposa todas las palabras que Dios le dijo. ¿Quién podría guardar para sí promesas tan extraordinarias como estas?:

> Haré de ti una nación grande, y te bendeciré; haré famoso tu nombre, y serás una bendición. *Génesis 12:2*

Si Saray estaba presente, seguro que levantó la mano en la primera frase: «¿Una nación grande? ¿De una esposa estéril? Imposible». Somos demasiado rápidos para ver nuestras limitaciones, pero Dios es aun más presto para darnos garantías. Fíjate en la cantidad de veces que usa la forma futura de los verbos:

> Bendeciré a los que te bendigan y maldeciré a los que te maldigan … *Génesis 12:3*

Guarda esto en tu memoria para recordarlo dentro de un momento, cuando toda una familia tuvo que sufrir la maldición por culpa de este hombre. Finalmente, Dios repitió su promesa más importante:

> … ¡por medio de ti serán bendecidas todas las familias de la tierra! *Génesis 12:3*

Abram y Saray no podrían haber adivinado cómo sería esto con el paso del tiempo. Pablo lo describe diciendo que fue el evangelio anunciado de antemano,[20] preparando el camino para las buenas nuevas de la gracia de Dios. «En efecto, la Escritura, habiendo previsto que Dios justificaría por la fe a las naciones, anunció de antemano el evangelio a Abraham: "Por medio de ti serán bendecidas todas las naciones"».[21]

La bendición vendría a través de Abram, sin duda, y también a través del vientre de una mujer. Saray era parte del plan de Dios para Abram desde el principio, aunque ella todavía no lo sabía ... un detalle que pronto se convertirá en un punto fundamental en nuestra historia. Por el momento, «Saray no tenía más remedio que confiar en la palabra de Abram para dar el paso más radical de su vida».[22]

> Abram partió, tal como el SEÑOR se lo había ordenado ... Abram tenía setenta y cinco años cuando salió de Jarán. *Génesis 12:4*

En aquellos días, setenta y cinco años era como tener cuarenta años en la actualidad, dado que un patriarca vivía casi el doble de años que ahora.[23] A Abram le restaba todavía un siglo de vida, y Saray, diez años menor que él, todavía tenía abundante energía y brío. Algo bueno ya que recogió y salió con Abram.

> Abram se llevó a su esposa Saray ... *Génesis 12:5*

Sin protestas, sin quejas, sin exigencias ... al menos ninguna que quedara registrada en las Escrituras. Hasta este momento, Saray se merece un premio por aceptar el llamado de Dios para la vida de su esposo. Si has seguido a tu cónyuge a una misión en el extranjero o a un nuevo trabajo lejos de tu hogar, tú también te mereces un premio por tu disposición a seguir a Dios *y* a tu compañero.

Podemos imaginarnos a aquellos viajeros de la antigüedad, «calzados con gruesas sandalias de cuero y túnicas de lana teñidas de colores brillantes, con combinación de amarillo, rojo y azul»[24] mientras se encaminaban hacia el sur. A diferencia de la esposa de Lot, en un episodio posterior,[25] Saray aparentemente no se volvió para mirar por encima de su hombro, no lloró por la vida que dejaba atrás ni por el lujo que había conocido hasta ese momento. Siguió caminando, confiando en su esposo y en el Dios que los había llamado a una vida nómada.

La realidad es esta: Abram «necesitaba una esposa llena de coraje y la consiguió».[26]

> Al encaminarse hacia la tierra de Canaán, Abram se llevó a su esposa Saray ... Cuando llegaron a Canaán ... *Génesis 12:5*

El clima en esta parte del mundo siempre está en un extremo u otro: se pasa de lluvias torrenciales a cielos despejados y celestes. El paisaje también es variado: montañas y profundos valles, planicies fértiles y vastas extensiones desérticas.[27]

Abram y su esposa atravesaron «toda esa región hasta llegar a Siquén, donde se encuentra la encina sagrada de Moré»,[28] donde el Señor se le apareció a Abram y le prometió la tierra a su descendencia. Este hombre no recibiría ninguna propiedad pero al menos sus nietos podrían tener una parcela de tierra que pudieran considerar de su propiedad. Para marcar el lugar, Abram construyó un altar y luego continuó su travesía hacia las colinas al este de Betel, donde erigió otro altar al Señor («el primer altar de la Tierra Santa»[29]) e «invocó su nombre».[30]

Por desgracia, la felicidad de la pareja en la tierra de la promesa no duró mucho. La tierra bajo sus pies era tan estéril como … bueno, ya saben a qué me refiero.

> En ese entonces, hubo tanta hambre en aquella región que Abram se fue a vivir a Egipto. *Génesis 12:10*

El hambre ocupa un papel protagónico en la Biblia. De las aproximadamente cien referencias bíblicas al hambre, esta es la primera. Según los geólogos y arqueólogos, durante la vida de Abram hubo «una sequía por un período de trescientos años»[31] que azotó a la región cananea. No había lluvia, no había cosechas, no había alimento.

Si yo fuera Saray, llegado ese punto estaría muy quejumbrosa. «¿Estás seguro de que Dios quería que viniéramos a Canaán? Tal vez quiso decir Canadá. Te dije que tendríamos que habernos detenido y preguntar cómo hacer para llegar … »

Desesperado y con hambre, Abram se encaminó a las tierras fértiles de los faraones. No tenemos constancia de que haya consultado a Dios o de que haya orado pidiéndole ayuda cuando se encaminó hacia el oeste con su compañera hambrienta. Hermana, *ya sabes* que se avecinan problemas.

> Cuando estaba por entrar a Egipto, le dijo a su esposa Saray: «Yo sé que eres una mujer muy hermosa … *Génesis 12:11*

La versión en hebreo deja claro que Saray era «de hermoso aspecto» (RVR 1960) o «de hermoso parecer» (NBLH). Hasta los rollos del Mar Muerto incluyen una descripción halagadora de Saray: «qué fino es su cabello en su cabeza, qué agradable es su nariz y qué radiante es su rostro».[32]

Un momento. ¿Su *nariz* era agradable?

Los historiadores dicen que Cleopatra tenía una nariz muy grande; tal vez a los egipcios les agradaban las protuberancias nasales. Cualquiera que hayan sido los rasgos de Saray, «su dignidad, su porte, su semblante»[33] contribuían a formar la imagen de una mujer atractiva que seguramente llamaría la atención del faraón. Ese era justamente el problema.

> Estoy seguro de que en cuanto te vean los egipcios, dirán: «Es
> su esposa»; entonces a mí me matarán, pero a ti te dejarán con
> vida. *Génesis 12:12*

En aquella cultura, «el adulterio era considerado una ofensa sumamente grave»,[34] pero no existía ninguna ley que prohibiera al faraón matar a un hombre. Al parecer, una vez que se deshacían del esposo, la viuda quedaba disponible para este gobernador decadente que poseía «uno de los harenes más grandes del mundo».[35]

Es fácil perdonar a Abram por sentir pánico. Más difícil se nos hace perdonar su vergonzosa propuesta:

> Por favor, di que eres mi hermana ... *Génesis 12:13*

No hay «por favor» que suavice este pedido. Estaba pidiéndole a su esposa que mintiera. De acuerdo ... dijera una *media* verdad. Como Saray era también hija del padre de Abram, aunque de otra madre, en realidad era su media hermana.[36] De todos modos, era la solución de un cobarde. Si nos atenemos a los hechos, no tenemos registro de que Dios instruyera a Abram a dirigirse a Egipto. Todo parece indicar que Abram actuó por cuenta propia.

> ... para que gracias a ti me vaya bien ... *Génesis 12:13*

Según otras versiones, Abram le dijo: «Para que me vaya bien por causa tuya» (RVR 1960). Este ... hubiera sido mejor que hubiese dicho: «Para que *nos* vaya bien».

> ... y me dejen con vida. *Génesis 12:13*

¿Y qué de la vida *de ella?*

Reconozco que Abram es el padre de los patriarcas, pero no puedo dejar pasar su mezquino comportamiento sin hacer algún comentario. ¿Qué tipo de esposo somete a su esposa al peligro moral y físico? «Ante la amenaza de muerte, entrega lo que nunca debería entregar».[37] ¿Qué me dicen?

Algunos comentaristas bíblicos atribuyen las acciones de Abram a «su incredulidad y falta de confianza»[38], y ven en él «un hombre ansioso, un hombre sin fe»[39] cuya «principal falta e insensatez ... consistió en no esperar la dirección divina».[40] Otros lo defienden, y señalan que recién empezaba su viaje y que vivía en «una época dura y peligrosa».[41] Yo diría que era una época especialmente peligrosa para Saray.

Ante un episodio como este, no puedo dejar de preguntarme: «¿La esterilidad de Saray la habrá vuelto menos valiosa para él? ¿O acaso amaba tanto a Abram que él sabía que ella haría cualquier cosa para preservar la vida de su esposo?»

Cualquiera que haya sido el caso, el naciente Israel estaba «en peligro de perder a su progenitora».[42]

El harén del faraón

Cuando Abram llegó a Egipto, los egipcios vieron que Saray
era muy hermosa. *Génesis 12:13*

Tal y como Abram temía, «los egipcios vieron que la mujer era hermosa en gran manera» (RVR 1960). Es formidable tener una esposa envidiable y lucirla como un trofeo, hasta que alguien decide robarte el «trofeo» para su provecho.

Allá por 1963, Jimmy Soul cantaba: «Si quieres ser feliz por el resto de tu vida, nunca te cases con una mujer bonita».[43] Seguramente Abram iba silbando bajito esa canción mientras se acercaba al palacio. En las Escrituras, la mención de la belleza de una mujer suele ser un portento de desgracia, porque «la belleza destaca a quien la ostenta para ser deseada y tomada».[44] Basta preguntarle a Betsabé, a Dina o a Tamar, la hermana de Absalón, cómo la belleza puede acabar en tragedia.

Háblanos, Saray. ¿Tenías miedo cuando los egipcios te «vieron» y te declararon «muy hermosa»? ¿Te cayó mal el interés que demostraron en ti? ¿O te sentiste secretamente halagada con sus cumplidos? (Confía en nosotras, no diremos nada.)

Lamentablemente nunca sabremos lo que pensó, porque Saray en esta escena bíblica se mantiene silenciosa hasta la exasperación, «un testimonio de su impotencia».[45] Llegado este punto de la historia no puedo decidir si era una Mujer Fundamentalmente Buena, porque obedeció a su esposo, o Ligeramente Mala porque «consintió en ser parte de un engaño».[46]

Pero cabe otra posibilidad: tal vez Saray confiaba más en Dios que su marido. Tal vez oró a Yavé pidiendo que la protegiera o que proveyera una escapatoria. Tal vez se presentó ante el faraón con su elegante nariz bien erguida, confiando en la liberación de Dios y sabiendo que ella no tendría necesidad de mentir.

> También los funcionarios del faraón la vieron, y fueron a contarle al faraón lo hermosa que era. Entonces la llevaron al palacio real. *Génesis 12:15*

Para ser más específicos, léase: «la llevaron al harén del faraón». Como el harén real era tan grande como un supermercado, es posible que hayan transcurrido varias semanas antes de que el faraón se percatara de la hermosa adición. Saray ya estaba un poco pasadita para esos vestidos egipcios tan reveladores, pero «el faraón no dudaría en incorporar una hermosa mujer mayor a su harén, para darle diversidad».[47] Pensemos en Meryl Streep en *El diablo viste de Prada* o en Helen Mirren en *Las chicas del calendario*.

Con respecto a los funcionarios del faraón, el reconocido comentarista bíblico Matthew Henry los describe como «los príncipes del faraón [o "sus proxenetas", para hablar con más precisión]». Sus *¿qué?* En efecto, esta palabra describe la situación a la perfección. Según el reverendo Henry, estos funcionarios elogiaron a Saray «no por lo que ella tenía realmente digno de admiración: su virtud y su modestia, su fe y su piedad», sino por su hermosura.[49]

Nada nuevo debajo del sol.

Es realmente estimulante notar que la Biblia menciona la apariencia física de una mujer solo cuando la historia de esa mujer depende de ese hecho. En su Palabra, el Señor alaba el carácter de la mujer. En el capítulo 31 de Proverbios, ese criterio decisivo para mujeres consagradas, no hay ninguna mención a la apariencia física de la mujer ideal. Nada, ni siquiera el tamaño de su nariz. En cambio, aprendemos que ella se viste de dignidad y teme a Dios porque, al fin de cuentas, «engañoso es el encanto y pasajera la belleza».[50]

Y hablando de eso, está claro que el faraón le dio un vistazo a Saray y le agradó lo que vio.

> Gracias a ella trataron muy bien a Abram. *Génesis 12:16*

Lo trataron *muy* bien. El faraón no solo le perdonó la vida sino que lo llenó de regalos.

> Le dieron ovejas, vacas, esclavos y esclavas, asnos y asnas, y camellos. *Génesis 12:16*

El faraón no escatimó nada. Era obvio que «consideraba a Abram como perteneciente a la nobleza» y es posible que haya hecho estos regalos como adelanto de «una dote compleja para Saray».[51]

¿Una dote? ¿Cómo la que se estila para un *matrimonio*? ¿Acaso Abram no se dio cuenta de lo que estaba pasando? ¿O estaría demasiado ocupado contando las ovejas?

¡Por favor, que alguien le diga que se detenga!

> Pero por causa de Saray, la esposa de Abram, el SEÑOR castigó al faraón y a su familia con grandes plagas. *Génesis 12:17*

Cuando se trata de una cuestión de tiempo, no hay cronómetro en la tierra que pueda igualar el cronómetro de Dios. En el momento perfecto, justo a tiempo, «el Señor entró en escena».[52] Y vaya si intervino. «Mas Jehová hirió a Faraón y a su casa con grandes plagas» (RVR 1960); es decir, todos se enfermaron. *¡Qué espantoso!*

La culpa no fue de la lechuga, ni de la espinaca, ni del agua de riego contaminada.

En el mundo antiguo, «la enfermedad era considerada el resultado directo del pecado o de la violación de una costumbre».[53] El faraón no era ningún tonto y se dio cuenta de que «una deidad poderosa lo castigaba por causa de la presencia de Saray en su casa».[54] ¿Cómo podía saberlo? Había solamente dos personas en el palacio que no se habían enfermado: Abram y Saray, quienes seguramente evitaban la presencia del faraón como a la peste.

> Entonces el faraón llamó a Abram y le dijo: ¿Qué me has hecho? ¿Por qué no me dijiste que era tu esposa?
> *Génesis 12:18*

El faraón no mandó llamar a la hermosa Saray. De ninguna manera. Se aseguró de que su enojo cayera sobre la cabeza de la familia hebrea. La firmeza de las palabras del faraón y sus preguntas rápidas hacen patente el enojo que sentía.

¿Por qué dijiste que era tu hermana? *Génesis 12:19*

Ahora, esto sí que es interesante. Pensé que Abram le había dicho a Saray que mintiera. Aparentemente, él mintió primero.

¡Yo pude haberla tomado por esposa! *Génesis 12:19*

Ya me estoy poniendo nerviosa. Algunas versiones traducen este pasaje de la siguiente manera: « ... de manera que la tomé por mujer» (LBLA), lo cual es motivo de preocupación. «Saray aparentemente tuvo relaciones sexuales con el faraón».[55]

¡Dime que no fue así! No nuestra callada Saray, quien confió en que Dios la protegería.

No obstante, otras traducciones nos ofrecen un panorama más alentador: «¿ ... poniéndome en ocasión de tomarla para mí por mujer?» (RVR 1960); es decir: «¿Por qué estabas dispuesto a dejar que me casara con ella?», lo que sugiere que la unión había sido una posibilidad contemplada pero no consumada.

Como Dios, que siempre llega justo a tiempo, actuó «no para castigar a Abram por mentir, sino para proteger a Saray de la violación»,[56] al parecer intervino antes de que la virtud de Saray estuviera en peligro.

El faraón, como gesto de respeto, ni siquiera mencionó a Saray por su nombre cuando los echó:

¡Anda, toma a tu esposa y vete! *Génesis 12:20*

Después de reprender a Abram por mentir, los expulsó del país. El egipcio no podría haber expresado su deseo con más vehemencia: «¡Vete!». «Ahora, pues, he aquí tu mujer; tómala, y vete» (RVR 1960), «Anda, aquí la tienes, ¡tómala y vete!» (DHH), «Ahora pues, aquí está tu mujer, tómala y vete» (NBLH). Está bien, ya se van.

El faraón ordenó a sus hombres que expulsaran a Abram y a su esposa, junto con todos sus bienes. *Génesis 12:20*

«Todos sus bienes» incluía a sus siervos. Los sabios de la antigüedad creían que el faraón «entregó a su propia hija a Saray, una de las niñas nacidas de una de sus concubinas», para que fuera criada de Saray y que «su nombre era Agar, y era muy joven y fuerte».[57] Si bien no contamos con ninguna prueba bíblica, me parece que es una historia creíble. Más adelante volveremos a encontrarnos con Agar, quien serviría a esta pareja de una manera imposible de predecir.

Abram no dijo ni pío mientras ambos «eran expulsados de Egipto con escolta militar»,[58] llevándose todos sus bienes pero con el orgullo merecidamente herido. Los seguidores nómadas de Yavé, cargados de oro y plata, rebaños y majadas, caminaban lentamente de campamento en campamento, volviendo «hasta el lugar donde había acampado al principio»,[59] regresando «por etapas».[60] Cuando Abram y su sobrino Lot comenzaron a estorbarse, cada uno siguió su propio camino.

Cuenta las estrellas

Poco tiempo después, Abram tuvo su «primer diálogo real con Dios».[61] El Señor comenzó tranquilizándolo:

> Después de esto, la palabra del SEÑOR vino a Abram en una visión: «No temas, Abram. Yo soy tu escudo, y muy grande será tu recompensa». *Génesis 15:1*

En su Palabra, Dios dice «No temas» aproximadamente unas setenta y cinco veces, aunque a nosotros nunca nos parece suficiente. Lo confieso, el temor me acosa constantemente, como seguramente les sucede a las mujeres que quieren encargarse de todo. *¿Soy suficientemente buena? ¿He hecho lo necesario? ¿Está la gente conforme conmigo?* Tomar el control es la manera que tenemos de poner a raya dichos temores. Solo cuando comprendemos que Dios domina las situaciones podemos verdaderamente librarnos de nuestras aprensiones.

«No temas», dice Dios. A Abram, a Saray, a nosotras.

El inquieto Abram no se destacó por su respuesta; no entendió en absoluto la promesa de Dios de cuidarlo y su queja «implica un reproche».[62]

Pero Abram le respondió:

—SEÑOR y Dios, ¿para qué vas a darme algo, si aún sigo sin tener hijos, y el heredero de mis bienes será Eliezer de Damasco? *Génesis 15:2*

Eliezer era el jefe de los siervos de Abram. Conforme a las leyes del país, si Abram moría sin tener hijos, el heredero era su siervo. Nuevamente, la discusión gira sobre la esterilidad de Saray, y Abram culpa directamente a Dios: «Me has dado todo lo que podría desear, pero no me has dado hijos».

El Señor rápidamente desterró la idea de que la herencia de Abram correspondería a uno de sus criados.

¡No! Ese hombre no ha de ser tu heredero —le contestó el SEÑOR—. Tu heredero será tu propio hijo. *Génesis 15:4*

No cabe la menor duda: Abram tendría un hijo propio. Además, de ese hijo nacerían muchos más.

Luego el SEÑOR lo llevó afuera y le dijo:

—Mira hacia el cielo y cuenta las estrellas, a ver si puedes.

¡Así de numerosa será tu descendencia! *Génesis 15:5*

Creo que podemos escuchar los pensamientos dentro de la cabeza de Abram. *Pero yo me estoy poniendo viejo. Saray es estéril.* ¿Cómo podrá cumplirse una promesa aparentemente imposible? Solo por fe. Entonces, nuestro héroe tan imperfecto pero dispuesto dio ese salto de fe:

Abram creyó al SEÑOR ... *Génesis 15:6*

No pases por alto la importancia de estas palabras: le creyó, ¡creyó a Dios!

Padre celestial, ayúdanos a ver la enormidad de esta verdad: un hombre lleno de temores y de dudas, dejó a un lado sus limitaciones y se llenó de fe. Simplemente *creyó* en tu palabra. Sin evidencias ni pruebas, sin conocer los detalles del cómo, el cuándo o el dónde, Abram creyó en el Señor, confió en él, dependió de él, permaneció fiel al Señor.

¿Un hombre perfecto? El faraón sabía que no lo era; y nosotras, también.

Pero ¿un hombre de Dios? Sin lugar a dudas.

… y el Señor lo reconoció a él como justo. *Génesis 15:6*

La palabra «reconocer» en este contexto también puede traducirse «lo *aceptó* como justo» (DHH) o «le fue *contado* por justicia» (RVR 1960). En otras palabras, es como si Dios hubiera hecho un depósito considerable en la cuenta bancaria espiritual de Abram. No se trataba de una deuda sino de un depósito. No se lo había ganado sino que lo había heredado. No era un débito sino un crédito.

El concepto de «justo» no es una referencia a la buena conducta de Abram ni a la nuestra; significa estar en una relación correcta con Dios. Solo el Señor puede determinar cómo es nuestra relación con él. La verdad sea dicha: Abram no era justo por sus méritos. «Y si él no fue justo, tampoco ningún otro hombre ha sido justo».[63] Ni ninguna mujer. De seguro que *esta que escribe* tampoco.

Cuando el profeta Isaías se lamenta: «Todos nuestros actos de justicia son como trapos de inmundicia»,[64] nosotros nos lamentamos con él porque sabemos cuántas veces hemos realizado buenas obras pero por motivos equivocados. Pero Isaías no se rindió ahí, hermana querida, y tampoco deberíamos rendirnos nosotras: «A pesar de todo, Señor, tú eres nuestro Padre».[65] Aunque estemos vestidos de harapos mugrientos, somos hijos de Dios. A pesar de mentirle a los faraones, pertenecemos al Señor. A pesar de presionar y abrumar a nuestros hijos cuando están a punto de entrar a la universidad, *somos de él.*

Dios lo declaró justo así fue Abram. El regalo que el Señor le dio a Abram es el mismo regalo que hoy nos ofrece: una cuenta de justicia sin saldo pendiente.

Si consideramos que Saray no tenía hijos y que pronto tendría una edad en que sería biológicamente imposible tenerlos, la disposición de Abram de creer en la promesa de una descendencia innumerable requería un enorme salto de fe: un salto que solo podía dar con el poder de Dios, una fe definida como «la garantía de lo que se espera, la certeza de lo que no se ve».[66]

¿Tenía Saray la misma fe extraordinaria que su esposo? Continuemos analizando su historia para responder. Veremos que el capítulo siguiente del libro de Génesis comienza con una referencia a Saray, en algunas versiones introducida por la partícula *ahora*, lo que «interrumpe el flujo de la historia; o sea, señala el comienzo de un nuevo episodio».[67] Y qué episodio …

Saray se hace cargo

Saray, la esposa de Abram, no le había dado hijos. *Génesis 16:1*

¡Pobre mujer! ¿Cuántas veces tendremos que volver a tratar este asunto? El hecho de que «no le había dado a luz hijo alguno» (NBLH) continuaba siendo un problema para ella porque «era la única manera que una mujer tenía para ser miembro de la sociedad».[68] Saray tenía que estar empezando a desesperarse.

Tenía setenta y cinco años y su esposo, ochenta y cinco.

Demasiado tarde. Muy tarde. Muy tarde.

Hermana, cuando miramos ansiosas el calendario y los relojes en vez de volver la mirada a Dios, no estamos mirando en la dirección correcta. Cansada de contar las arrugas reflejadas en su espejo de bronce, Saray observó a la joven esclava.

Pero como tenía una esclava egipcia llamada Agar ... *Génesis 16:1*

«Pero ... » ¡Cuando pienso en la cantidad de veces que justifico mi rebeldía con esa palabra tan inocente! Si no me equivoco con respecto a Saray, seguramente ella tenía tantas excusas como latas sobre una valla, y retaba a Dios a que las derribara a tiros.

«Pero mi esposo tiene que tener un hijo».

«Pero yo estoy demasiado vieja para ser madre».

«Pero tengo esta esclava ... »

La joven era «una sierva egipcia, que se llamaba Agar» (RVR 1960). La sola mención de la palabra «egipcia» nos recuerda el incidente con el faraón, nos evoca un pueblo extranjero que adoraba a dioses extraños, la otredad. «Agar estaba afuera, mirando hacia dentro».[69]

Saray y Agar no podrían haber sido más diferentes: una era hebrea, la otra gentil; una estaba casada, la otra soltera; una era rica, la otra era pobre; una era la dueña, la otra era una esclava. Con respecto al asunto que nos ocupa, una mujer «era frágil, vieja y estéril» mientras que la otra era «fuerte, joven y fértil».[70] Me pregunto si Saray se resentía por la energía juvenil de Agar o si Agar envidiaba la riqueza y las comodidades de Saray. Cualquiera que fuera la relación entre ambas, Agar era propiedad de su dueña. Agar ni siquiera podía decir que su vientre le pertenecía, como descubriremos en breve.

Saray, la mujer que hasta este momento ha callado en el relato bíblico, por fin habla:

Saray le dijo a Abram:
—El Señor me ha hecho estéril. *Génesis 16:2*

Aunque estas palabras pueden parecer muy crudas, Saray no estaba culpando propiamente a Dios, sino simplemente reconociendo lo que todos aceptaban como una verdad en su época, que el Señor les «impedía» (NBLH) o no les «permitía» (DHH) a las mujeres tener hijos, por razones que solo le concernían a él. «Dios no quiere que tenga hijos», posiblemente le dijo Saray a Abram. ¿Escuchas resentimiento o tristeza en su voz? ¿Está enojada o simplemente resignada? Cualquiera de estas emociones sería válida, pero las Escrituras no las registran.

Un investigador bíblico insistía en que las palabras de Saray revelaban «la impaciencia de la incredulidad»,[71] pero yo voy a defender a Saray en esta ocasión. Ella había sido más que paciente: con su esposo, con su Dios, con su esterilidad, desde el día en que se casó, hacía ya más de *sesenta años*. No es de extrañarse que se le estuviera agotando la paciencia. ¿Quién podría culparla por flaquear en su fe?

En este punto crucial, si ella hubiera clamado a Dios pidiéndole fuerza y dirección, o si le hubiera rogado a Dios que abriera su matriz, la hubiéramos defendido sin cuestionarla. «Si Saray hubiera dicho: "La naturaleza me ha fallado, pero recurriré a Dios", ¡qué diferente hubiera sido!»[72]

Pero Saray no clamó a Dios. En cambio, se le ocurrió una solución rápida para el problema de su esposo sin herederos. Al pronunciar las siguientes palabras, nuestra anciana Princesa inclinó su corona en un ángulo desafiante y apareció de pronto una Mujer Ligeramente Mala.

Ve y acuéstate con mi esclava Agar ... *Génesis 16:2*

Cualquiera sea la versión que leamos, las palabras nos hieren como una bofetada: «Ve y ¿*qué?*»

¿Recuerdan cuando Abram le pidió a Saray que «por favor» mintiera a los egipcios? En este versículo encontramos nuevamente el mismo ruego, aunque aquí tenemos una forma completamente diferente de engaño. Saray no le pidió a su esposo que sedujera a Agar, se lo ordenó: « ... que te llegues a mi sierva» (RVR 1960), « ... que te unas a mi esclava» (DHH) o, más explícitamente, « ... que entres á mi sierva» (RVA).

¡Cielos! ¿En qué estaba pensando Saray?

Tal vez pensó que si no hacía algo su esposo tomaría otra mujer y la abandonaría. O que el destino de su familia estaba exclusivamente en sus manos y necesitaba actuar. O que si esperaba más tiempo, Abram quizá ya no pudiera engendrar un hijo, estaría en igual situación que ella, que no podía concebir. Cualquiera que haya sido su razonamiento, Saray creía que su esterilidad «la obligaba a encontrar una manera de evitarle a su esposo esta vergüenza».[73]

Eso explica sus palabras directas a Abram: «Acuéstate con mi sierva».

Aunque su plan nos parezca escandaloso, la idea no era original. Hay registros de un contrato matrimonial asirio, que se remontan casi al 1900 a.C. que estipula: «si la esposa no da a luz en dos años, ella comprará una esclava para su marido».[74] A pesar de lo común que aquella solución fuera en su cultura, *Saray no pertenecía a esa cultura*. Dios había apartado a Abram y a Saray. Ningún otro hombre o mujer sobre la tierra recibió esta promesa divina.

Por más que sea tentador señalar a Saray con el índice, noto en mi propia vida la misma inclinación a seguir las leyes de este mundo más que los mandatos de Dios. «Entonces denle al césar lo que es del césar», dijo Jesús.[75] Sin embargo, cuando se acerca el 15 de abril, fecha en que tengo que entregar mi declaración de impuestos y el césar exige su parte, observo los números en el formulario 1040 y me pregunto si no habrá alguna fórmula *legal* que me permita quedarme con una parte más de mis ingresos.

La Palabra nos enseña: «Pon en manos del SEÑOR todas tus obras, y tus proyectos se cumplirán».[76] Pero Saray tenía un plan mejor; al menos, eso pensaba.

> Tal vez por medio de ella [Agar] podré tener hijos. *Génesis 16:2*

Conforme a la ley, Saray podía considerar suyo cualquier hijo nacido de Agar. ¿Qué obtendría Agar como parte del trato? Un esposo muy rico.

«Liz, ¿quieres decir que … ?»

Sí.

«Tenemos aquí el matrimonio de Abram y Agar, quien era su segunda esposa».[77] No es una concubina, ni una amante ni una madre sustituta para su hijo, sino que es una *esposa* en todos los sentidos de la palabra. Aunque parezca increíble, Saray accedió a «compartir a su esposo con otra mujer».[78]

Tómate una pastilla para la acidez e imagina por un espantoso instante que eres Saray. ¿Qué clase de mujer escogerías para desempeñar el papel de Agar? ¿Hermosa, por amor a tu marido? ¿O fea, por amor propio? Un escritor pensó que Saray escogió «a la mujer de la casa con más atractivo físico y más fuerza espiritual».[79] Si la meta consistía en producir un niño inteligente y sano, hubiera sido una acción prudente. Ahora, si yo tuviera que elegir una segunda esposa para mi marido, escogería a la mujer más tonta y sin gracia que encontrara.

Al menos sabemos que Saray «cometió un pecado no menor».[80] Al no procurar la dirección de Dios en este asunto, eligió a «una idólatra gentil proveniente de un país pagano … para concebir la semilla prometida».[81]

Pero no todo estaba perdido. Abram tenía que acceder a cumplir su parte en el plan ambicioso de su esposa. Un hombre que había hablado con Dios, que tenía fe en la palabra de Dios y a quien Dios, solo por su gracia, había declarado justo … seguramente se negaría a pecar de esa manera tan atroz.

Abram el cavernícola

Abram aceptó la propuesta que le hizo Saray. *Génesis 16:2*

¿Sin resistencia? ¿Sin discusión? ¿Sin buscar la bendición de Dios antes de proceder con esta acción tan errada? Así mismo. «Y atendió Abram al ruego de Sarai» (RVR 1960) y «Abram escuchó la voz de Sarai» (NBLH).

Ya conocemos esta historia. «Toma, querido. Prueba esta fruta deliciosa». Desde el principio las mujeres, con dulzura pero con firmeza, han conseguido que sus esposos hagan su voluntad, a veces sin decir nada. Abram «no cuestionó el plan de su esposa, de la misma manera que Adán tampoco dudó de Eva en el paraíso».[82]

Admitámoslo: nosotras, las mujeres, a menudo conseguimos lo que queremos por medio de métodos de persuasión poco sutiles, o recurriendo a la habilidad verbal o a las expresiones de emoción. Por lo menos, así son las cosas en nuestra familia. Vivimos en la casona de una vieja granja de la cual me enamoré y conducimos el Toyota que yo escogí. ¿Acaso mi esposo no tiene derecho a opinar? Por supuesto. Mi esposo, Bill, es también un pacificador, y acceder a mis deseos le da lo que *él* quiere: armonía en el hogar de los Higgs.

Puedo ver a Abram asintiendo (y a Saray fulminándome con la mirada por revelar nuestras tácticas), mientras «se dispone a pagar cualquier precio con tal de que reine la paz conyugal».[83] ¿De qué otra manera explicar por qué Abram, después de alcanzar tan elevadas alturas espirituales, se dejó llevar por «la presión doméstica, dócil a los planes de su esposa y temeroso de sus reproches».[84]

Saray fue una Mujer Ligeramente Mala, no me cabe duda, casada con un Varón Ligeramente Malo que no dudó en seguir sus consejos, «llevado por la razón y por *la voz de Saray* ... no por la voz del Señor».[85]

> Entonces ella [Saray] tomó a Agar, la esclava egipcia, y se la
> entregó a Abram como mujer. Esto ocurrió cuando ya hacía
> diez años que Abram vivía en Canaán. *Génesis 16:3*

El registro de la fecha, diez años en Canaán, nos sirve para ubicar los hechos. Noten quién se hizo cargo: «[Saray] la dio por mujer a Abram su marido» (RVR 1960). Saray no era una inocente espectadora que se limitaba a hacer sugerencias. Ella «tomó» y «dio», exactamente como había hecho Eva, quien «tomó ... y ... luego le dio a su esposo».[86]

Aquí se recalca la nacionalidad extranjera de Agar y con razón: su vientre no era el que Dios quería para la simiente de Abram. ¿Podría el Señor haber hecho que Agar también fuera estéril? La respuesta fácil es: por supuesto. Entonces, ¿por qué no lo hizo? La respuesta es más compleja y la veremos a continuación.

La nueva función de la esclava egipcia era clara: ser «la mujer» de Abram, la misma palabra hebrea que se utiliza para describir la relación entre Abram y Saray, quien «voluntariamente le ofreció a Agar todos los derechos y privilegios de una esposa».[87] No puedo ni siquiera imaginarme lo difícil que debió haber sido para Saray y, sin embargo, por ley estos derechos debían ser conferidos para que la descendencia de Agar pudiera ser considerada legítimamente heredera de Abram.[88]

¡Lo que tuvo que hacer Saray para ser madre!

Si ella y Abram hubieran buscado la ayuda de Dios, seguramente el Señor habría respondido. En cambio, se empecinaron en una solución humana desesperada en vez de procurar la intervención divina. Sin mucho bombo y platillo, Abram «se casó sin el consentimiento de Dios».[89]

> Abram tuvo relaciones con Agar. *Génesis 16:4*

Pobre Saray, esperando a solas en su tienda, tratando de no pensar en Abram y Agar juntos. (Con franqueza, yo también prefiero no pensar en ello. ¿Un octogenario compartiendo la cama con una joven que podría ser su bisnieta? Por favor, cierren la puerta de la tienda.)

Pobre Agar, también, a quien no se consultó. Ambas mujeres fueron víctimas de un sistema social que «valoraba a las mujeres solo por su capacidad de reproducción».[90]

> … y ella [Agar] concibió un hijo. *Génesis 16:4*

Los rabinos de la antigüedad insisten en que Agar concibió «después del primer contacto íntimo con Abram»,[91] una prueba irrefutable de la virilidad de Abram. ¡Qué confundida debió sentirse Saray cuando se enteró del embarazo de Agar! Por una parte, gozosa porque ahora podría sostener al heredero de su esposo sobre su falda, pero acto seguido, triste al darse cuenta de que su vientre vacío era el culpable de todo.

Me pregunto, si Saray quería que Abram tuviese un heredero, ¿por qué no eligió a alguien de su propia tribu? Al juntar a su esposo hebreo con una esposa egipcia, «originó una rivalidad que se ha caracterizado por ser uno de los antagonismos más encarnizados de todos los siglos, y que ríos de sangre no han podido saciar».[92]

A continuación veremos cómo la semilla de esa rivalidad, sembrada en el corazón orgulloso de Agar y fertilizada por la envidia de Saray, echó raíces en una escena «tan propia de la naturaleza humana que es difícil entender cómo alguien pudiera imaginar alguna vez que esta historia es algo ficticio».[93]

Como una mujer despreciada

> Al darse cuenta Agar de que estaba embarazada, comenzó a mirar con desprecio a su dueña. *Génesis 16:4*

Desprecio. Una sola palabra nos describe el cuadro horrible: una esclava embarazada pero llena de orgullo, mirando con desprecio a una esposa estéril y angustiada.

«Humillada hasta lo más profundo de su corazón»,[94] Saray se dispuso a revelar «el lado más desagradable de su carácter».[95] La mujer dio rienda suelta a una diatriba llena de «ira violenta» y «furia justificada» con la intención de sacudir a Abram para que hiciera algo. ¡Vaya si estaba *furiosa* esta mujer!

Entonces Saray le dijo a Abram:

—¡Tú tienes la culpa de mi afrenta! *Génesis 16:5*

No te apresures a sacar conclusiones (como me sucedió a mí). Saray no culpa a Abram de la insolencia de Agar. En otras versiones este pasaje se traduce: «Mi afrenta sea sobre ti» (RVR 1960), y «Recaiga sobre ti mi agravio» (NBLH). El texto hebreo indica que Saray simplemente deseaba recordarle a su esposo que, como cabeza del hogar, solo él tenía autoridad para solucionar los problemas. Y ella quería que los solucionara y cuanto antes, mejor.

Toda la escena constituye un «procedimiento judicial y legal».[98] Las esposas tenían ciertos derechos y Saray no hacía más que reclamar los suyos. A mi entender, el texto se asemeja a un guión de la serie *Law and Order* [El orden público], uno de esos episodios en que una abogada no deja que el Fiscal Adjunto del Distrito, Jack McCoy, la interrumpa. Podemos imaginarnos a Saray caminando de un lado a otro de la sala, los ojos oscuros relampagueantes, el color de su tez oriental resplandeciente con el calor de sus palabras.

Yo puse a mi esclava en tus brazos ... *Génesis 16:5*

Saray es digna de aplausos por su sinceridad. No se anda con rodeos. «Yo misma te la di por mujer» (DHH); es decir, yo le di el privilegio de acostarse contigo. Esto era una «frase legal estandarizada»[99] así como también una referencia «explícitamente sexual».[100]

... y ahora que se ve embarazada me mira con desprecio. *Génesis 16:5*

Saray estaba muy enojada porque esperaba que su esposo la defendiera, en vez de quedarse callado mientras una esclava atrevida convertida en esposa le usurpaba la autoridad. Agar resultó ser «el comodín imprevisto»[101] en este Juego Real de Errores.

Como dueña de la casa, Saray poseía los derechos originales y primarios,[102] y sabía que las leyes estaban de su lado: «Si una esclava promovida a la categoría de esposa no es capaz de ocupar la nueva posición sin el debido decoro, deberá regresar a su anterior estado».[103] Tal vez en Nebraska. O a Texas. En algún lugar lejos de Canaán.

Con todas las miradas fijas en ella, Saray presentó su argumento final:

¡Que el SEÑOR juzgue entre tú y yo! *Génesis 16:5*

Es descorazonador escuchar a Saray hablarle de esa manera a Abram. «¡Que el Señor te haga pagar por hacerme esto!», parece decirle. Cuando dice: «Que el Señor diga quién tiene la culpa, si tú o yo» (DHH), algunos comentaristas bíblicos sugieren que ella se está refiriendo a la estadía en Egipto, cuando Abram le pidió que mintiera para que le fuera bien a él, un pedido «moralmente repugnante».[104]

Ah … *eso.* Algunas personas casadas llevan un registro detallado de los errores de su pareja y los usan como dardos punzantes cuando surgen las escaramuzas conyugales. Pero Abram optó por no presentar batalla y dejó que Saray venciera sin disparar una sola flecha.

—Tu esclava está en tus manos —contestó Abram. *Génesis 16:6*

Con estas palabras, que tenían la fuerza de un pronunciamiento legal, Agar quedó depuesta a su posición original, como simple esclava sujeta a la autoridad de Saray.[105] «Tu sierva está bajo tu poder» (NBLH); es decir: «Tu esclava es asunto tuyo».

Vaya, eso sí que fue rápido. Tal vez él había percibido el desagrado de Dios mucho antes de que Saray expresara su descontento. Quizá se hartó de observar a estas dos mujeres atacándose una a otra como cocodrilos en el Nilo. Podría ser también que se dio cuenta de que él y Saray se habían equivocado y entonces «voluntariamente desechó a la mujer que había recibido».[106]

Cualquiera que haya sido el razonamiento de Abram, las palabras que expresó seguidamente me provocan un escalofrío:

… haz con ella lo que bien te parezca. *Génesis 16:6*

Qué peligro … otorgar este tipo de libertad a una esposa agraviada. «Haz con ella lo que bien te parezca» (RVR 1960), dijo Abram. «Haz con ella lo que mejor te parezca» (DHH). ¿Entienden por qué me pongo nerviosa?

Saray le pidió a Abram que asumiera la responsabilidad que le correspondía como cabeza de la familia. En cambio, él evitó dicha responsabilidad. Más perturbador todavía es que no percibimos por parte de Abram «compasión, afecto, ni siquiera preocupación por la suerte de Agar»[107] a pesar de haberla tenido en sus brazos y de haber puesto en ella su semilla. Ahora él «abandonaba a la cólera y los celos de su rival a la mujer que llevaba su hijo»[108] sin hacer nada para proteger a Agar *ni tampoco* a su futuro heredero.

Lo deja a uno pasmado ¿no? Abram, «el padre que tenemos en común»,[109] se comportó como un padre irresponsable.

Con respecto a Saray, se apoderó de ese «poder y libertad, y fue implacable».[110]

Chicas malas

Y de tal manera comenzó Saray a maltratar a Agar ... *Génesis 16:6*

«Maltratar» puede significar muchas cosas. ¿Obligó Saray a Agar a trabajar más que nunca, a pesar de que estaba encinta, y le asignó «excesivas tareas serviles»?[111] ¿O cuando la Biblia registra que Saray «la afligía» (RVR 1960) se refiere a que la trataba mal, dirigiéndole palabras crueles, como dardos afilados, con el solo propósito de herirla? Si Saray la maltrataba, la humillaba y la afligía, ya tenemos un cuadro claro de lo difícil que debió ser la situación para Agar.

Pero la traducción más apegada al original hebreo es la siguiente: «Saray abusó de Agar». Es decir, literalmente «usó la fuerza, la trató con violencia».[112]

Ah, Saray, ¿cómo pudiste hacer esto? Agar solo hizo lo que tú le pediste que hiciera.

Sí, Agar estaba orgullosa y su actitud era molesta. Sí, Agar era una esclava y tú eras la dueña. Corrígela debidamente si fuera necesario. Pero herirla, golpearla, tratarla de manera inhumana ... esa no es la conducta propia de una mujer piadosa. ¡Pensar que «nuestra madre, una mujer de una profunda espiritualidad» pudiera ser tan abusadora! «¡Qué advertencia para todas nosotras!».[113]

Sí, para *todas*. No me tienta levantar la mano contra amigos ni enemigos, pero puedo lanzar palabras muy hirientes y agudas, especialmente cuando me siento agraviada, ofendida o ignorada. En vez de morderme la lengua, tal vez tendría que pegarla al paladar (con mantequilla de maní), cualquier cosa con tal de impedir que hiera a las personas con mis palabras o, peor, como al parecer hizo Saray.

Es un alivio saber que la historia de Saray no termina de esta manera. A nuestra princesa caída le esperaban días más felices, incluso recibiría un nombre nuevo y tendría un encuentro personal con el Dios de Abraham, y la respuesta tan anhelada a sus oraciones. Examinaremos la siguiente etapa de la vida de Saray en el capítulo 3. Sin embargo, el tiempo pasado en esta etapa de esterilidad ha sido fructífero, aunque solo haya sido para revelarnos los defectos de nuestra propia naturaleza.

¿Alguna vez he fustigado a mi esposo como lo hizo Saray? Lamento decirlo, pero sí lo he hecho.

¿Hice que los que una vez trabajaron para mí no se sintieran apreciados en alguna ocasión? Para vergüenza mía, lo hice.

¿Hubo ocasiones en que debí orar en vez de tramar maquinaciones? ¿ … que debí confiar en Dios en vez de elaborar mis propios planes? ¿ … que debí esperar en vez de actuar? Sí, miles de veces.

Si prefieres pensar que Saray fue un modelo de santidad, una mujer que nunca cayó, «estarías quitándole a Saray su dimensión humana, y nos privaríamos de las lecciones que podemos aprender de ella».[114] Ella fue humana, como nosotras, y como tal, su historia nos infunde esperanza.

El Señor todavía no había terminado su obra en Saray de Ur, y todavía no ha terminado de obrar en tu vida y en la mía. Él nos ama demasiado para dejarnos abandonadas en nuestro pecado o ahogadas en nuestra culpa. Puede que seamos de vez en cuando mujeres un poco malas, pero ¡qué Dios tan bueno es él!

Detengámonos un momento para reflexionar sobre las verdades que hemos aprendido de la vida de Saray. Luego continuaremos con Agar, una mujer cuya historia está por dar un giro dramático.

¿Qué lecciones podemos aprender de Saray?

Para los que aman a Dios no hay mentiras piadosas.

Cuando Abram le rogó a Saray que dijera que era su hermana, estaba pidiéndole que dijera una mentira piadosa, una falsedad supuestamente inocua con un propósito útil. Pero no hay mentiras inofensivas. Dios no quiere que mintamos para salvar nuestro pellejo ni el de nadie. Aun cuando aquellas personas a quienes amamos y en quienes confiamos nos piden que digamos una mentirilla («Si llama fulano, dile que no estoy» o «Dile a nuestro contador que ese viaje fue un viaje de negocios»), podemos negarnos respetuosamente e intentar encontrar una solución mejor que satisfaga sus necesidades pero que honre a Dios.

> Por lo tanto, dejando la mentira, hable cada uno a su prójimo con la verdad. *Efesios 4:25*

Aprende a reconocer cuándo es hora de renovar el vestuario.

En los primeros años de su vida de casada, Saray iba vestida de fiesta,[115] seguía a Abram en el viaje guiado por Dios sin inquietudes ni quejas, caminando por el desierto y haciendo todo lo que su esposo le pedía. Sin embargo, cuando los efectos de los años de esterilidad comenzaron a sentirse, su paciencia se agotó y su trato con las personas más allegadas a ella se volvió tan áspero como las tiras de cuero de sus sandalias gastadas. *Qué no usar,* edición de aproximadamente el 1800 a.C. Podemos aprender de las «metidas de pata» de Saray y decidir vestirnos con prendas espirituales que nunca pasan de moda.

> Por lo tanto, como escogidos de Dios, santos y amados, revístanse de afecto entrañable y de bondad, humildad, amabilidad y paciencia. *Colosenses 3:12*

Confía en el plan del Señor.

El salmista cantaba: «Confía en el Señor»[116] y convocaba al pueblo de Dios a dejar que el Señor soberano fuera su guía. Pero cuando nuestra paciencia se agota, la confianza suele desaparecer. Perdemos la esperanza de que Dios responda a nuestras oraciones y comenzamos a buscar soluciones rápidas. Dejamos de escuchar los consejos de otras personas y tomamos decisiones apresuradas, que con frecuencia luego lamentamos. Saray dio muestras de muchas características admirables, pero su plan de encargarse de todo en vez de confiar en Dios no es una de ellas. Tomemos una hoja del libro de su vida e invirtámoslo: dependamos de Dios en vez de procurar soluciones rápidas, y prestemos atención a consejos sabios en vez de arremeter sin calcular el precio.

> Confía en el Señor de todo corazón, y no en tu propia inteligencia. *Proverbios 3:5*

Es necesario templar el carácter.

El acero templado se calienta y luego se enfría para endurecer el metal. Cuando los ánimos se caldean, como se enojó Saray con Agar y con Abram, podemos intentar apagar nuestra ira con la fría verdad. ¿Por qué estamos *realmente* tan furiosas? ¿Estaremos tan concentradas en las debilidades ajenas que no podemos ver nuestros propios defectos? ¿Albergaremos alguna desilusión del pasado que interfiere con nuestra capacidad de actuar con justicia? ¿Tenemos derecho a enojarnos o nuestro enojo se origina solo por el orgullo herido y la envidia? En el fragor del momento, hagamos una pausa para que nuestros ánimos se enfríen, con la convicción de que el esfuerzo nos fortalecerá … y nadie tendrá que huir de nosotros.

> Cruel es la furia, y arrolladora la ira, pero ¿quién puede enfrentarse a la envidia? *Proverbios 27:4*

Algunas ideas a considerar para mujeres buenas

1. ¿Qué opinión tenías de Saray *antes* de estudiar su historia en Génesis 11 — 16? ¿Qué piensas de ella ahora? Basándote en tu experiencia personal o en tus observaciones, ¿qué bendiciones hay en estar casada con un hombre con un llamado singular de Dios? ¿Cuáles son los desafíos?

2. Saray es la primera mujer de las Escrituras a quien se describe como estéril. Dado que «los hijos son una herencia del SEÑOR»,[117] ¿con qué fin Dios impidió que Saray tuviera hijos? ¿Crees que tener hijos sigue siendo una fuente de estima para las mujeres? ¿De qué maneras la sociedad moderna mide el valor de una mujer? ¿Qué cosas tienes en cuenta tú para determinar tu valor?

3. Abram y Saray dejaron todo lo que tenían: familia y amigos, casa y tierras, y todas las posesiones materiales que no podían ser transportadas en un camello, para seguir la dirección de Dios. Si el Señor te pidiera que dejaras todo y lo siguieras, ¿cómo responderías? El Señor afirmó muchas veces a Abram que «él haría» y prometió bendecirlo y hacer de él una persona importante. ¿Cómo podrían estas promesas aumentar tu fe?

4. Cuando descubriste que Saray era una mujer hermosa, ¿cambió esto la idea que tenías de ella? ¿Temiste por ella durante su estancia en el pa-

lacio del faraón o pensaste que su apariencia agradable la protegería? En nuestra cultura, ¿es una ventaja ser bella, o es una desventaja?

5. En Génesis 15, Dios le dijo a Abram que tendría un hijo propio pero no le dijo cómo se llamaría la madre. ¿La historia hubiera sido distinta si Dios le hubiese dicho: «Y Saray tendrá un hijo tuyo»? Como sabemos que «el camino de Dios es perfecto»,[118] ¿por qué crees que Dios no reveló este dato crucial? Pasaron diez años antes de que Saray hiciera algo para asegurarse de que Abram tuviera un heredero. ¿Qué circunstancias supones tú que la llevaron a actuar?

6. Cuando Saray entregó a Agar a su esposo, ¿de qué manera «abrió la puerta a la desgracia espiritual»?[119] ¿En qué sentido la facilidad con que Agar concibió complicó la situación de Saray? En tu vida, ¿alguna vez tomaste el futuro en tus manos impacientes sin procurar la guía de Dios? ¿Y cuál fue el resultado?

7. Según la acusación lacónica de Saray, ella quería que Abram rectificara la situación. Describe la «injusticia» que ella estaba sufriendo (Génesis 16:5). Una vez más, Saray no pidió ayuda a Dios. ¿Cuál crees que fue el motivo? Este capítulo en la vida de Saray termina con una nota amarga, ¿le has perdido el respeto a Saray, o estás dispuesta a darle otra oportunidad? Explica tus razones.

8. ¿Cuál es la lección más importante que aprendiste de Saray, la princesa y esposa que perdió la paciencia?

2

PLAN DE VUELO

*Los lugares donde esconderse son
innumerables, escapatoria solo hay una.*
FRANZ KAFKA

Pavla no podía huir del dolor; solo podía soportarlo y gritar pidiendo misericordia.

«Ya falta poco», dijo Sandra con convicción. Como si supiera ... como si tuviera todo bajo control.

Pero, por supuesto, Sandra Caballero tenía todo controlado desde el principio. *Pavla, tengo que pedirte un gran favor* ... Pavla pronto se dio cuenta de que se trataba de un favor inmensamente grande. Demasiado grande, aun con todo lo que Sandra le había prometido como compensación.

Agotada después de una noche de trabajo de parto, entre las contracciones, Pavla caía en un estupor, mirando fijamente con sus ojos llorosos en la habitación: los azulejos claros, las luces intensas, las bandejas brillantes, las enfermeras vestidas con uniformes color turquesa.

Su ama estaba a su lado. Parecía ansiosa: Sandra, la mujer responsable de su dolor. «Nada de calmantes», le había dicho al anestesiólogo, extendiéndole un formulario legal con la firma de Pavla. «No podemos arriesgarnos a tener la más mínima complicación».

Nosotras. Era la palabra favorita de Sandra. En las consultas mensuales con el doctor, en la sección de bebés de Lord & Taylor, en las clases Lamaze de preparto. Siempre *nosotras. Nosotras estamos buscando ... Nosotras necesitamos ... No podemos esperar ...*

Después de un día particularmente agitado, Pavla le había contestado en la sala de espera del consultorio del Dr. González. «*Nosotras* no estamos encinta. *Yo* estoy embarazada», le había dicho. «Tu espalda no te duele, no tienes calambres en las piernas, no tienes las manos hinchadas. *Yo* estoy esperando este bebé, no tú».

Pavla nunca le pidió perdón. Sandra nunca se lo perdonó.

—¿Pavla? —la voz del Dr. González le llegaba desde los pies de la cama.

No podía ver más allá de una sábana que le cubría las rodillas flexionadas, pero sentía las manos del médico entre las piernas y una nueva contracción en el vientre.

—Ya casi estamos, Pavla. Todo está saliendo según lo previsto.

—¿Según lo previsto por quién? —dijo entre dientes mientras una nueva contracción casi la hizo saltar de la cama. Pavla intentó respirar pero no podía. Intentó gritar, pero tampoco podía. Solo podía pujar.

Momentos más tarde, cuando escuchó el grito de Sandra seguido del llanto de un bebé, Pavla sonrió a pesar del dolor. *Mi hijo. El hijo de Alan.* A su alrededor, un revuelo de actividad la rodeaba, mientras ella se hundió en la cama, no del todo consciente.

—¡Felicitaciones! —dijo el Dr. González inclinándose sobre ella con el rostro radiante—. Diría que es una hermosa manera de comenzar el día.

Pavla asintió levemente, observando a las enfermeras mientras atendían al niño y a Sandra encima de ellas, haciendo preguntas. ¿Tiene buen color? ¿Cómo está su pulso? ¿Respira con normalidad? Pavla también quería saber estas cosas.

Otra enfermera le cambió las sábanas y la ayudó a ponerse una túnica de hospital limpia. Luego le dio a Pavla unos sorbos de agua, que tanto había deseado durante el trabajo de parto. Sandra sostenía a su hijo en sus brazos. *Su hijo.* Pavla quiso desviar la mirada, pero no pudo. Era tan pequeñito y sonrosado, su cabeza cubierta con remolinos de cabello negro mojado. *Como mi pelo.*

Instintivamente, Pavla extendió los brazos hacia el niño. *Por favor ...*

Sandra ahogó un grito y lo apretó aun más contra su pecho. «Pavla, acordamos ... »

Pavla dejó caer los brazos vacíos. *Nosotras acordamos.* El abogado había repetido cada una de las frases hasta estar seguro de que ella entendía. *Terminación voluntaria de los derechos de paternidad. Consentimiento de adopción.*

Renuncia. Pavla giró la cabeza para ocultar sus lágrimas, mientras dos enfermeras se la llevaban a otra habitación para que se recuperara. Sandra se quedaba atrás con el bebé en sus brazos.

«Una respuesta perfectamente natural cuando se da a luz», le dijo suavemente una de las enfermeras, secando las mejillas de Pavla con un pañuelo de papel. «Son esas hormonas que suben y bajan».

Pavla no se molestó en corregirla. La mayoría de las madres sustitutas, había aprendido, eran mujeres casadas y con hijos propios. Estaban felices de poder criar el bebé de otra pareja para llevar alegría a una familia, más que por la considerable recompensa económica. Pero Pavla no tenía dicho incentivo.

«Alan y yo preferimos no pagarte dinero en efectivo», Sandra le había explicado desde un principio, sin mirarla a los ojos mientras le refería su plan tan poco convencional. Aparentemente, ofrecer dinero era una afrenta cuando se trataba de algo tan sagrado. «¿Qué piensas si trasladamos a toda tu familia, y los traemos de Ucrania a los Estados Unidos, les proveemos una vivienda y los ayudamos a instalarse y conseguir trabajo. ¿Te parece bien?»

¿Cómo negarse? Tener a su madre y a sus dos hermanos viviendo con ella en los Estados Unidos. Volver a estar juntos como familia. Nunca se hubiera atrevido a soñar con esa posibilidad.

Pero su entusiasmo se esfumó cuando comenzaron las visitas al médico. La inseminación artificial era justamente eso: artificial, clínica, médica. Cuando concibió después de la primera implantación, los Caballero estaban jubilosos, convencidos de que Dios había bendecido sus planes. Sandra estaba orgullosa, como si ella fuera responsable de todo y no Dios.

Pavla sabía la verdad. Desde el momento en que descubrió que un hijo crecía en su vientre, Dios se le reveló de nuevas maneras. Cuando oraba, sentía que él la escuchaba. Cuando escuchaba, sentía que él le hablaba. Cuando su hijo se movía y pataleaba en las últimas semanas, como si quisiera ser libre, Dios le aseguró que todo estaba bien.

Al mirar a su hijo, plácidamente dormido en los brazos de Sandra, no parecía el mismo bebé. «¿Iván?», susurró Pavla llamándolo, esperando que él pudiera reconocer su voz. ¿Fue idea de ella o el niño movió la cabeza en su dirección? Ella había insistido en su derecho legal de ponerle un nombre. Una pequeña concesión, decidió Sandra, aunque *Iván* no fuera precisamente un nombre de su agrado. Cuando Pavla le explicó que el nombre significaba «regalo de Dios», Sandra no opuso reparos.

Pavla no le dijo la verdadera razón de su elección del nombre: *Iván* había sido el nombre de su padre. Iván Teslenko de Berdychiv. Era su manera de honrar la memoria de su padre, ya que *Teslenko* no figuraría en su certificado de nacimiento. «Iván», volvió a decir, reconfortada con el sonido ... y secretamente contenta al ver el disgusto que ensombreció el semblante de Sandra.

«Alan llegará pronto», anunció Sandra. «Le pedí a una de las enfermeras que lo llamara».

Pavla no dijo nada. Se sentía incómoda alrededor de Alan desde el momento en que firmó la pila de documentos legales que ligaban su útero a su simiente. Por más distancia que hubiera entre él y el procedimiento, era innegable que llevar su hijo creaba un vínculo entre ellos. Más de una vez él había colocado su mano sobre su abdomen para orar por su hijo. Ella sintió la tibieza de la palma de su mano a través de su vestido maternal y vio el relámpago de compasión en su mirada. «Dios te bendiga», decía cada vez. Su caricia parecía la caricia de Dios, santa y buena.

Mientras que varios aparatos monitoreaban sus signos vitales, Pavla observaba a través de una abertura en la cortina, avergonzada de su ansiedad. Alan venía a ver a su hijo, no a ella. Sin embargo, tal vez tuviera alguna palabra tierna hacia ella, o quizá le tomara la mano en señal de gratitud.

En cambio, apareció una enfermera, con una mirada severa.

—El pediatra está haciendo las rondas matinales. Su hijo debe estar en la cuna.

Sandra le dio la espalda de su saco de marca a la enfermera mientras acunaba al niño en sus brazos.

—Pero mi esposo llegará en cualquier segundo.

—Mándelo a la sala de recién nacidos —dijo secamente la mujer, retirando al pequeño de brazos de Sandra, a pesar de su indignación. La enfermera salió de la habitación y Sandra la siguió.

Pavla apretó los labios, para que si Sandra regresaba no pudiera ver su sonrisa, y luego se secó la frente con uno de los extremos de la almohada. Qué espantosa debería estar con su pelo recogido y cubierto con un gorro de papel azul y su rostro sudoroso. Sería conveniente que Alan no la viera así.

Pero su corazón se aceleró al escuchar su voz en el pasillo.

—¿Se permite pasar a un caballero? —retiró la cortina y esperó su respuesta.

—S-s-sí —respondió Pavla, mientras alisaba las sábanas y esperaba que sus piernas no temblaran. Una reacción normal después del parto, le habían dicho las enfermeras.

Uno de esos ángeles compasivos pasó por detrás de Alan, trayéndole a Pavla un vaso con jugo.

—No se permiten visitas en la sala de recuperación, señor.

Alan se ruborizó:

—Pero … soy el padre del bebé.

—Ya veo —dijo la enfermera, clavándole la mirada—. ¿No tienes problema, Pavla?

Ella asintió, y luego dijo en ucraniano:

—*Tak* —esperando que Alan sonriera y que se sintiera más cómodo.

—Gracias por decir que sí —respondió, entrando a la pequeña área detrás de las cortinas—. Quiero decir, por decir que sí … a todo.

Estaba muy sonriente, parecía una sonrisa más cálida que la de siempre, pensó Pavla.

Cuando la enfermera se retiró, él se acercó.

—Pavla, tú me has bendecido mucho más que lo que podría expresar con palabras.

La miró a los ojos, dejó descansar su mano sobre la de ella.

—Es decir, tú has sido una bendición para *nosotros*. Has sido una bendición para nuestra familia.

Los ojos de Alan se nublaron mientras pronunciaba esa palabra: *familia*. Pavla lo entendía. El amor por su propia familia la había llevado a hacer este sacrificio por la felicidad de él.

—Me alegra que tengas un hijo sano —dijo, y realmente lo sentía—. ¿Ya lo viste?

—Todavía no.

Entonces vino a verla a ella primero.

Pavla se humedeció los labios resecos.

—Iván tiene algunos rasgos apuestos —dijo. *Como los tuyos*, pensó—. Y tiene la cabeza cubierta de rizos oscuros.

—Como los tuyos.

Alan tocó uno de los rizos que se escapaban por debajo de la gorra.

Las cortinas se abrieron de golpe.

—Aquí estás —Sandra ni siquiera parecía contenta de verlo; más bien sonaba irritada.

Alan retrocedió, hundiendo las manos en los bolsillos, como si fuera un colegial a quien habían pillado haciendo algo.

—¿Dónde más podría estar? Debemos estar muy agradecidos a Pavla …

—Claro que lo estamos —replicó Sandra—, y la fortuna que gastaste en el papeleo inmigratorio para su familia debería ser agradecimiento más que suficiente.

Sus palabras quedaron flotando en el aire como lascas de vidrio, taladrando el silencio.

Finalmente Pavla dijo:

—Tú tienes tu familia. Yo tengo la mía. Es suficiente.

Luego señaló el pasillo:

—Ve a conocer a tu hijo. Iván es lo único que importa ahora ...

Agar: Pendencia en Canaán

A través de la terrible experiencia de Agar, no la escuchamos chistar. ¿Se sintió usada y abusada por su amo y por su dueña? Seguramente dicho arreglo conyugal ofende nuestra sensibilidad contemporánea, pero en aquella época y lugar, era un honor que una mujer rica se hiciera a un lado e invitara a otra mujer a llevar su hijo. Al menos, así era en teoría. Para la madre en cinta la realidad puede no haber sido tal honor y más bien una deshonra. Especialmente cuando comenzó el abuso.

Como Agar llevaba una vida en las sombras hasta este momento de la narración bíblica, alejémonos un poco y pensemos en lo que *sí* sabemos de ella y qué circunstancias la llevaron a esta situación desesperada.

Para que Saray escogiera a Agar como su sierva personal, «una posición de relativa importancia en el hogar»,[1] Agar debió haber dado muestras de ser una joven de confianza, que «servía con devoción a su dueña».[2] Además, debió haber sido inteligente y haberse congraciado con Abram y Saray, «haciéndose indispensable, para que no la vendieran y se encontrara en una existencia peor».[3] La esclava egipcia tenía que andar con cuidado, procurando mantener su sentido de sí misma mientras vivía sometida a sus dueños hebreos.

El día en que se convirtió en la segunda esposa de Abram, todo cambió para bien y para mal. Agar obtuvo un esposo poderoso pero, a su vez, su primera mujer se convirtió en un enemigo más poderoso. Ahora llevaba en su seno a un niño: tímida esperanza para un futuro mejor.

¿Fue Agar una Mujer Ligeramente Mala por acceder a ser la madre sustituta en el plan de Saray? Desde mi perspectiva, no lo creo. Más bien diría que Agar fue «la única persona inocente, una esclava con poco poder para resistirse».[4] Pero su inocencia duró poco.

> Al darse cuenta Agar de que estaba embarazada, comenzó a mirar con desprecio a su dueña. *Génesis 16:4*

Obtenemos un cuadro más claro cuando mezclamos, como si fuera una ensalada, las diferentes traducciones que existen de este pasaje [en inglés]: «ella comenzó a tratar mal a Saray» (New Century Version), «ella menospreció a su ama» (The Message) y «fue odiosa con Saray» (Contemporary English Version). Al compararse con una esposa encinta, la estéril Saray se sintió cada vez menos estimada, y Agar «comenzó a regodearse».[5]

Si, conforme a la leyenda, «Agar había sido una princesa en la casa de su padre»,[6] la hija mimada de un faraón y su concubina, es más fácil entender su arrogancia. La mayoría de los esclavos cumplían las órdenes sin quejarse y sin cuestionar a sus dueños. Princesa o mendiga, la conducta mezquina de Agar le otorga el sello de Mujer Ligeramente Mala, prendido con un alfiler a su vestido maternal.

Las Escrituras no describen ni las palabras ni las acciones de Agar, pero podemos imaginarnos lo que hacía. En la presencia de Saray, levantaba el mentón y no la miraba. Su tono era insolente y sus gestos, despectivos; se encogía de hombros y hacía ademanes con desdén. Mientras el niño se gestaba en su cuerpo, Agar empujaba el abdomen hacia fuera tanto como podía, se acariciaba la barriga o se sostenía la espalda con las manos, para destacar su condición. Esta sierva, «de muchas maneras que cualquier mujer puede entender, se atrevió a mostrar su desdén por su dueña que no podía tener hijos»,[7] lo que nos permite vislumbrar su naturaleza «apasionada y descontrolada».[8]

Me pregunto si Agar siempre había expresado sus emociones tan abiertamente o si las hormonas tenían algo que ver. Tal vez estaba entrando en el tercer trimestre, cuando cualquier cosa puede hacer explotar a una mujer. Como dice Nora Ephron: «Si el embarazo fuera un libro, arrancaría los últimos dos capítulos».[9] Quizá Agar envidiaba que Saray fuera objeto del afecto de su esposo y entonces le espetó a su dueña: «Yo estoy encinta de su hijo, y tú, no». Aparentemente, Agar se creía que «era mejor mujer que Saray, más favorecida por el Cielo, y con más posibilidades de ser amada por Abram».[10] Una suposición muy imprudente de parte de Agar. Su dueña no podía darle hijos a Abram, pero Saray hacía sesenta años que acompañaba a su esposo con lealtad y afecto.

Por desgracia, como vimos en el capítulo anterior, Saray no fue leal para con la mujer encinta con el hijo de su esposo. Por el contrario, «decidió tratar tan mal a su sierva, que Agar huyó».[11] Habiendo perdido su categoría como segunda esposa, y convertida en una madre soltera maltratada por su dueña, Agar hizo caso omiso de las leyes consuetudinarias y se libró de las garras de Saray.

... ésta huyó al desierto. *Génesis 16:6*

Se podría pensar que este matrimonio patriarcal obtuvo lo que merecía. «En vez de asegurarse el cumplimiento de sus deseos, Saray y Abram cosecharon angustia y aflicción»,[12] y perdieron a una esclava trabajadora y al hijo de Abram que todavía no había nacido.

¿Fue premeditada la huída de Agar o fue un repentino acto de desesperación? ¿Se escapó sigilosamente después del anochecer, con la esperanza de que nadie la viera, o huyó de la presencia de Saray a plena luz del día, con lágrimas que rodaban por sus mejillas? El nombre Agar significa «vuelo»[13] o «vagabunda», ya que deriva del árabe *hajara*.[14] Nuestra Mujer Ligeramente Mala era fugitiva; había huido de la ira de Saray y del abandono de Abram. Los castigaba llevándose con ella al precioso heredero que latía en su vientre. Huyó en dirección a Egipto, a su hogar.

Si bien podemos aplaudir su anhelo de libertad, «las mujeres esclavas tenían prohibido huir de sus dueños».[15] Por más que simpaticemos con ella, desde el punto de vista legal, Agar cometió una falta. Es injusto, lo sé. Las palabras *justicia* y *esclavitud* son incompatibles.

Al huir de esa manera, «encinta, acongojada, humillada, temerosa y sola»,[16] Agar no estaba preparada para el largo viaje hacia el sur ni para cruzar el desierto. Podemos sentir el calor del sol del mediodía consumiendo sus energías. Imagínate la gruesa arena quemando las plantas de sus pies. Escucha los ruidos de su estómago vacío. Bajo la vasta bóveda celeste del desierto, Agar debió tomar conciencia de «su propia insignificancia como nunca antes la había sentido».[17]

Pero ella no era insignificante para Dios.

Por eso, él vino a buscarla.

Tocada por un ángel

Allí, junto a un manantial que está en el camino a la región de Sur, la encontró el ángel del Señor. *Génesis 16:7*

Hermana, podría escribir todo un libro sobre esta increíble afirmación. Una visita celestial, una fuente de agua viva y una mujer que procura librarse de la esclavitud ... ¡tanto simbolismo me marea!

Para comenzar, es la primera aparición de un ángel en las Escrituras. No solo cualquier ángel, sino *el* ángel del Señor. Este mensajero divino, esta «manifestación temporal de Dios»,[18] se parecía «a un ser humano», nada de «alas, aureolas y halos gloriosos».[19]

Adelante, fíjense en cualquier traducción que deseen: Dios no se manifestó con atuendo angelical cuando habló con Adán o Noé, ni siquiera con Abram. Pero con Agar, «una mujer, una mujer egipcia y esclava, además»[20], Dios descendió y se encontró con ella «junto a una fuente de agua en el desierto» (RVR 1960).

> … junto a un manantial que está en el camino a la región de Sur. *Génesis 16:7*

¿Sur? Como lo suponíamos, Agar iba de regreso a Egipto. El ángel del Señor también lo sabía, pero de todos modos le pidió que expresara con palabras lo que pretendía hacer:

> Agar, esclava de Saray, ¿de dónde vienes y a dónde vas? *Génesis 16:8*

¿Se habrá sorprendido cuando él la llamó por su nombre? Es interesante notar cómo el ángel le recuerda su estado social en la vida y los deberes que ha abandonado, quizá con la intención angelical de «poner al descubierto su vanidad».[21] Agar sabía bien que no tenía recursos ni dónde refugiarse. Al escuchar las palabras «esclava de Saray» sin duda que un cúmulo de emociones se agolparon en ella: «enojo, abandono, traición y temor».[22]

Entonces el ángel le hizo dos preguntas que resumirían la existencia de Agar: «¿De dónde vienes y a dónde vas?». O, como figura en la versión VRL (Versión Revisada de Liz): «¿En qué andas, muchacha?»

> Estoy huyendo de mi dueña, Saray. *Génesis 16:8*

Debemos reconocer que esta mujer es sincera. No se anduvo con rodeos para responder. Tal vez Agar respondió «tan abiertamente y con tanta franqueza»[23] con la esperanza de que el ángel no se percatara de que ella no había respondido a la segunda parte de la pregunta: «¿a dónde vas?»

Pero resulta que sus planes para el viaje no importaban. Dios tenía otro destino para ella:

> Vuelve junto a ella y sométete a su autoridad —le dijo el ángel—. *Génesis 16:9*

No había lugar para ponerse a discutir. «Vuelve» y «sométete» son palabras fuertes, en imperativo, no son sugerencias sino órdenes. La primera parte, «Vuélvete a tu señora» (RVR 1960), era para beneficio de Agar: allí cuidarían de ella y de su hijo. ¿Era una situación ideal? De ningún modo, pero era mejor que vagar por el desierto, sin alimento, ropa, abrigo ni protección.

La segunda parte, «sométete a su autoridad», era muchísimo más difícil. Agar tendría que soportar los malos tratos de Saray. Más adelante, el apóstol Pedro escribiría: «Criados, sométanse con todo respeto a sus amos, no sólo a los buenos y comprensivos sino también a los insoportables».[24] Antes de quejarnos o exigir una explicación, el siguiente versículo nos recuerda que la sumisión a una autoridad de mayor jerarquía honra a Aquel que verdaderamente servimos: «Porque es digno de elogio que, por sentido de responsabilidad delante de Dios, se soporten las penalidades».[25]

Pero, ¿podría Agar, que pertenecía a los gentiles, comprender el valor de obedecer a Jehová?

Durante todos los años que vivió en las tiendas de Abram, sin duda que había oído hablar de su Dios. Las «palabras de conocimiento»[26] del ángel sin duda que habían revelado su identidad celestial. Con todo, aceptar la existencia de Dios es una cosa y honrar sus mandamientos es otra cosa completamente distinta, especialmente cuando implica volver sobre nuestros pasos cuando preferiríamos seguir avanzando.

Antes de conocer a Bill, él trabajaba en una estación de radio cristiana de la localidad, para financiar sus estudios mientras terminaba su doctorado en el seminario. Cuando tenía bien agarrado su título de doctorado (y a mí), Bill se despidió de sus compañeros de radio y comenzó a dar clases durante un año en una universidad, seguro de que sus días de radio eran cosa del pasado. Pero cuando el año académico llegó a su fin y, a pesar de todos sus esfuerzos, no se materializó un puesto a tiempo completo, Bill retomó su viejo trabajo en la radio para poder mantener a su familia.

Créanme, la humildad y la obediencia que se requiere para «regresar» y «someterse» es algo digno de contemplar. Veamos cómo se las arregló Agar.

Ahora ... algunas buenas noticias

Cualquier protesta de parte de Agar se esfumó cuando nuestro santo mensajero, en lengua «propia del Señor mismo»,[27] le ofreció un futuro mucho más esplendoroso que ningún otro que se hubiera imaginado. El ángel le dijo:

> De tal manera multiplicaré tu descendencia, que no se podrá contar. *Génesis 16:10*

Fíjense que Agar fue la primera mujer de las Escrituras en recibir una promesa divina para sus descendientes: Agar, la esclava arrogante. También es la única mujer en el libro de Génesis que recibió dicha promesa «directamente de Dios».[28]

Sí, pero ...

Señor, ¿no te habrás confundido y pensado que hablabas con Saray? Ah ... Entonces *sabías* que era Agar, la esclava de Saray. Y prometiste «multiplicar de tal manera» la descendencia de Agar, plenamente consciente de que ella «sería la madre de otra religión».[29]

Sí.

Este es Dios haciendo de Dios, querida hermana. «¡Qué indescifrables sus juicios e impenetrables sus caminos!»[30] Él fue fiel a la promesa que le había hecho a Abram al bendecir la simiente que crecía dentro de Agar. No porque Abram, o Saray, o Agar se lo merecieran, sino por la grandeza de la gracia de Dios perfectamente expresada en las palabras que conocemos de memoria: «Porque tanto amó Dios al mundo».[31] No solo a la parte del mundo que conocemos de vista, los sonidos a los que estamos acostumbrados, que sabemos cómo piensa y que vive como nosotros, sino a *todo* el mundo.

Su amor trascendió todo lo humanamente definido por Agar: el género, la raza, la nacionalidad, la clase, la religión, y le dio una identidad nueva.

No tenemos otra palabra para describir esto: Dios *salvó* a Agar en el desierto. La salvó de la muerte por inanición y salvó también al niño que todavía no había nacido. La salvó de su espíritu de arrogancia y de la aflicción provocada por su actitud. La salvó de sí misma: algo que solo Dios puede hacer.

Nuevamente, Agar no había hecho nada para merecer el favor del Señor. Dios protegió la simiente de Abram *porque así lo había dicho*. Escribe las siguientes palabras sobre tu corazón: Dios cumple su palabra.

> Estás embarazada, y darás a luz un hijo. *Génesis 16:11*

¿No les recuerda algo esta promesa? María, la madre de Jesús, escuchó unas palabras similares del ángel Gabriel: «Quedarás encinta y darás a luz un hijo».[32] A ambas mujeres «se las llamó por su nombre personal, y no por su relación con su esposo».[33] La comparación se limita a esto, pero no podemos pasar por alto esta verdad: Dios atendió las necesidades de Agar, de la misma manera que lo hizo con María.

¡Y mira qué buenas noticias el ángel del Señor le reveló a Agar! Ella ya sabía que estaba encinta, pero no sabía que sería *un varón*. Tampoco tuvo que preocuparse de comprar libros con nombres de niños. Dios también se encargó del nombre.

... y le pondrás por nombre Ismael ... *Génesis 16:11*

Creo que hasta las personas que no han leído *Moby Dick* reconocen las famosas palabras con las que comienza la novela de Herman Melville: «Llamadme Ismael». Muchos siglos antes, el bebé de Agar llevó ese nombre, pero no lo eligió ni la madre ni el padre, ni Melville, sino su Creador. Aunque Ismael fue la primera persona a quien Dios le puso un nombre antes de nacer, no fue la última; Dios también escogió los nombres de Isaac, Josías, Jedidías (también conocido como Salomón), Juan el Bautista, y a su propio Hijo, Jesús. Una serie impresionante de patriarcas, profetas, reyes y un glorioso Salvador.

Pero volvamos a Ismael.

... porque el SEÑOR ha escuchado tu aflicción. *Génesis 16:11*

Ismael significa «Dios escucha». La angustia o aflicción de Agar es una referencia a la manera en que Saray trataba a su esclava. Tal vez esta era la manera delicada en que Dios reconocía el sacrificio que le pedía a Agar. *Vuelve.*

Es alentador saber que nuestro sufrimiento nunca pasa desapercibido para Dios. Dios ve y Dios escucha. Él escucha nuestro llanto ahogado a altas horas de la noche. Él escucha nuestros ruegos susurrados en la sala de espera de los médicos. Él escucha las palabras que no podemos pronunciar mientras nos esforzamos por orar. ¡Qué consuelo es saber que nos ama un Dios que nos escucha!

Dios volvió a hablarle a Agar, y le describió a Ismael en términos bien apropiados a esta «madre rebelde y orgullosa».[34]

> Será un hombre indómito como asno salvaje ... *Génesis 16:12*

Quizá tú también eres la madre de un «caballo salvaje». Algunos hombres simplemente no se pueden quedar quietos y no están contentos salvo que estén montados en una motocicleta, en una patineta, o montados a caballo, *o en algo.* (No tenemos a nadie que se ajuste a esa descripción en el hogar de los Higgs, ¡pero en mi juventud salí con algunos muchachos indómitos!) Como un verdadero beduino del desierto, Ismael sería «salvaje, libre, indómito»,[35] como un asno montés o un onagro (un burro asiático salvaje al que no se puede domesticar).

Acababa de escuchar el nombre que Dios había elegido para su hijo y Agar hizo algo que ningún otro personaje bíblico se atrevió a hacer: *le dio un nombre a Dios*

> Como el SEÑOR le había hablado, Agar le puso por nombre «El Dios que me ve». *Génesis 16:13*

¡Increíble! Como Dios vio a Agar, con todo lo que implica la palabra *ver:* mirar, reconocer, llamar por su nombre, comprender, acompañar, proveer, ella se animó a ponerle un nombre: «El Dios que me ve». Algunos piensan que Agar le asignó un nombre a esta deidad que todo lo ve para poder «invocarlo en el futuro».[36] Un concepto interesante, dado que ella no lo había invocado cuando más lo necesitó sino que «el ángel vino por voluntad propia».[37]

Pero Dios no solo vio a Agar; *ella vio a Dios.*

> ... se decía: «Ahora he visto al que me ve». *Génesis 16:13*

Hay una sensación de estar ante un milagro, como si no pudiera creer lo que acaba de ver. Eugene Peterson en su paráfrasis expresa el asombro de Agar de la siguiente manera: «¡Sí! me vio; y luego yo lo vi a él», aunque otras traducciones registran este versículo como si fuera una pregunta, tal vez pronunciada con temor: «¿Estoy todavía con vida después de verle?» (LBLA). Después de todo, no se podía jugar con los dioses egipcios ni los cananeos. Incluso este Dios más adelante dijo: «No podrás ver mi rostro, porque nadie puede verme y seguir con vida».[38] Sin embargo, Agar vio al ángel del Señor y vivió para contarlo. ¡Imagínense qué experiencia!

El nombre que le dio al Señor quedó vinculado al lugar donde se encontraron, un lugar donde tanto el agua como la compasión fluían en abundancia.

> Por eso se llamó a aquel pozo Beer-lajai-roi. *Génesis 16:14*
> (LBLA)

Literalmente, «Pozo del Viviente que me ve» (NVI), uno de los muchos pozos descritos en Génesis. ¿Bebió Agar un gran sorbo de agua antes de volver a las tiendas de Abram? ¿Buscó ver reflejado su rostro en el manantial que brotaba de la tierra, curiosa por ver si su semblante había cambiado después de su encuentro con *El Roi*, el Dios Viviente que me ve? ¿O se salpicó la cara con agua, como intentando despertar de un sueño?

No se nos dice qué hizo Agar a continuación, pero está claro lo que *no hizo*: no se negó a regresar con su dueña. En cambio, «se dio vuelta y regresó sobre sus pasos»,[39] sin duda que con la cabeza en alto, sus hombros hacia atrás y con paso firme. Había huido de las tiendas de Abram sin que nadie la viera, ni escuchara, ni la amara. Ahora caminaba de regreso después de que Uno más grande que Abram o Saray la viera, la escuchara y la amara. Cuando huyó su única identidad era ser esclava y regresó habiendo encontrado su verdadero llamado a través de los ojos de El Roi, el Dios que había bendecido su vientre, el Dios que la había convertido en madre.

Feliz día

> Agar le dio a Abram un hijo, a quien Abram llamó Ismael.
> *Génesis 16:15*

Abram lo llamó Ismael, pero él no había elegido ese nombre. Es obvio que Agar le había contado a Abram su encuentro con el ángel del Señor, palabra por palabra, ya que sabemos que nuestra hermana tenía agallas. Te apuesto a que cambió rápidamente la manera en que él la miraba.

«¿Viste un *ángel*? Y te dijo *¿qué?*»

Sospecho que esta futura madre de multitudes recibió un lecho más blando para recostarse, mejor comida y un trato más cariñoso de parte de su dueña. Especialmente si el hombre de la casa «aceptó a Ismael como el hijo de la promesa»,[40] como estoy segura lo hizo Agar cuando se dio cuenta de que el Dios de Abram y su El Roi eran la misma persona. Piénsalo: dado que el Señor le había dicho a Abram que tendría muchos descendientes y el ángel del Señor le dijo lo mismo a Agar, ambos naturalmente (pero erróneamente) concluyeron que la larga línea de descendientes comenzaría con el primogénito.

> Abram tenía ochenta y seis años cuando nació Ismael. *Génesis 16:16*

Alguien parece haber desaparecido de nuestra historia: Saray. ¿Qué pensamientos le cruzaron por la mente cuando su esclava se reintegró a su vida? ¿Se sintió aliviada o furiosa al ver a Agar? ¿Habrá estado ansiosa por ayudar en el nacimiento de Ismael o ni siquiera deseaba ver al niño? ¿Sostuvo a Ismael en sus brazos y lo trató como si fuera su hijo o se marchaba cuando él lloraba? Con el transcurso de los meses, ¿se encargó Saray de educar a Ismael o dejó todo en manos de Agar?

Como el texto bíblico guarda silencio sobre estos detalles, no me animo a llenar estos vacíos en la historia. (Me recuerda esa escena de la película *Mi gran boda griega*, cuando Gus se deja caer en el sillón forrado con nylon y protesta, frustrado: «No sé, no sé, ¡no sé!»)

Entenderemos mejor esta situación si nos adelantamos unos dieciséis años en el tiempo para ver cuál era la situación entre Agar, su dueña y el primogénito de Abram. Porque para ese entonces, la familia se había agrandado con un *segundo* hijo: Isaac, hijo de Sara. (Es una historia larga, pero la veremos en el capítulo siguiente. Lo prometo.)

Mientras, permítanme hacer un salto en el tiempo (y obviar el cambio en los nombres de Abraham y de Sara). Cuando terminemos nuestra visita a la Agar más anciana, regresaremos para encontrarnos con Saray en un día mucho más feliz que el que tenemos por delante.

Los cumpleaños de los niños pueden ser un asunto complicado. ¿Y si contrataran a un payaso … ?

> El niño Isaac creció y fue destetado. Ese mismo día, Abraham hizo un gran banquete. *Génesis 21:8*

Cuando un hombre rico como Abraham daba «un gran banquete», todo el mundo venía. En esta ocasión, se celebraba un rito: el destete de un niño que había «sobrevivido la primera etapa de su vida, y la más peligrosa».[41] En la antigüedad, las madres amamantaban a sus hijos durante casi tres años,[42] aunque un comentarista bíblico sugiere que, dada la edad avanzada de Sara, «es posible que haya destetado a Isaac en menos tiempo».[43] ¿En serio? ¡La mujer esperó *noventa años* para tener un bebé! De ningún modo iba a dejar de amamantarlo un día antes del tiempo que fuera necesario.

Cuando desteté a mi pequeña, una noche de septiembre, fue un momento de emociones encontradas; pero dar una fiesta para todo el vecindario era lo último que se me hubiera ocurrido. Sara sin duda que tuvo sus luchas con los altibajos hormonales, la ansiedad por la separación y una preocupación saludable por el futuro de Isaac, especialmente cuando su medio hermano Ismael estaba cerca.

> Pero Sara se dio cuenta de que el hijo que Agar la egipcia le había dado a Abraham se burlaba de su hijo Isaac. *Génesis 21:9*

Ah, no. No era «el hijo de Sara» sino «*el* hijo». No suena bien. Y el énfasis en la procedencia extranjera de Agar es otro indicio de que las relaciones entre ambas mujeres eran tirantes. «El hijo que … le había dado a Abraham» y no «que le había dado a Sara» nos permite vislumbrar una respuesta posible a nuestra pregunta con respecto a la participación de Sara en la crianza de Ismael. Ninguna, me animaría a conjeturar.

Si Sara hubiera aceptado al primogénito de su esposo y a la madre de este hijo, «la historia futura hubiera sido diferente, las tribus habrían aprendido a amarse entre sí».[44] Pero los hechos no se dieron de esta manera. Desde el momento en que Agar quedó encinta, estas dos mujeres fueron rivales.

Tal vez ese fue el comienzo de todo: dos mujeres disputando.

Es sutil pero insidioso. Las mujeres que optan por los partos naturales en su hogar creen que son más maternales, mientras que las mujeres que reciben una anestesia epidural en el hospital creen que son más prácticas. Las madres que amamantan a sus hijos critican a las mujeres que los alimentan con biberón, mientras que las madres que los alimentan con biberón creen que las madres que amamantan a sus hijos son fanáticas. Las madres que se quedan en casa con sus hijos no estiman a las madres que trabajan fuera de su hogar, mientras que las madres que trabajan fuera de su hogar consideran que las madres que no trabajan fuera de su hogar son mujeres mantenidas. Las madres que dan a luz consideran que las mujeres que adoptan o que tienen hijastros no son madres *de verdad*. Las mujeres que no tienen hijos se sienten completamente fuera de lugar cuando están en compañía de cualquier mujer como las descritas anteriormente.

Muy pocas veces decimos estas cosas en voz alta; no las comentamos con nuestras amigas más íntimas ni siquiera en broma.

Pero vaya si lo hemos pensado, hermana. Sí que lo hemos pensado. Y estos son solo problemas domésticos; la rivalidad entre mujeres puede ser más odiosa en los trabajos.

Tal vez Sara se puso furiosa cuando vio a Ismael burlándose de Isaac, porque le vino a la memoria el recuerdo de Agar burlándose de ella, el desprecio, el ridículo, los insultos, los desplantes.

Ahora, Ismael seguía los pasos de su madre.

Podemos imaginarnos la escena: el adolescente musculoso y ágil provocando al niño que todavía se aferraba a la túnica de su madre. Los comentaristas no se ponen de acuerdo en qué le hacía Ismael a Isaac: «tal vez era solo un juego, o se burlaba, o lo imitaba».[45] Ya sea que Ismael «se riera ofensivamente»[46] de su pequeño hermano, adoptara «un aire despectivo»[47] o lo tratara «con desdén»,[48] ya tenemos la idea: «se burlaba de Isaac».

¿Habrá reprendido Agar a Ismael por su conducta impropia? ¿O lo habrá estimulado? Tal vez pasó por alto la actitud de su hijo, el corazón de esta Mujer Ligeramente Mala se alegró de arruinar un poco las festividades de Sara. Pudiera ser que Agar envidió el gran banquete de Isaac. Es altamente probable que cuando ella destetó a Ismael no hubo confeti, ni bocadillos para repartir entre las tiendas de las mujeres.

Con respecto a Sara, ya estaba harta de la arrogancia de su esclava y de la insolencia de su hijo. Ismael era lo suficientemente grande para lastimar a Isaac, incluso para matarlo. Abraham tenía más de cien años y ella unos pocos menos; ambos podrían morirse en poco tiempo. Lo mejor sería no tener a este arribista viviendo cerca de Isaac mientras él fuera demasiado joven para defenderse.

Resultaba claro que ambos hermanos no podían convivir «sin que corriera la sangre».[49] Así que Sara arremetió contra su esposo, aunque quien recibió el golpe fue Agar.

Por eso le dijo a Abraham:

—¡Echa de aquí a esa esclava y a su hijo! *Génesis 21:10*

¡Ay, ay! Sara le dijo a Abram que echara a la esclava; fue una exigencia. Nada de nombres: «a esa esclava y a su hijo». Cualquier vínculo que hubiera entre la dueña y su sierva se había roto. Agar ya no tenía una relación con Sara, ni legal ni afectiva; en este momento «solo Abraham tenía autoridad sobre ella».[50] Al menos hay algo positivo: el maltrato terminó una vez que Agar regresó a su hogar; el padre de su hijo seguramente se encargó de eso.

Pero las palabras de su dueña se clavaban en la herida.

> El hijo de esa esclava jamás tendrá parte en la herencia con mi hijo Isaac. *Génesis 21:10*

Sara no podía pronunciar sus nombres: «el hijo de esa esclava». Qué desdén, cuánto despecho. El lenguaje empleado ya «refleja la enorme distancia que separaba a ambas mujeres».[51] Ni piensen en usar un metro; ni siquiera una cinta métrica de arquitecto sería suficiente para medir el distanciamiento entre ellas.

Con respecto a Agar, sus problemas iban en aumento: la insistencia de Sara en que la madre y el hijo fueran echados de la casa era «una sentencia de muerte»[52] ya que les esperaba un desierto inhóspito. ¿Qué habrá pensado Agar? Hacía años que vivía en las tiendas de Abraham; Canaán no era Egipto, pero era su hogar. La primera vez huyó del campamento por voluntad propia, y cuando El Roi le mandó regresar, ella había obedecido. Pero ahora la expulsaban, no tenía esperanza de poder regresar y ser recibida. ¿Intervendría su amo?

Escucha, Abraham

> Este asunto angustió mucho a Abraham porque se trataba de su propio hijo. *Génesis 21:11*

Me encanta la sobriedad de algunos pasajes bíblicos. Una versión dice «esto le dolió mucho a Abraham» (DHH); otras, que «pareció grave en gran manera a Abraham» (RVR 1960). En definitiva, Abraham estaba preocupado por Ismael y Agar, aunque no lo suficientemente preocupado como para arriesgarse a enfrentar a su primera esposa.

> Pero Dios le dijo a Abraham: «No te angusties por el muchacho ni por la esclava». *Génesis 21:12*

Es interesante que Dios aparezca justo en este momento. Me pregunto si Abraham escuchó la voz del Señor como la escuchamos algunos de nosotros, en lo profundo de nuestro corazón, o si Dios le habló en voz alta con palabras que solo Abraham pudo escuchar. Como haya sido, todos los presentes en el banquete debieron quedar atónitos si escucharon lo que Dios dijo a continuación:

Hazle caso a Sara ... *Génesis 21:12*

Debo confesarlo, no entiendo nada. ¿Acaso no era Abraham el jefe de la familia? «Que Dios le dé la razón a ella es bastante inesperado».[53] ¿Cómo es posible? ¿Hacerle caso a *Sara*, que se dedicaba a maltratar a Agar? Pero Dios, de todos modos, animó a Abraham: «en todo lo que te dijere Sara, oye su voz» (RVR 1960) y «presta atención a todo lo que Sara te diga» (NBLH).

Antes de comenzar a bordar almohadones con la frase «Presta atención a todo lo que tu esposa te diga» y lanzárselos a nuestros maridos cuando surja la ocasión, es importante considerar esta escena desde la perspectiva de Dios. Él estaba ayudando a Abraham, un «padre renuente e indeciso»,[54] a enfrentar una situación desgraciada. Algo así como «dos hombres intentando manejar a una cascarrabias».[55]

... porque tu descendencia se establecerá por medio de Isaac.
Génesis 21:12

Seguramente Sara se alegró cuando escuchó eso. Sin duda se atribuyó el mérito: «Si yo no hubiera echado a esa esclava egipcia y a su hijo ... » Como muchas mujeres de voluntad férrea, Sara creía que todo era obra suya y no podía ver la mano del Todopoderoso. Antes del comienzo de los tiempos, Dios había bosquejado el plan para la humanidad, dentro del cual se encontraba esta adición patriarcal. Dios le dijo a Abraham que le hiciera caso a su esposa, no porque él «aprobaba su disposición, sino porque Dios quería cumplir la obra que había creado».[56]

Antes de que Abraham pudiera preguntar: «Pero ¿qué pasará con Ismael?», Dios reveló su plan para el hijo de Agar:

Pero también del hijo de la esclava haré una gran nación, porque es hijo tuyo. *Génesis 21:13*

¿Podría Dios haber destruido a Agar y a Ismael? Por supuesto. Sin embargo, Dios protegió la simiente Abraham, como había prometido. Y el fruto de la primera semilla que Abraham sembró, por la insistencia de Sara, pronto emprendería un viaje hacia el sur, en dirección a Egipto.

En ese clima, los viajes comienzan temprano en la madrugada, para evitar el calor del mediodía. Así que debió ser una noche breve para Agar, y sin duda no pudo conciliar el sueño. Agar sabía que no regresaría; su dueña así lo había decidido.

> Al día siguiente, Abraham se levantó de madrugada, tomó un pan y un odre de agua, y se los dio a Agar ... *Génesis 21:14*

Era la hora del alba. Había poco movimiento en las tiendas. Abraham asumió el papel de siervo para Agar. Le proveyó de alimento y un odre de agua. No era suficiente para satisfacer sus necesidades en el desierto, pero era todo lo que ella podía cargar.

¿Habrá sido una despedida brusca o tierna? Durante muchos años, Agar había sido la madre de su único hijo. Aunque además de ser extranjera, era una esclava en su familia, Abraham debió sentir inclinación por ella e incluso afecto por Ismael. ¿Se habrán detenido los tres antes de alejarse del vasto círculo de tiendas de Abraham, luchando por contener su tristeza? Agar no extrañaría a Sara, pero tal vez lamentaba tener que dejar al anciano padre de su hijo.

Con la vista nublada por las lágrimas, Abraham se despidió de quien fue su segunda esposa y de su primogénito, y los envió con magras provisiones.

> ... se los dio a Agar, poniéndoselos sobre el hombro. Luego le entregó a su hijo y la despidió. *Génesis 21:14*

Juan Calvino estaba que bufeaba: «¿Por qué no cargó aunque fuera un asno con más alimento? ¿Por qué no les asignó uno de sus siervos para que los acompañaran?»[57] En efecto, Abraham ¿por qué *no* lo hiciste? Quizá estaba tan abrumado por el dolor que no podía pensar en esos detalles prácticos, o tal vez tenía la esperanza de que Agar hiciera un breve recorrido y regresara a su hogar, como la vez anterior. O quizá, tan solo quizá, Abraham confiaba en que Dios satisfaría las necesidades de Agar.

Peregrina en el desierto

> Agar partió y anduvo errante por el desierto de Berseba. *Génesis 21:14*

Dieciséis años antes, Agar había huido sola al desierto, en busca de refugio, con el propósito de alejarse de la crueldad de Sara. Esta vez, con un hijo a cuestas, andaba «errante», sin rumbo. Su vida, como la conocía hasta ese momento, había acabado. Sara había vencido; Ismael no sería el heredero de Abraham. La negativa de su esposo a oponerse a las exigencias desalmadas de su primera esposa fue estremecedora para Agar.

Para aquellas mujeres que son madres solteras, la angustia de Agar quizá les sea en extremo familiar. Ella crió a su hijo a la sombra de Isaac, con poco apoyo del padre de Ismael. Cuando iba al pozo a recoger agua tenía que soportar la risa fácil de las mujeres con esposos que las amaban. De noche, se acostaba sola en su cama; y el futuro era tan incierto como cuando se levantó esa mañana. Siglos más tarde, las madres solteras todavía anhelan que su hijo tenga una figura paterna, todavía resisten la envidia que les invade cuando, en la iglesia, están rodeadas de familias aparentemente perfectas; todavía sufren la soledad y la inseguridad. No es extraño que la historia de Agar, la primera madre soltera mencionada en la Biblia,[58] suene tan convincente en la actualidad.

Con tan poco alimento y agua sobre su hombro, Agar sabía que su hogar en Egipto sería inalcanzable. ¿Clamó a El Roi, al Viviente que me ve, con la esperanza de que él viniera y le proveyera su ayuda divina? En los años ya transcurridos, ¿adoró Agar a El Roi, oró o procuró sus consejos? El relato bíblico no lo dice, aunque supongo que, en varias ocasiones difíciles, ella debió susurrar la promesa divina como si fuera un mantra, imaginándose a la multitud de sus descendientes «que no se podrá contar».[59]

Qué falsa debió parecerle esa promesa del ángel mientras Agar le ofrecía la última gota de agua a su precioso hijo:

> Cuando se acabó el agua del odre, puso al niño debajo de un arbusto. *Génesis 21:15*

En el inhóspito desierto no había más que arbustos de baja altura y pasturas ralas;[60] la única protección que Agar pudo encontrar para su hijo. El adolescente Ismael «tan exhausto como humillado, se dejó guiar pasivamente por su madre».[61] Cuando mi hijo tenía diecisiete años y tuvieron que sacarle la muela del juicio, el primer día después de la extracción también fue muy dócil: estaba mareado y no podía caminar, se recostaba en el sillón mientras yo lo alimentaba a cucharaditas de gelatina. Esa es la imagen que tengo de Ismael, aunque en circunstancias aun peores: desmayándose por el calor y delirando por la sed.

En cuanto a nuestra hermana relegada, Agar, había perdido toda esperanza. Ya no le quedaba agua y, aparentemente, también se le había acabado la fe en El Roi. Algunas mujeres, cuando Dios no actúa lo suficientemente de prisa para su gusto, toman el asunto en sus manos, pero esta mujer se dejó caer, derrotada:

... y fue a sentarse sola a cierta distancia ... *Génesis 21:16*

¿Qué tan cerca es «a cierta distancia» o «a distancia de un tiro de arco» (RVR 1960)? Supongo que dependerá del talento del arquero, aunque esta frase no era más que una comparación hebrea muy común.[62] Ya sea que Agar estuviera muy alejada o se sentara directamente enfrente del muchacho, el hecho es que procuró no permanecer al lado de Ismael.

... pues pensaba: «No quiero ver morir al niño» *Génesis 21:16*

Aunque creo que yo abrazaría a mi hijo hasta que diera su último aliento, sin dejar de rogar a Dios que fuera misericordioso, Agar estaba tan desconsolada que no podía soportar ver sufrir a Ismael. A través de los siglos, nos compadecemos de ella. Podemos ver su sufrimiento, como el de una madre con un hijo gravemente enfermo e internado en un hospital, sentada al lado de la cama, mientras pasan las horas, y luego saliendo al pasillo por un momento para recostarse contra la pared fría y llorar.

En cuanto ella se sentó, comenzó a llorar desconsoladamente. *Génesis 21:16*

Si esto fuera una tragedia de Shakespeare, podríamos quitar la vista del escenario o tranquilamente cerrar el guión. Pero esto es un capítulo real de la historia hebrea y no podemos eludir la escena dolorosa que se desarrolla ante nosotros: una madre sumida en la angustia, se dejó caer en el polvo, incapaz de ayudar a su hijo, no quería enfrentar su muerte. No es de extrañarse que «alzó su voz y lloró» (RVR 1960).

Agar no fue la única.

Cuando Dios oyó al niño sollozar... *Génesis 21:17*

¿Cómo es posible que Dios no escuchara el llanto de Agar y sí oyera «la voz del muchacho» (RVR 1960)? Como Ismael era hijo de Abraham, quizá Dios se acercó primero a él. Pero no hay problema, porque también escuchó el llanto de Agar. Aun cuando ella no clamó a Dios, él escuchó su clamor y habló.

> … el ángel de Dios llamó a Agar desde el cielo y le dijo: «¿Qué te pasa, Agar? *Génesis 21:17*

¿Acaso Dios no sabía lo que le pasaba? Por supuesto que lo sabía. La Biblia dice: «el Señor nuestro Dios Todopoderoso reina».[63] Él conocía el sufrimiento de Agar, como conoce también el nuestro. Sin embargo, le pidió a Agar que confesara sus fracasos, sus temores, su infidelidad, por el bien de ella, con el propósito de ayudarla.

Aun antes de que Agar pudiera responder, el ángel del Señor la consoló:

> No temas, pues Dios ha escuchado los sollozos del niño. *Génesis 21:17*

El narrador de Génesis ya nos había adelantado esto, pero ahora lo escuchamos de boca del ángel del Señor. Esta repetición es para beneficio nuestro, para que no pasemos por alto el mensaje de que *Dios escucha*.

> Levántate y tómalo de la mano … *Génesis 21:18*

Con estas palabras, Dios quiere decir algo más que sostener al muchacho de la mano. Está indicándole que Agar debe acercarse al muchacho y consolarlo, literalmente significa «sostenerlo firmemente» tanto emocional como físicamente, «préstale su apoyo y aliéntalo».[64] Al fin de cuentas, sin un padre que lo guiara, Ismael necesitaría la atención constante de Agar. Su futuro descansaba en las manos de su madre.

La última vez que Dios se acercó a Agar en el desierto, le prometió que su hijo tendría tantos descendientes que no se podrían contar. Esta vez, Dios amplía esta visión:

> … yo haré de él una gran nación. *Génesis 21:18*

El hijo de Sara no sería el único hijo que produjera doce tribus de Israel, sino que el hijo de Agar también sería el padre de doce tribus. «Éstos fueron los hijos de Ismael, y éstos los nombres de los doce jefes de tribus, según sus propios territorios y campamentos».[65]

¿*Tribus* enteras de un solo Ismael? Solo Dios puede hacer una declaración tan rotunda ante un niño moribundo. De la desesperación brotó la esperanza. De la muerte, ¡la vida!

Una experiencia reveladora

> En ese momento Dios le abrió a Agar los ojos ... *Génesis 21:19*

Es interesante leer «Dios le abrió a Agar los ojos» y no «Agar abrió los ojos». Un erudito insiste en que esa expresión solo refleja «que recobró las fuerzas, su mente se aclaró y pudo concentrarse»,[66] pero yo creo que significa exactamente lo que dice: «Dios le abrió los ojos, y ella vio lo que hasta ese momento no había podido ver».[67]

> ... y ella vio un pozo de agua. *Génesis 21:19*

Es decir: «Dios le mostró a Agar un pozo de agua».

Ahora bien, ¡eso es raro! Ella se había detenido porque sus odres de agua estaban vacíos y, sin embargo, había un pozo de agua allí cerca. ¿Agar habrá estado tan ensimismada en sus problemas que no vio esta fuente dadora de vida? Si fue así, no la condenemos; Dios no la condenó. En los momentos de dolor, muchas veces no prestamos atención a nuestro entorno. No podemos fijar la vista, nuestra atención se concentra en nosotros, los rostros y las voces nos parecen distantes, apagados. Si Agar necesitaba ayuda para ver lo evidente, consideremos las circunstancias extremas que estaba viviendo para juzgarla con una medida de gracia.

¿O hizo Dios que apareciera por milagro un pozo? Para Dios nada es demasiado difícil, especialmente cuando se trata de proveer una necesidad humana tan básica. Las Escrituras rebosan de agua: manantiales de agua, agua viva, cántaros de agua, aguas que se dividen, diluvios. En la primera hora de la creación, «el Espíritu de Dios iba y venía sobre la superficie de las aguas».[68] Asimismo, hacia el final de su Palabra, nos recuerda: «El que tenga sed, venga; y el que quiera, tome gratuitamente del agua de la vida».[69] Como un maestro artesano trabajando su material favorito, Dios ama trabajar con agua.

¿Se trató entonces de una experiencia reveladora para Agar o de una acción oportuna de provisión divina? Prefiero quedarme con la ambigüedad, con la pregunta sin respuesta, porque de cualquier modo podemos ver que Dios proveyó para las necesidades de esta madre y de su hijo. Como sea que haya sido, fue un milagro.

Agar no perdió tiempo y aprovechó ese manantial en el desierto.

> En seguida fue a llenar el odre y le dio de beber al niño. *Génesis 21:19*

Imagínate la frescura de ese líquido deslizándose por la lengua reseca. Observa el alivio reflejado en la mirada de Ismael cuando Agar le dio de beber un largo sorbo a su hijo. Aunque Agar debió tener mucha sed, primero dio de beber a Ismael. Como cualquier madre.

A diferencia de las magras provisiones de Abraham, Dios proveyó a Agar con «una fuente inagotable de agua».[70] No fue solo un odre de agua sino una corriente de agua en el desierto. Este patrón se repite a lo largo de todas las Escrituras: nuestros esfuerzos son temporales, la provisión del Señor es eterna.

> Dios acompañó al niño, y éste fue creciendo. *Génesis 21:20*

No pases rápido esta parte, hermana. *Dios estuvo con Ismael*. En los años venideros, Dios también acompañaría a Jacob, a José, a Josué, a Sansón, a Samuel y a Salomón: hombres de Dios cuyas alabanzas resuenan en todas las Escrituras. Pero aquí, en el desierto de Berseba y en sus viajes, Dios acompañó al hijo de una egipcia. ¡Que nadie se atreva a decir que Ismael es un hijo ilegítimo! Sí, la descendencia de Abraham vendría por Isaac, pero Dios no desamparó a este hijo y a su descendencia.

Si Dios estuvo con Ismael, y de hecho lo estuvo, también estuvo con la madre. «Entre los cristianos, hay una tendencia a olvidarse de Agar y de su historia. Olvidamos su sufrimiento, su coraje, su resistencia al maltrato».[71] Casi nunca la mencionamos cuando nos referimos a mujeres tales como Ana y Jadasá (Ester). Sin embargo, Dios prestó mucha atención a Agar y bendijo a su hijo.

> … vivió en el desierto y se convirtió en un experto arquero. *Génesis 21:20*

Recuerda que unos pocos versículos antes Agar dejó a Ismael bajo unos arbustos y luego se sentó «a distancia de un tiro de arco».[72] Solo Dios sabía que este muchacho llegaría a ser «un experto arquero». El hombre indómito, con un arco y flechas, «un líder, un arquero, un luchador».[73] Al final, también el esposo de una egipcia.

> Habitó en el desierto de Parán y su madre lo casó con una egipcia. *Génesis 21:21*

No es extraño que se casara con una «mujer de la tierra de Egipto» (RVR 1960); lo que sí llama la atención es que Agar se encargara de arreglar esta unión. Que conste que ella es «la única mujer en la Biblia Hebrea que escogió una esposa para su hijo».[74] Otro primer hecho histórico que queda registrado en el amplio currículo de Agar.

Su tenacidad y audacia resuenan a lo largo de las épocas. Aunque «la fuerza del Islam ... supuestamente está vinculada al nombre de Agar»,[75] pasaron más de dos milenios antes de que apareciera esta nueva religión en Arabia, en el siglo séptimo de la era cristiana, bajo la guía del profeta Mahoma. «El reconocer a Ismael como antecesor dio legitimidad a la nueva religión, pero el Corán nunca menciona el nombre de Agar».[76]

La Biblia, sin embargo, menciona quince veces a Agar, y hoy Agar se ha convertido en «símbolo de las mujeres oprimidas que perseveran».[77] Basta realizar una búsqueda en Internet para ver cuántas obras sociales llevan el nombre «El hogar de Agar» y «El Roi», ministerios dedicados al trabajo con madres y padres solteros, con mujeres maltratadas y con todas aquellas personas desplazadas o marginadas.

Agar también ha sido inmortalizada por varios pintores: Pencz, Rembrandt, Verhaghen, Corot, Chagall,[78] quienes se inspiraron en la historia de esta mujer abandonada en el desierto, solo para ser encontrada por Dios, escuchada por Dios, vista por Dios y amada por Dios.

¡Qué ejemplo tan inesperado resultó ser esta Mujer Ligeramente Mala!

Con respecto a su dueña, Sara, pronto descubriremos cuánto amó Dios a esta mujer controladora, a pesar de todos sus defectos.

¿Qué lecciones podemos aprender de Agar?

Huir puede ser señal de fortaleza.
Una mujer atrapada en una relación de maltrato puede desear huir de su hogar, como Agar, sin embargo teme por su vida si se va. Se requiere mucho valor para recoger unos pocos efectos personales y huir a la seguridad de un refugio ... y mucha humildad también para admitir esa necesidad de protección. Cuando era joven, traté de sacar a un hombre abusador de mi vida, pero es mucho más fácil decirlo que hacerlo. Mis amigas perdieron la paciencia conmigo y las autoridades no me apoyaron mucho (nada raro si tenemos en cuenta que ¡dejaba que volviera conmigo vez tras vez!) Al final, para Agar y sus hermanas que sufren, la decisión de huir (o, en mi caso, de caminar de prisa para ver a un cerrajero) fue el momento que marcó el inicio de una nueva vida.

> Cuando los persigan en una ciudad, huyan a otra. *Mateo 10:23*

Tenemos un héroe que escucha.
En las películas, cuando los personajes se encuentran en una situación de vida o muerte, pronuncian el nombre de Dios (no porque tengan una relación con él, sino porque están desesperados) solo para ser debidamente rescatados por el Hombre Araña, Wolverine o Bruce Willis. Durante las dos crisis de Agar en el desierto, ella aprendió que no hay héroe mejor que Dios, que allana los senderos y desvía los peligros insospechados. Así es: Dios ve nuestras necesidades antes de que podamos expresarlas y él no espera a que lo llamemos; aunque si clamamos a él, nos escuchará.

> ¡Que den gracias al Señor por su gran amor, por sus maravillas en favor de los hombres! ¡Él apaga la sed del sediento, y sacia con lo mejor al hambriento! *Salmo 107:8-9*

Señor, abre nuestros ojos para que podamos ver.
Cuando Agar y su hijo estaban muriéndose porque no tenían agua, Dios abrió los ojos de Agar y le mostró un pozo. Ojos abiertos, tierra abierta: ¿cuál milagro es más grande? Cuando estamos sumidos en la angustia, a menudo no podemos ver más allá de los pañuelos con que nos limpiamos la nariz. Es natural pedir que cambien nuestras circunstancias, pero oremos también al Señor para que abra nuestros ojos y nos permita ver las maravi-

llosas posibilidades que tenemos justo delante de nosotros y los milagros cotidianos que su mano generosa nos regala a diario.

> ¡Ah, SEÑOR mi Dios! Tú, con tu gran fuerza y tu brazo poderoso, has hecho los cielos y la tierra. Para ti no hay nada imposible. *Jeremías 32:17*

La verdadera libertad solo se encuentra en Dios.
Cuando Sara insistió para que su esposo expulsara a Agar y a Ismael al desierto, sin querer le dio la libertad a la madre y a su hijo. Sara quería hacerles daño, pero el propósito divino fue para bien, para que se cumpliera su voluntad perfecta: Agar e Ismael serían mucho más felices en Egipto, e Isaac viviría más seguro una vez que ellos salieran de Canaán. Sara emancipó a su esclava Agar, pero Dios liberó a Agar y a su hijo de la muerte inminente y les dio una nueva vida en su tierra natal. El Señor está pronto para liberarnos también a nosotros: de nuestros errores del pasado que nos tienen sujetos, de nuestras cargas presentes que son insoportables, de un futuro incierto y sombrío. Cuando nos aferramos con todo el corazón a la libertad divina y confiamos en su guía, nuestros pies se convierten en alas.

> Corro por el camino de tus mandamientos, porque has ampliado mi modo de pensar. *Salmo 119:32*

Algunas ideas a considerar para mujeres buenas

1. ¿Conocías bien la historia de Agar antes de leer este estudio? ¿Pensabas que ella te agradaría o que te desagradaría? ¿Por qué? Ahora que conoces la historia de Agar, haz una lista de sus defectos como Mujer Ligeramente Mala y de sus virtudes como Mujer Fundamentalmente Buena. ¿Cuál de sus defectos le provocó más problemas? ¿Cuál de sus virtudes admiras más?

2. ¿Piensas que Agar fue una Mujer Ligeramente Mala por acceder a tener relaciones sexuales con Abram? ¿Qué otra opción hubiera tenido una esclava en aquel tiempo y lugar? ¿Puedes pensar en una situación reciente de tu vida en la que te sentiste obligada a hacer algo contrario a tus valores solo porque esa conducta particular se considera aceptable en nuestra cul-

tura? Si fue así, ¿cómo te las arreglaste? Cuando la Palabra de Dios afirma una cosa y la sociedad afirma lo contrario, ¿cómo podemos encontrar las fuerzas para defender nuestras creencias?

3. Cuando el ángel le ordenó a Agar que volviera a casa de su dueña, Agar no protestó, a pesar del sufrimiento que sin duda le esperaba. ¿Cómo explicas la disposición de Agar a obedecer esta orden del ángel? Si vuelves a leer Génesis 16:9-12, notarás que Agar está en silencio. ¿Por qué habrá guardado silencio? Si el Señor alguna vez te ha ordenado regresar a una situación difícil, ¿cuál fue el resultado? ¿De qué manera creciste como fruto de tu obediencia?

4. Agar dio muestras de mucha confianza al darle un nombre a Dios: el Dios que me ve. ¿Qué nombre le darías tú a Dios? ¿Por qué? ¿Crees que Dios también te ve a ti? ¿ … que te escucha? ¿ … que te ama? ¿En qué te basas para creer esto?

5. Describe cómo te imaginas el banquete que Abraham ofreció para celebrar el destete de Isaac. ¿De qué hablaban los invitados? ¿Qué platos crees que sirvieron? Cuando el adolescente Ismael se burlaba de Isaac, ¿qué palabras crees que utilizó? ¿Piensas que Agar intentó reprender la conducta insubordinada de Ismael? O, por el contrario, ¿crees que la estimuló? Y si fue así, ¿con qué propósito?

6. En dos ocasiones Agar se encontró en «el desierto, por tierra árida y accidentada, por tierra reseca y tenebrosa, por tierra que nadie transita y en la que nadie vive»[79] ¿Qué significado implica que Agar anduviera errante por el desierto en vez de vagar por un bosque o por una llanura fértil? Si alguna vez has tenido que andar en el desierto espiritual, describe tu experiencia. ¿Cómo experimentaste la compañía de Dios como un manantial de agua de vida que apagó tu sed?

7. ¿De qué manera piensas que Dios «acompañó al niño» Ismael mientras crecía (Génesis 21:20)? ¿Cómo explicas la fidelidad de Dios hacia Agar y su hijo cuando Ismael no sería el elegido para llevar sobre sí la bendición de Abraham? ¿Es necesario comprender plenamente los caminos de Dios antes de confiar en él? ¿Qué *debes* saber acerca de Dios para confiar en él como confió Agar?

8. ¿Cuál es la lección más importante que aprendiste de Agar, la mujer que anduvo dos veces errante por el desierto y en ambas ocasiones encontró a Dios esperándola?

3

EL QUE RÍE ÚLTIMO ...

Preferiría morir riéndome y, de ser posible, más
de una vez.
JOSEPH EPSTEIN

Sra. Caballero —la recepcionista del salón de belleza se acercó con una mirada de duda—. Su esposo está en el teléfono. Dice que su celular está ...

—Apagado, por supuesto —respondió Sandra, mientras alzaba las manos con las uñas recién pintadas—. ¿No podrías pedirle que deje un mensaje?

—Lo lamento, pero dijo que era urgente —la joven extrajo un teléfono inalámbrico del bolsillo de su túnica rosada—. Yo puedo sostenérselo mientras habla.

—Gracias, gracias —dijo Sandra, inclinando su cabeza hasta que el aparato tocó su oreja—. ¿Alan?

—Sandi, disculpa que te moleste ...

Se estremeció al oír su viejo sobrenombre. Nadie la llamaba Sandi desde hace mucho tiempo, desde que cumplió cincuenta años e insistió en que la llamaran *Sandra*. La mayoría de las personas lo recordaban, pero Alan no era una de ellas.

Cuando sus palabras comenzaron a cobrar sentido, ella lo interrumpió:

—Espera, ¿*cuántas* personas dices que vendrán a cenar?

—Tres ministros de la costa oeste que están en la localidad para una conferencia de nuestra denominación. El pastor Díaz se acaba de enterar de que llegan un día antes de lo previsto y él no regresa a la ciudad hasta mañana. Debemos esperarlos a eso de las siete de la tarde.

Sandra miró el reloj, con cuidado de no dañarse el esmalte. Aunque fuera el día libre de su ama de llaves, tres invitados para la cena no era un problema grave, pero disponer de tres horas para pensar en el menú, comprar los ingredientes y preparar cada plato para que se ajustaran al grado de excelencia que ella exigía, representaban una emergencia menor. Apenas escuchaba las sugerencias de Alan: cordero asado, espárragos, cuscús ... hasta que mencionó el último plato.

—Y también harás *paska*, ¿te parece bien?

La receta de Pavla.

Sandra intentó mantener una voz calma.

—Me temo que toma mucho tiempo. La masa tiene que leudar tres veces y, además, es un plato que se sirve en Semana Santa.

—Vamos ... seguro que la resurrección de nuestro Señor merece que la celebremos en cualquier día.

—Pero, Alan ... —dijo poniendo los ojos en blanco, contenta de que Alan no pudiera verla. Después de treinta años de matrimonio, él sabía exactamente qué decir para persuadirla—. Veremos qué puedo hacer.

Una hora más tarde, Sandra estaba de pie en la cocina, cubierta de harina. Pavla siempre había sido reacia a las máquinas de hacer pan, porque decía que la mejor masa requiere un amasado a mano. Si Pavla podía amasar, ella también. Sandra se acomodó sus lentes bifocales, intentando leer la vieja receta de Pavla escrita en una vieja ficha. «La masa debe ser consistente», Sandra murmuró, golpeando la masa leudada con el puño. Eso lo había logrado.

Tendría que haber llamado a su servicio de comidas. Henri siempre tenía algo delicioso para ofrecerle. O podría haber ido a una panadería étnica, aunque difícilmente tuvieran paska ucraniana en junio. Su orgullo le impidió llamar a la única persona que verdaderamente hubiera podido ayudarla: Pavla Teslenko, su vecina, que vivía en la casa que Alan había construido para la madre de Pavla y sus hermanos. Allí vivía con el hijo que al fin y al cabo no era de Sandra.

Con un suspiro largo, Sandra se concentró en la tarea que tenía entre manos. Aunque tal vez la masa arruinara sus uñas pintadas, amasar fue una buena terapia. Aplastar y estirar la masa sobre la mesada enharinada le permitió desahogar su frustración. Con Pavla. Con Alan. Consigo misma.

Al principio, Sandra intentó cuidar ella sola al pequeño Iván, pero pronto se dio cuenta de lo mal preparada que estaba para darle de comer a medianoche y para cambiarle los pañales a toda hora del día. Pocas semanas después comenzaron los cólicos, y luego los dientes, y luego las infecciones en los oídos. Pavla siempre estaba cerca para rescatarla, dispuesta a ayudarla con su hijo y sin duda contenta de ver lo inepta que era Sandra.

La muchacha *resplandecía* cada vez que cruzaba la puerta. Y Alan parecía demasiado contento de verla.

La situación llegó al colmo cuando Iván cumplió un año. Pavla lo llevó a su casa para pasar con su familia y luego regresó sola para enfrentarse a los Caballero. «Iván es más feliz conmigo», dijo con calma. «Mi madre es más joven que usted y también puede ayudarme a criarlo».

Sus crueles palabras se clavaron en el alma de Sandra, aunque no podía negar la verdad: Iván *era* más feliz con su madre biológica y la única culpable de eso era Sandra. Tres días después del nacimiento de Iván, cuando los senos de Pavla estaban hinchados de leche, le rogó a Sandra que la dejara amamantarlo. Sandra conocía los beneficios de la leche materna y no pudo negarse. ¿Acaso ella no había soñado con poder amamantar a un niño?

A partir de este momento, el apego entre la madre y el hijo se fortaleció. El rostro de Iván se iluminaba cuando escuchaba la voz de Pavla, pero no la de Sandra. Él siempre le sonreía a Pavla, pero rara vez a ella. Con el paso de los meses, Iván se parecía menos a Alan y más, mucho más, a Pavla. Al final, no había documento legal en el mundo que pudiera obligar a una madre a dejar de amar a su hijo ni a un hijo a dejar de amar a su madre.

Iván ahora pertenecía a Pavla. Incluso la ley lo afirmaba.

Sandra amasó con más lentitud, para darse tiempo y observar a través de las persianas venecianas la casa de ladrillo de la familia Teslenko, a unos metros de distancia. Se imaginó al niño de cinco años como lo había visto la última vez: sentado a la mesa, en una silla de mayor, comiendo carne trozada y bebiendo de un vaso.

Él tendría que haber sido mío, Señor. Mío y de Alan. Pero su esposo no la había defendido cuando ella y Pavla se disputaron el niño. «Fue idea tuya», le recordó Alan. «Confío en que tú y Dios se las arreglarán». Ella había hecho su parte. Si solo Dios hubiera hecho la suya …

«Basta», se dijo Sandra. El pasado no tenía arreglo y había muy poco que pudiera hacerse para alterar el futuro. A su edad, concebir ya no era posible. Colocó la masa suave en un tazón untado de mantequilla y lo cubrió con un paño, deseando que su aflicción pudiera arreglarse tan fácilmente.

—Aquí está mi novia preciosa —le sonrió Alan a través del salón de comedor—. Y trayéndonos un pan …

Sandra se unió a los invitados que ya estaban sentados a la mesa. El aroma del paska salía del canasto de plata cubierto de manteles franceses.

—Perdonen, caballeros. Hoy es el día libre de nuestra empleada doméstica y tuve que arreglármelas yo sola.

Uno de sus invitados, el alto e imponente reverendo Ferrer, le hizo un cumplido:

—Se las está arreglando muy bien, señora Caballero.

Él parecía ser el vocero no oficial del grupo. Tal vez fuera su tono de voz o el hecho de tener una reputación más establecida. Sandra había oído hablar del reverendo Teodoro Ferrer. Supuestamente, tenía el don de la profecía, aunque ella tenía sus dudas.

La comida progresó sin contratiempos, con los usuales cumplidos culinarios. Hacia el final de la cena, apareció la pregunta inevitable:

—Su hijo, ¿vive cerca? —deseaba saber el Rev. Ferrer.

El recuerdo de Iván pasó por la mente de Sandra, aunque no dijo nada; solo se limitó a responder lo que debía decir:

—Alan y yo no tenemos hijos.

—¿En serio? —el ministro parecía desconcertado—. Supuse … es decir, estaba casi seguro de que usted era … madre.

Sandra se ruborizó. Nadie podía haberle puesto al tanto de Iván, ni de Pavla.

Ella y Alan cruzaron una mirada inquieta.

—No —se apresuró a decir Alan, aunque no parecía demasiado convencido.

—Si me disculpan —dijo Sandra, incorporándose bruscamente—, ya traigo el postre.

Retiró los platos, algo resentida por la tarea de servir. ¿Por qué no habrán venido cualquier otro día de la semana? Una vez que la mesa quedó libre, preparó rápidamente el postre: frutillas, crema y exquisitas galletas, mientras que le llegaban algunas frases de la conversación a través de la puerta abierta.

Cuando el reverendo Ferrer retomó el tema de los hijos, sus manos se inmovilizaron mientras aguzaba el oído para escuchar lo que decían.

—Las parejas maduras son excelentes como padres —su voz irradiaba confianza—. De veras, Alan, no es tarde para que tú tengas hijos propios.

Sandra se quedó boquiabierta. ¿Acaso el hombre pensaba que ella tenía veinte años menos?

Escuchó que Alan respetuosamente lo contradecía:

—Pastor, lo que usted sugiere …

—Está dentro del poder de Dios.

No me diga. Sin poder evitarlo, a Sandra se le escapó una carcajada. Avergonzada, se llevó la mano a la boca, pero no pudo evitar otra leve carcajada. *¡Sandra!*

¿La habrían escuchado? La cocina quedaba lejos. En el comedor, sin embargo, se había hecho silencio, y su risa era bastante fuerte. No le quedaba más remedio que servir los postres y orar para que su risa hubiera pasado desapercibida.

Mientras se acercaba a la mesa, Alan sacudía la cabeza mientras el reverendo Ferrer decía:

—Sí, claramente escuché reír a la señora Caballero.

—Claro que me reí —dijo mientras depositaba con firmeza el plato de postre delante de él—. Usted deberá admitir que, a mi edad, la idea de tener hijos *es* motivo de risa.

Él la miró tan intensamente que uno de los platos de postre casi se le resbala de las manos.

—La edad que usted tenga, señora, no es ningún impedimento para Dios.

Ella se puso tensa:

—Mi médico seguramente discreparía.

—Tal vez sea hora de consultar a otro Médico —dijo con delicadeza el ministro, tomando la cucharita de postre—. Espero que no les importe que les haga otra visita el año que viene cuando pasemos por esta ciudad. Me encantaría ver a su hijo con mis propios ojos.

—Qué atrevido —decía Sandra con furia, mientras apretaba los números en el teléfono de la oficina que Alan tenía en la casa. Era de mañana, pero ella seguía enojada. *Qué frescura* la de ese hombre al sugerir que ella pudiera dar a luz en la primavera siguiente. Si ella hubiera tenido treinta y dos años, incluso cuarenta y dos, sus comentarios no habrían sido más que de mal gusto, pero a los cincuenta y dos años, ella tenía todo el derecho del mundo a sentirse ofendida.

El reverendo Ferrer no se dio cuenta de lo cerca que estuvo de que le salieran galletas por la cabeza y que le chorreara crema por las orejas.

—Con el doctor González, por favor —pidió impaciente Sandra, mientras golpeteaba el lápiz en el cuero del escritorio de Alan. Su ginecólogo aclararía las cosas. ¿Quedar embarazada cuando ya estaba en la menopausia? ¿A quién podía ocurrírsele tal cosa?

—Señora Caballero, qué sorpresa tan agradable —ellos no habían hablado desde su último chequeo, hacía casi un año—. ¿En qué puedo servirle?

—Necesito que me diga que una mujer de mi edad no puede concebir por medios naturales —cuando el médico no le respondió de inmediato, ella insistió—. De seguro que algo así ni siquiera es una posibilidad remota.

—Bueno, ya hace de esto unos años —dijo el médico, carraspeando—, pero hubo una mujer en el estado de Washington que concibió naturalmente y dio a luz trillizos cuando tenía cincuenta y cuatro años.

Sandra se dejó caer en el sillón.

—Está bromeando.

—Después de todo lo que usted ha pasado, Sandra, nunca se me ocurriría bromear con algo así ...

Sara: No era para reírse

Después de las muchas pruebas de Agar, podría considerarse que una segunda visita a Saray será cualquier cosa menos divertida. Quizá hasta pienses que ella pertenece a la categoría de las Mujeres *Realmente* Malas de la Biblia.

En parte tienes razón, pero te olvidas de algo: Dios no abandonó a Saray. A pesar de la manera despiadada con que expulsó a Agar y a Ismael, Dios todavía amaba a Saray. ¿Porque ella mejoró su actitud o cambió su comportamiento? No, porque Dios nunca cambia. Desde el principio, él la escogió para ser la Madre Principal.

¿Hizo Saray algo para merecer este título? Nada que hayamos visto. Sus acciones hasta el momento parecen ser propias de una mujer impaciente que creía tener un plan mejor para que se cumpliera la promesa de Dios de darle descendencia y propias de una mujer vengativa que después de conseguir lo que deseaba, entonces no lo quería.

Es bueno saber que todo está en manos de nuestro Dios dador de gracia; de lo contrario, nosotros hubiéramos desterrado a Saray a Ur, su lugar de origen, satisfechos de haber contribuido a que Canaán tuviera una Mujer Mala menos. Por desgracia, el mundo habría tenido un Isaac menos. Y un Jacob. Y un Judá. Y el León de Judá. ¿Comprendes por qué todo debe estar en manos de Dios y no en las nuestras?

Volvamos ahora un poco hacia atrás en el calendario bíblico, al tiempo en que Ismael tenía trece años y Agar todavía habitaba con ellos ... y Saray todavía no tenía hijos. La angustia debió flotar en el aire de aquellas tiendas tanto como la arena del desierto durante una tormenta. Sin duda que cuando el Señor apareció, Abram se alegró de su compañía.

Cuando Abram tenía noventa y nueve años, el Señor se le apareció y le dijo:
—Yo soy el Dios Todopoderoso. *Génesis 17:1*

¿No es grandioso que Dios se identifique? En cualquier traducción o paráfrasis, las palabras saltan a la vista: «Yo soy el Dios Todopoderoso». Piensen cómo se habrá sentido Abram al escuchar a Yavé pronunciar estas palabras en voz alta.

Vive en mi presencia y sé intachable. *Génesis 17:1*

«Anda delante de mí y sé perfecto» según otras versiones (RVR 1960), pero no debemos tomar este andar demasiado literalmente. Dios no le pedía a Abram que comenzara a hacer ejercicios aeróbicos sino a llevar una vida intachable: sin pecados, sin acciones ocultas, sin hechos vergonzosos. Como Dios más adelante le dijo a Salomón y como también nos pide a nosotros que lo sigamos: «con integridad y rectitud de corazón».[1] Solo lo podemos hacer mediante el poder de nuestro Dios poderoso.

Cuando Dios confirmó su pacto con Abram, y le prometió aumentar en gran manera su descendencia, «Abram cayó rostro en tierra».[2] Entonces Dios, le cambió el nombre:

Ya no te llamarás Abram, sino que de ahora en adelante tu nombre será Abraham. *Génesis 17:5*

¡Qué gran diferencia marca este par de letras, *ha*! Esa pequeña adición «representaba a Jehová».[3] El Señor dejó claro que Abraham le pertenecía y que su relación sería mutua y eterna.

También le dijo Dios a Abraham:

—A Saray, tu esposa, ya no la llamarás Saray, sino que su nombre será Sara. *Génesis 17:15*

Otro cambio sutil, pero que convirtió el nombre de Sara en un sacramento, en parte del pacto. Aunque *Sara* todavía significa «princesa», el Talmud explica el cambio de significado: «una princesa para todo el mundo».[4] Su influencia se extendería mucho más allá de los límites de Canaán.

Pero la parte *verdaderamente* emocionante viene a continuación: Dios incluyó definitivamente a Sara en sus promesas a Abraham.

Yo la bendeciré, y por medio de ella te daré un hijo. Tanto
la bendeciré, que será madre de naciones, y de ella surgirán
reyes de pueblos. *Génesis 17:16*

¿Alguien dice: «¡Por fin!»?

«Yo la bendeciré ... Tanto la bendeciré». Una promesa repetida dos veces, para dar énfasis. Y, además, «por medio de ella te daré un hijo». No solo un hijo, sino también un heredero. Dios hizo el pacto, entonces, con «todos los que pueden llamar madre a Sara».[5] ¿De cuántos miles y miles de personas estamos hablando? De naciones y naciones, de reinos y reinos, y solo porque Dios quiso bendecir el vientre de Sara.

Cómo me agradaría poder decir que Abraham estaba fuera de sí por la alegría, que lloraba de gratitud, que se secaba las lágrimas de gozo y miraba hacia la tienda de Sara, ansioso de compartir con ella las noticias.

En cambio, se rió. Hablo en serio.

Entonces Abraham inclinó el rostro hasta el suelo y se rió ...
Génesis 17:17

Comprendo, también «se postró sobre su rostro», pero de todos modos, «se rió» (RVR 1960). Creo que Abraham simulaba reverencia para ocultar su risa, con la esperanza de que Dios no le viera el rostro, y mucho menos que pudiera leer sus pensamientos:

... se rió de pensar: «¿Acaso puede un hombre tener un hijo
a los cien años, y ser madre Sara a los noventa?». *Génesis
17:17*

Todavía le faltaba un año, pero Abraham ya se preparaba para cumplir ese hito que representa un siglo de vida. (Yo hice lo mismo el año que cumplí cincuenta.) Es difícil decidir qué opción paralizaba más a Abraham: si el ser padre a su edad avanzada o el caminar hacia un lado y hacia otro fuera de la tienda de Sara mientras ella daba a luz. La idea era ... (digámoslo) inconcebible.

«Sara tiene noventa años; ¿cómo es posible que quede encinta?» Pero fue inteligente y no expresó sus dudas en voz alta sino que le recordó al Todopoderoso que ya tenía un hijo:

> Por eso le dijo a Dios:
> —¡Concédele a Ismael vivir bajo tu bendición! *Génesis
> 17:18*

No puedo determinar (y tampoco lo pueden precisar los traductores) si Abraham no estaba de acuerdo con el plan de Dios —«¿Por qué no dejas que Ismael herede lo que me prometes?— o si estaba verdaderamente preocupado por la seguridad de su querido primer hijo: «Ojalá Ismael viva delante de ti» (RVR 1960).

Pero el Señor no iba a dejar que le cambiaran de tema.

> A lo que Dios contestó:
> —¡Pero es Sara, tu esposa, la que te dará un hijo, al que llamarás Isaac! *Génesis 17:19*

El hebreo antiguo no tiene términos precisos para las palabras *sí* y *no*. Por eso es que en algunas versiones Dios dice: «No» (NBLH) y en otras dice «Ciertamente» (RVR 1960). En realidad, la palabra que más importa es la siguiente: «pero» o «sino»; como cuando decimos «Eso no es lo que quiero decir».

El hijo de Sara era lo más importante para Dios. Como había hecho con Ismael antes de su nacimiento, Dios eligió el nombre: *Isaac*, que significa «él se ríe» o «risa». ¿*Risa*? ¿Qué clase de nombre es ese para ponerle a un heredero? Abraham debió pensar que Dios le estaba tomando el pelo, hasta que le hizo una promesa crucial:

> Yo estableceré mi pacto con él y con sus descendientes, como pacto perpetuo. *Génesis 17:19*

Si Abraham al principio no le creyó a Dios, esto debió acabar por convencerlo. Dios no hace listas del tipo «Tareas pendientes», las listas de Dios son «Tareas realizadas».

Sara, la madre. Hecho.

Isaac, el hijo. Hecho.

Pacto: La próxima generación. Hecho.

En su misericordia, Dios no tachó al primer hijo de Abraham de su lista.

> En cuanto a Ismael, ya te he escuchado. *Génesis 17:20*

El Señor tranquilizó a este padre preocupado: «Ya escuché tus oraciones», y luego describió su plan de hacer de Ismael el padre de doce gobernantes. Una vez más, por si Abraham no había entendido bien, Dios le recordó a través de qué hijo sería la gran promesa:

> Pero mi pacto lo estableceré con Isaac, el hijo que te dará Sara
> de aquí a un año, por estos días. *Génesis 17:21*

Fíjense en un detalle, agregado como si se le hubiera ocurrido al final: «de aquí a un año, por estos días». Si Sara iba a dar a luz en doce meses, Abraham tendría que ... pues, ocuparse del asunto.

> Cuando Dios terminó de hablar con Abraham, se retiró de su
> presencia. *Génesis 17:22*

Hay otras versiones que son graciosas: «Y acabó de hablar con él» (RVR 1960). ¡Vaya si puso fin a la conversación! «Tu esposa de noventa años, dentro de un año, dará a luz». ¿Qué más se podría agregar después de esa afirmación?

Tengo todavía una pregunta que no logro responder: después de que Dios le dijera a Abraham lo que tenía previsto para Sara, ¿se lo habrá dicho Abraham a su mujer? Personalmente pienso que atesoró todas estas cosas en su corazón y que meditó en ellas, antes de contarle a su esposa, ya en la menopausia, el plan de Dios. Veamos si la siguiente escena nos aporta una respuesta.

Invitados inesperados

El Señor se le apareció a Abraham junto al encinar de Mamré...
Génesis 18:1

Un encinar es un bosque de encinas. La encina es un árbol grande y frondoso, que puede vivir muchos años, como un roble, muy codiciado por su sombra. Estos árboles además estaban relacionados con la fertilidad: muy apropiado, si consideramos lo que estaba por suceder.

... cuando Abraham estaba sentado a la entrada de su carpa,
a la hora más calurosa del día. *Génesis 18:1*

Lindo lugar para recibir a las visitas, solucionar disputas familiares y proteger el contenido de las carpas mientras se levantaban las paredes de piel de cabra, para que la brisa del desierto aireara las tiendas.

Las cortinas separaban el amplio espacio en diversas habitaciones para dormir y comer, mientras que había esteras que servían de alfombras, asientos y camas.[6] Tal vez Abraham se recostó contra la entrada para guarecerse del brillo del sol, sin poder evitar completamente el calor del mediodía, mientras protegía su vista de la arena.

Abraham alzó la vista, y vio a tres hombres de pie cerca de él.
Génesis 18:2

Ya se nos dijo que «el Señor se le apareció» a Abraham, así que uno de estos tres hombres debía ser Dios disfrazado de hombre, una teofanía, mientras que los dos acompañantes eran ángeles. La frase «alzar la vista» nos enseña que no venían caminando sino que «se aparecieron de pronto».[7]

Por eso no es extraño que Abraham se incorporara y corriera a saludarlos:

Haré que les traigan un poco de agua para que ustedes se laven los pies, y luego podrán descansar bajo el árbol. *Génesis 18:4*

Un anfitrión perfecto, nuestro Abraham. En un clima seco y caluroso, las sandalias de cuero eran el calzado más apropiado, y lavar los pies de los invitados era la primera lección de cualquier Manual de Hospitalidad.[8] ¿La segunda lección? Prometer poco, hacer mucho. Hacer alarde de todo lo que uno tenía en la despensa era de mal gusto.

> Déjenme traerles algo de comer para que se sientan mejor antes de seguir su camino. *Génesis 18:5*

¿Por qué la gente del desierto era tan solícita a la hora de hacer que los extranjeros se sintieran bienvenidos? Para poder «transformar a los potenciales enemigos en amigos temporales por lo menos».[9] Los invitados asintieron y Abraham fue rápidamente a la carpa donde estaba Sara y le pidió que preparara algo para comer:

> —¡Date prisa! Toma unos veinte kilos de harina fina, amásalos y haz unos panes. *Génesis 18:6*

Si un hombre le hablara tan bruscamente hoy a su esposa, podría acabar cubierto de harina de pies a cabeza, pero Sara comprendió la urgencia y se puso a trabajar, convirtiendo su mejor harina, «un tipo de sémola»,[10] en panes, mientras que Abraham escogía un ternero y le encargaba a un siervo que lo preparara.

Como un mesero, Abraham se quedó de pie junto a ellos mientras los tres visitantes disfrutaban de la comida, su corazón latía con expectación. Una comida compartida era señal de que él y sus invitados estaban «en paz y en unión», y que Dios pronto lo bendeciría.[11]

> Entonces ellos le preguntaron:
> —¿Dónde está Sara, tu esposa? *Génesis 18:9*

Una pregunta curiosa: el Señor y sus mensajeros sin duda sabían dónde estaba Sara. Además, seguramente conocían las costumbres de aquella época: las mujeres no estaban presentes cuando había visitas masculinas.[12] El hecho de que mencionaran el nombre de Sara y que preguntaran por ella probaba que «estos hombres no eran unos viajeros comunes y corrientes».[13]

Tal vez les interesaba asegurarse de que Sara estuviera escuchando. Oír la mención de su nombre por boca de unos extraños seguramente le llamaría la atención. Abraham señaló en dirección de Sara, aunque no la invitó a unirse al grupo. ¿Desconfiaría de estos hombres? ¿Desearía haberle advertido: «Di que eres mi hermana»? ¿O ya se palpaba en el aire la energía profética? Cualquiera que hayan sido los pensamientos de Abraham, tuvo la suficiente confianza en estos hombres para señalarles dónde se encontraba Sara:

—Allí en la carpa —les respondió. *Génesis 18:9*

Aparentemente, eso era lo suficientemente cerca para los hombres. La cuestión no era que Sara no estuviera a la vista, sino que «debía estar suficientemente cerca para poder oír lo que hablaban».[14] Durante las visitas anteriores del Señor a Abraham, Sara tampoco había estado presente. Ahora, dotada de un nuevo nombre, una nueva identidad, un nuevo llamado, ella tendría el honor de escuchar directamente al Señor. Por causa de su esterilidad, Dios se aprestaba a pedirle algo que exigiría una gran fe. Y dado que «la fe viene como resultado de oír»,[15] Sara necesitaría oír esta promesa por sí misma.

—Dentro de un año volveré a verte —dijo uno de ellos—. *Génesis 18:10*

Es fascinante notar cómo el Señor comenzó con las mismas palabras que había usado al final de la última escena: «de aquí a un año», lo que nos sugiere la época del año en que todo «vuelve a cobrar vida»,[16] en la primavera; o «según el tiempo de la vida» (RVR 1960), que nos remite a los nueves meses de embarazo. Si nos quedamos con que «dentro de un año» esta pareja de ancianos tendría un hijo, la idea es clara: *pronto*.

... y para entonces tu esposa Sara tendrá un hijo. *Génesis 18:10*

Tu esposa Sara. No se trata de ninguna otra Sara ni de otra esposa. La mujer con quien te casaste para la eternidad. *Esta* Sara.

No cabe duda de que el heredero de Abraham nacería pronto. Sin un *tal vez*; el anuncio es terminante: *nacerá*.

Nos preguntábamos si Abraham le habría comentado a Sara acerca de la profecía descrita en Génesis 17:16.

Tengo tres razones que me llevan a suponer que no lo hizo:

(1) No tenemos registro bíblico de que Abraham haya informado a Sara de las noticias.

(2) Dios se presentó para informárselo personalmente.

(3) La reacción de Sara sugiere que la mujer desconocía esta profecía.

Miren qué pasó, y juzguen ustedes:

> Sara estaba escuchando a la entrada de la carpa, a espaldas del que hablaba. *Génesis 18:10*

Las mujeres tenían sus propias carpas, lo que me lleva a suponer que allí se encontraba Sara, fuera de vista pero a una distancia que le permitía escuchar lo que hablaban. Escuchando, como era la intención del Señor. Como caído de la nada, como si fuera la voz de un relator que narra la escena detrás de bambalinas, el texto nos recuerda lo siguiente:

> Abraham y Sara eran ya bastante ancianos, y Sara ya había dejado de menstruar. *Génesis 18:11*

Resiste al deseo de poner los ojos en blanco, por favor. Yo *sé* que ya lo sabes, y también lo sabía Sara. Pero hay un detalle nuevo: «a Sara le había cesado ya la costumbre de las mujeres» (RVR 1960). Aun si tenemos en cuenta que en el Antiguo Testamento las personas vivían más años, Sara era de edad avanzada y, como diría mi madre, ya había pasado por «el cambio». Cuando las mujeres dejan de menstruar, concebir un hijo no es simplemente difícil, se convierte en «una imposibilidad biológica».[17]

No puedes estar hablando en serio

Que Abraham tuviera un hijo a los noventa y nueve años no era un problema: incluso tuvo más hijos después de la muerte de Sara tres décadas después: seis hijos con su segunda esposa, Cetura, y muchos más hijos con sus concubinas.[18] El cuerpo anciano de Sara, en cambio, era un desafío. No tenía óvulos fértiles, no tenía una pared uterina rica en nutrientes ni tenía la posibilidad de concebir, salvo que se tratara de un milagro.

¿Sara tu esposa tendrá un hijo?

Se trata de un chiste.

Por eso, Sara se rió... *Génesis 18:12*

Creo que Sara dio muestras de dominio propio al no reírse a carcajadas. Abraham no tendría problemas en tener un hijo a pesar de su edad avanzada, pero la situación de una mujer anciana llevando un hijo en su seno durante nueves meses y luego dando a luz ... era un asunto completamente distinto.

No se rió fuerte, «se rió para sus adentros» (NBLH) o «entre sí» (RVR 1960). Tal vez, si se hubiera inclinado hacia la tierra, como Abraham, y ocultado su rostro, nadie se hubiera dado cuenta.

En cambio, su risa callada se convirtió en una risa que se propagó por el mundo entero. ¡No se imaginan los ríos de tinta que los eruditos e investigadores han escrito sobre la risa de Sara!

Como dice Iñigo en *The Princess Bride* [La esposa princesa]: «Me explico. No, es demasiado largo. Permítanme presentarles un resumen». Dependiendo de los textos que usemos de referencia, la risa ahogada de Sara expresa «incredulidad», «ironía posmenopáusica», «desdén», «sorpresa incrédula» o una reacción «histérica».[19] Mientras que la respuesta de Abraham es considerada «una expresión jubilosa de sorpresa», la risa de Sara refleja «duda e incredulidad».[20] Si se entiende que la risa de Abraham es «la agradable risa de la fe», la reacción de Sara sugiere «desconfianza».[21]

La idea es clara: Abraham era un Hombre Fundamentalmente Bueno, Sara era una Mujer Ligeramente Mala.

Es cierto, ella se rió de las palabras de Dios, pero me pregunto si tenía idea que era el Señor quien estaba hablando. A fin de cuentas, ella nunca había escuchado su voz, como sí la conocía Abraham. Y él había venido disfrazado de hombre.

Como una mujer en el climaterio, mi propia risa en un momento así sería fuerte y larga, abarcando todos los sentimientos sugeridos anteriormente y muchos más, histeria, en particular. ¿Un *bebé*? ¿A *esa* edad?

«Complicada»[22] es tal vez la mejor descripción de la risa de Sara. Después de noventa años, su esperanza finalmente se había esfumado. Piensen cuántas veces Abraham debió decirle: «No pierdas la esperanza. Confía en Dios». Y Sara había confiado. Había esperado. Había hecho todo el esfuerzo posible, no todos virtuosos, es cierto, para poder darle un hijo a su esposo.

Cuando el Dios de Abraham finalmente pronunció su nombre, dijo todo lo que ella anhelaba escuchar, pero ... demasiado tarde.

Sabemos que para todas las cosas «el Señor fijó un plazo»[23] y que sus tiempos son perfectos. Sabemos que su Palabra enseña «mi justicia nunca fallará»,[24] lo que nos da motivos para confiar en él. Sabemos que hemos sido llamados a esperar «confiados en el Señor»,[25] y por eso lo hacemos. Pero cuando hemos tenido esperanza y confiado y esperado, y tenido más esperanza y confiado y esperado, pero Dios no responde nuestras oraciones, es difícil continuar confiando; y aun más difícil es esperar; y es prácticamente imposible no perder la esperanza.

Si te reconoces en esta descripción, anímate. Sara también pensó que Dios había intervenido demasiado tarde: otro momento de duda de la Mujer Ligeramente Mala. Pero así como Dios sabía cómo tratar la duda de Sara, él sabrá cómo tratar nuestras dudas.

Mientras Sara estaba parada en la entrada de su carpa, una sonrisa amarga se dibujó en sus labios:

> Por eso, Sara se rió y pensó: «¿Acaso voy a tener este placer, ahora que ya estoy consumida y mi esposo es tan viejo?» *Génesis 18:12*

Imagínense una camisa de algodón vieja, con los puños gastados y las costuras deshilachadas, o un par de sandalias viejas con las suelas de cuero tan roídas que están finas como un papel. Esto es lo que significa la expresión «consumida» en hebreo: es algo que «no se puede volver a usar».[26]

Con respecto al término «placer» (NVI), «deleite» (RVR 1960) y «gusto» (DHH), la referencia no es a la dicha de tener un bebé, sino que la palabra sugiere «placer sexual».[27] A Sara le hacía gracia la idea de dos personas ancianas teniendo relaciones sexuales para concebir un bebé, le parecía que no tenía lógica, que era ridículo, y por eso «bruscamente desestima la idea, la considera absurda».[28]

Vaya ... «¿Voy a tener que comprar pañales desechables y compotas para bebés a los noventa?».[29]

Bill y yo teníamos treinta años, ni por asomo la edad de Sara, pero mayores que la mayoría de nuestros amigos, cuando descubrimos que íbamos a ser padres. Aquella mañana de noviembre mi estómago inquieto no se quería tranquilizar, fuimos a la farmacia, seguimos los pasos para hacer un diagnóstico de embarazo en casa, y observamos maravillados cómo nuestra vida cambiaba delante de nuestros ojos. Nos reímos y lloramos aquel día.

Pero cuando Sara escuchó la noticia, solo se rió, pensando que la promesa de Dios era imposible, sin percatarse de que él la oía.

Pero el SEÑOR le dijo a Abraham:

—¿Por qué se ríe Sara? ¿No cree que podrá tener un hijo en su vejez? *Génesis 18:13*

Sara debió sentir el corazón en la boca. ¿Habrá dicho algo en voz alta ... o él le habrá leído los pensamientos? Era como si el visitante sin nombre «conociera su corazón».[30] Abiertamente le increpó su risa y la poca estima que tenía de su cuerpo consumido, aunque no repitió lo que ella había pensado sobre la edad avanzada de Abraham. En realidad, el único obstáculo era la edad de Sara.

Pero no para Dios.

¿Acaso hay algo imposible para el SEÑOR? *Génesis 18:14*

Es una pregunta retórica, muy citada. En realidad, «¿hay para Dios *alguna* cosa difícil?» (RVR 1960). «¿Hay algo *demasiado* difícil para el Señor?» (NBLH). Algunos entienden que Dios la reprende al hacerle esta pregunta, aunque yo la entiendo como una manera delicada pero firme de recordarle a Sara que su poder no tiene límites, no como reproche a su falta de fe.

Dios tenía la intención de bendecir a Sara a pesar de lo mucho que ella se riera.

¿Por qué entonces demoró tanto en permitir que concibiera, y dejó pasar tantos años después de los años en que normalmente se tienen hijos? Para que el nacimiento de Isaac fuera comprendido por lo que realmente fue: «un don divino de gracia».[31]

El año que viene volveré a visitarte en esta fecha, y para entonces Sara habrá tenido un hijo. *Génesis 18:14*

Es un eco de la promesa de Dios que vimos en el versículo 10, salvo que aquí Sara no es identificada como «tu esposa». Dios ahora incluyó a Sara en la conversación, atrayéndola al grupo. En ese momento, creo que ella reconoció a la persona que le hablaba, y quién era el que la había oído reírse.

Sara, por su parte, tuvo miedo ... *Génesis 18:15*

Me pongo a temblar con ella. Con o sin intención, se había reído del Señor, se había burlado de sus promesas, había tenido en poco su poder. Ella sabía que su actitud «no era agradable a Dios».[32]

Había llegado el momento de dar un paso al frente y confesar la flaqueza de su fe. En cambio, ella dio un paso espiritual hacia atrás.

> [Sara] mintió al decirle: —Yo no me estaba riendo. *Génesis 18:15*

¿Fue una Mujer Ligeramente Mala porque se rió? Quizá, pero Abraham también se había reído.

¿Fue una Mujer Ligeramente Mala porque mintió? Me temo que sí.

Lo que no resulta claro es si estas palabras estaban dirigidas al Señor o si simplemente *las pensó*, si fue directamente a decírselo cara a cara o si se demoró a la entrada de la carpa. Se podría entender que los dos hombres angelicales y Abraham ya no estaban presentes, tan directa fue la breve conversación que Sara mantuvo con Dios.

Aunque él no la castigó por reírse *ni* por mentir, Dios no dejó pasar impunemente el hecho.

> Pero el SEÑOR le replicó: —Sí te reíste. *Génesis 18:15*

Como corresponde, Dios tiene la última palabra. Se dirige directamente a ella: «No es así, sino que te has reído» (RVR 1960). No es una acusación, simplemente «un reproche amigable».[33] Podríamos decir que es un «Te atrapé» celestial, un recordatorio del Señor, para que sepamos que él conoce todo lo que pensamos, lo que decimos y lo que hacemos, pero de todos modos permanece junto a nosotros y nos bendice incluso a pesar de nuestras debilidades. ¡Extraordinario!

Sara se ríe nuevamente

Sara, habiendo aprendido la prudencia de guardar silencio *y* cuidar sus pensamientos en presencia de Dios, no contestó. Tampoco cuestionó su promesa, ni negó la realidad de su pecado.

Considero que este fue el momento más importante de la vida de Sara, cuando verdaderamente creyó y le fue contado por justicia. Aunque Dios dejó en evidencia su pecado, él no la castigó ni se arrepintió de su promesa.

En realidad, según el relato, Dios nunca volvió a tocar el tema de la incredulidad de Sara ni de su mentira.

¡Increíble! Qué extraordinaria muestra de gracia, justo aquí en el Antiguo Testamento. Ella procedió impulsivamente, sin buscar conocer la voluntad divina, actuó con crueldad y nunca pidió el perdón divino, y fue imprudente cuando no creyó en las promesas divinas y, no obstante, Dios derramó su misericordia sobre Sara, una y otra vez. ¿Hará lo mismo por ti? Por supuesto. «De generación en generación se extiende su misericordia a los que le temen».[34] La compasión de Dios por las mujeres ligeramente malas como Sara, como nosotras, no tiene límites.

> Tal como el SEÑOR lo había dicho, se ocupó de Sara y cumplió con la promesa que le había hecho. *Génesis 21:1*

¡Cómo me encanta este versículo! Sí, Dios cumplió con la promesa que le había hecho a Abraham, pero también cumplió con la promesa que le había hecho a Sara, mostrándonos la naturaleza personal de su gracia. Qué palabras más tiernas: «se ocupó de Sara», le «prestó atención» (DHH), «visitó ... a Sara» (RVR 1960). No lo hizo porque ella fuera buena, sino porque Dios, en su gracia, miró a nuestra hermana anciana con ojos compasivos y fue fiel a su promesa.

> Sara quedó embarazada y le dio un hijo a Abraham en su vejez. Esto sucedió en el tiempo anunciado por Dios. *Génesis 21:2*

Qué típico del Señor afirmar con esta sencillez el glorioso cumplimiento de una promesa hecha hacía tantos años: «en el tiempo señalado que Dios le había dicho» (NBLH). Si Sara hubiera narrado la historia de su concepción, embarazo y parto, Génesis tendría diez capítulos más. Pero la Biblia es la palabra de Dios, no la nuestra; su Palabra es suficiente.

Los rabinos de la antigüedad creían que cuando Sara concibió, «concibieron con ella todas las mujeres estériles de la tierra».[35] El milagro era tan grandioso que debía ser compartido, como si el vientre de una sola mujer no pudiera contener todas las bendiciones que Dios quería derramar sobre la humanidad.

> Al hijo que Sara le dio, Abraham le puso por nombre Isaac. *Génesis 21:3*

Como sucedió con Ismael, el Señor eligió el nombre *Isaac*; Abraham no escogió este nombre. Una decisión perfecta, si tenemos en cuenta la risa que este niño provocó en sus padres antes de su nacimiento. En hebreo, «*ytzchak* en realidad suena como una leve carcajada».[36] O como un estornudo.

Siempre obediente, Abraham circuncidó a su hijo al octavo día, mientras que el rostro anciano de Sara irradiaba de felicidad al haber completado la experiencia de la maternidad.

Sara dijo entonces: «Dios me ha hecho reír ...». *Génesis 21:6*

Las palabras de nuestra hermana son doblemente verdad: su hijo se llamó Risa y el gozo restauró su alma abatida. Si aquella risa silenciosa en su carpa era señal de desconfianza, esta era señal de júbilo, de celebración, de fe. Sara había aprendido a amar al «Dios de las sorpresas».[37] Podía reírse de la muerte, ahora que había producido una vida nueva. Podía reírse de la esterilidad, sabiendo que aquellos años ahora estaban en el pasado. Podía reírse de sí misma, de su necedad, de su impaciencia, ahora que había conocido el amor inquebrantable de Dios.

La risa de Sara fue llevada por el viento, como una alegría contagiosa.

... y todos los que se enteren de que he tenido un hijo, se reirán conmigo. *Génesis 21:6*

El idioma hebreo sugiere que «todos los que se enteren» tal vez se reirían también *de ella*.[38] Solo nos resta imaginar las miradas crueles y los dardos punzantes que Saray soportó de sus vecinas, pero a Sara eso ya no le importaba ni un ápice. Ella había sido la última en reír; eso era lo único que le importaba.

¿Quién le hubiera dicho a Abraham que Sara amamantaría hijos? *Génesis 21:7*

La respuesta a «¿Quién le hubiera dicho ... » es «Nadie». Nadie creía que Sara pudiera tener hijos; nadie excepto Dios. El nacimiento de Isaac no fue motivo de conversación solo en las tiendas de Abraham; una noticia tan extraordinaria se extendió de Jarán a Berseba, de Betel a Ur. *¿Qué edad tenía esa mujer?*

Por cierto, nuestro ficticio Dr. González tenía razón: Arcelia García de Sunnyside, en el estado de Washington, sí dio a luz a trillizas concebidas por medios naturales en 1999, cuando tenía 54 años. Ya era la madre de ocho hijos y la abuela de quince.[39] ¡Cuántos bebés!

Sara debió tener sus manos artríticas cansadas de cargar al recién nacido. Según este versículo, Sara amamantó a Isaac ella misma, tal vez solo para maravillarse de la provisión de Dios a través de sus senos caídos. Las mujeres de su posición social solían tener una nodriza para que amamantara a sus hijos, pero en este versículo me parece percibir la nota triunfal de una madre que amamanta ella misma.

Sin embargo, le he dado un hijo en su vejez. *Génesis 21:7*

La escena comenzó con Sara alabando a Dios por el don de la risa y concluye con la alegría compartida con su esposo. «¡Le di un hijo al viejo!». ¡¿Quién iba a decir que la costumbre de llamar «viejo» al patriarca de la casa comenzaría con Abraham?! Sara prácticamente alardeaba, embargada de emoción.

Por desgracia, sabemos qué sucedió después en las Escrituras, ya que estudiamos el incidente en el capítulo anterior: Ismael se burlaba de Isaac y Sara echó a Agar de la casa, al desierto. Lo confieso, prefiero tener la imagen de Sara en el momento en que honró a Dios y a su esposo: dichosa de la vida, sosteniendo su tarjeta de «anciana» en una mano y el chupete de su hijo en la otra.

Sí, ya hemos visto su peor faceta como Mujer Ligeramente Mala, pero lo que la vida de Sara nos enseña, después de muchos milenios, es su fe. Según la leyenda, mientras Sara vivía había una nube flotando encima de su carpa, «señal de la presencia divina sobre su hogar».[40] Quizá ella se rió de la promesa de Dios, pero fue la primera persona en alabar a Dios cuando él cumplió su promesa. Mintió por temor y por vergüenza, pero luego proclamó su verdad: «Dios me ha hecho reír».[41]

Después que Agar obtuvo su libertad y la paz se restauró en el hogar de Sara, no tenemos más noticias de nuestra matriarca hasta el momento de su muerte:

Sara vivió ciento veintisiete años. *Génesis 23:1*

Es la única mujer en las Escrituras de la que se precisa su edad: no una vez, sino varias veces. Dado que Dios llevaba una cronología meticulosa de la vida de Abraham, tenía setenta y cinco años cuando partió de Jarán,[42] ochenta y seis cuando Agar dio a luz a Ismael[43] y cien años cuando nació Isaac,[44] podemos deducir la edad de Sara, porque ella era diez años menor que su esposo. Sospecho que ella se burlaba amigablemente de él cada vez que cumplía años. (Mi esposo solo me lleva dos años, y nunca pierdo la oportunidad de recordarle que es dos años más viejo que yo cuando sopla las velas en su pastel.)

Cuando cada cumpleaños comenzó a pesar para Sara y la menopausia puso fin a su sueño de darle un hijo a Abraham, Dios intervino y llenó su vientre de vida y su boca de risa. No solo Dios bendijo a Sara, también su esposo la bendijo hasta el final de sus días.

> [Sara] murió en Quiriat Arbá, es decir, en la ciudad de Hebrón, en la tierra de Canaán. Abraham hizo duelo y lloró por ella. *Génesis 23:2*

Hacer duelo era una expresión social, pero las lágrimas le brotaban del corazón. Abraham compró una cueva en Macpela, y allí sepultó a su querida esposa. Seguramente Isaac estaba a su lado, angustiado por la pérdida de una madre que lo había mimado desde el día de su nacimiento.

Ninguno de estos hombres podía saber que una hermosa mujer de Padán-Aram entraría un día en la carpa de Sara y llenaría el aire nuevamente con risa, como descubriremos en nuestro próximo capítulo.

¿Qué lecciones podemos aprender de Sara?

Los milagros nunca cesan.

Abraham y Sara dudaban del poder de Dios para hacer un milagro, para que la simiente de un anciano fecundara el vientre de una mujer anciana, y expresaban su incredulidad con palabras semejantes. Ambos hicieron referencia a la edad de Sara como impedimento. «¿Acaso hay algo imposible para el SEÑOR?»,[45] fue la manera en que Dios les recordó que los milagros son su especialidad. Para el Creador del universo y todo lo que en él hay, revivir el vientre dormido de una mujer es juego de niños. Considera esto mi querida hermana: «Si Dios pudo hacer este hecho imposible para Sara, cuando tenía noventa años ... ¿qué hará por ti y por mí?»[46]

¿Quién, Señor, se te compara entre los dioses? ¿Quién se te compara en grandeza y santidad? Tú, hacedor de maravillas, nos impresionas con tus portentos. *Éxodo 15:11*

Mostremos un poco más de respeto.

Si tienes más de cuarenta años, tal vez recuerdes un comercial de margarina Chiffon que terminaba con la frase: «No es bueno engañar a la Madre Naturaleza». Yo agregaría que es absolutamente peligroso intentar engañar al Padre Dios. Pregúntenle a Sara. Cuando debió ser el día más feliz de su vida, ella estaba tan ensimismada en su temor, tan hundida en su pecado que no pudo regocijarse en las buenas noticias que Dios le traía. En cambio, se burló de su promesa, cuestionó el poder divino y mintió cuando dijo que no se había reído, solo para que Dios, que había escuchado todo, la «parara en seco». Supongo que Sara no volvió a cometer ese error. En aquel comercial televisivo, las palabras de la Madre Naturaleza eran seguidas de un relámpago estruendoso. El Señor, en su gracia, es mucho más compasivo pero nunca deberíamos dudar de su poder.

No se engañen: de Dios nadie se burla. *Gálatas 6:7*

Hay un tiempo para reír.

Una de mis amigas más queridas dice: «Dios me hace reír», antes de describir las maneras extrañas con que Dios obra en su vida. Imaginen su deleite cuando le señalé las palabras de Sara: «Dios me ha hecho reír ...»[47] Sara nos muestra por qué no es prudente reírse *de* Dios, pero que reírse *con* Dios honra su don de la alegría. La primera risa de Sara fue provocada por su incredulidad y encubierta con una mentira. Pero su segunda risa vibró abierta y sin reparo: una invitación para que todas riamos con ella. Entonces, como broche de oro, Dios le llamó a su hijo: «Risa». Ciertamente el Señor también tiene sentido del humor, y hace que «lo que parece ridículo sea creíble».[48]

Convertiste mi lamento en danza; me quitaste la ropa de luto y me vestiste de fiesta. *Salmo 30:11*

Un panegírico dice más que el anuncio de un nacimiento.

Cuando nació nuestra hija, mandamos imprimir la noticia y enviamos las tarjetas por correo a las pocas horas de su nacimiento, solo con su nombre y los datos elementales. Comparemos eso con los panegíricos sentidos que se pronuncian en el velorio de un ser querido: recuerdos tiernos y anécdotas graciosas de la persona. Se celebra la personalidad única del fallecido. Abraham debió llenarse de júbilo cuando nació su hijo, pero lo que quedó registrado en las Escrituras fue su congoja ante la muerte de su esposa: duelo y lágrimas. Sara es recordada no solo por su hijo sino por la vida que vivió: «una matriarca de primer orden, respetada por reyes y por esposos, una mujer enérgica y una compañera valiente».[49]

La mujer ejemplar es corona de su esposo. *Proverbios 12:4*

Algunas ideas a considerar para mujeres buenas

1. Aunque no hay mucha diferencia entre los nombres *Saray* y *Sara*, la distinción es importante para Dios. Al cambiarle el nombre, él le daba una identidad nueva, como la señal que le había dado a Abraham a través de la circuncisión. ¿Qué rol le dio Dios a Sara en su pacto eterno? ¿De qué maneras tu forma de vivir hoy afectará el futuro de tu familia? ¿ ... de tu sociedad? ¿ ... de la creación de Dios? ¿ ... del reino de Dios?

2. Abraham se rió para sus adentros cuando Dios le prometió darle un hijo de Sara, pero Dios no le preguntó: «¿Por qué te reíste?» ¿Cómo explicarías que Dios aceptara la risa de Abraham pero no la de Sara? ¿Qué revela nuestra risa cuando nos reímos? ¿Qué nos dice acerca de Sara su risa de aquel día?

3. Un escritor ha sugerido que en vez de Sara la fiel, habría que llamarla Sara la burlona, o Sara la despectiva.[50] Si tenemos en cuenta toda la vida de Sara, ¿qué palabra o palabras usarías para describir a Sara? ¿Por qué? ¿Cómo ha cambiado tu actitud sobre la vida, sobre otras personas y sobre Dios en los últimos diez años? Si tus amigos te asignaran un título revelador que reflejara tu fe (Susana la valiente, o Carmen la tímida), ¿qué adjetivo crees que elegirían? ¿Por qué?

4. Planteamos la pregunta: ¿Abraham le contó a Sara la promesa de Dios con respecto a que ella le daría un hijo o la primera vez que ella se enteró fue cuando el Señor se apareció en el campamento de Mamré? Yo ofrecí tres razones que me llevan a creer que su esposo no le había comentado nada. ¿Cuáles te parecen ciertas y por qué? ¿Se te ocurren otras

opciones? ¿Por qué Sara puede haberse beneficiado al escuchar las noticias directamente de Dios en vez de enterarse a través de su esposo?

5. Una promesa o profecía cumplida en las Escrituras fortalece nuestra fe en un Dios que cumple su palabra. Cuando Sara dio a luz un hijo para Abraham, «esto sucedió en el tiempo anunciado por Dios» (Génesis 21:2), ¿cómo crees que eso repercutió en su relación con su esposo? ¿ ... y con su Dios? Tal vez la promesa más grandiosa de la Palabra de Dios sea la siguiente: «Si confiesas con tu boca que Jesús es el Señor, y crees en tu corazón que Dios lo levantó de entre los muertos, serás salvo».[51] ¿Cómo has tomado esa realidad para ti misma?

6. No estudiamos el episodio en que Abraham parte para el monte Moria para sacrificar a Isaac (véase Génesis 22:1-19) porque estaba fuera de los parámetros de la historia de Sara, aunque ella todavía vivía cuando esto sucedió. ¿Crees que Sara conocía la intención de Abraham cuando partió con Isaac aquel día? ¿Qué te hace llegar a esa conclusión? Ante un pedido semejante de parte de Dios, ¿en qué diferiría la reacción de una madre a la de un padre?

7. ¿Cómo describirías la relación conyugal entre Abraham y Sara? ¿Quién parece tener un carácter más fuerte? Explica tu respuesta. ¿Qué característica respetas de Abraham como esposo? ¿Qué característica encuentras más difícil de aceptar? ¿Qué nos revela el sufrimiento de Abraham con relación a los años que vivieron juntos?

8. ¿Cuál es la lección más importante que aprendiste de Sara, una mujer que se rió de Dios y (casi) no le pasó nada?

4

UNA NOVIA VOLUNTARIOSA

*Una mujer virtuosa cuando obedece a su
esposo obtiene dominio sobre él.*
PUBLIO SIRO

Espero que Eric Serrano sepa lo bienaventurado que es.

Rosalinda se estiró los guantes blancos de seda, ruborizándose como correspondía a la novia que era. Aunque Berto, su hermano mayor, a veces exageraba, su comentario le agradó ya que él la llevaría al altar.

—Yo también soy muy dichosa al casarme con Eric Serrano —le recordó, sacudiendo una pelusa del traje alquilado de Berto—. Es un caballero en todo sentido de la palabra.

—Y rico —rió Berto en voz baja y con complicidad—. Vivirás muy cómoda en el lujo de su palacio. ¿Ya sabes si te prestará su Jaguar o el Bentley 8?

—Calla —se quejó Rosalinda, mirando por encima de su hombro hacia el templo. Estaban a solas pero no por mucho tiempo. La coordinadora de la boda pronto vendría a buscarla—. Sabes muy bien que no me estoy casando con Eric por su dinero.

—Por supuesto —resopló su hermano—, y él tampoco se está casando contigo porque eres hermosa.

—¡Berto!

—No seas ingenua, hermanita —cualquier rastro de humor que hubiera en la conversación se había esfumado—. Para mí, es una jovencita que se casa con un viejo rico y tú eres un trofeo para él. Ambos saldrán beneficiados de esta unión ideal, como ordenada por el cielo.

—Eso es exactamente lo que es —dijo ella con firmeza. A veces su hermano era tan insensible—. Eric cree que el Señor hizo que nos encontráramos, y su padre también lo piensa.

Berto separó las manos.

—¿Quién soy yo para discutir con Dios?

—Basta de susurros … —los interrumpió Mariana, la coordinadora de la boda—. Rosalinda, te necesitamos en el camerino de la novia para una última ronda de fotos.

—Y *usted* debería estar en el vestíbulo, esperando a su hermana para acompañarla cuando entre a la iglesia —le dijo a Berto con una mirada directa.

—A sus órdenes —respondió él, con una leve inclinación de la cabeza, y desapareció por una puerta lateral.

—Ven —dijo Mariana guiando a Rosalinda del codo—, solo tenemos unos minutos antes de que comience la música.

Oriunda de Sacramento, Mariana conocía la ciudad, conocía el club de campo donde tendría lugar la recepción y conocía la iglesia. Desde el momento en que Rosalinda bajó del avión, había recurrido a la experiencia de esta mujer.

Rosalinda levantó el dobladillo de su vestido mientras caminaba, esforzándose por caminar más rápido. El vestido ceñido, color marfil, regalo de su futuro marido, resaltaba sus facciones pálidas y su cabello rojizo. Las damas de compañía, como rosas esbeltas, lucían vestidos largos rectos, color crema, con sombreros que hacían juego. Amalia, Carla y Patricia, sus amigas de la infancia en Portland, habían viajado al sur con ella en un jet privado, pagado discretamente por el padre de Eric.

El señor Serrano insistía en hacerse cargo de todos los gastos de la boda. Tal vez debido a la ausencia del padre de ella, o porque el hombre era en exceso generoso. «Cuando se trata de mi hijo» le había dicho la semana anterior a Rosalinda, sosteniendo sus manos entre las suyas, «ningún gasto es demasiado alto, ningún sacrificio demasiado grande. Eric debe tener la novia perfecta, escogida por Dios …»

—Aquí estoy —dijo Rosalinda, mientras entraba en la habitación de la novia, seguida de Mariana—. Sr. López, solo tenemos cinco minutos.

El fotógrafo ubicó en su lugar a las demás mujeres, en poses naturales, y colocó a Rosalinda estratégicamente, para que tuviera la mejor iluminación.

—Me va a malacostumbrar —le advirtió, y luego sonrió inocentemente a la cámara—. No estoy acostumbrada a ser el centro de la atención.

—Rosalinda Duarte, nunca has sido otra cosa —dijo Patricia en broma—. La mitad de las fotos de nuestro anuario de la secundaria te tenían a ti en el centro y en primer plano.

—Tal vez porque ella era la editora —dijo Carla.

Rosalinda le pisó un pie, y Carla gritó.

—¡Chicas! —dijo Mariana haciendo a un lado al fotógrafo—, ya es hora.

Los acordes lejanos del órgano de tubos hicieron que todas se dirigieran rápido al pasillo. Mariana iba adelante, mientras que Amalia llevaba el ramo de Rosalinda, Patricia le acomodaba el velo mientras se daban prisa, y Carla le levantaba la cola del vestido, todas ahogadas por la emoción. Rosalinda caminaba lentamente, su cabeza en alto, disfrutando el espectáculo.

Cuando doblaron la esquina, las mujeres vieron que varios invitados todavía no habían entrado; se detuvieron semiocultas mientras el último de los invitados era acompañado a su lugar. Rosalinda admiró el vestíbulo, complacida con su trabajo. Las rosas amarillas y marfil iluminaban los rincones oscuros y llenaban el aire con su fragancia, como ella lo había planeado.

Todo estaba en silencio. Su hermano se le acercó, ofreciéndole el brazo:

—¿Señora Serrano?

—Casi —ella lo tomó del brazo—. Hazte la idea de que esto no es más que un ensayo, Berto. Algún día entregarás a tu propia hija de esta manera.

—Seguro —respondió, con un brillo en sus ojos oscuros—, pero primero tengo que acompañar a mi hermana.

Ambos permanecieron fuera de la vista mientras las puertas centrales se abrían para que cada padrino por turno acompañara a una de las damas de honor por el pasillo.

—No tan seguidos unos de otros —les advertía suavemente Rosalinda a cada pareja. Una procesión más larga aumentaba la expectativa. Entonces un acorde fuerte del organista dio la señal a los presentes para que se pusieran de pie. Berto la guió lentamente por la entrada en forma de arco hacia el templo iluminado con velas.

Rosalinda se detuvo, saboreando el momento. Todas las miradas se posaron sobre ella.

—He aquí, la reina —murmuró Berto, con una amplia sonrisa.

El hermano y la hermana avanzaron con paso majestuoso hacia el altar, acompañados de la «Marcha Nupcial» de la ópera *Lohengrin* de Wagner. Rosalinda miraba hacia delante, prefiriendo no distraerse con los rostros felices de los presentes. La mayoría no eran conocidos ... esa era la desventaja de casarse en la ciudad de Eric y no en su ciudad. A pesar de todo, ella había elegido todas las canciones, diseñado los ramos florales y escogido el menú, desde la sopa hasta las nueces de sobremesa. A pesar de que el señor Serrano corría con los gastos, esta era *su* boda.

Y la de Eric, por supuesto.

Rosalinda dirigió su mirada hacia el altar, donde el novio la esperaba pacientemente, reluciente en su traje formal negro. Le llevaba más de diez años y era mucho más serio que ella, pero Eric se enamoró desde el día en que la conoció. Le propuso matrimonio antes de salir juntos por primera vez. Le prometió darle todo lo que quisiera y luego le entregó su corazón. ¿Qué mujer podía resistir un ofrecimiento como ese?

Mientras ella se acercaba, él se palpó el bolsillo del saco, sin duda para verificar que tenía los votos matrimoniales. Ella sacudió casi imperceptiblemente la cabeza. *No los necesitarás. Te acordarás.* ¿Acaso no los habían practicado una docena de veces en último ensayo de la noche anterior?

La música los rodeó en un *crescendo* mientras ella y Berto finalmente llegaron al altar, rodeado de candelabros y una profusión de rosas. Cuando el ministro les dio la bienvenida y luego preguntó: «¿Quién entrega a esta mujer en matrimonio?», la respuesta de Berto fue firme y resuelta: «Yo la entrego».

Ella soltó el brazo de su hermano y tomó el brazo de Eric, sorprendida de sentir que él temblaba.

Eric la acercó hacia él, como buscando fuerzas, y luego asintió al ministro.

Con una túnica blanca, el reverendo Enríquez observó benevolente la congregación y luego pronunció las palabras tan clásicas:

«Queridos hermanos, estamos reunidos hoy ante Dios y en la presencia de muchos testigos, para unir a este hombre y esta mujer en santo matrimonio ... »

Rebeca, la esposa: a Rebe le va bien

La historia de amor de Rebeca comenzó bien, aunque fuera en un pozo, pero ¡qué drama vino después!

Como es mi costumbre, me estoy adelantando a los hechos. El último capítulo terminó con Abraham junto a la tumba de Sara, llorando la muerte de su esposa. Qué consciente de su propia mortalidad se debió sentir en aquella hora aciaga y cuánto más dolor habrá sentido con el paso de los años.

> Abraham estaba ya entrado en años, y el Señor lo había bendecido en todo. *Génesis 24:1*

Isaac ya casi tenía cuarenta años. Abraham sabía que había llegado la hora de comenzar la próxima generación. En vez de enviar a Isaac a buscar una esposa, Abraham envió «al criado más antiguo de su casa»[1] y le pidió que se encargara del asunto. Algunos escritores piensan que se trataba de Eliezer de Damasco, el hombre mencionado en Génesis 15:2, pero eso fue *cincuenta años* antes, un lapso muy largo para un criado. (Aunque si lo pensamos bien, hace más de veinte años que me corto el pelo con la misma querida peluquera; tal vez Eliezer sí estuvo al servicio de Abraham durante todos esos años.) Quienquiera que haya sido, el capítulo 24 de Génesis no menciona al criado de Abraham por nombre, y haremos lo mismo aquí.

Un día, Abraham le dijo al criado más antiguo de su casa, que era quien le administraba todos sus bienes:
—Pon tu mano debajo de mi muslo. *Génesis 24:2*

Pues … qué incómodo. Además, diría que es un tanto personal.
Pero así fue. En la antigüedad, la persona que juraba ponía su mano sobre la parte más vital del cuerpo de un hombre, como señal de su alianza. Veamos rápidamente cómo sucedió esto:

> … júrame por el Señor, el Dios del cielo y de la tierra, que no tomarás de esta tierra de Canaán, donde yo habito, una mujer para mi hijo Isaac. *Génesis 24:3*

Así que nada de princesas idólatras de la localidad para Isaac. Su padre deseaba tener una novia temerosa de Dios, y entregada personalmente por el criado de más confianza.

> … sino que irás a mi tierra, donde vive mi familia, y de allí le escogerás una esposa. *Génesis 24:4*

Los dos hombres discuten un poco el asunto, con el criado preocupado con la posibilidad de que la mujer no quisiera dejar su país de origen y Abraham más interesado en evitar que Isaac tuviera que emigrar a un país lejano: «¡En ningún caso llevarás a mi hijo hasta allá!»,[2] le advirtió. El Señor había prometido darle a Abraham *esta* tierra, no Padán Aram, por lo que el anciano patriarca deseaba asegurarse de que Isaac se quedara allí.

Con respecto a escoger una nuera y convencerla de venir, Abraham le dijo al criado que no se preocupara de eso, convencido de que Dios haría la selección.

El SEÑOR, el Dios del cielo ... enviará su ángel delante de ti para que puedas traer de allá una mujer para mi hijo. *Génesis 24:7*

Con la certidumbre de la guía celestial, el criado se puso en camino.

Luego [el criado] tomó diez camellos de su amo, y toda clase de regalos, y partió. *Génesis 24:10*

¿Diez camellos para una novia? Vaya si tenían estilo para viajar. Estos cuadrúpedos están bien adaptados a las condiciones de desierto, pueden transportar cargas por terrenos agrestes y luego regresar con una novia y su séquito. Los camellos eran los Rolls-Royce del antiguo Medio Oriente: una expresión extravagante de riqueza.

Las Escrituras no nos describen el viaje que implicó trasladarse unos ochocientos kilómetros entre Canaán y Jarán. Solo sabemos lo que sucedió cuando el criado y los hombres que viajaban con él (esos diez camellos no se manejaban solos) llegaron a la región donde Abraham solía vivir.

Allí hizo que los camellos se arrodillaran junto al pozo de agua que estaba en las afueras de la ciudad. Caía la tarde, que es cuando las mujeres salen a buscar agua. *Génesis 24:11*

Como buscar agua era tarea de mujeres, nuestro criado, agotado por el viaje, hizo que los camellos descansaran cerca de un pozo y luego oró por el favor de Dios, por una señal que le permitiera identificar a la futura esposa de Isaac.

*Permite que la joven a quien le diga: «Por favor, baje usted su
cántaro para que tome yo un poco de agua», y que me contes-
te: «Tome usted, y además les daré agua a sus camellos», sea
la que tú has elegido para tu siervo Isaac. Así estaré seguro
de que tú has demostrado el amor que le tienes a mi amo.
Génesis 24:14*

Que una joven mujer sirviera agua a un viajero hubiera sido común,
porque así eran las normas de hospitalidad. Pero, ¿dar de beber a diez camellos? Eso requeriría un milagro de Dios y una mujer muy benevolente.

*Aún no había terminado de orar cuando vio que se acercaba
Rebeca, con su cántaro al hombro. Génesis 24:15*

¿Qué me dicen? Dios respondió su pedido antes de que terminara la
oración. David dijo: «No me llega aún la palabra a la lengua cuando tú,
Señor, ya la sabes toda».[3] Y aquí aparece la futura esposa de Isaac, en el
momento justo, con un cántaro de agua al hombro, como todavía lo hacen
las mujeres de Palestina en la actualidad.

La joven era muy hermosa ... Génesis 24:16

Algo a favor, ya que el criado que no había orado por una mujer muy
hermosa; él procuraba la voluntad de Dios y no satisfacer el placer de un
hombre. No obstante, Rebeca era «muy hermosa». La imaginamos como
los pintores la han retratado a lo largo de los siglos: el pelo oscuro cayéndo-
le por los hombros, ojos luminosos y facciones agradables y radiantes con
la inocencia de una doncella.

*... y además virgen, pues no había tenido relaciones sexuales
con ningún hombre. Génesis 24:16*

¿Cómo podía saberlo de solo mirarla? Tal vez la mujeres vírgenes usaban un tipo especial de prendas o se peinaban de un modo particular que
indicara su estado, aunque en la Biblia no encontramos muchas descripciones de cómo se vestía la gente en el tiempo de los patriarcas. O quizá esto
es solo obra de nuestro narrador bíblico que nos aporta más detalles.
La pureza de la doncella simplemente era una cuestión moral: ella

tenía que ser virgen para que el primer hijo que diera a luz fuera de la simiente de Isaac y no de otro hombre.

Hasta este momento, todo parece salir bien: es hermosa, «modesta y soltera». Rebeca se dirigió al pozo.

> Bajó hacia la fuente y llenó su cántaro. Ya se preparaba para subir. *Génesis 24:16*

No piensen en un pozo con un brocal circular de ladrillos y poleas, cuerdas y baldes. Se trataba de unos pozos de agua a los que «solo se podía acceder descendiendo por unas escaleras hasta varios metros por debajo de la superficie»,[4] a veces hasta «casi cuarenta y tres metros de profundidad».[5] Luego, después de llenar su cántaro, con una capacidad de un poco más de diez litros de agua, la mujer tenía que subir, cuidando de no volcar ni una preciosa gota. El agua era muy difícil de obtener en el desierto.

Tan pronto como Rebeca terminó su tarea subterránea, nuestro hombre entró en acción.

> Cuando el criado corrió a su encuentro y le dijo:
> —¿Podría usted darme un poco de agua de su cántaro? *Génesis 24:17*

No pedía mucho, solo «un poco».

> —Sírvase, mi señor —le respondió. Y en seguida bajó el cántaro y, sosteniéndolo entre sus manos, le dio de beber. *Génesis 24:18*

Podemos imaginar a Rebeca bajando el cántaro que llevaba sobre su hombro con un movimiento lleno de gracia, y luego derramando un poquito de agua en su propia mano ahuecada, sosteniéndola para que él bebiera.

Probablemente él haya sonreído todo el tiempo, con la esperanza de que ella se diera cuenta de sus camellos sudorosos, inquietos y sedientos; orando para que ella hiciera un ofrecimiento que solo el Señor podía inspirarla a hacer.

> Cuando ya el criado había bebido, ella le dijo:
> —Voy también a sacar agua para que sus camellos beban todo lo que quieran. *Génesis 24:19*

Bien hecho, Rebeca.

Aunque era un hombre rico, o estaba al servicio de un hombre rico, Rebeca no conocía ni su identidad ni su misión. Su ofrecimiento parece ser producto de un corazón generoso. Ella daría de beber a sus camellos, todo lo que quisieran.

¿Cuánta agua sería? Si calculamos que cada camello necesitaba casi cien litros,[6] ella tendría que subir y bajar al pozo más de ochenta veces. Creo que se merecería un anillo con un gran diamante.

> De inmediato vació su cántaro en el bebedero, y volvió corriendo al pozo para buscar más agua, repitiendo la acción hasta que hubo suficiente agua para todos los camellos. *Génesis 24:20*

Como Abraham, que se apresuró a atender a sus visitas, Rebeca obró rápido, subiendo y bajando del pozo «en un continuo ir y venir».[7] Su buena salud y su fuerza física, dos detalles importantes para ser madre, fueron evidentes. Sin embargo, el criado todavía no se animó a presentarse ni a revelar sus intenciones.

> Mientras tanto, el criado de Abraham la observaba en silencio, para ver si el SEÑOR había coronado su viaje con el éxito. *Génesis 24:21*

Se quedó observándola en silencio, preguntándose si ella sería la mujer escogida o no. Qué extraño. ¿Acaso no era «Voy también a sacar agua para que sus camellos beban» suficiente confirmación? Tal vez deseaba observar sus gestos y su manera de hablar para poder determinar que la joven era digna de su joven dueño, o tal vez quería determinar si ella podría terminar lo que había comenzado, si era una joven que cumplía su palabra: « ... sacaré agua, hasta que acaben de beber» (RVR 1960).

Cuando los camellos terminaron de beber, el criado de Abraham también se había convencido.

> Cuando los camellos terminaron de beber, el criado tomó un anillo de oro ... y se lo puso a la joven en la nariz. *Génesis 24:22*

Y para el diamante, ¿faltará mucho?

El anillo de oro pesaba una *beka*, o unos «seis gramos». Una beka para Rebeca ... ¡me encanta! Los aros para la nariz eran muy populares en aquel tiempo, a veces tenían también un pequeño dije.[8] Las mujeres de cualquier edad los usaban elegantemente colgados de un lado de la nariz.

Mientras ella se colocaba el aro en la nariz, el criado de Abraham tomó más joyas:

> ... también le colocó en los brazos dos pulseras de oro que pesaban más de cien gramos. *Génesis 24:22*

Dado que un trabajador ganaba unos cien gramos de oro al año,[9] esto era equivalente al salario de todo un año alrededor de sus muñecas. Los investigadores nos advierten del peligro de sacar conclusiones apresuradas: se trataba meramente de regalos de gratitud, «no era ningún tipo de dote».[10] Si lo pensamos mejor, el criado nunca podría haber hecho una propuesta matrimonial en representación de Isaac sin el consentimiento de los padres de ella.

Es hora de hablar con sus padres. Entonces, el criado le preguntó:

> —¿Podría usted decirme de quién es hija ... ? *Génesis 24:23*

No se podía seguir adelante «sin averiguar quiénes eran sus antepasados».[11] Antes de responder, él preguntó por un lugar donde hospedarse. No se trataba de un pedido fuera de lugar, en aquel tiempo no había hoteles con carteles luminosos anunciando que había habitaciones disponibles. Los viajeros dependían de la bondad de los desconocidos.

> ¿ ... y si habrá lugar en la casa de su padre para hospedarnos? *Génesis 24:23*

Rebeca respondió sus preguntas en el mismo orden, comenzando con su parentesco:

> —Soy hija de Betuel, el hijo de Milca y Najor —respondió ella ... *Génesis 24:24*

La mención de su padre y de su abuelo, Betuel y Najor, era la manera apropiada de responder a la pregunta: «¿Quién es tu padre?», pero especificar que su abuela se llamaba Milca, es una bienvenida dosis de estrógeno a esta saga patriarcal.

> ... a lo que agregó—: No sólo tenemos lugar para ustedes, sino que también tenemos paja y forraje en abundancia para los camellos. *Génesis 24:25*

Él había pedido un lugar de hospedaje solo para él y sus compañeros de viaje, pero Rebeca, generosamente, ofreció un lugar donde guarecer también a sus animales. Hasta el momento, ni por asomo parece tratarse de una Mujer Ligeramente Mala, si bien su disposición para complacer y ser agradable podría deberse a una tendencia hacia la manipulación. *Te daré ahora todo lo que me pidas a cambio de lo que te pediré más adelante.*

Después de todos estos pasos y todos esos cántaros llenos de agua, Rebeca todavía tuvo energía suficiente para correr a su casa, sacudiendo sus joyas para que todos las vieran.

Una propuesta decente

> La joven corrió hasta la casa de su madre, y allí contó lo que le había sucedido. *Génesis 24:28*

Unos versículos antes, el criado había preguntado por la casa de su padre, pero aquí se menciona «la casa de su madre», una frase común entre las mujeres jóvenes y solteras.[12] ¿Otro motivo para mencionar a la madre? La mayoría de los investigadores cree que el padre de Rebeca estaba muerto,[13] ya que fue su hermano quien salió a recibir a la visita en representación de la familia.

> Tenía Rebeca un hermano llamado Labán ... *Génesis 24:29*

El uso del pretérito imperfecto («tenía») nos indica un giro en la historia con la presentación de este nuevo personaje. Aunque su nombre significa «blanco»,[14] lo que sugiere inocencia, les aseguro que Labán es el tipo de persona «muy fácil de hacerse odiar».[15]

> ... que salió corriendo al encuentro del criado, quien seguía junto a la fuente. *Génesis 24:29*

Otro ejemplo de hospitalidad espontánea. Salvo que hubiera sido motivada por las nuevas joyas que lucía su hermana.

> Labán se había fijado en el anillo y las pulseras en los brazos
> de su hermana … *Génesis 24:30*

Ajá … las joyas.

> … y también la había escuchado contar lo que el criado le
> había dicho. Génesis 24:30

El hermano Labán tenía «buena vista para fijarse en estos regalos preciosos»,[16] mientras escuchaba la historia que le refería su hermana y luego salía presuroso a encontrarse con este criado.

> Por eso salió en busca del criado, y lo encontró junto a la fuen-
> te, con sus camellos. Génesis 24:30

¿Recuerdan que la antigua norma de hospitalidad implicaba no hacer alarde de las posesiones y dar una bienvenida moderada? La bienvenida magnánima de Labán «deja la irrefutable impresión de que su hospitalidad fue motivada por el interés propio».[17]

> —¡Ven, bendito del SEÑOR! —le dijo—. ¿Por qué te quedas
> afuera? ¡Ya he preparado la casa y un lugar para los camellos!
> *Génesis 24:31*

Podemos escuchar la invitación de Labán: «¡Ven, bendito del SEÑOR!», e imaginarnos todos los demás elogios que le hizo. «Te estamos esperando en casa» sugiere que sus arcas estaban abiertas, esperando ser llenadas con oro.

Descargaron a los camellos y los alimentaron mientras lavaban los pies de las visitas. (Como madre preocupada, espero que también les hayan lavado las manos y la cara.) Cuando le sirvieron de comer, el criado, pendiente de su misión, levantó la mano para hablar. Aunque sin duda hambriento luego del viaje, insistió en encargarse del asunto que lo había llevado hasta ahí.

—Yo soy criado de Abraham —comenzó él—. *Génesis 24:34*

Podemos imaginar las sonrisas y los asentimientos que recorrieron la mesa cuando mencionó a este pariente tan estimado.

El SEÑOR ha bendecido mucho a mi amo y lo ha prosperado. Le ha dado ovejas y ganado, oro y plata, siervos y siervas, camellos y asnos. *Génesis 24:35*

Esa lista ya la hemos visto: el faraón agasajó a Abraham con esos tesoros, aunque bien sabemos que «toda buena dádiva y todo don perfecto descienden de lo alto».[18] Labán debió estar sacando cuentas de la riqueza de su tío, preguntándose con cuánto podría quedarse en *su* tienda. ¿Nos preguntamos si Rebeca estaría haciendo los mismos cálculos, siguiendo el ejemplo avaro de su hermano?

Sara, la esposa de mi amo, le dio en su vejez un hijo, al que mi amo le ha dejado todo lo que tiene. *Génesis 24:36*

¡Mejores noticias todavía! Solo un hijo para heredar toda la fortuna del padre. Labán debió entusiasmarse. ¿No había dicho él siempre que su hermosa hermana haría rica a toda la familia?

El criado continuó (y continuó, y continuó) relatando la conversación que había mantenido con su dueño y su juramento de encontrar una esposa de la familia de Abraham. Mencionó, además, cómo le pidió a Dios que le señalara la mujer cuando estaba junto al pozo.

Todavía no había terminado yo de orar cuando vi que Rebeca se acercaba con un cántaro sobre el hombro. *Génesis 24:45*

Eso fue lo que sucedió, ¿no es cierto? No tenemos ninguna constancia de que Rebeca (o alguna otra persona) le hayan mencionado su nombre al criado. Tal vez a esas alturas, él había escuchado a alguien de la casa llamarla por su nombre, y lo usó con libertad. «Rebeca» era un nombre muy apropiado para esta mujer porque significa «enlazar» o «atar»,[19] o «atrapar»,[20] aunque mi definición favorita es «cautivante».[21]

En ese momento el criado se preparaba para arrojar su lazo para enlazar una esposa para Isaac, pero fíjense cómo Labán se apresuró y aprovechar la oportunidad de obtener un buen partido para su hermana

> Labán y Betuel respondieron:
> —Sin duda todo esto proviene del SEÑOR, y nosotros no podemos decir ni que sí ni que no. *Génesis 24:50*

¿Pero Betuel no estaba muerto? Debía estar muerto, porque «el padre no se podía mencionar a continuación del hijo».[22] Quizá *este* Betuel fuera un hermano menor, un hijo de Betuel, con el mismo nombre que su padre; o es posible que Labán actuara en representación de su padre fallecido, lo que explicaría esta mención al padre. Si Betuel, el padre, estuviera vivo, «estaba completamente relegado por un hijo ambicioso y una mujer dominadora».[23]

Quienquiera que habló, su respuesta fue rápida: «Sin duda todo esto proviene del SEÑOR, y nosotros no podemos decir ni que sí ni que no». Eso quería decir que *sí*.

> Aquí está Rebeca; tómela usted y llévesela para que sea la esposa del hijo de su amo, tal como el SEÑOR lo ha dispuesto. *Génesis 24:51*

¿Dio un brinco el corazón de Rebeca al escuchar la noticia? ¿Se imaginó viviendo en una tierra extraña y con un esposo rico? ¿O se entristeció, pensando en que tendría que dejar todo lo que conocía y amaba? Hasta ese momento hemos aprendido menos de Rebeca que de Labán y su carácter dudoso, mientras intenta congraciarse con el criado para poder hacer un buen negocio con su hermana: «Tómela usted y llévesela».[24]

El criado de Abraham volvió a postrarse en tierra delante del Señor, y luego se incorporó para vestir a la novia a todo lujo:

> Luego sacó joyas de oro y de plata, y vestidos, y se los dio a Rebeca. *Génesis 24:53*

Aunque el texto bíblico no describe su ajuar, se nos dice que el criado sacó «regalos», «joyas» y «vestidos» para el viaje de Rebeca. Mientras se vestía con estas prendas, ¿habrá pensado ella con cariño en el hombre con quien pronto se casaría, o todos estos regalos eran solo para seducirla?

Hace siglos que las mujeres quedan atrapadas por las joyas valiosas y por los vestidos elegantes. Si la Biblia incluye esta escena, podemos tener la seguridad de que es significativa, y nos revela algo del carácter de Rebeca: para ella, el dinero era importante.

Pero no fue la única que se benefició:

[El criado] también entregó regalos a su hermano y a su madre. *Génesis 24:53*

¿Regalos? Más detalles, por favor. Pero el texto no da más información. Debemos conformarnos con saber que eran «cosas preciosas» (RVR 1960), «vasos de plata y vasos de oro» (RVA) y «objetos de plata, objetos de oro» (NBLH). Nada de regalos para el padre: otra prueba más de que Betuel no estaba presente.

Después de comer, beber y descansar, los hombres de Abraham estaban ansiosos por regresar a su hogar y, por supuesto, el criado también deseaba volver:

A la mañana siguiente, cuando se levantaron, el criado de Abraham dijo:
—Déjenme ir a la casa de mi amo. *Génesis 24:54*

Si tenemos en cuenta la edad de Abraham, su prisa es prudente. O pudiera ser que el criado estuviera ansioso por ver la cara de Isaac cuando le presentara a su encantadora novia.

Pero el hermano y la madre de Rebeca le respondieron:
—Que se quede la joven con nosotros unos diez días, y luego podrás irte. *Génesis 24:55*

¿Cómo? ¿Esperaban recibir más joyas, más regalos, más vestidos para Rebeca? Diez días de hospitalidad para una comitiva tan numerosa debía ser muy costoso. ¿Qué pretendían conseguir Labán y su madre con este ofrecimiento?

Tiempo. Tiempo para cumplir con las costumbres de aquellos días, que exigían que la novia pasara un tiempo más con su familia.[25] Tiempo para asegurarse de que este criado, además de orar, fuera un acompañante capaz: el dejar la protección de su familia conllevaba un gran riesgo para Rebeca.[26]

Cuando el criado les pidió que no lo detuvieran, Labán y su madre tuvieron una sugerencia sorprendente:

—Llamemos a la joven, a ver qué piensa ella —respondieron.
Génesis 24:57

En una época cuando a las mujeres se las vendía y compraba como si fueran ganado, es extraordinario que ellos decidieran consultarle para determinar qué pensaba y qué deseaba, lo que nos da otro indicio más de la personalidad de Rebeca. Ya sabemos que era hermosa, virgen, inteligente, enérgica, generosa y entusiasta. Ahora vemos que también pensaba por sí misma, o su familia no hubiera procurado conocer su opinión.

Así que llamaron a Rebeca y le preguntaron:
—¿Quieres irte con este hombre? *Génesis 24:58*

Su familia se merece un premio por esta pregunta tan directa: «¿Quieres irte con este hombre?», y darle la oportunidad de responder sí, no o más tarde. No mencionaron que le habían pedido al criado que se quedara diez días más ni la solicitud del criado de volver lo antes posible. Tampoco intentaron persuadirla en uno u otro sentido. Tal vez porque sabían cuál sería la respuesta de Rebeca.

—Sí —respondió ella. *Génesis 24:58*

Firme y decidida, así es Rebeca.

En hebreo, una sola palabra resume su decisión: *aylach*, lo que nos muestra que «al igual que su suegro, estaba dispuesta a emprender el viaje solo por fe».[27] Abraham por lo menos iba acompañado de su familia cuando levantó sus tiendas y siguió a Dios. Pero Rebeca, sin temor, dejó todo su mundo conocido para casarse con un hombre al que no conocía, y emprendió «el único viaje de su vida».[28]

Qué joven con determinación y entusiasmo, digna de seguir con el pacto. En esa generación, Rebeca se destacó por ser «una persona influyente, dispuesta a asumir riesgos, emprendedora, la pionera».[29] ¡Qué mujer!

Sin embargo, también sabemos de mujeres que mueven a personas que nunca se lo pidieron y sacuden lo que hubiera convenido dejar quieto. ¿Era Rebeca la clase de mujer que ignora los sentimientos de otras personas por su método precipitado de afrontar la vida? Otra preocupación: Rebeca dejó a su familia con relativa calma; ni una palabra de lamento, ni una despedida con llantos, ni un momento de duda.

Parecería que nuestra Mujer Fundamentalmente Buena albergaba una Mujer Ligeramente Mala, pronta a poner en marcha sus planes.

> Entonces dejaron ir a su hermana Rebeca y a su nodriza con el criado de Abraham y sus acompañantes. *Génesis 24:59*

Con la bendición de su familia todavía presente, Rebeca se preparó para irse con varias criadas y su nodriza, Débora,[30] quien sería algo así como la dama de compañía de los siglos posteriores: una criada de confianza, una chaperona apropiada, un indicio de la posición social de Rebeca.

> Luego Rebeca y sus criadas se prepararon, montaron en los camellos y siguieron al criado de Abraham. Así fue como él tomó a Rebeca y se marchó de allí. *Génesis 24:61*

Nuevamente, no se nos describe el largo viaje. El criado simplemente «se marchó de allí» y «se fue» (RVR 1960), acompañado de la futura esposa de Isaac, en un recorrido por el desierto y las montañas, los valles y las llanuras.

No se imaginan quién los recibiría.

Bien arreglada

> Ahora bien, Isaac había vuelto del pozo de Lajay Roí, porque vivía en la región del Néguev. *Génesis 24:62*

¿Lo recuerdan? Fue donde Agar nombró a su visitante celestial y lo llamó El Roi, el Viviente que me ve. Allí también Dios observó el camino de Isaac, un joven que no sabía quién venía a su encuentro.

> Una tarde, salió a dar un paseo por el campo. *Génesis 24:63*

Qué muchacho más meditabundo, caminando por el campo, al atardecer, bajo la bóveda celeste con las estrellas brillando, mientras le ofrecía a Dios sus reflexiones. Con una pincelada, el narrador nos describe a Isaac: un hombre de fe, pensativo y solitario.

Pero, entonces, algo en la distancia le llama la atención. Violines … por favor.

De pronto, al levantar la vista, ... *Génesis 24:63*

La frase «levantar la vista» aparece unas treinta veces en el texto bíblico, a menudo para introducir un acontecimiento relevante. Este sin duda que lo era.

... vio que se acercaban unos camellos. *Génesis 24:63*

Para trechos cortos, se usaban asnos; pero estas personas viajando en camellos debían venir de muy lejos. Isaac seguramente reconoció la caravana de su padre, ¿pero quiénes eran todas esas mujeres?

También Rebeca levantó la vista ... *Génesis 24:64*

¿Escuchan la música de fondo? La escena es tan romántica que me hace suspirar.

... y, al ver a Isaac ... *Génesis 24:64*

Cuando Isaac levantó la vista, vio los camellos, pero cuando Rebeca levantó la vista, vio a Isaac. En pocas palabras, la diferencia entre un hombre y una mujer.

... se bajó del camello. *Génesis 24:64*

Según la leyenda, Rebeca «quedó tan impactada y sobrecogida al ver a Isaac ¡que se cayó del camello!»[31] Nosotros sabemos la verdad: quería ocuparse del acto nada agraciado de bajarse del camello antes de que el hombre se le acercara. Ya sea que Rebeca se bajara rápido del camello o que se tirara del mismo, nuestra chica estaba apurada por dejar la bestia. Abigaíl hizo lo mismo cuando salió al encuentro de su futuro esposo: «Cuando Abigaíl vio a David, se bajó rápidamente del asno y se inclinó ante él, postrándose en tierra».[32] Según los estudiosos bíblicos, era una muestra de respeto. Según Lizzie, para no dejar que el novio la viera desmontándose del animal de manera torpe.

[Rebeca] le preguntó al criado:
—¿Quién es ese hombre que viene por el campo a nuestro encuentro? *Génesis 24:65*

Nunca está de más preguntar para cerciorarse, aunque debió saberlo por instinto.

—Es mi amo —contestó el criado. *Génesis 24:65*

Su verdadero amo era Abraham, aunque cualquier criado de la casa también habría obedecido las órdenes de Isaac. El criado podría haber agregado, pero por prudencia no lo hizo: «Y pronto también será *tu* amo». A pesar de ello, Rebeca entendió el mensaje.

Entonces ella tomó el velo y se cubrió. *Génesis 24:65*

Las costumbres dictaban que una novia debía cubrirse con un velo en presencia del novio, hasta el momento de la boda,[33] pero no piensen que era un velo lleno de puntillas, que permitía ver a través. En realidad, este velo era una «tela de gran tamaño con que se podía cubrir la cabeza todo lo que se quisiera».[34]

Mis estimadas lectoras, después de un viaje en camello de casi ochocientos kilómetros, yo me hubiera cubierto con un edredón enorme y hubiera deseado que el hombre se parara contrario al viento.

El criado le contó a Isaac todo lo que había hecho. *Génesis 24:66*

Mientras que el siervo transmitía su informe, Isaac debió mirar de reojo a la joven, admirando su cuerpo ágil e imaginándose cómo sería el rostro oculto por el velo. O tal vez este hombre pensativo no pensó en el cuerpo de la mujer sino en su espíritu y se preguntó lo compatibles que podrían ser en cuanto a eso.

Cualesquiera que hayan sido los pensamientos de Isaac, sus acciones revelan su emoción por casarse con Rebeca.

Luego Isaac llevó a Rebeca a la carpa de Sara, su madre ... *Génesis 24:67*

Desde la muerte de Sara, hacía tres años, su carpa había estado vacía: un santuario para la mujer a quien Abraham amó y a la que Isaac adoraba. El midrash judío nos enseña que los cuatro lados de la carpa de Sara permanecían abiertos para que todos pudieran «ver el fuego del hogar ardiendo y su tibieza para recibir a los viajeros de todos los orígenes».[35] Una viajera en particular pronto establecería allí su residencia y asumiría el papel de dueña de casa.

... y la tomó por esposa. *Génesis 24:67*

Nada de tarjetas de invitación, nada de padrinos ni damas de honor, ningún banquete costoso, solo «tomar por esposa a la mujer delante de todos los testigos».[36]

Sí, Isaac se casó con Rebeca. Sí, se acostó con ella, y Rebeca se convirtió en su esposa. Pero el texto nos aclara:

Isaac amó a Rebeca. *Génesis 24:67*

Sí, la amó; la amó mucho. Lo que comenzó como un compromiso para toda la vida se transformó en amor, un modelo de relación digno de ser imitado. A los cuarenta años,[37] Isaac le ofreció a Rebeca un amor maduro. Él era un hombre que había experimentado gran gozo y gran tristeza, un hombre que había observado el respeto mutuo de sus padres, un hombre que conoció al Dios de Abraham, un hombre que comprendía el origen del amor: «Nosotros amamos a Dios porque él nos amó primero».[38]

¿Fue un amor recíproco? Nunca se nos dice, por lo que debemos juzgar los sentimientos de su corazón basándonos en su conducta hacia su esposo a medida que pasaron los años. Ella fue lo suficientemente prudente para agradar a su esposo e Isaac nunca buscó otra esposa. Tampoco lo puso en brazos de otra mujer. En ese sentido, Rebeca fue mucho más sabia que Sara o que Raquel.

Pero tenemos un indicio de los sentimientos de Rebeca: ella consoló a su marido y lo ayudó a superar la muerte de su madre.

... y así se consoló de la muerte de su madre. *Génesis 24:67*

Quienes pasamos por la experiencia de enterrar a nuestra madre conocemos este dolor. La sensación de pérdida parece irreparable. Con el paso de las semanas, los meses, los años, nuestros ojos todavía se humedecen cuando recordamos una memoria vívida. Rebeca, a pesar de su juventud, tenía un fuerte instinto maternal y «ocupó el lugar vacío»[39] que solo una mujer puede llenar.

En busca de respuestas

Los años pasaban y surgió un problema: un problema recurrente en esta familia. Como su suegra, Rebeca era estéril.[40] Casi veinte años después, Rebeca todavía no tenía hijos.

A diferencia de Sara, Rebeca no intentó encargarse ella del asunto. Todavía no. En cambio, su esposo se volvió al único que realmente podía remediar la situación.

Isaac oró al SEÑOR en favor de su esposa, porque era estéril. *Génesis 25:21*

Abraham fue un hombre de acción, pero su hijo Isaac fue un hombre de oración. Le rogó al Señor, sabiendo que la promesa hecha por Dios a su padre era también para él. Isaac podría haberse conseguido otra esposa, pero optó por ser fiel a su compromiso con Rebeca y confiar en Dios. Tal vez se trataba de un hombre taciturno, pero era sabio. Isaac es «el único patriarca monógamo».[41]

Según la tradición judía, Isaac llevó a su esposa a Moria, el monte del sacrificio, al que su padre llamó «El SEÑOR provee»,[42] el lugar donde Dios prometió multiplicar la simiente de Abraham. Isaac «rogó al Señor que cumpliera la promesa hecha en ese mismo lugar».[43] Si comparamos estas acciones con las maquinaciones de Sara con Agar, la oración ciertamente parece ser un método más fácil, y muchísimo más eficaz.

El SEÑOR oyó su oración, y ella quedó embarazada. *Génesis 25:21*

¡Sorpresa! Dios escuchó sus súplicas y Rebeca concibió. En hebreo literalmente quiere decir que Dios «"se dejó convencer", no solo porque Isaac lo pidiera sino porque la oración era conforme a su propia voluntad divina».[44] Terminar nuestras oraciones con la frase «si Dios quiere» puede parecer rutinario, pero si realmente deseamos «que sea hecha la voluntad de Dios», podremos descubrir, como descubrió Isaac, que el deseo de nuestro corazón y el deseo del corazón de Dios son iguales.

Como Rebeca estaba en edad de tener hijos, su concepción no fue un acontecimiento milagroso como el de Sara, pero de todos modos era emocionante. Solo para probar que «Dios a menudo nos da más de lo que le pedimos en nuestras oraciones»,[45] Rebeca tenía *dos* hijos en su vientre.

> Pero como los niños luchaban dentro de su seno ... *Génesis 25:22*

¡Ay! Mi primer hijo pesó casi cinco kilos (11 libras) cuando nació, por lo que un niño luchando en mi seno era más que suficiente. Pero Rebeca tenía *dos* bebés saltando dentro de ella, que «combatían» (RVA).[46] Las madres de mellizos me aseguran que esta descripción se ajusta a la realidad; ellas también sintieron como si sus bebés estuvieran «aplastándose el uno al otro».[47]

Por supuesto que Rebeca se asustó pues no sabía que esperaba mellizos, solo sabía que su dolor era terrible. Me recuerda la palabra de Dios a Eva: «Multiplicaré tus dolores en el parto, y darás a luz a tus hijos con dolor».[48] A pesar de conocer esta verdad, toda mujer embarazada con indigestión, tobillos hinchados y un gimnasta en su seno al final emite «el primitivo clamor de "¿Por qué?"»[49]

> ... ella se preguntó: «Si esto va a seguir así, ¿para qué sigo viviendo?» *Génesis 25:22*

La traducción literal del hebreo sería: «¿Por qué me sucede esto?» o «¿Qué será de mí?», tal vez con la idea de que «temía por el futuro de su embarazo».[50] Cómo no iba a sentirse ansiosa: después de veinte años sin poder tener hijos, Rebeca estaba desesperada porque este embarazo llegara a buen término. ¿Temía que su dolor fuera una señal de desgracia? Casi podemos escucharla susurrar: *Algo está mal. Este niño debe tener una maldición sobre él.*

Los bebés no solo luchaban dentro de ella: Rebeca debió haber luchado también, preguntándose por qué la bendición de Dios se había convertido en una carga tan dolorosa, por qué «el entrecejo fruncido de Dios había reemplazado tan pronto su sonrisa».[51] ¿No había orado con diligencia Isaac, el más bueno y mejor de los esposos? «Si es así, ¿para qué vivo yo?» (RVR 1960), se quejaba Rebeca en voz alta.

Una buena pregunta, y una que todas le hemos hecho al Señor en algún momento. Oramos por el empleo perfecto, y luego nos desilusionamos cuando no se ajusta a lo que esperábamos. Oramos por el compañero ideal, solo para quedar atónitas cuando afloran en él sus rasgos menos idóneos.

Oramos para que Dios nos bendiga con hijos, y luego nos quejamos cuando la maternidad no se ajusta siempre a la representación de los bebés en los comerciales de productos infantiles.

Entendemos que Rebeca quisiera una explicación para su dolor y aplaudimos su conducta valiente:

Entonces fue a consultar al SEÑOR ... *Génesis 25:22*

Rebeca no consultó a su esposo ni a una partera ni a otra mujer que ya fuera madre. Este espíritu intrépido quería una respuesta del Señor.

Nos preguntamos adónde habrá *ido*. A juzgar por el lenguaje empleado en esta oración, posiblemente fuera a «un santuario especial»,[52] un lugar donde poder encontrar a Dios y que él la escuchara.

En el caso de Rebeca, Dios no solo la escuchó sino que le respondió:

[El SEÑOR] le contestó. *Génesis 25:23*

Hagamos una pausa y disfrutemos este momento. Dios habló directamente con una mujer, personalmente, acerca de su embarazo. ¿Se preocupa Dios por cada una de nuestras necesidades? Podemos tener la seguridad de que así es. No necesitamos comenzar nuestras oraciones diciendo: «Sé que esto es una tontería pero ... » Para Dios, nada es trivial.

Dos naciones hay en tu seno ... *Génesis 25:23*

Dos naciones rivales, además. La mayoría estaríamos contentas de poder comenzar una familia. Imagínense tener que comenzar toda una *nación*. Más aun, *dos naciones*.

... dos pueblos se dividen desde tus entrañas. *Génesis 25:23*

Eso no significaba que sus bebés se destrozarían, sino que serían «incompatibles».[53] ¡Qué consolación para Rebeca! No tenemos ningún registro bíblico anterior de una mujer que tuviera mellizos; si ella fue la primera, piensen en los nervios que debió sentir. ¿Cómo haría para sobrevivir el parto de dos hijos?

Mientras Rebeca intentaba comprender la idea de dos hijos en su seno, Dios continuaba hablando:

Uno será más fuerte que el otro, y el mayor servirá al menor.
Génesis 25:23

El Señor trastocó las leyes de los hombres. En aquella época y cultura, el hijo mayor era siempre el más favorecido. Ahora, por «decisión soberana de Dios»,[54] el menor sería honrado. Si lo pensamos bien, Dios también eligió al hijo menor de Abraham, escogió a Isaac, el menor, en lugar de Ismael, el mayor; y le gustó más la ofrenda de Abel que la de Caín, su hermano mayor.[55]

¿Qué está pasando aquí?

El Todopoderoso estaba «contrarrestando la arrogancia y la presunción humana»[56] al obrar como Dios. El calificativo «soberano» aparece casi trescientas veces en las Escrituras para referirse a Dios. David lo exaltó con éstas palabras: «¡Qué grande eres, SEÑOR omnipotente! Nosotros mismos hemos aprendido que no hay nadie como tú, y que aparte de ti no hay Dios».[57] Lo hemos aprendido y lo hemos visto con nuestros ojos. También lo hemos leído en las historias de Sara, Agar y Rebeca, y experimentado en nuestra propia vida. El favor de Dios sobre este hijo que todavía no había nacido, y sobre nosotras, «es solo por la gracia de Dios».[58]

Rebeca regresó a casa, sosteniéndose el adolorido abdomen con sus manos, con más preguntas que respuestas. Dios le había explicado el *qué*, pero no el *por qué* ni el *cómo* ni el *cuándo*. Dado que es la primera mujer en la historia bíblica en tener mellizos, dicho nacimiento debió ser un suceso extraño. ¿Se guardó este conocimiento de que iba a tener mellizos? ¿Habrá sido Isaac el primero en enterarse y luego se lo dijo a sus amigas? La Biblia guarda silencio sobre este tema, pero supongo que Rebeca guardó las promesas de Dios en su corazón, esperando el día en que su hijo menor saliera favorecido.

Cuando le llegó el momento de dar a luz, resultó que en su seno había mellizos. *Génesis 25:24*

Ninguna sorpresa para Dios; ninguna sorpresa para Rebeca. Tal vez una gran sorpresa para Isaac: «¿Cómo? ¿Dos?»

El primero en nacer era pelirrojo, y tenía todo el cuerpo cubierto de vello. A éste lo llamaron Esaú. *Génesis 25:25*

No estamos hablando de una pelusa. El niño era tan «velludo como una pelliza» (RVR 1960). Lo llamaron *Esaú*, que significa «velludo».

Luego nació su hermano ... *Génesis 25:26*

Qué fácil parece el proceso, como si Rebeca lo mirara con calma mientras «sale el otro hermano» a continuación. Sí ... claro, ¡por algo se llama *trabajo* de parto!

... agarrado con una mano del talón de Esaú. *Génesis 25:26*

Los mellizos nacieron casi simultáneamente, uno agarrado al otro.

A éste lo llamaron Jacob. *Génesis 25:26*

A diferencia de su hermano, Jacob no era pelirrojo ni velludo cuando entró a este mundo «trabada su mano al calcañar de Esaú» (RVR 1960). Originalmente, su nombre significaba algo así como «a quien Dios protege»,[60] pero el significado fue pronto cambiado para ajustarse a su personalidad. Jacob fue conocido como un suplantador, una persona que andaba con intrigas, un peleador, uno que «discutía con todo el mundo».[61] He aquí los mellizos de Rebeca: Peludo y Bribón.

Cuando nacieron los mellizos, Isaac tenía sesenta años. *Génesis 25:26*

Como Rebeca era joven cuando se casaron, quizá no tuviera más de quince años, estamos ante una madre de treinta y cinco años y un padre de sesenta. (Piensen en Catherine Zeta-Jones y Michael Douglas.) Algo común a lo largo de la historia, pero que presagia los problemas que vendrán.

Una cuestión de favoritismo

Los niños crecieron. *Génesis 25:27*

Ninguna novedad, al parecer. Simplemente crecieron. Pero separados:

> Esaú era un hombre de campo y se convirtió en un excelente cazador ... *Génesis 25:27*

Ya nos imaginamos cómo eran: Esaú era «un aficionado a los deportes»,[62] una persona práctica a quien le agradaban las actividades al aire libre, un cazador agresivo, «amante de la vida rústica y del peligro».[63] Ismael Junior podríamos llamarlo.

> ... mientras que Jacob era un hombre tranquilo que prefería quedarse en el campamento. *Génesis 25:27*

Eso convertiría a Jacob en Isaac Junior: «varón quieto» (RVR 1960), «pacífico» (NBLH), que prefería la vida tranquila y «convertirse en pastor». El texto hebreo parece sugerir cualidades como las de un hombre sensato, maduro y digno de confianza; características que hicieron de Jacob un «formidable rival».[64]

Criar hijos tan diferentes de pies a cabeza no fue un reto extraordinario. Lo que provocó problemas en esta familia de cuatro fue el juego nefasto de tener favoritismos.

> Isaac quería más a Esaú, porque le gustaba comer de lo que él cazaba ... *Génesis 25:28*

Dicho de otra manera: «Y amó Isaac a Esaú, porque comía de su caza» (RVR 1960). A Isaac le agradaba la *comida* y, por ende, amaba al hijo diestro en la caza que le procuraba qué comer.

> ... pero ... *Génesis 25:28*

No, no se trata de un error tipográfico. Tampoco me he dedicado a estudiar la Biblia palabra por palabra (aunque hermana, si creyera que tú no te aburrirías, ¡creo que lo intentaría!). Siempre que vemos un *pero* en las Escrituras, es significativo; ya sea porque importa establecer un contraste vital o porque el *pero* nos advierte de un problema, aun si ambos términos de la comparación son positivos.

Este versículo podría haberse redactado de la siguiente manera: «Isaac amaba a Esaú *y* Rebeca amaba a Jacob».

Sin embargo, no es eso lo que dice.

> ... pero Rebeca quería más a Jacob. *Génesis 25:28*

Da la idea de que ella amaba a Jacob *en vez* de amar a Esaú, como si todo su afecto maternal se volcara sobre uno solo de sus hijos. No cabe duda: Jacob era el hijo favorito de su madre: las porciones más grandes en las comidas, los detalles más vistosos en sus túnicas, más miradas complacientes, más contacto físico, una falda siempre disponible cuando era pequeño, un oído atento cuando fue creciendo. Cada vez que veíamos a Jacob, llevaba puesta la camisa que su madre le había comprado en un sitio de Internet: «Mamá me quiere más».

Rebeca adoraba a Jacob, se preocupaba mucho por él y lo protegía, como lo había hecho Sara con Isaac, con la fiereza de una leona protegiendo a sus pequeños cachorros.

El desafecto que Sara sentía por Ismael, aunque reprobable, podría al menos ser comprensible.

Pero que Rebeca no amara a su propio hijo nos resulta inconcebible. Como lo plantea un estudioso bíblico: «¿Cómo es posible que una madre que hiciera esto con un hijo sea consideraba como un modelo?».[65]

Demos la bienvenida a nuestra tercera Mujer Ligeramente Mala.

Tal vez Isaac fue el primero en mostrar su preferencia porque el primogénito «es el primer fruto de su vigor».[66] O Isaac quizá vio en Esaú a «su otro yo, una personalidad impulsiva y libre»,[67] y Rebeca no tuvo más opción que preferir a Jacob, y defender y proteger a su «pastor bueno y trabajador».[68]

Pero me parece más probable que Rebeca haya preferido a Jacob desde el día en que Dios le reveló su plan para su hijo menor. A fin de cuentas, «solo uno de sus hijos sería el héroe de la historia».[69]

Mientras ambos hijos estaban todavía en su vientre, Rebeca ya había tomado la resolución: quienquiera que naciera segundo sería objeto de toda su atención. Seguramente eso era lo que Dios quería que ella hiciera ... ¿no? Se encargaría de que Jacob no se alejara de la casa, «que la ayudara en las tareas»,[70] le enseñaría a cocinar, a preparar un guiso de lentejas tan sabroso que su hermano hambriento estuviera dispuesto a vender su primogenitura por un plato.

Aunque Rebeca no aparece en el relato bíblico, su influencia estaba presente cuando «Esaú llegó agotado del campo».[71] El sentido común y el discernimiento espiritual salen por la borda cuando un estómago rugiente toma el mando. Esaú exigía comida y Jacob exigió un pago. Esaú no lo dudó, «se lo juró, y fue así como le vendió a Jacob sus derechos de primogénito».[72]

La primogenitura no era un premio menor: significaba que Jacob «heredaría la autoridad oficial del padre».[73] Eso era exactamente lo que Rebeca quería para su hijo: «el mayor servirá al menor»,[74] como Dios le había dicho.

Independientemente de cuánta pena sientas por Esaú más adelante (y la sentirás), recuerda que en este momento crucial, a él no le importó en absoluto su futuro. La Biblia no dice: «Así estafó Jacob a su hermano y le quitó su primogenitura».[75] No, Jacob fue simplemente el hijo astuto de una madre astuta, que hizo todo lo que ella le había enseñado. En aquel día, Jacob actuó como su nombre se lo indicaba: «agarró» a su hermano, lo engatusó.

Imagínense el revuelo cuando Isaac se enteró de la noticia. ¿Se habrá regocijado en secreto Rebeca? ¿Le habrá hecho un guiño a Jacob mientras comían? ¿Se habrá hecho la desentendida esa noche cuando se acostó junto a Isaac? Podemos estar seguros de que «las relaciones familiares se deshicieron porque Rebeca convirtió a Jacob en su ídolo».[76]

¿Cuántos matrimonios puedes mencionar que han acabado como este? El carácter fuerte de la mujer, lenta pero inexorablemente usurpa la autoridad de su esposo; el esposo conforme se rinde sin protestar. Los niños, sin culpa ni parte, ensanchan la brecha entre sus padres, quienes comienzan a derramar su afecto sobre sus hijos en vez de amarse el uno al otro.

Con respecto a Rebeca, «cualquier rastro de amor que sintiera por su anciano esposo, desapareció cuando nacieron sus hijos».[77] Nunca leemos en las Escrituras las palabras «Rebeca amó a Isaac», mientras que sí están registradas las palabras «Rebeca amó a Jacob». Y si bien hubo un tiempo en que «Isaac amó a Rebeca», llegó el día en que solo podemos tener la seguridad de que «Isaac amaba a Esaú». Qué desgarrador, ¿verdad? Con un suspiro de desasosiego debemos admitir: «las historias de amor más dulces no siempre son eternas».[78]

Rebeca ya no era la doncella inocente junto al pozo con el cántaro al hombro. En su lugar, apareció una mujer de más años, más calculadora: una madre decidida a ver que su hijo menor heredara todo lo que Dios tenía previsto, sin importarle los corazones que destrozara para conseguirlo.

Por más que desearíamos que la historia no hubiera sido así, «su amor por Jacob hizo que lastimara a los otros hombres de su vida».[79]

¿Podrá nuestra Mujer Ligeramente Mala enmendar sus errores? La verdad nos espera en el siguiente capítulo de su vida.

¿Qué lecciones podemos aprender de Rebeca?

La fuerza puede ser algo positivo.

Rebeca es una mujer «fuerte y autoritaria desde el primer momento en que aparece en el relato bíblico y hasta que sale».[80] Su cuerpo fuerte le permitió subir y bajar del pozo de agua. Su valentía le infundió fuerzas para decir «Voy» y no arrepentirse. La fortaleza de su fe le permitió confiar en las oraciones de su esposo y recibir la bendición de tener hijos. Las mujeres decididas pueden aprender mucho de Rebeca: tanto qué cosas hacer como qué cosas *no* hacer. Si usamos nuestras fuerzas para arrollar a todos en nuestro paso por la vida, sin reparar en las necesidades ajenas, eso no es bueno; pero si usamos nuestras fuerzas para beneficiar a quienes nos rodean y para la gloria del Señor, eso será encarnar el bien.

Se reviste de fuerza y dignidad. *Proverbios 31:25*

Vale la pena consultar a los niveles más altos.

Ante un desafío, a menudo recurrimos a nuestros amigos o a un libro, o esperamos que los expertos nos den sus respuestas. Sin embargo, Rebeca fue directamente al Señor y lo consultó, con la certeza de que él le contestaría. No se fue a quejar ni a pedir un reembolso; ella simplemente deseaba saber: «¿Por qué me pasa esto a mí?». Muchas veces yo también he clamado de la misma manera, aunque pocas veces esperé una respuesta celestial: «¿Por qué, Dios?», me quejo. «¿Por qué me tiene que pasar esto a mí?» Es una expresión de frustración, de rabia, de cansancio … no un auténtico clamor. Rebeca, en cambio, tenía un problema que no podía solucionar y sabía que el Señor la podría ayudar y que le explicaría lo que ella necesitaba hacer. El ángel del Señor buscó a Agar, pero la valiente Rebeca fue directamente «a consultar al SEÑOR» (Génesis 25:22). Es un ejemplo digno de imitar.

Busquen al SEÑOR mientras se deje encontrar, llámenlo mientras esté cercano. *Isaías 55:6*

«Lo que Dios ha unido, que no lo separe el hombre».

A menudo suele citarse el versículo de Mateo 19:6 en las bodas. ¿Qué hacer entonces con Jacob y Esaú, que «nacieron para crear división entre el esposo y la esposa»?[81] La culpa no era de los hijos sino de sus padres. Cuando Bill y yo nos casamos, él prometió: «Lo mejor que puedo hacer por nuestros hijos es amar a su madre», y eso es exactamente lo que hizo. (Lo sé, lo sé, ¡soy una mujer muy bendecida!) Lamentablemente, en el caso de Isaac y Rebeca, ambos decidieron amar solo a un hijo, creando división en la familia: entre el esposo y la esposa, entre la madre y su hijo, entre el padre y su hijo, entre los hermanos. Para quienes somos esposas y madres, una de las bendiciones más importantes que podemos transmitirles a nuestros hijos es amar, honrar y respetar a su padre. Y más aun: amar, honrar y respetar a su Padre celestial.

> En todo caso, cada uno de ustedes ame también a su esposa como a sí mismo, y que la esposa respete a su esposo. *Efesios 5:33*

También es necesario cultivar la belleza interior.

Cuando Isaac se encontró por primera vez con Rebeca, ella era «una hermosa joven con una argolla de oro en la nariz y muchas agallas»,[82] escogida por el criado de Abraham no por su apariencia física sino por su carácter. Al transcurrir los años, las fortalezas de Rebeca se convirtieron en sus debilidades. Lo mismo nos puede suceder a nosotras. Es bueno saber lo que uno quiere, pero concentrarse únicamente en un propósito, olvidarse de confiar en Dios y desestimar a otras personas es insensato. Ser valiente es positivo, pero no tener en cuenta los sentimientos de las demás personas es cruel. «Una joven resuelta y decidida» puede convertirse en «una matriarca autocrática»[83] casi sin darse cuenta. A pesar de lo atractiva que pudo haber sido Rebeca, su carácter degeneró en algo feo.

> Como argolla de oro en hocico de cerdo es la mujer bella pero indiscreta. *Proverbios 11:22*

Algunas ideas a considerar para mujeres buenas

1. Un investigador bíblico describe a Isaac como un hombre con «una disposición tranquila, contemplativo y relativamente sumiso», el tipo de hombre que «sigue pero que no lidera».[84] ¿Qué incidentes de los primeros años de vida de Isaac formaron quizá este tipo de personalidad tan apacible? ¿De qué maneras la impulsiva Rebeca le recordaba a su madre? ¿Qué ventajas tiene casarse con una persona con personalidad opuesta? ¿Qué desventajas tiene?

2. El criado de Abraham pidió a Dios una señal concreta: «Así estaré seguro ... » (Génesis 24:14), creyendo que una mujer dispuesta a ir un poco más allá por ayudarlo sería una buena esposa para Isaac. Al pedir una señal, ¿significaba esto que el criado tenía poca fe o era simplemente que buscaba la dirección divina? ¿Qué te hace pensar así?

3. Rebeca sí fue un poco más allá (y vaya si dio pasos para ayudar a dar de beber a los diez camellos del criado). ¿Cómo explicas su esfuerzo y su generosidad? ¿Entusiasmo juvenil? ¿Generosidad de corazón? ¿Obra del Señor? ¿O fueron quizá motivos menos altruistas? ¿Para impresionar a los hombres? ¿Para que le dieran una propina? ¿Para avergonzar a las otras mujeres que la observaban? Piensa en un incidente reciente en que tú hayas sido muy generosa y hospitalaria. ¿Cuáles fueron tus motivos subyacentes? Además de producir felicidad en la persona objeto de tu atención, ¿cuáles fueron las consecuencias de tu acción?

4. Describe cómo te imaginas que se desarrolló la conversación con Rebeca, su expresión y sus gestos, cuando fue a la casa de su madre para darle la noticia. ¿Fue un indicio de los defectos del carácter que luego surgirían en su vida? Compárate ahora con el carácter que tenías de joven. ¿Cómo has cambiado? ¿Para mejor o para peor?

5. ¿Cómo pudo haber comprendido Rebeca que su nuevo hogar en una tierra lejana era un llamado de Dios? ¿Por qué estuvo tan dispuesta a casarse con un extraño? Varios miembros de la familia de Rebeca la acompañaron. ¿Eso hubiera hecho que el cambio fuera más fácil para ti? ¿O hubieras

preferido ir sola? ¿Qué cosas te habrían convencido de que dicho viaje era una idea de Dios y no un capricho tuyo?

6. ¿Por qué no tenemos ninguna conversación registrada entre Isaac y Rebeca, ni una descripción de la primera vez que sus miradas se cruzaron, rodeados de camellos en aquella tarde encantada? A pesar de lo reticente que parece ser la personalidad de Isaac, no perdió tiempo en casarse con Rebeca. ¿De qué manera demostró su amor por ella a partir de ese día? ¿Cómo solucionó el Señor, porque no fue obra de Isaac ni de Rebeca, su incapacidad para tener hijos?

7. Cuando Rebeca «consultó al SEÑOR», su promesa fue clara: «y el mayor servirá al menor» (Génesis 25:22-23). ¿Fue eso suficiente justificativo para que Rebeca amara más a Jacob (y quizá incluso para no amar a Esaú)? ¿Qué aspectos de la personalidad de Rebeca reconoces en Jacob? ¿Y en Esaú? Si tienes hijos, ¿sientes que a veces favoreces más a uno que a otro? Menciona algunas maneras saludables de equilibrar el afecto de los padres.

8. ¿Cuál es la lección más importante que aprendiste de Rebeca, la joven esposa que estuvo dispuesta a decir con entusiasmo: «Sí, acepto»?

5

UNA ESPOSA SAGAZ

*El hombre le perdona cualquier cosa a la
mujer, salvo que ella sea más inteligente que él.*
MINNA ANTRIM

Rosalinda Serrano sostuvo la carta con ambas manos, deseando que fuera el cuello del administrador para poder ahorcarlo. ¿Qué *significaba* eso de que se podía postular solo un hijo por familia?

Volvió a leer el contenido. Tal vez había algo que no había entendido bien.

No, no lo había, la redacción era clara: *La política de la fundación permite solo un estudiante por familia.* «No hay excepciones», se quejó, tirando la carta sobre el escritorio en el estudio de su esposo. La fundación había aprobado la solicitud de sus mellizos de catorce años para participar en un intercambio estudiantil exclusivo, pero solo habían incluido un formulario de aceptación. Ni siquiera las abultadas cuentas bancarias de Eric podían obtener un segundo lugar; y un verano en Nueva Zelanda no era algo que los muchachos pudieran sortearse ni dejar librado a la suerte.

Se dejó caer en la silla de cuero de Eric y luego estiró la mano para tomar el teléfono, apretó el botón de discado rápido para llamar a la línea privada de la oficina de su esposo.

Él atendió enseguida:

—Eric Serrano.

—Querido, tenemos un problema —ni siquiera le preguntó si estaba en una reunión. Nada le importaba más que sus hijos—. Llegó la respuesta de la fundación.

—Supongo que aprobaron la solicitud de Esteban.

Ella apretó su mandíbula.

—*Y también* la de Jorge.

¿Nunca se le había cruzado a él por la mente esa posibilidad? Rosalinda escuchó un ruido de papeles, como si él estuviera buscando algún documento en su mesa, apenas prestándole atención a ella. Finalmente, dijo:

—No veo motivo por el que no puedan ir ambos.

—Te daré uno —ella leyó la sección pertinente de la carta, lo que la enardeció más aun—. ¿Entiendes cuál es el problema?

—Pero Esteban hace tiempo que quiere ir ...

—También Jorge —sintió que los ojos se le llenaban de lágrimas—. No es momento para tener favoritismos.

—Lo sé, querida, lo sé.

Al escuchar la resignación en su voz, ella insistió.

—Si uno solo de nuestros mellizos puede participar, ¿no debería ser el que tiene las mejores notas en los estudios?

—Pero Nueva Zelanda es el sueño de cualquier amante del aire libre ...

—Y cuando aquí estamos en verano, allí es invierno —respondió ella, aunque el frío a Esteban lo tendría sin cuidado. Su mirada se posó en una colección de fotografías sobre el escritorio de su esposo: Esteban pescando en Montana, Esteban apuntando con una ballesta, Esteban de excursión por el Cañón de Red Rock.

Ninguna foto de Jorge.

Sintió que una furia helada le atravesaba el corazón. ¿Qué clase de padre ignoraba a un hijo y defendía siempre a otro? Eric no faltaba a ninguno de los partidos de Esteban, pero no pudo ir la semana pasada a la entrega de premios académicos cuando Jorge recibió varios honores. ¿Acaso su esposo era ciego? ¿No se daba cuenta del daño que le hacía a Jorge, del dolor grabado en su rostro?

—Rosalinda —escuchó que le decía su esposo—, estaré en casa a las cuatro de la tarde. ¿Podemos hablarlo entonces?

—Claro —*Y vaya que lo hablaremos bien*. Hizo un esfuerzo para no colgar sin despedirse. Eric era su esposo, a fin de cuentas; no podía desestimarlo.

Pero podía persuadirlo.

Con firme determinación, tomó el formulario de aceptación: un océano de palabras en letras pequeñas y solo unas pocas líneas para llenar. Era necesario completar el nombre del estudiante con la firma de ambos padres.

Rosalinda tomó un bolígrafo, luego cambió de idea. Falsificar la firma de Eric además de ser una imprudencia era ilegal. Dios la respaldaría en esta ocasión, no necesitaba ir contra la ley.

¿Podría convencer a Esteban para que no quisiera ir? Tal vez le podría ofrecer algo a cambio. En el pasado había obtenido buen resultado con ese tipo de trueques.

¿Pero qué podría ofrecerle en esta ocasión? Durante semanas, Esteban no había hablado de otra cosa que no fuera acampar, explorar cuevas y andar en kayak. Sin embargo, Jorge tenía idea de estudiar agricultura y obtener un doctorado en investigaciones agropecuarias. Seguramente que se beneficiaría de explorar un país donde había más ovejas que seres humanos: veintiséis ovejas por cada habitante.

Aunque era joven, Jorge tenía un sentimiento de misión, una visión a largo plazo de las cosas y mucho más potencial que su hermano. ¿No había sentido ella la mano de Dios sobre él prácticamente desde su nacimiento? Más concretamente, ella había orado a diario desde que los muchachos presentaron sus solicitudes para la beca. Cuando oraba, se imaginaba a Jorge viajando, enviando postales de Auckland y regresando a casa con una maleta llena de recuerdos de ese país.

Para que su oración se hiciera realidad, necesitaba ponerse en acción. Una vez que Esteban se enterara de que había sido aceptado, desearía ir él en el viaje y contaría con la bendición de su padre.

Rosalinda se guardó la carta y el formulario en su cartera y tomó las llaves del auto, mientras que en su mente se gestaba un plan infalible.

—¡Vaya, mamá! —exclamó Jorge, mientras se inclinaba a través del vidrio de la puerta del acompañante—. ¿Qué huele tan rico?

—La cena —ella le señaló un paquete con el plato gourmet de pollo asado preferido de su esposo que había en el asiento trasero—. Sube, hay varios autos detrás que están esperando, observó por el espejo retrovisor y su mirada se cruzó con la mirada de la madre detenida detrás de ella. Luego apretó el acelerador y el Porsche Cayenne Turbo enfiló hacia su casa.

Jorge había heredado su pelo rojizo y su tez pálida y pecosa … además de su curiosidad voraz. Él miró la bolsa blanca con la firma del chef en caracteres rojos y gruesos.

—¿Desde cuándo compras para la cena pollo hecho en un restaurante?

—Mira tú, ¿te has convertido en un vanidoso que estudia en un colegio privado? —le reprochó ella—. Pensé en llevarle un plato especial a tu padre. Debes reconocer que los platos de Angelo no son comparables a una «comida rápida» cualquiera.

Jorge dejó que los libros que tenía en las piernas se deslizaran al piso.

—Espero que ese plato todavía esté bueno para cuando papá llegue a casa … ¿A qué hora llega? ¿A las ocho?

—Va a llegar mucho antes. Tu padre tiene una consulta con el oftalmó-logo en la tarde. Lo espero como a eso de las cuatro, para cenar temprano.

—Pero Esteban todavía estará en la práctica de tiro con arco.

—Lo sé —dijo ella con un suspiro—. Tu hermano tendrá que arreglar-se con lo que quede.

Tomó la cartera, sacó los papeles doblados y se los entregó a Jorge.

—Buenas noticias de la fundación.

Mientras él leía la carta, ella observó que tenía sus mismas reacciones: primero, entusiasmo; luego, desilusión.

—Mamá, ¿qué vamos a hacer? No podemos ir los dos.

Rosalinda se detuvo en un semáforo, sopesando sus palabras:

—¿Dejarás pasar esta oportunidad?

—¡No!

Su respuesta vehemente era todo lo que ella necesitaba saber.

—Tu padre prefiere que vaya Esteban.

—Claro, no me extraña —Jorge se dejó caer hacia atrás en el asiento, con el ceño fruncido.

Rosalinda no dijo nada, dejando que él se enojara más.

Cuando llegaban a la casa, el Lexus plateado de Eric ya estaba estacio-nado en el garaje. Jorge levantó sus libros con una mano y tomó la cena de Eric con la otra, mientras atravesaban el impecable recibidor y entraban a la casa.

Rosalinda se quitó los zapatos y fue al estudio.

—¿Eric?

—Estoy aquí.

Lo encontró sentado en su estudio, protegiéndose los ojos.

—Me pusieron esas gotas … —Eric parpadeaba, y luego apagó la lámpara del escritorio—, las que te dilatan las pupilas. Aparentemente el efecto dura algunas horas más. No puedo leer nada.

—Qué pena.

—La luz del sol mientras conducía me deslumbraba —dijo sostenien-do unos lentes de sol desechables—. Mira, la última moda en lentes de sol.

Rosalinda tomó los lentes de cartón y se los guardó en un bolsillo.

—Te trajimos una comida especial: pollo asado de Angelo.

Eric sonrió. La misma sonrisa de Esteban con una aljaba de flechas nuevas.

—Así que ese es el aroma que siento.

—Le diré a Jorge que te lo traiga al estudio —dijo mientras se retiraba—. Hay demasiada luz en la cocina.

Rosalinda encontró a Jorge en la cocina, prácticamente babeándose mientras miraba el paquete con el pollo.

—¿Papá todavía no tiene hambre?

—Escúchame bien —le dijo Rosalinda—, y haz exactamente lo que yo te diga.

Alisó el formulario de aceptación sobre la mesada de granito de la cocina.

—Escribe tu nombre aquí, donde dice «estudiante», y fírmalo aquí abajo.

—Pero, mamá … —protestó Jorge.

Ella le extendió un bolígrafo.

—¿Quieres ir a Nueva Zelanda? ¿O dejaremos que tu padre envíe a Esteban?

—Está bien, está bien —Jorge hizo como ella le pedía. Firmó y devolvió el formulario a su madre—. ¿Cómo harás para que papá lo firme?

—Primero, tú le llevarás la cena.

Sacó cuidadosamente el pollo del paquete, lo colocó en un plato y lo cubrió con la salsa gourmet.

—Luego le pedirás que firme este formulario para Esteban.

—¿*Esteban?* Pero verá mi firma …

—No, no la verá —respondió Rosalinda, entregándole el plato servido y un juego de cubiertos de plata—. No verá nada hasta dentro de una hora o dos.

—Pero, y si se da cuenta …

—Yo me encargaré de todo, Jorge —le respondió impaciente, deseando que todo terminara lo antes posible—. Pero antes, déjame firmarlo.

Apoyó el bolígrafo y firmó con resolución.

Rosalinda D. Serrano ...

Rebeca, la madre: Rebe se vuelve mala

Todo libro necesita un personaje descontento: *D. Serrano* creo que nos basta para el nuestro.

Nuestra Rebeca había envejecido ahora, y su esposo era aun más anciano. Pero en un momento descubriremos que el oído de ella estaba más agudo que nunca, aunque lo mismo no se puede decir de la vista de su esposo.

> Isaac había llegado a viejo y se había quedado ciego. *Génesis 27:1*

El pobre hombre estaba casi ciego. También había perdido metafóricamente la visión porque no podía ver la verdad deslumbrante delante de sus ojos: Esaú había vendido la primogenitura por un plato de guiso; ya no merecía el favor de su padre. El amor de su padre, sí, por supuesto; pero no era digno de la herencia espiritual de Isaac.

> Un día llamó a Esaú, su hijo mayor.
> —¡Hijo mío! —le dijo. *Génesis 27:1*

Hay una palabra que no se pronuncia pero que está subyacente en su voz: «Mi hijo *favorito*».

Esaú se presenta orgulloso delante de su padre.

> —Aquí estoy —le contestó Esaú. *Génesis 27:1*

A medida que se desarrolla el relato dinámico de este capítulo, nos daremos cuenta de que aparecen solo dos actores al mismo tiempo en cada escena, «dado que la brecha en la familia era tan profunda que Esaú nunca se encuentra con Jacob ni con Rebeca».[1] La división que comenzó en el cuerpo de Rebeca resultó en la realidad de dos hermanos que no se soportaban, ni se podían ver, y en una madre distanciada de su hijo y de su esposo.

Es posible que sientas tensiones desde diferentes lados y que decidas que los cuatro protagonistas tenían «rasgos tanto admirables como deplorables».[2] Primero, veamos qué piensas del patriarca.

—Como te darás cuenta, ya estoy muy viejo … *Génesis 27:2*

Esaú debió prestar mucha atención a estas palabras familiares, ya que constituían el prólogo para una «bendición "en el lecho de la muerte"».[3]

… y en cualquier momento puedo morirme. *Génesis 27:2*

Nadie conoce el día de su muerte, por supuesto. Isaac simplemente quería decir que cualquier día podía ser su último día. Por lo tanto, deseaba encargarse de los asuntos urgentes, y lo dice empleando la terminología legal de aquella época. Como vemos, Isaac vivió muchos años más después de ese día, pero no quería dejar nada al azar. Una comida ceremonial era apropiada para cualquier ocasión solemne e Isaac sabía qué deseaba comer.

Toma, pues, tus armas, tu arco y tus flechas, y ve al campo a cazarme algún animal. *Génesis 27:3*

La caza podría haber sido un venado, o cualquier otro animal salvaje del lugar, un buey, una gacela, un corzo, una cabra salvaje, una cabra montés o un antílope.[4] Desde la perspectiva de Isaac, cuanto más salvaje, mejor.

Prepárame luego un buen guiso, como a mí me gusta, y tráemelo para que me lo coma. *Génesis 27:4*

Como a su hijo preferido, a Isaac lo dominaba su apetito. Casi podemos escuchar al anciano relamiéndose, como si ya sintiera el aroma de un «buen guisado» (NBLH). El gusto por la comida bien condimentada era muy extendido en el Medio Oriente, donde se marinaban las carnes con hierbas aromáticas y especias como la sal, las cebollas, el ajo, el azafrán y la menta.[5]

¡Ya me está dando hambre a mí! Ojalá nunca se diga de mí, como se dijo de Isaac: «su paladar … gobernaba su corazón».[6]

Para Esaú, su prioridad sería preparar la comida, y luego recibiría el postre: la bendición.

Entonces te bendeciré antes de que muera. *Génesis 27:4*

La bendición del padre representaba la expresión de una voluntad verbal, era un cetro hablado, como una corona invisible de palabras que se colocaba sobre las sienes del hijo. Los antiguos creían que una bendición tenía tanto poder que «las palabras, una vez pronunciadas, no podían retirarse ni negarse ni modificar su propósito».[7] Potentes. Místicas. Irrevocables.

Como Rebeca había estado escuchando mientras Isaac le hablaba a su hijo Esaú ... *Génesis 27:5*

¿Conque «escuchando»? ¿Habrá simplemente escuchado la conversación mientras estaba cerca y ocupada de alguna tarea? ¿O fue intencional, mientras esperaba el momento oportuno para intervenir? Me inclino por la segunda opción, conociendo a Rebeca como la conocemos: «Ella opera tras bambalinas, pero controla la acción».[8]

Control. Ese era el problema más acuciante de Rebeca.

Y el mío.

Como Rebeca, mi tendencia a controlarlo todo se potenció cuando me convertí en madre. Nuestros hijos *necesitan* que nos encarguemos de ellos ¿no? Sí, en los primeros años. Pero es un hábito difícil de abandonar y a menudo se prolonga por mucho tiempo más. Sin querer, comenzamos a tomar decisiones por nuestros esposos, por nuestros hermanos, nuestros amigos, nuestros colegas en el trabajo.

Seamos sinceras: cualquiera con una personalidad más dócil seguramente se sentirá aplastado por nuestro enfoque de aplanadora. Hacemos sugerencias, y luego nos enojamos cuando no se tienen en cuenta. Hacemos las cosas por los demás, y luego nos disgustamos cuando no se reconocen nuestros esfuerzos. Repartimos listas de cosas para hacer, y luego nos quejamos cuando las encontramos archivadas en algún lado. Si la gente simplemente siguiera nuestras instrucciones o, mejor aún, leyera nuestra mente y respondiera en consecuencia, la vida sería mucho más fácil.

Un momento. *Nuestra* vida sería mucho más fácil

(Suspiro.)

La cuestión del control está siempre presente en cada una de las mujeres ligeramente malas que veremos: en Rebeca más que en ninguna otra. Un esposo con más determinación hubiera frenado su naturaleza controladora, pero ella se casó con un hombre «protegido, mimado y complacido» por Sara; por lo que a Rebeca no le quedaba otra opción que convertirse en la figura materna de Isaac.[9] Tal vez Rebeca perdió el respeto por su esposo e incluso llegó a «despreciarlo».[10]

Espero que ese no haya sido el caso, que su relación no se haya deteriorado tanto, aunque esta escena sugiere que no todo estaba bien entre ellos. Una vez que Esaú se marchó al campo, Rebeca reveló su plan «furtivo, tenebroso, desconcertante».[11]

Haz lo que te mando

[Rebeca] le dijo a su hijo Jacob:
—Según acabo de escuchar, tu padre le ha pedido a tu hermano Esaú que cace un animal y se lo traiga para hacerle un guiso como a él le gusta. También le ha prometido que antes de morirse lo va a bendecir, poniendo al SEÑOR como testigo.
Génesis 27:6-7

Repitió las palabras de Isaac casi una por una, con una incorporación reveladora: «poniendo al SEÑOR como testigo». Rebeca, quizá más que su esposo, comprendía la importancia espiritual de este acto. Uno de sus hijos recibiría no solo la bendición de su padre sino la bendición divina, como Dios le prometió a Abraham. ¿Acaso no era ella, y no Isaac, quien había recibido la palabra profética de Dios con respecto a su hijo menor? Entonces dependía de ella asegurarse de que la voluntad de Dios se cumpliera.

¡Cómo iba a arreglárselas el Señor sin la ayuda de ella! Ni Jacob. (Ni Isaac, ni Esaú … pero ellos tendrían que esperar que les llegara el turno.)

Ahora bien, hijo mío, escúchame bien, y haz lo que te mando.
Génesis 27:8

Fíjense en estas palabras: «haz lo que te mando»; dos veces más escucharemos esta advertencia en el relato. «Obedece a mi voz en lo que te mando», insiste Rebeca (RVR 1960). «Mando», esa es la palabra. Claramente, «Rebeca dominaba a Jacob».[12] También le enseñó todo lo que ella sabía, como es evidente en el capítulo en que Jacob cambió su guisado por la primogenitura.

La madre y el hijo sabían darse prisa para obrar, eran inteligentes y astutos, pero ella era más veterana y tenía más experiencia. Fíjense en que Rebeca no dijo: «Mira, vamos a hacer esto y aquello para engañar a tu padre». No, simplemente mandó a Jacob que le hiciera un mandado.

Ve al rebaño y tráeme de allí dos de los mejores cabritos ...
Génesis 27:9

¿Un cabrito? Isaac quería comer *caza*, pero a Rebeca ya no le importaba agradar en todo a su esposo, solo le importaba conseguir un cabrito.

... para que yo le prepare a tu padre un guiso como a él le gusta. *Génesis 27:9*

Desde 1853, las mujeres han dicho: «El amor entra por la cocina»,[13] pero esta idea se remonta por lo menos a la época de Rebeca, quien sabía cómo lograr que su esposo la complaciera, halagándolo con cabritos asados, preparados «como a él le [gustaban]». Incluso la Biblia enseña: «Si tu enemigo tiene hambre, dale de comer; si tiene sed, dale de beber».[14]

Tú se lo llevarás para que se lo coma, y así él te dará su bendición antes de morirse. *Génesis 27:10*

Nuevamente, las palabras de Rebeca son un eco de las palabras de su esposo. Ese había sido precisamente el plan de él; ahora es el plan de ella. Ella solo pensaba introducir un pequeño cambio: el hijo.

Si hubiéramos estado presentes mientras Rebeca estaba en la cocina en este momento crucial, veríamos a una mujer convencida de que era la Mujer Buena por Excelencia, «un instrumento para llevar a cabo los propósitos divinos».[15] Si clamamos: «¡Rebeca, detente! ¡Estás a punto de engañar a tu esposo!», ella nos miraría a los ojos y nos diría: «Para nada, estoy ayudando a Dios a hacer su voluntad».

Tal vez Isaac no fue la única persona corta de vista en aquel hogar. Rebeca, cegada por su celo, creyendo que hacía justicia, pensó que «el fin justifica los medios».[16] ¿Cuántas veces yo no he cometido el mismo error, imponiendo mi voluntad en una situación, convencida de que siempre y cuando el resultado sea conforme a las Escrituras, el método empleado no importa mucho? Los motivos de Rebeca eran claros, pero no eran puros.

Con respecto a Jacob, no estaba pensando en la voluntad de Dios *ni* en la voluntad de su madre. Su preocupación era de índole práctica.

Pero Jacob le dijo a su madre:
—Hay un problema: mi hermano Esaú es muy velludo, y yo soy lampiño. *Génesis 27:11*

Algunos versículos de la Biblia tienen fuerza propia: son poderosos, significativos, transformadores de vidas. Este versículo no es uno de ellos. El público muchas veces se ríe cuando lo leo en voz alta: «He aquí, Esaú mi hermano es hombre velloso, y yo lampiño» (RVR 1960).

Visualmente, provoca risa. Espiritualmente, es una vergüenza. Jacob ya había comprendido lo que su madre tácitamente le pedía que hiciera: que fingiera ser Esaú. Sin embargo, él no se opuso, no tuvo reparos en engañar a su padre ni en robar la herencia de su hermano. No, el señor Lampiño solo estaba preocupado por no quebrantar el onceavo mandamiento: «No permitirás que te atrapen».[17]

Si mi padre me toca, se dará cuenta de que quiero engañarlo … *Génesis 27:12*

Olvídate de las apariencias, hijo; lo vas a engañar. En realidad serás un «burlador» (RVR 1960), un «engañador» (NBLH), un impostor … A diferencia de su madre, Jacob pensó en las posibles consecuencias de su farsa. Rebeca solo tenía presente la bendición que caería sobre Jacob, mientras que él consideró la espantosa alternativa.

… y esto hará que me maldiga en vez de bendecirme. *Génesis 27:12*

Dios había hablado con el abuelo de Jacob sobre esto: «Bendeciré a los que te bendigan y maldeciré a los que te maldigan».[18] No tenemos dificultad en imaginar cómo esta familia repetía con frecuencia esta promesa: cuando se sentaban a comer y cuando iban por el camino, cuando se acostaban y cuando se levantaban.

Si Jacob deshonraba y engañaba a su padre, ¿no caería la maldición de Dios sobre él?

No mientras Rebeca estuviera protegiéndolo.

—Hijo mío, ¡que esa maldición caiga sobre mí! —le contestó su madre—. *Génesis 27:13*

¿Qué?

Rebeca, no puedes hablar en serio.

Pero, sí, sabía bien lo que decía: «Si tu padre te maldice, yo aceptaré la culpa», le dijo a Jacob. De ser necesario, «que me maldiga a mí». Al

149

aceptar las consecuencias, Rebeca «debió entender que si en el futuro ella era despreciada por su acción, tendría que soportarlo».[19]

¿Estaba dispuesta a ser odiada por su esposo y llevar sobre sí la maldición de Dios para que su hijo pudiera ser bendecido? ¿Qué hemos de pensar de Rebeca? Parece haber sido una mujer tan manipuladora como Herodías («Córtenle la cabeza»), o tan maquiavélica como Jezabel («Yo te conseguiré una viña»). Sin embargo, a diferencia de aquellas mujeres felices de ser malas, Rebeca servía al único y verdadero Dios. Eso hace que no haya excusas para su conducta.

La voluntad de Rebeca de sacrificarse por su hijo no fue una virtud sino una blasfemia. Solo a Dios le corresponde decidir a quién bendecir y a quién maldecir, y solo el sacrificio de Dios es suficiente para cubrir nuestras mentiras y engaños. Ni siquiera el amor de una madre puede ser como su definición de amor: «En esto consiste el amor: no en que nosotros hayamos amado a Dios, sino en que él nos amó y envió a su Hijo para que fuera ofrecido como sacrificio por el perdón de nuestros pecados».[20]

Todos nuestros pecados, aun los más maquinadores y controladores, han sido cubiertos por la sangre del Cordero. Así que seguimos leyendo, susurrando una oración de gratitud, aliviados de que aun los pecados más flagrantes, como este, no están fuera de la misericordia de Dios.

> Tan sólo haz lo que te pido, y ve a buscarme esos cabritos.
> *Génesis 27:13*

Aquí aparece por segunda vez en el relato la amonestación: «Haz lo que te pido». en el relato. Si no fuera por otra cosa, la insistencia de Rebeca en pedirle a Jacob que hiciera lo que ella le mandaba, quizá hizo que él se sintiera menos culpable. Jacob podría aducir: «Fue idea de mi madre». Si se olvidaron qué fue lo que ella le había pedido que hiciera, se los recuerdo: «Ve al rebaño y tráeme de allí dos de los mejores cabritos».

El problema se cocina

> Jacob fue a buscar los cabritos, se los llevó a su madre ...
> *Génesis 27:14*

Jacob no necesitaba ir de caza a lejanos bosques como su hermano, porque los rebaños de la familia pastaban cerca de las carpas. La capacidad de Jacob para escoger un cabrito revela su aptitud como pastor, una destreza que sería puesta a prueba en los años venideros.

Por más delicioso que haya sido el guiso de lentejas de Jacob, ese día Rebeca se encargaría de todo:

> … y ella preparó el guiso tal como le gustaba a su padre.
> *Génesis 27:14*

Isaac ya no podía ver, pero sin duda que podía oler ese guiso «tal como le gustaba». Mientras el aroma emanaba del hogar en la carpa de Rebeca, Isaac posiblemente se imaginó a Esaú dando vuelta a la carne con un palo.

¡Ay! Se equivocó de hijo.

> Luego [Rebeca] sacó la mejor ropa de su hijo mayor Esaú,
> la cual tenía en casa, y con ella vistió a su hijo menor Jacob.
> *Génesis 27:15*

Como Esaú estaba cazando en el campo, había dejado en la casa «las mejores vestiduras» (NBLH) o los «vestidos … preciosos» (RVR 1960), apropiados para recibir la bendición.

La ropa le servía a Jacob, pero aún existía el problema de su piel lampiña.

> Con la piel de los cabritos le cubrió los brazos y la parte lampiña del cuello … *Génesis 27:16*

He visto algunas cabras en mi vida, incluso acaricié una en una granja, y *no* parecía humana al tacto, pero hay una raza llamada «piel de camello» que tiene un pelo que, si no parece humano, es menos semejante al de una cabra.[22] No se nos explica cómo hizo Rebeca para sujetar estas pieles de animal a las manos y cuello de Jacob, aunque poco importa: Isaac no hubiera podido ver las costuras que mantenían las pieles en su lugar. Si Jacob podía confundir los otros sentidos del patriarca, su tenebrosa acción no sería descubierta.

> … y le entregó a Jacob el guiso y el pan que había preparado.
> *Génesis 27:17*

Jacob pudo haber sido el muchacho de los mandados, aunque el peso de «esta calculada iniciativa»[23] cae únicamente sobre Rebeca, quien «se puso en el lugar de Dios»[24] así como Jacob se puso en el lugar de Esaú.

Jacob se presentó ante su padre y le dijo: —¡Padre! *Génesis 27:18*

¿Pueden creer que Jacob fue el primero en hablar? Si yo hubiera estado en su caso, hubiese entrado en silencio y me habría ocupado en servirle el plato, apenas mascullando monosílabos cuando fuera necesario. Era evidente que su padre reconocería la voz de su hijo menor.

—Dime, hijo mío, ¿quién eres tú? —preguntó Isaac. *Génesis 27:18*

Isaac sabía que era *uno* de sus hijos, pero nada más, por eso preguntó: «¿Quién eres, hijo mío?» (RVR 1960). Dudaba si se trataba de Esaú o de Jacob. El pobre hombre realmente estaba ciego. Quizá tampoco oía bien.

Mientras nos preparamos para escuchar las siete mentiras que le dijo Jacob, sentimos que Rebeca escucha con mucha atención, sus ojos oscuros observando a través de las cortinas de la carpa, su corazón latiendo mientras susurra una oración silenciosa a favor de su hijo, convencida de que está haciendo la voluntad de Dios.

—Soy Esaú, tu primogénito —le contestó Jacob—. *Génesis 27:19*

Dos mentiras. Cuando hizo el negocio con Esaú para comprarle su primogenitura, al menos Jacob había sido directo. Aquí usurpó la identidad de Esaú, su nombre y orden de nacimiento, en el mismo renglón.

Ya hice todo lo que me pediste. *Génesis 27:19*

Otras dos mentiras. Jacob no era el hijo a quien Isaac le había pedido que le preparara una comida; y, para ser preciosos, Jacob hizo todo lo que *su madre* le pidió, no lo que su padre le pidió: no fue de caza ni cocinó la carne.

Ven, por favor, y siéntate a comer de lo que he cazado; así podrás darme tu bendición. *Génesis 27:19*

Quinta mentira. Jacob no le ofreció lo que había cazado, sino ¡un cabrito!

Un tanto prematuro para mencionar la bendición, ¿no creen? Rebeca, en la seguridad de su escondite, debió pensar que fue una imprudencia de su hijo ser tan impaciente. Ya que estamos en el tema de darse prisa, Isaac le hace una pregunta muy inteligente:

—¿Cómo fue que lo encontraste tan pronto, hijo mío? *Génesis 27:20*

Isaac estaría casi ciego, pero no era tonto. Ir a cazar un animal, luego desollarlo y dejar que la carne se oree llevaría más que una tarde. Jacob debió ruborizarse mientras pensaba qué responder. Entonces pronunció «la peor de las mentiras».[25]

—El SEÑOR tu Dios me ayudó —respondió Jacob. *Génesis 27:20*

¡Qué osadía! «Porque Jehová tu Dios hizo que la encontrase delante de mí» (RVR 1960) e «hizo que así me acaeciera» (NBLH). Este muchacho sí que es atrevido, menciona a Dios en medio del lío en que se ha metido. Con todo, nuestro engañador «dijo la verdad, más de lo que él suponía»:[26] el Señor *había provisto* el camino para su bendición mucho antes de que el muchacho naciera.

Jacob dijo la verdad también cuando dijo: «tu Dios». No dijo «mi Dios», ni «nuestro Dios» sino «*tu* Dios». Aparentemente, Jacob no tenía la misma fe que su padre, al menos, no todavía.

Isaac le dijo:
—Acércate, hijo mío, para que pueda tocarte y saber si de veras eres o no mi hijo Esaú. *Génesis 27:21*

El temor de Jacob —«Si mi padre me toca, se dará cuenta— seguramente le vino a la mente, mientras Isaac lo invitaba a acercarse para poder palparlo.

Mmmm. Un visitante astuto, vestido con ropas prestadas, ofreciendo comida a un inválido que no sospechaba nada … . ¿No les parece que esta escena fue la inspiración para el cuento de Caperucita Roja? Está bien, tal vez no lo fue. Aunque sí tenemos aquí un a *lobo* vestido de oveja (o cabra).

Rebeca debió ahogar la respiración mientras Jacob se acercaba a su padre y permitía que el patriarca lo tocara. «Velludo, como Esaú», debió murmurar Rebeca para sus adentros, con la esperanza de que su esposo llegara a la misma conclusión.

Isaac nos da lástima, su edad avanzada está en su contra, así como su naturaleza tan confiada. «Isaac era tan incapaz de duplicidad que no la esperaba de los demás».[27]

> —¿En serio eres mi hijo Esaú? *Génesis 27:24*

Una última pregunta le hace Isaac: «¿En serio … ?»

> —Claro que sí —respondió Jacob. *Génesis 27:24*

No, *no era* Esaú. Nunca podría ser Esaú, a pesar de todas las veces que dijera que lo era.

Después de servirle a su padre carne y vino, Isaac le pide algo inesperado:

> —Acércate ahora, hijo mío, y dame un beso. *Génesis 27:26*

Jacob había extendido su mano para que su padre la tocara, pero un beso requería más contacto. Nuestro impostor no tenía otra opción que hacer lo que su padre le pedía.

Traición y bendición

> Jacob se acercó y lo besó. *Génesis 27:27*

Pienso en Judas. El beso de la traición. La codicia en el corazón, el engaño en todo. ¿Cómo pudiste hacer algo así, Jacob?

Más concretamente: Rebeca, ¿cómo pudiste tú hacer algo así? Usaste a tu hijo para traicionar a tu esposo. Solo una esposa sabría cómo engañar al hombre que la amaba, confundir tanto sus sentidos que convirtió en su heredero al hijo equivocado. Claro, equivocado para Isaac, no para Rebeca.

Cuando Isaac olió su ropa, lo bendijo con estas palabras... *Génesis 27:27*

Isaac finalmente se convenció, y lo bendijo con todo el rocío del cielo y la riqueza de la tierra. Lo que el Señor había prometido a Rebeca, Isaac ahora le revelaba a Jacob.

Que te sirvan los pueblos; que ante ti se inclinen las naciones. Que seas señor de tus hermanos; que ante ti se inclinen los hijos de tu madre. *Génesis 27:29*

Esaú se inclinaría, sí, pero solo para levantar su arco …

No bien había terminado Isaac de bendecir a Jacob, y éste de salir de la presencia de su padre, cuando Esaú volvió de cazar.
Génesis 27:30

Este versículo parecería ser una serie de instrucciones para una obra de teatro de Broadway, interpretada con un sincronismo impecable: Jacob sale por la izquierda del escenario mientras que Esaú entra por la derecha, pisándole los talones. Qué ironía.

Ni Rebeca ni su embajador aparecen en el siguiente diálogo, pero las intrigas de su plan tuvieron consecuencias inevitables. Aunque un hombre de su vida fue bendecido, otros dos hombres cargarían con las repercusiones de los favoritismos de ella.

También [Esaú] preparó un guiso, se lo llevó a su padre y le dijo:
—Levántate, padre mío, y come de lo que ha cazado tu hijo. Luego podrás darme tu bendición. *Génesis 27:31*

Palabra por palabra, exactamente lo mismo que había dicho Jacob. «Por desgracia, este fue el error fatal de Esaú: no llegó a tiempo».[28]

Pero Isaac lo interrumpió:
—¿Quién eres tú? *Génesis 27:32*

Podemos percibir la incredulidad, el temor, el creciente pánico en su voz. Isaac estaba demasiado «abrumado y desilusionado para llamarlo "mi hijo"».[29] Apenas logró balbucear una pregunta tremenda: «¿Quién eres tú?».

Cuando Esaú respondió, el silencio se extendió sobre la carpa de su padre mientras la realidad de la situación se hacía evidente.

Isaac comenzó a temblar ... *Génesis 27:33*

Isaac, el hombre tranquilo, estaba «muy sobresaltado». Había sido superado ... no por Jacob ni por Rebeca, sino por el Señor mismo. Por más doloroso que le fuera aceptarlo, Isaac «sabía que la voluntad de Dios debía cumplirse».[30]

Isaac balbuceó las palabras:

Le di mi bendición, y bendecido quedará. *Génesis 27:33*

Esaú entendía lo que esto significaba: la acción estaba consumada. Su padre había dado su bendición irrevocable a su hermano, una promesa que no podía «retirarse». Jacob había sido bendecido, y «bendito será» (NBLH), ya que no existía un ritual para deshacer la bendición de un padre.[31]

Al escuchar Esaú las palabras de su padre, lanzó un grito aterrador y, lleno de amargura, le dijo:
—¡Padre mío, te ruego que también a mí me bendigas! *Génesis 27:34*

Estas palabras me rompen el corazón. ¿Qué hijo, cuando se siente eclipsado por un hermano, no se ha abrazado a su padre y llorado: «A mí también, papá. ¡Por favor!» Esaú «clamó con una muy grande y muy amarga exclamación» (RVR 1960), como un animal que acaba de caer en la trampa del cazador, herido fatalmente pero aún con vida para sentir el dolor.

¿Todavía Rebeca estaría escuchando a escondidas? ¿O ya habría abandonado su puesto para ocuparse de las necesidades de Jacob, ayudándolo a quitarse los guantes de piel de cabra, a dejar la ropa de Esaú tal como la había encontrado, todavía tibia y levemente oliendo a Jacob? ¿Habrá pensado en su otro hijo? Esaú seguramente se dio cuenta de que Jacob no podría haberlo engañado sin ayuda de su madre.

Aunque Esaú había dejado que su primogenitura se le deslizara tontamente de las manos, la bendición se la arrebataron de las mismas.

Isaac confesó:

Tu hermano vino y me engañó, y se llevó la bendición que a ti
te correspondía. *Génesis 27:35*

No dijo: «Yo me confundí» ni «me equivoqué». Isaac insistió en que
el único culpable había sido Jacob. ¿Sospecha Isaac que su esposa también
estuvo involucrada? Es posible que no, porque nunca lo menciona. Sus
primeras palabras fueron: «Tu hermano» seguidas de una descripción des-
carnada: «Vino tu hermano con engaño, y tomó tu bendición» (RVR 1960)
y «Tu hermano vino con engaño, y se ha llevado tu bendición» (NBLH).[32]
Si nos preguntábamos qué sentía Isaac hacia su hijo menor, esta incrimina-
ción nos dice todo.

Isaac ofreció a su hijo desilusionado una bendición ambigua, opuesta
a la de su hermano:

Vivirás lejos de las riquezas de la tierra, lejos del rocío que
cae del cielo. *Génesis 27:39*

Como si no fuera desdicha suficiente vivir en la aridez del desierto,
Esaú además estaría subordinado a su hermano:

Gracias a tu espada, vivirás y servirás a tu hermano *Génesis
27:40*

No es difícil imaginar cómo se sintió Esaú al escuchar esas palabras.
¿Estaba enojado con su padre por haber sido débil? ¿O furioso con su madre por sus maquinaciones? ¿O decepcionado con Dios porque le había
dado la espalda? Es posible, aunque las Escrituras solo registran el encono
contra su hermano.

A partir de ese momento, Esaú guardó un profundo rencor
hacia su hermano por causa de la bendición que le había dado
su padre … *Génesis 27:41*

Esaú «guardó rencor» (NBLH) o «aborreció ... a Jacob» (RVR 1960),
porque se sintió estafado por su hermano y, acto seguido, comenzó a pla-
near su venganza.

¡Sálvese quien pueda!

> ... y [Esaú] pensaba: «Ya falta poco para que hagamos duelo por mi padre; después de eso, mataré a mi hermano Jacob».
> *Génesis 27:41*

Esaú estaba dispuesto a aguardar el momento oportuno, tal vez por respeto a su padre quien lo había favorecido toda la vida; o quizá porque sentía un temor no expresado de Jacob, no porque su hermano fuera más fuerte sino porque era más inteligente y contaba con la lealtad absoluta de su madre. Juntos, eran una pareja formidable.

> Cuando Rebeca se enteró de lo que estaba pensando Esaú ...
> *Génesis 27:42*

Reconozcámoslo, esta vez Rebeca no estaba escuchando a escondidas, simplemente «se enteró» de los planes de Esaú. ¡Qué irresponsable Esaú al andar anunciando sus intenciones!

> ... mandó llamar a Jacob, y le dijo:
> —Mira, tu hermano Esaú está planeando matarte para vengarse de ti. *Génesis 27:42*

Según otras traducciones: «He aquí, Esaú tu hermano se consuela acerca de ti con la idea de matarte» (RVR 1960). Esaú se consolaba con la idea de matar a su hermano. Como siempre, Rebeca tenía una solución segura:

> Por eso, hijo mío, obedéceme ... *Génesis 27:43*

La tercera es la vencida ... Por supuesto, si Jacob no hubiera obedecido a su madre desde el principio, ahora no estaría metido en este lío.

¿No les encantaría meterse en la cabeza de Rebeca? Los engranajes y las ruedas de su mente no paraban de girar. Parte de mí admira este estilo sagaz y ejecutivo: siempre tiene un plan B, C o D. Me encanta esta mujer que puede pensar mientras actúa, que adapta sus planes en un instante, que hace todo lo que sea necesario para que las cosas salgan bien. Por otra parte, tiemblo cuando veo la destrucción emocional que esta reina del control deja a su paso: un esposo angustiado, un hijo furioso. Esta mujer «subestimó en gran manera las consecuencias provocadas por su "travesura"».[33]

¿Se ocupaba luego de las heridas? La Biblia no nos da la respuesta. En aquel momento, la única preocupación de Rebeca era salvar la vida de Jacob.

Prepárate y huye en seguida a Jarán, a la casa de mi hermano Labán. *Génesis 27:43*

«Sálvate», podríamos decir. ¿El hermano y la hermana habrían estado en contacto durante todos estos años? ¿O Rebeca pensó en un pariente porque sabía que Jacob estaría a salvo en las carpas de Labán? Aunque el viaje era largo y extenuante, quería que Jacob estuviera bien lejos del alcance de las flechas de su hermano. Y de su espada.

… quédate con él por un tiempo, hasta que se calme el enojo de tu hermano. *Génesis 27:44*

«Y mora con él algunos días» (RVR 1960), sugirió Rebeca, el tiempo suficiente para que Esaú se calme.

Cuando ya se haya tranquilizado, y olvide lo que le has hecho … *Génesis 27:45*

¿Lo que le has hecho? ¿Lo que hizo *Jacob*? Rebeca, ¿no fue todo idea tuya? Qué facilidad para descargar en otro la culpa. Rebeca supuso que la ira de Esaú se mitigaría con el tiempo y que su recuerdo de la traición de Jacob, y la de ella, desaparecería. Pero Rebeca «subestimó la memoria de Dios».[34] A diferencia de Sara y de Raquel, Rebeca no es presentada en el Nuevo Testamento como un ejemplo de obediencia conyugal ni de devoción maternal. Tampoco aparece en el capítulo 11 de Hebreos en la lista de honor de personas de fe.

Tal es el peligro de pensar solamente en el *ahora*, una de las debilidades de Rebeca que me resulta demasiado conocida en mi vida. Comienzo incendios sin considerar las cenizas que tendré que barrer cuando el fuego se apague. Pongo vendas sobre los problemas sin usar antes un antiséptico, solo para luego observar cómo se infecta la herida. En nuestra prisa por solucionar las crisis del momento, a menudo no tomamos en cuenta las consecuencias a largo plazo que pueden tener nuestras soluciones urgentes.

El único futuro que parecía preocuparle a Rebeca era el de Jacob:

... yo enviaré a buscarte. *Génesis 27:45*

Rebeca no podía soportar la idea de no ver más a su hijo. Él tenía que desaparecer durante un tiempo, pero luego, cuando su vida ya no corriera peligro, ella enviaría a un criado para avisarle que volviera. Si él se quedaba con ella, su muerte sería segura.

¿Por qué voy a perder a mis dos hijos en un solo día? *Génesis 27:45*

Su comentario requiere un poco de investigación para entenderlo: «Si Esaú mataba a Jacob, un pariente cercano estaría obligado a matar a Esaú»,[35] según las leyes de retribución: ojo por ojo, diente por diente, vida por vida.[36] A pesar de lo poco que quisiera a Esaú, no podía soportar la idea de perder a sus dos hijos «en un solo día».

Hay una nota de desesperación en la voz de Rebeca: «Ella sabe ahora que su plan no ha servido de nada».[37] En efecto, Jacob tiene la bendición pero ¿por cuánto tiempo cuando su hermano desea matarlo? Rebeca tuvo que sacrificar la compañía diaria de Jacob y despedirse de él, sin darse cuenta de que nunca más volvería a ver a su amado hijo.

Rebeca, como era de esperar, pensaba solo en el problema del momento. Para que Jacob pudiera viajar a Jarán «dignamente y con honra»[38] y llegar a salvo, Rebeca tenía que contar con la ayuda de Isaac. Para ello, preparó «un golpe maestro»,[39] el mejor ejemplo de sus intrigas.

Eligió plantear un tema en el que ambos estaban de acuerdo: sus nueras, las que «causaron mucha amargura a Isaac y a Rebeca».[40] Rebeca comenzó la conversación con su esposo, como yo muchas veces también lo hago, con una queja:

Rebeca le dijo a Isaac:
—Estas mujeres hititas me tienen harta. *Génesis 27:46*

No estaba hablando de las mujeres hititas en general, sino de las dos con quien Esaú se había casado: Judit y Basemat.[41] Esaú, neciamente, había escogido esposas que adoraban a otros dioses, y así desdeñó aun más su primogenitura. Rebeca no se guardó la opinión (¿en algún momento de su vida lo habrá hecho?) y se quejó con su esposo: «Me han quitado las ganas de vivir». Acto seguido, sin mediar una pausa, planteó la cuestión de los planes matrimoniales de su *otro* hijo:

Si Jacob se llega a casar con una de las hititas que viven en este país, ¡más me valdría morir! *Génesis 27:46*

¡Esta mujer es la reina del melodrama! Y deja que conozcas a su sobrina Raquel.

Creo que Raquel era exactamente la nuera que Rebeca tenía pensada para su hijo, aunque eso se lo guardó por un poco de tiempo más. Primero tenía que convencer a Isaac de que Jacob no podía casarse con una mujer del lugar. Sin duda que, poniéndose la mano en la frente, Rebeca se quejó: «Si Jacob toma mujer de las hijas de Het, como éstas, de las hijas de esta tierra, ¿para qué quiero la vida?» (RVR 1960) o «¿para qué me servirá la vida?» (NBLH). Nos recuerda a la manera en que se quejaba cuando estaba encinta de mellizos: «Si esto va a seguir así, ¿para qué sigo viviendo?»[42]

La necesidad de conseguir una esposa para Jacob era solo una excusa; Rebeca quería que su hijo se marchara, lo antes posible. Pero Isaac no podía (o no quiso) ver la verdadera razón del drama de Rebeca, y accedió al pedido de su esposa. Una vez más.

Isaac llamó a Jacob, lo bendijo y le ordenó:
—No te cases con ninguna mujer de aquí de Canaán. *Génesis 28:1*

Como Abraham había dicho lo mismo: ninguna esposa pagana, Isaac seguía el ejemplo de su padre. Para cumplir el pacto, era esencial casarse con una esposa apropiada.

Vete ahora mismo a Padán Aram, a la casa de Betuel, tu abuelo materno … *Génesis 28:2*

«Vete ahora mismo», le dijo Isaac a Jacob, aunque desconocía la amenaza de muerte de Esaú. Al enviar a Jacob a Padán Aram, en dirección al norte, Isaac pensó que Jacob estaría *yendo hacia* un lugar y no *huyendo de* un lugar.

… y cásate allá con una de las hijas de tu tío Labán. *Génesis 28:2*

Isaac le pidió que se casara con una de las hijas de Labán y luego despidió a su hijo con una bendición. En la Biblia no tenemos las palabras de despedida de Rebeca. Su hijo simplemente se marchó, y la dejó «con un esposo angustiado y ciego, a quien ella había traicionado».[43]

Aun si Isaac nunca supo la verdad, Rebeca sí.

En memoria de ...

> Así envió Isaac a Jacob a Padán Aram, a la casa de Labán, quien era hijo de Betuel el arameo, y hermano de Rebeca, la madre de Jacob y de Esaú. *Génesis 28:5*

¡Qué interesante! Rebeca es identificada como «la madre de Jacob y de Esaú» y *no* como la esposa de Isaac. Quizá sea esta la manera en que Dios quiere que la recordemos: no como una buena esposa que consoló a su esposo cuando recién se casaron, sino como la madre fuerte que estuvo dispuesta a sacrificarlo todo, incluso su matrimonio y su propia felicidad, por el hijo que Dios había elegido bendecir.

Su *por qué* es digno de admiración, pero no su *cómo*.

Sé que me expongo a la crítica al designar a Rebeca como una Mujer Ligeramente Mala porque para muchos ella es lisa y llanamente una Mujer Mala, a quien describen como «astuta, sin escrúpulos»,[44] «imprudente y malvada»,[45] «una mujer mentirosa y llena de engaños»,[46] incapaz de comprender «lo mucho que Dios aborrece sus acciones malvadas».[47]

¡Uh! Y pensar que le dedicamos dos capítulos a esta persona ...

Sin embargo, otros investigadores la alaban, y la consideran una Buena Mujer del Antiguo Testamento que fue «inteligente, activa y llena de energía»,[48] «visionaria y valiente»,[49] «la protagonista activa de esta familia»,[50] y una mujer «adelantada a su tiempo».[51]

¡Qué impresionante! Dediquémosle dos capítulos más y otorguémosle algunos premios.

O quizá convenga tener una perspectiva más equilibrada: Rebeca fue todas estas cosas, fue una mujer buena y mala, igual que nosotras. Aunque en su historia haya algunos episodios de conducta realmente mala, vale la pena señalar las cosas que *no* encontramos. Las acciones de Rebeca no se condenan en Génesis, ni tampoco en el Nuevo Testamento. (A su hijo Esaú, a quien en Hebreos 12:16 se le llama «profano», no le fue tan bien.) A diferencia de Sara, Rebeca buscó el consejo de Dios cuando no podía tener hijos. A diferencia de Agar, Rebeca no se peleó con otra mujer. Además, Rebeca fue desinteresada, «nunca pidió nada para ella».[52] El único que se benefició de su conducta fue Jacob.

En definitiva, no nos maravillamos de Rebeca sino de Dios, quien permitió que nuestra heroína tropezara por la vida a fin de que «él recibiera la gloria por hacer que el mal resultara para bien».[53] Solo un Dios de gracia podía usar a una mujer imperfecta para cumplir su voluntad perfecta. Solo un Dios amante podía querer a Isaac y a Rebeca, y decir que ambos eran sus escogidos. Como nos recuerda Job: «suyos son los engañados y los que engañan».[54]

¿Y qué de nuestro joven engañador, el hijo de Rebeca, enviado a Padán Aram en busca de una esposa? En ese viaje, Jacob encontró mucho más que lo que salió a buscar. En realidad, encontró *cuatro* cosas más de las que esperaba.

¿Qué lecciones podemos aprender de Rebeca, la madre?

Dios tiene el control.

Decir que «Dios tiene el control» no es solo el título de una canción de Twila Paris: es un hecho. Sin embargo, a quienes tenemos naturalezas controladoras nos agrada pensar que ayudamos a Dios cuando empujamos a otros por el sendero de la justicia. ¿O será el sendero de «yo tengo razón»? Como cuando decimos: «Yo tengo razón y tú estás equivocado». Cuando estudio la vida de Rebeca y me doy cuenta de que, a pesar de conocer al Señor, no confiaba plenamente en él, comprendo a dónde me lleva mi necesidad de control: a ningún lado. Cuando dirigimos las cosas, rara vez nos planteamos preguntas ni reconocemos nuestros errores, igual que «Rebeca, que no esperó en Dios para que él le mostrara el camino por dónde andar, ni anduvo por caminos de justicia».[55] Pero cuando reconocemos la soberanía de Dios, cuando finalmente comprendemos que él tiene el control de todo, podemos d-e-s-c-a-n-s-a-r en él. ¡Qué gran concepto!

> El Señor ha establecido su trono en el cielo; su reinado domina sobre todos. *Salmo 103:19*

La fuerza puede ser un factor negativo.

En el último capítulo consideramos algunos de los rasgos positivos de Rebeca. Ahora hemos visto cómo sus fortalezas fueron sus debilidades. Cuando la Palabra de Dios nos enseña: «fortalézcanse con el gran poder del Señor»,[56] la palabra clave es *del Señor*. Rebeca, sin embargo, se fortaleció en su propia fuerza e inteligencia. Imagínense si en ese momento ella hubiera retrocedido y dicho: «Yo esperaré en él, pues en él tengo puesta mi esperanza»,[57] y luego hubiera glorificado a Dios cuando el Señor cumpliera su promesa, tal vez haciendo que Isaac cambiara de idea, para que el patriarca bendijera a Jacob. Pero se requiere una mujer fuerte en el gran poder del Señor para esperar y confiar.

> Porque así dice el SEÑOR omnipotente, el Santo de Israel: «En el arrepentimiento y la calma está su salvación, en la serenidad y la confianza está su fuerza, ¡pero ustedes no lo quieren reconocer! *Isaías 30:15*

Señor, ten misericordia.

El Señor incluyó varias historias complejas como esta en su Palabra, no para que criticáramos las acciones de Rebeca y de otros sino para que pudiéramos descubrir los mismos defectos en nuestra vida, para que confesáramos nuestras culpas y para que pudiéramos ser libres. Señor, por todas las veces que hemos intentado llenar de bendiciones a nuestros hijos en vez de enseñarles a tener paciencia, ten misericordia de nosotras. Por todas las ocasiones en que hemos sido Esposas Ligeramente Malas para parecer Madres Excepcionalmente Buenas, ten misericordia de nosotras. Por todas las horas malgastadas en planes y maquinaciones, cuando tendríamos que haber estado orando, ten misericordia de nosotras. Por todas las maneras en que somos iguales a nuestra hermana Rebeca, ten misericordia de nosotras, Señor.

> Acuérdate, SEÑOR, de tu ternura y gran amor, que siempre me has mostrado. *Salmo 25:6*

Cristo, ten misericordia.

El apóstol Pablo les explicó a las iglesias de Galacia que Abraham, Isaac y Jacob no eran los únicos que recibirían la bendición de Dios: «los que viven por la fe son bendecidos junto con Abraham, el hombre de fe».[58] Esto incluye a los creyentes en los días de Abraham, a los creyentes del primer siglo de nuestra era, a los creyentes del siglo veintiuno y a todas las generaciones intermedias. Además, el plan de misericordia de Dios se puede hallar en todos los libros de la Biblia, en Génesis en particular, como muestra de que la gracia infalible de Dios puede perdonar el pecado de la humanidad. La ley hubiera condenado a Rebeca por su traición, pero Dios la perdonó; la ley hubiera condenado a Jacob por su engaño, pero Dios lo bendijo. A lo largo de todas las épocas, el mensaje de Dios es el mismo: él ofrece su misericordia a quienes creen en él.

> Así sucedió, para que, por medio de Cristo Jesús, la bendición prometida a Abraham llegara a las naciones, y para que por la fe recibiéramos el Espíritu según la promesa. *Gálatas 3:14*

Algunas ideas a considerar para mujeres buenas

1. ¿Te bendijeron tus padres? ¿Oraron por ti, te sirvieron una comida especial, te regalaron un objeto valioso de la familia, antes de enviarte al mundo? ¿De qué manera un gesto de esta naturaleza puede impactar la vida de una persona? Si no recibiste una bendición de tus padres, ¿qué puedes hacer ahora? ¿Podrías pedirle a una persona a quien estimas que te bendiga? Si eres un padre o una madre, ¿cómo podrías bendecir a tus hijos ahora, cualquiera sea la edad que tengan, y que tipo de respuesta esperas tener?

2. Rebeca era tan controladora ¡que estaba fuera de control! ¿Qué observas en las personas que tienen problemas porque son muy controladoras: sus motivaciones, sus métodos y sus resultados? A la luz de la personalidad de Rebeca, ¿qué diferencia hay entre el control y la manipulación, la confianza en uno mismo y la arrogancia, la determinación y la obsesión? ¿Qué esferas de tu vida se beneficiarían al estar menos controladas por ti y más controladas por el Espíritu Santo?

3. ¿Piensas que Rebeca concibió su plan para engañar a Isaac por adelantado o que al escuchar a su esposo hablando con Esaú tomó la decisión repentina de intervenir? Desde un punto de vista ético, ¿importa si las acciones de Rebeca fueron premeditadas o espontáneas? Si Rebeca no hubiera decidido encargarse *ella misma*, ¿qué hubiera sucedido? Si alguna vez intentaste ayudar a Dios, ¿cuál fue el resultado?

4. ¿Por qué no se negó Jacob desde el principio a hacer lo que le mandaba Rebeca? Basados en lo que hemos visto hasta este momento, describe el carácter de Jacob, tanto sus virtudes como sus defectos. ¿Cómo criarías a Jacob si fuera tu hijo? ¿Llegarías a los extremos a los que llegó Rebeca

para asegurarte de que recibiera la promesa que Dios le había hecho? ¿O le enseñarías las virtudes de confiar en el Señor?

5. En esta historia, siempre espero que en algún momento Isaac se dé cuenta de que estaba conversando con Jacob y no con Esaú. ¿Tú también? Además de atribuir su confusión a la ceguera, ¿cómo puedes explicar la incapacidad de Isaac para discernir o aceptar la verdad? ¿Tuvo también culpa Isaac por bendecir al otro hijo? Si fue así, ¿por qué? ¿Fuiste alguna vez engañada por una persona en quien confiabas? Cuando descubriste la verdad, ¿qué pensaste de esa persona, y de ti?

6. En el Nuevo Testamento se nos dice de Esaú que «cuando quiso heredar esa bendición, fue rechazado: No se le dio lugar para el arrepentimiento, aunque con lágrimas buscó la bendición»[59] ¿Sientes pena por Esaú en esta escena, o crees que mereció perder su herencia? Después de que Jacob se fue, ¿cómo habrá sido la relación entre Esaú y Rebeca? Si alguna vez cometiste una injusticia con algún miembro de tu familia, aunque haya sido algo menor, ¿cómo reparaste el daño?

7. Rebeca quería que Jacob huyera a Jarán y manipuló a Isaac para que creyera que fue idea suya. ¿Alguna vez hiciste algo parecido, aunque a escala menor, quizá ayudando a que un ser querido tomara una decisión que tú ya habías tomado por él o por ella? ¿Qué te llevó a pensar en ese momento que eso era lo que debías hacer? ¿Cómo te imaginas que habrá sido la relación entre Isaac y Rebeca después de que Jacob se marchó? ¿Crees que Isaac supo que Rebeca estuvo implicada en el engaño o realmente su esposo nunca se enteró de que su esposa estuvo involucrada?

8. ¿Cuál es la lección más importante que aprendiste de Rebeca, la madre que solo se preocupaba por el fin y no por los medios?

6

LOS OJOS DE LA NOCHE

Ven, bebamos el vino místico de la noche,
Rebosando de silencio y de estrellas.
LOUIS UNTERMEYER

Laura Suárez estaba tendida en su sillón favorito, con una novela, disfrutando el momento. ¿Cuántas noches largas había pasado en la Universidad del Estado de Michigan (MSU), estudiando para los exámenes o trabajando en los informes, deseando que llegara el día en que por fin pudiera no hacer nada sin sentirse culpable?

Estiró las piernas, como un gato que hace tiempo que está en la misma posición, y extendió los brazos hacia la ventana abierta que estaba a su lado. Una suave brisa vespertina levantaba los mechones de cabello castaño que enmarcaban su rostro, mientras ella aspiraba el dulce aroma de las madreselvas. Su primer puesto de maestra comenzaba en agosto, pero hasta entonces, le aguardaban el verano y todas sus delicias sin premura.

Qué alivio poder regresar a su casa y encontrar su dormitorio tal como lo había dejado. Algunas compañeras de universidad habían regresado a sus hogares pero a una casa diferente, algunas hasta se encontraron con otro padre o madre. Sus propios padres, Bernardo y Susana Suárez, ni siquiera habían cambiado el auto. Naturalmente, su padre tenía sus propias ideas sobre lo que Laura debía hacer en los próximos meses. *Encontrar un marido. Encontrar un trabajo. Encontrar un marido con un trabajo.* Ella estaba de acuerdo con la última opción pero su intención era esperar a que apareciera el individuo indicado, fiel al lema que le había servido de mucho durante la universidad: mejor sola que mal acompañada.

Por el momento, prefería entregar su corazón al héroe gallardo cautivo entre las páginas de la novela, que no presentaba ningún riesgo. Como había olvidado los lentes en la mesa del comedor, y no quería bajar a buscarlos, Laura sostenía el libro muy cerca de la nariz, hasta que el golpe de alguien cerrando la puerta de un auto la trajo de regreso al presente.

La voz de su hermana le llegó a través de la ventana: Claudia llegaba a casa después de su trabajo a tiempo parcial en el supermercado. Laura escuchó también otra voz, vagamente familiar. Un hombre más joven. Tal vez uno de los amigos de Claudia de la Universidad de Michigan (U-M), o quizá un compañero de trabajo.

Curiosa, Laura se inclinó por la venta y observó a través de la tenue luz del atardecer. Deseaba tener sus lentes. Las hojas de los árboles que bordeaban la entrada del auto no le permitían ver bien. Quienquiera que fuera el individuo, Claudia aparentemente lo conocía bien porque lo reprendía por algo mientras se acercaban a la casa.

Laura pensó en saludarlos desde la ventana, pero lo dudó y se calló. Estaba despeinada, no estaba vestida para recibir a nadie y ni siquiera se había maquillado. Sintiéndose tonta, entró a su habitación y escuchó con más atención, oyendo solo alguna que otra palabra. ¿Sería un amigo de sus padres? ¿Alguien de la iglesia?

Entonces escuchó su nombre: *Joaquín*.

De pronto, su voz le resultó muy conocida.

Laura se hundió entre los almohadones de su sillón. Como si ellos pudieran verla, como si importara. Joaquín García era un ex vecino, prácticamente un miembro de la familia mientras crecían, y uno de sus compañeros de la secundaria. Hacía cuatro años que Laura no lo veía, desde que su familia se había mudado al sur y él había comenzado sus estudios en la Universidad de Louisiana. Sin duda que acababa de graduarse y había regresado a Ann Arbor de visita.

Joaquín y Claudia se reían de algo. Laura sabía que debía anunciarse o retirarse de la ventana. Escuchar la conversación sin ser vista sería un pecado. ¿La Biblia no enseñaba eso en alguna parte? «No escucharás a escondidas las conversaciones ajenas». Sí, estaba segura de que decía eso en alguna parte.

Pero Laura se quedó quieta y apoyó su mentón sobre el brazo del sillón, sintiéndose menos culpable porque no podía escuchar todo lo que decían. Sus voces se mezclaban con los cantos de los pájaros: la voz de Claudia, aguda y alegre, casi chillona, y la voz de Joaquín, baja y tierna, casi sensual.

Los sentimientos de Laura hacia él, latentes durante tanto tiempo, cobraron vida. ¿Cuántos años estuvo perdidamente enamorada de Joaquín García? ¿Seis? ¿Siete? En la secundaria, él estaba enamoradísimo de Claudia, pero ella era demasiado joven para Joaquín y se burlaba de él sin compasión. A juzgar por lo que Laura podía escuchar, nada había cambiado mucho.

Claudia, por ser Claudia, nunca se había dado cuenta de lo mucho que a Laura le interesaba su vecino, no porque fuera apuesto sino porque era inteligente y generoso. Joaquín tampoco parecía darse cuenta del interés de Laura por él: una bendición si estaba en Ann Arbor y pensaba quedarse.

—Hola, Laura, ¿estás allí arriba?

Sintió que se le resecaba la boca. ¿La habrían visto?

Laura se asomó por la ventana. Tal vez estaba presentable desde la distancia.

—Hola, Joaquín —gritó, tratando de verlo y resistiendo la tentación de entrecerrar los ojos. No podía ver los detalles. Pelo rubio, pantalones vaqueros, más alto de lo que ella lo recordaba—. Entonces, ¿ya estás oficialmente graduado de la universidad?

—Sí.

Ella percibió la sonrisa en su voz.

— ¿Y tú? —preguntó él.

—De la UMS. La semana pasada. No tengo que viajar más a East Lansing —Laura hizo una pausa, dándose cuenta de la realidad del asunto. De veras estaba en casa—. En otoño comenzaré a trabajar como maestra en la escuela elemental de Burns Park.

—Siempre te gustaron los niños —dijo todavía sonriendo—. Claudia y yo vamos a ir a comer una pizza, ¿quieres venir?

—Este … —Laura se miró los pantalones cortos que tenía puestos, manchados con jugo de frutilla durante el almuerzo, luego se tocó el pelo, sin lavar, y supo cual sería su respuesta—. Estoy un poco cansada ahora. Vayan ustedes. Tal vez otro día, Joaquín.

—¿Lo prometes? —él parecía desilusionado.

—Lo prometo —dijo Laura. Claro que se encontrarían, comprendió ella. De eso estaba segura.

Claudia golpeó la puerta de su dormitorio, un poco antes de la medianoche.

—¿Estas despierta? —preguntó, y luego entró sin esperar una respuesta.

Laura levantó la vista, mientras terminaba de secarse el pelo.

—¿Cómo está Joaquín? —seguía masajeándose el pelo con la toalla, para que Claudia no pudiera percibir la verdad en su mirada. Tres horas pensando en Joaquín García habían reducido a Laura a una adolescente enamorada. ¡Qué vergüenza! Tenía veintidós años, ¡no podía ser!

—Joaquín está bien —Claudia se dejó caer sobre la cama de Laura, y se quitó los zapatos mientras caía—. Está quedándose en la casa de los Gutiérrez por ahora. Dice que está contento de volver a Michigan. Tiene planes de hablar con papá para un trabajo.

Las manos de Laura se detuvieron.

—No sabía que Joaquín había cambiado de carrera para contabilidad —si entraba a trabajar con su padre, sería realmente parte de la familia.

—Sí —dijo Claudia quitándose los aros de las orejas y dejándolos sobre la cómoda—. Hablamos sobre los programas de maestría que hay en la Universidad de Michigan. Podría trabajar con papá durante el verano y luego retomar los cursos en el otoño.

Laura odiaba sentirse como se sentía: envidiosa del tiempo que Claudia había pasado con Joaquín, celosa de la amistad que los unía y triste porque no los había acompañado, aunque no estuviera presentable.

—Parecería que ya tienes todo el futuro de Joaquín planeado —dijo de malhumor, y luego se lamentó. *Por favor, Laura, madura de una vez.*

—*Me parece* que todavía está enamorado de mí —comentó Claudia—, y es un hombre apuesto.

Cuando Laura no respondió, los ojos de Claudia se entrecerraron.

—Reconócelo, no quieres otro estudiante de la U-M cerca.

Laura suspiró. «Acá vamos». Su hermana recién comenzaba sus estudios en la U-M y se tomaba muy en serio la rivalidad entre las dos universidades de Michigan. Con todo, cualquier tema era mejor que hablar sobre Joaquín.

—Te recuerdo que la MSU tiene más estudiantes, más edificios y un campus mucho más grande que *tu* universidad.

Claudia su puso de pie:

—Y U-M tiene muchos más profesores, una biblioteca con más libros y ... ¡un Starbucks! —y salió de la habitación dando un portazo.

Laura sacudió su cabeza. *Qué dramática.* Para ser una joven de veinte años, Claudia a veces se comportaba como una niña de catorce.

Mientras Laura apagaba las luces de su dormitorio pensó en cerrar la ventana, pero decidió no hacerlo. El aire de la noche era perfecto para dormir: seco y tibio, una brisa muy leve. En la oscuridad de su cuarto, se arrodilló junto a la ventana y no pudo resistir la tentación de asomarse para aspirar una vez más el aroma de la madreselva y admirar la noche con el cielo estrellado. *Qué hermoso, Señor.*

Entonces escuchó pasos y luego una voz masculina.

—Hermosa noche.

—¿Joaquín? —casi se golpea la cabeza contra el techo del respingo que dio.

—Aquí abajo.

A pesar de los lentes, Laura no podía ver más que una sombra en la entrada del garaje.

—¿Qué … estás haciendo a esta hora?

—No podía dormir. Demasiadas noches en vela en el último año en la universidad, ¿sabes?

Ella le sonrió.

—Sí, claro. Lo sé.

—Entonces se me ocurrió salir a caminar. Ir al parque y volver —se acercó a la ventana—. Perdona que te invite dos veces en la misma noche, pero …

Laura ya se había incorporado.

—Dame dos minutos.

Se quitó los pijamas y se puso unos vaqueros y una camisa. Mientras descendía, el corazón le latía furiosamente. ¿Quién se comportaba ahora como una niña de catorce años? Salió por la puerta trasera y fue hasta la entrada del garaje donde Joaquín la esperaba.

Más alto, sí. De hombros más anchos. Y mucho más apuesto.

—Hola —lo saludó con voz suave, poniéndose las manos en los bolsillos de los vaqueros—, ¿vamos al parque?

—¿No viene tu hermana? Pensé … —la interrogó con la mirada.

—Me temo que hoy tendrás que conformarte solo con mi compañía …

Lea, la invisible: dama de compañía

Si este capítulo tuviera que centrarse en ese bendito joven de la Biblia, Jacob, y no en nuestra Mujer Ligeramente Mala, Lea, podríamos detenernos en el camino a Padán Aram y maravillarnos de todo lo que le sucedió en su viaje.

En cambio, estudiaremos una experiencia en el viaje de Jacob y luego nos apresuraremos por llegar a la casa de Labán, donde sus dos hijas se ocupaban de sus quehaceres, sin saber que su futuro esposo venía en esa dirección.

Jacob partió de Berseba y se encaminó hacia Jarán. *Génesis 28:10*

No se menciona a nadie que fuera con él, y ni siquiera había tenido tiempo de empacar. Viajando en dirección al norte, Jacob se encaminó a la antigua ciudad de Damasco y al río Éufrates, y luego la planicie de Aram.

Cuando llegó a cierto lugar, se detuvo para pasar la noche, porque ya estaba anocheciendo. *Génesis 28:11*

Es realmente un pequeño milagro que Jacob pudiera conciliar el sueño después de todo lo que había sucedido en su familia, especialmente cuando tuvo que usar una piedra de almohada. Pero sí se durmió, y tan profundamente que hasta soñó.

Allí soñó que había una escalinata apoyada en la tierra, y cuyo extremo superior llegaba hasta el cielo. Por ella subían y bajaban los ángeles de Dios. *Génesis 28:12*

Un sueño muy vívido. Varios pintores han plasmado este sueño a lo largo de los siglos.

Más que una escalinata moderna o una escalera, tendríamos que pensar en una pirámide escalonada, como los zigurates del antiguo Ur. Mucho más importante que la estructura eran las criaturas que subían y descendían por ella. Una multitud de ángeles, todos en movimiento: de la tierra al cielo, del cielo a la tierra.

Y luego, en el extremo superior, aquel a quien servían.

En el sueño, el Señor estaba de pie junto a él y le decía: «Yo soy el Señor, el Dios de tu abuelo Abraham y de tu padre Isaac. *Génesis 28:13*

Como Saulo en el camino a Damasco, Jacob era un hombre viviendo en la negación, intentando no reconocer sus pecados. Un encuentro con el Señor era el *último* deseo de Jacob. Sin embargo, allí de pie estaba el Dios de su abuelo y el Dios de su padre. *El* Dios.

La Biblia no nos dice si Jacob estaba temblando violentamente; *yo* lo hubiera estado, conociendo mis pecados. ¿Alguna vez engañé a mi padre como lo hizo Jacob? Ni siquiera sabría decir cuántas veces. Cuando era adolescente mentí muchas veces para no decirle a dónde iba realmente, con quién salía ni lo que hacíamos. Los pecados de Jacob no fueron peores que los míos. Por más que temblara ante la probabilidad de tener que enfrentar a mi padre después de una noche de desenfreno, peor sería imaginarme ante mi Padre celestial.

Cuando Jacob lo hizo, sucedió algo increíble: Dios no lo reprendió, ni lo castigó ni lo abandonó. *Dios lo bendijo*. Ni una referencia al episodio de su hogar.

Solo una palabra puede explicar esto: *gracia*.

Saulo tampoco fue castigado ni desterrado; Dios también lo bendijo: «ese hombre es mi instrumento escogido».[1] Y cuando llegue el día en que finalmente tenga que comparecer ante Dios, como nos llegará a todos, mis pecados fueron perdonados, mi alma está limpia y yo fui una mujer que nació de nuevo. En las palabras del apóstol: «¡Gracias a Dios por su don inefable!».[2]

Jacob nunca olvidó lo que pasó aquella noche y así se lo transmitió años más tarde a su hijo José: «El Dios Todopoderoso se me apareció en Luz, en la tierra de Canaán, y me bendijo».[3] Cuando has conocido al Señor, simplemente no puedes dejar de transmitir las buenas noticias a todos.

Después de prometer que le daría a Jacob la tierra que pisaba, el Señor le hizo «la promesa más grande que puede hacer Dios a una persona»[4]:

Yo estoy contigo. Te protegeré por dondequiera que vayas ...
Génesis 28:15

«Yo estoy contigo». Dios dijo las mismas palabras a Isaac y a Josué, a David y a Isaías, a Jeremías y a nosotros, sus amados hijos: «Les aseguro que estaré con ustedes siempre, hasta el fin del mundo».[5] Dios *con* nosotros. No simplemente presente por el poder del Espíritu Santo, sino que él está *con* nosotros, *por* nosotros y *de nuestro lado*, porque «Dios nunca abandona a quien él ama».[6] Este es el aliento que el Señor da a sus seguidores: *nunca estarán solos*.

Al despertar Jacob de su sueño, pensó: «En realidad, el SEÑOR está en este lugar, y yo no me había dado cuenta». *Génesis 28:16*

¿Sientes la sensación de maravilla evidente en su voz? Hasta ahora, no hemos visto ninguna evidencia de piedad en Jacob. Todo lo contrario. Los rabinos de la antigüedad creían que Jacob se había transformado porque «nunca antes había conocido al Espíritu Santo, la Shekkinah»,[7] una palabra hebrea que expresa «la cercanía reverente de Dios con su pueblo».[8]

En respuesta, Jacob convirtió su almohada de piedra en una estela (un monumento recordatorio), la ungió con aceite y llamó al lugar Betel, o «Casa de Dios».[9]

Luego Jacob hizo esta promesa: «Si Dios me acompaña ... *Génesis 28:20*

No lean esta afirmación como una oración condicional, precedida por un gran *Si*. Jacob ya sabía que Dios estaba con él. «Jacob no está negociando con Dios; es una afirmación de su fe en Dios».[10] Se asemeja a cuando le decimos a una persona: «Está bien, si tú lo dices ...», queriendo decir: «*Dado que* tú lo dices ... »

Jacob no dudaba de que Dios lo acompañara, pero él era sin duda hijo de Rebeca y no pudo dejar de presentar una breve lista de exigencias. Está bien, peticiones.

... y me protege en este viaje que estoy haciendo, y si me da alimento y ropa para vestirme, y si regreso sano y salvo a la casa de mi padre ... *Génesis 28:20-21*

Así que tenemos: alimento, ropa, seguridad en los viajes, abrigo. ¿Algo más, Jacob?

... entonces el SEÑOR será mi Dios. *Génesis 28:21*

Mi Dios. No el Dios de su abuelo, ni de su padre. *Mi Dios*.

Considera la confesión de fe de Jacob como una de las afirmaciones más poderosas de las Escrituras: «El SEÑOR será mi Dios».

Para quienes nos criamos en hogares donde se honraba a Cristo, hay siempre un momento en que debemos asumir personalmente la fe de nuestros padres y declarar nuestro «renacer a la libertad espiritual»,[11] como lo hizo Jacob.

«Mi Dios». La relación de Jacob con Dios se profundizó, se hizo más personal, aquella noche en el desierto. Nuestra relación también puede ser más íntima con él si de corazón podemos decir: «El SEÑOR será mi Dios».

Próxima parada: Jarán

Libre de la carga de su pecado, Jacob «siguió su camino» (NBLH), alegre y feliz.

De verdad, eso es lo que dice el texto bíblico:

Jacob continuó su viaje ... *Génesis 29:1*

«Continuó» no le hace justicia al hebreo porque el significado literal de la palabra es «Jacob levantó sus pies».[12] Esta es la única vez que aparece esta expresión en el Antiguo Testamento. ¿La Versión Revisada de Lizzie? ¡Jacob tenía *pies alegres*! Casi bailaba, su corazón parecía flotar porque se sentía liviano. Eso es bueno, ya que le quedaban muchos kilómetros todavía por recorrer y no contaba con ninguna guía turística para indicarle los mejores lugares donde comer (junto al fuego) o dormir (en el suelo).

Después de un largo mes, nuestro héroe de los caminos llegó a su destino «con la piel curtida por el sol, los pies hinchados y extenuado»,[13] pero *llegó*, como Dios le había prometido: sin falta de alimento, ropa y protección.

Al llegar vio, en medio del campo, un pozo ... *Génesis 29:2*

No era el mismo pozo donde Rebeca había sacado agua muchos años antes. Este pozo estaba a cierta distancia de la ciudad,[14] rodeado de rebaños de ovejas y cubierto con una piedra.

Sobre la boca del pozo había una piedra muy grande. *Génesis 29:2*

Fíjense: era una piedra enorme, «muy grande».

Donde había ovejas, siempre había pastores cuidando los rebaños. Siendo él también pastor, Jacob eligió bien las palabras para saludar a sus colegas. Pues no sabía qué reputación tenía su tío Labán.

Jacob les preguntó a los pastores:
—¿De dónde son ustedes? *Génesis 29:4*

«Hermanos míos ¿de dónde sois?» (RVR 1960). Qué delicadeza, Jacob, de nuevo intentando ganar la confianza de la gente. Cuando ellos le dijeron que eran de Jarán, Jacob les preguntó si conocían a Labán.

—Claro que sí —respondieron. *Génesis 29:5*

No mucha información sobre Labán. *¿Qué más?* ¿Era amigo, pariente ... o enemigo? Jacob continuó su juego de «veinte preguntas» sin presentarse él. Este hombre sí que era reservado.

—¿Se encuentra bien de salud?
—Sí, está bien —le contestaron—. *Génesis 29:6*

El hebreo se traduce mejor: «Y ellos dijeron: "Bien"».[15] La conversación debe haber sido más o menos así:
—¿Bien?
—Bien.
Todo dependía de la respuesta de los pastores. Si hubieran contestado: «Labán está muerto», la historia hubiera sido otra.

A propósito, ahí viene su hija Raquel con las ovejas. *Génesis 29:6*

Al ver a su prima, el corazón de Jacob posiblemente dio un salto. ¡Al fin un pariente! Su viaje agotador había terminado. Desde la distancia no podía discernir la belleza de la joven, pero conocía su nombre. *Raquel.* ¿Sería la mujer con quien se iba a casar? Si así fuera, Jacob tenía que dar muchas explicaciones, preferiblemente sin testigos, en privado, y menos delante de un grupo de pastores curiosos.

Entonces Jacob les dijo:
—Todavía estamos en pleno día, y es muy temprano para encerrar el rebaño. ¿Por qué no les dan de beber a las ovejas y las llevan a pastar? *Génesis 29:7*

Para ser un recién llegado, Jacob ya está dando bastantes órdenes. Pero este hombre «estaba maduro para el romance»,[16] y decidido a no estar rodeado de observadores curiosos.

Los pastores no accedieron.

Y ellos respondieron:

—No podemos hacerlo hasta que se junten todos los rebaños y los pastores quiten la piedra que está sobre la boca del pozo. Sólo entonces podremos dar de beber a las ovejas. *Génesis 29:8*

Esa era la costumbre del Medio Oriente porque «no se podía dejar que un pastor monopolizara el uso de un recurso escaso como el agua».[17] Además, se necesitaban varios hombres para retirar la piedra.

Al menos, esa era la costumbre del lugar.

Todavía estaba Jacob hablando con ellos, cuando Raquel llegó con las ovejas de su padre, pues era ella quien las cuidaba. *Génesis 29:9*

Raquel, la única pastora que así se menciona en la Biblia, no acompañaba simplemente a las ovejas, sino que «ella era la pastora» (RVR 1960). ¿Saben qué significa su nombre? Como corresponde: «oveja, hembra del carnero».[18] (Si tú te llamas Raquel, creo que ya puedo escuchar tus protestas.) Pero no nos preocupemos, a un pastor como Jacob le encantaría y lo habría considerado un hombre muy fino.

En cuanto Jacob vio a Raquel, hija de su tío Labán, con las ovejas de éste … *Génesis 29:10*

Los parentescos son cruciales, por supuesto, pero fíjense en que Jacob no solo vio sus «facciones hermosas».[19] También vio las ovejas de su tío. La combinación de Miss Oveja y su hermoso rebaño fueron «irresistibles para Jacob».[20] Como le pasa a mi hijo cuando ve a una trigueña de piernas largas bajar de un auto deportivo.

Después de ver bien a su prima, Jacob quedó «deslumbrado».[21] Astuto e inteligente como su madre, sabía bien qué hacer para impresionar tanto a su prima como a su rebaño.

… se acercó y quitó la piedra que estaba sobre la boca del pozo, y les dio de beber a las ovejas. *Génesis 29:10*

¿Esa enorme piedra? Sí, él la hizo rodar «con una sola mano».[22] Así como Rebeca había dado agua a los camellos de Abraham, Jacob le dio agua a las ovejas de Raquel, aunque ella nunca se lo hubiera pedido porque quitar la piedra que cubría la boca del pozo «iba contra las costumbres del lugar».[23] El muchacho recién llegado no fue muy listo.

Ya hemos visto esta película: la hermosa joven se aproxima a un grupo de muchachos y a los pocos minutos los individuos se desviven por ver quién causa la mejor impresión. ¿Qué mejor medio que una «proeza de gran fuerza»,[24] especialmente si implica un riesgo, como ir contra las leyes locales sobre el uso del agua, por ejemplo?

Todavía me pregunto cómo habrá hecho Jacob para mover aquella enorme piedra. ¿El largo viaje lo habrá convertido en un hombre rudo y fornido? ¿Habrá susurrado una oración: «Dios está conmigo» y hallado nuevas fuerzas? ¿Habrá contado Jacob con un poco de ayuda angelical?

Su adrenalina debió acelerarse, porque tan pronto como logró quitar la piedra y dar de beber a las ovejas, nuestro ex Hombre Malo exigió su premio.

Luego besó a Raquel ... *Génesis 29:11*

Nada de violines, por favor. Ni una docena de rosas, ni chocolates. Lo siento.

Esto *no* fue amor a primera vista sino un simple saludo, común entre los miembros de la misma familia. A pesar de las libertades sociales de la gente de aquel tiempo y lugar, «los hombres no podían besar a las mujeres que no pertenecían a su familia».[25] Punto, fin de la discusión.

Sí opino que debió sentir algo muy intenso que lo llevó a besar a Raquel, por lo que sucedió a continuación:

... rompió en llanto ... *Génesis 29:11*

Como solemos decir: «¡Pobrecito!» Hasta este momento no hemos visto los sentimientos de Jacob, sin embargo, según el texto: «alzó su voz y lloró» (RVR 1960), sin duda que lloró por la emoción. Había logrado llegar a Jarán, había encontrado a sus parientes y había encontrado a su futura esposa junto a un pozo, tal como su madre había esperado a su padre. (Seguramente Rebeca contó cómo había conocido a Isaac cientos de veces.)

También creo que la fe reencontrada de Jacob explica su efusividad y emoción. El Señor le había dicho: «Yo estoy contigo» y estaba con él. Jacob ya podía ver la mano de Dios obrando en su vida.

... y le contó que era pariente de Labán, por ser hijo de su hermana Rebeca. *Génesis 29:12*

Para que no hubiera ningún malentendido, Jacob se presentó como pariente antes de besarla. Decir que «era pariente de Labán» es quedarse corto porque Jacob era «sobrino de Labán (por parte de su madre, Rebeca) y primo segundo de él (por parte de su padre)».[26] Hasta ese momento, el árbol familiar se asemejaba más a un arbusto: casi a ras de tierra con ramas espinosas y entrelazadas.

Mientras, las emociones de Raquel también se dispararon y corrió a contárselo a su padre, dejando al rebaño en las diestras manos de Jacob.

Al oír Labán las noticias acerca de su sobrino Jacob, salió a recibirlo ... *Génesis 29:13*

Se vuelve a repetir la historia. Muchos años antes, cuando Labán salió a recibir al criado de Abraham, acabó con una hermana menos y más objetos de plata. ¿Cómo no iba Labán a correr[27] para encontrarse con el hijo de Rebeca?

... y, entre abrazos y besos, lo llevó a su casa. *Génesis 29:13*

Nuevamente, estas acciones eran propias de las costumbres sociales: el abrazo, el beso del pariente, la hospitalidad. La tradición rabínica agrega un giro a este saludo y sugiere que cuando Labán abrazó a su sobrino, ¡esperaba palpar dinero y piedras preciosas![28]

Allí Jacob le contó todo lo que había sucedido. *Génesis 29:13*

¿*Todo*? ¿Habrá descrito el control que ejercía su madre, la ira de su hermano, la bendición que le robó, los ángeles que subían y descendían del cielo, las promesas que Dios le hizo? «Todo lo que había sucedido»[29] no era solo una confesión de sus éxitos y fracasos sino también un relato oral de la vida de su familia, para confirmar su posición como sobrino de Labán. Cosas importantes si planeaba casarse con la hija de este hombre.

Por desgracia, la contienda sería pareja, Jacob estaba ante un «contrincante igual»:[30] un tío a quien los rabinos lo presentan como «un verdadero rufián, ninguno de sus motivos ni acciones son dignos de admiración».[31]

Labán vio el gozo en el dulce rostro de Raquel, comprendió la promesa que encerraba la fuerza del joven Jacob y entendió la vulnerabilidad de tener un heredero fugitivo. Sus engranajes mentales comenzaron a girar. El padre de dos hijas tenía que elegir bien a sus yernos. Si una de sus hijas se casaba con Jacob, su sobrino, su tierra permanecería en la familia. En aquel tiempo, «las mujeres solo eran vínculos sanguíneos para traspasar las propiedades de hombre a hombre, dentro de la familia».[32]

La historia de dos hijas

Jacob había estado ya un mes con Labán. *Génesis 29:14*

Un mes, de luna nueva a luna nueva. Tiempo suficiente para que Jacob se amoldara a la rutina diaria y conociera bien el funcionamiento del hogar de Labán.

... [Labán] le dijo:
—Por más que seas mi pariente, no vas a trabajar para mí gratis. *Génesis 29:15*

¿Labán hizo que su invitado de honor *trabajara* para ganarse la comida y el alojamiento? Seguro. Jacob era pariente y toda la familia trabajaba. Algunos criados, sin embargo, recibían un salario; al igual que los pastores. Labán le pregunta: «¿Acaso porque eres mi pariente has de servirme de balde?» (NBLH). A pesar de los cuatro mil años que nos separan de este episodio, casi podemos darnos cuenta de sus intenciones: quiere embaucar a Jacob.

Dime cuánto quieres ganar. *Génesis 29:15*

Un ofrecimiento claro. Ningún miembro de la familia pediría oro ni plata. «Dime cuál será tu salario» (RVR 1960). Después de un mes de vivir con su sobrino, Labán seguramente sabía qué le pediría Jacob.

Labán tenía dos hijas. *Génesis 29:16*

Como en toda la Biblia, la proximidad de las palabras «salario» e «hija» no es una coincidencia. Pero, ¿*dos*? ¿Por qué hasta ahora no sabíamos de esta segunda hija? Porque en la Biblia los personajes no se presentan hasta llegado el momento en que es necesario introducirlos en el relato.

La mayor se llamaba Lea, y la menor, Raquel. *Génesis 29:16*

Una hermana mayor y una hermana menor. ¿Les recuerda otra historia? Un escritor advierte: «Nuestras sospechas podrían confirmarse».[33] Yo también pienso en sus edades. ¿Cuánto mayor? ¿Cuánto menor? No lo sabemos, y nada en el texto nos permite inferir los años que se llevaban. Esaú y Jacob solo se llevaban unos segundos, pero es difícil determinar las edades de estas dos hermanas.

La mayor de las hermanas era Lea, cuyo nombre en hebreo significa (¡qué espantoso!) «vaca». Existe, sin embargo, una palabra en acadio, un antiguo idioma semítico, que significa «fuerte».[34] Mejor, ¿no? De todos modos, las vacas eran símbolo de fertilidad.[35] Prefiero ver a Lea más como una mujer fuerte y fértil que como una vaca. No obstante, recordemos que su hermana era una oveja.

¿En qué estaría pensando esta familia cuando les pusieron estos nombres a sus hijas? «Les presento a mis hijas: Beeee y Muuuu».

Si se distraen mientras leen, tal vez pasen por alto esta descripción de Lea, una frase de dos palabras:

Lea tenía ojos apagados … *Génesis 29:17*

¿Les importa que nos detengamos en esto? Porque cuando consideramos algunas traducciones como «débiles» y «sin brillo», no tenemos la verdadera historia de Lea.

Como en el Medio Oriente la norma de belleza favorecía a los ojos vivaces y brillantes, resaltados con maquillaje,[36] tener los ojos apagados se consideraba un «defecto».[37] Esto podría explicar por qué los escritores modernos aclaran esta descripción y la llaman «Lea, la bizca»,[38] para sugerir que era una mujer «sin atractivo»[39] y que todo su ser carecía «de atractivo sexual».[40]

Con calma, hermanas. Observemos más detenidamente la palabra hebrea que describe los ojos de Lea: *rakkoth*. Significa «tierno, delicado, suave», como una hoja fina de hierba.[41] Esto explicaría el por qué algunas versiones más modernas de la Biblia prefieren traducir este término como «los ojos de Lea eran delicados» (RVR 1960) y «muy tiernos» (DHH). Según el Talmud, «Lea no podía tener ningún defecto físico»,[42] y además, «no hay nada que nos permita inferir que fuera fea».[43]

Es hora de hacernos una nueva idea de Lea.

«Mayor» tampoco significa vieja, y «ojos tiernos» no implica necesariamente que no fuera atractiva. Ya que la Palabra de Dios enseña que «el ojo es la lámpara del cuerpo»,[44] tal vez los ojos de Raquel deslumbraban y relampagueaban mientras que los de Lea eran tiernos y soñadores, lo que sería un indicio de las inclinaciones de estas mujeres.

Cualquiera que haya sido la forma o el color, los ojos de Lea eran aparentemente el único rasgo físico que la caracterizaba. Su hermana, en cambio, era otra historia.

... pero Raquel era de lindo semblante y de hermoso parecer.
Génesis 29:17 RVR 1960

Ahí está de nuevo: «pero». Esa palabra tan pequeña que dice tanto.

Comparada con Lea, Raquel era «una mujer muy hermosa» (NVI), «hermosa de pies a cabeza» (DHH).

Conocemos este tipo de mujer.

En realidad, fuimos a la secundaria con Raquel (aunque tal vez se llamara Juana, Angélica o Mónica). ¿La recuerdas? «La linda, la que siempre llamaba la atención de todos».[45] La muchacha que nos encantaba odiar aunque deseábamos ser su gemela.

No es necesario buscar las diversas maneras en que se ha traducido la palabra *hermosa*; es una palabra que entendemos. De cultura en cultura, a través de las épocas, puede que la definamos de manera diferente, pero la belleza en sí es eterna. Sabiamente, la Biblia no especifica detalles como el color del cabello, las facciones del rostro o la forma del cuerpo de Sara, Rebeca o Raquel. Podemos usar nuestra imaginación; con *hermosa* nos basta.

Las descripciones físicas en las Escrituras suelen revelar el carácter de la persona. Dado lo que se nos dice de los ojos de Lea, podemos suponer que ella era «sensible y buena»,[46] «humilde, sumisa y delicada».[47]

Algunos hombres son lo suficiente inteligentes como para encontrar atractivas esas virtudes.

El hijo preferido de Rebeca no pertenecía a esa categoría de hombres.

Loco de amor, perdidamente enamorado

Jacob se había enamorado de Raquel ... *Génesis 29:18*

La Biblia no afirma que Jacob se enamoró de Raquel porque ella era hermosa, pero la combinación de la apariencia femenina y el afecto de Jacob apuntan en esa dirección. Además, está la historia familiar: Jacob era hijo de una mujer hermosa y sin duda su propósito era «encontrar otra mujer igual a su madre».[48]

No hacía más de un mes desde que se habían encontrado en el pozo. La mayoría de los padres hoy se escandalizarían si sus hijos adultos encontraran con esa rapidez una pareja para toda la vida. Pero Jacob y Raquel tuvieron un matrimonio unido en el cielo; dicho en yiddish, «una relación de *beshert*».[49] Todos conocemos uniones de hombres y mujeres que después de salir un par de veces, se casaron y hace poco festejaron veinte años o más de dicha conyugal.

El amor existe.

En el caso de Jacob, él era un hombre con un encargo de su padre: «Cásate … con una de las hijas de tu tío Labán».[50] Lamentablemente, Isaac se olvidó de estipular un precio para la esposa de su hijo, y a Jacob no le quedó otro recurso que ganársela.

Como Jacob se había enamorado de Raquel, le dijo a su tío que se ofrecía a trabajar para él siete años, a cambio de Raquel, la hermana menor.

—Me ofrezco a trabajar para ti siete años, a cambio de Raquel, tu hija menor. *Génesis 29:18*

Era Raquel, la hija menor de Labán, no «cualquier otra Raquel».[51] Jacob además especificó la duración de su trabajo para que no hubiera dudas: siete años. Seguramente estaba «loco de amor y románticamente enamorado de ella»[52] para hacer un ofrecimiento tan increíble.

Un pastor ganaba diez siclos al año. La dote, *mohar* en hebreo, era treinta o cuarenta siclos de plata.[53] Jacob tendría que haber trabajado unos tres años y medio para obtener la mano de Raquel. En cambio, prometió trabajar el equivalente al doble de la dote a su suegro. (Tal vez este sea el origen del dicho: «No perdí una hija sino que gané un hijo».)

Isaac estaba ciego por causa de la edad, pero Jacob enceguecido por su amor. Además, no quería correr el riesgo de que su suegro no aceptara su ofrecimiento. ¿Cómo respondió su tío?

Labán le contestó:
—Es mejor que te la entregue a ti, y no a un extraño. *Génesis 29:19*

¿Eso es un *sí*? Los acuerdos verbales se ratificaban con la reafirmación de los términos. Sin embargo, Labán no repitió su ofrecimiento, ni una sola mención al plazo de siete años, ni siquiera menciona el nombre de Raquel. Su respuesta ambigua sin duda ocultaba su regocijo: siete años de trabajo gratis de parte de su sobrino.

Cuando llegó la hora del compromiso, nadie mencionó una dote para Raquel. ¿Tenía Jacob alguna expectativa? Si así fue, aquí no se menciona, ni tampoco el tacaño de Labán ofreció algo.

Quédate conmigo. *Génesis 29:19*

Otro pedido extraño, sin especificación de un plazo. ¿Cuánto tiempo tendría que quedarse Jacob en Jarán? Mucho más tiempo del que había pensado, de eso no hay duda.

Así que Jacob trabajó siete años para poder casarse con Raquel ... *Génesis 29:20*

Por fin nuestro héroe hizo algo honorable, incluso se sacrificó, trabajando como pastor para su tío, «ganándose la vida de una manera nada "romántica"».[54] Durante todo ese tiempo, Jacob y Raquel se mantuvieron puros ... no debió ser fácil, dado que vivían en el mismo campamento. Mi esposo y yo estuvimos comprometidos cuatro meses antes de casarnos y Dios, en su sabiduría, se aseguró de que no solo viviéramos en casas diferentes sino ¡en dos *ciudades* diferentes, a 112 kilómetros una de otra!

Jacob cuidaba las ovejas, y llevaba la cuenta de cada año que pasaba.

... pero como estaba muy enamorado de ella le pareció poco tiempo. *Génesis 29:20*

En las novelas románticas, no encontrarán una declaración de amor tan sentida «del amor más puro que puede existir».[55]

En las Escrituras, el número siete representa la terminación completa; durante ese noviazgo tan largo, Jacob también terminó su aprendizaje con el Señor. Después de siete años, había sido verdaderamente conformado a la nueva imagen de Dios. «Ningún hombre que amó tan desinteresadamente podía ser en esencia una persona egocéntrica».[56]

Si esto fuera una película, este sería el final: Jacob y Raquel de pie ante el altar, las campanas al vuelo, el trinar de los pájaros, las flores abriéndose, mientras la pareja se acerca y se besan.

Pero esto es una historia de la Biblia, no una película de Hollywood.

Además, como todos sabemos, «los noviazgos largos pocas veces terminan bien».[57]

Durante siete largos años, Jacob trabajó y Raquel esperó. ¿Qué hacía Lea durante todos estos años? Observaba. Observaba a su primo madurar física y espiritualmente. Observaba a su hermana prepararse para ser la esposa de Jacob. Observaba que los meses lunares pasaban y que nadie pedía su mano, y mientras, los años pasaban y ella envejecía.

Aparte de saber que sus ojos eran delicados, no se nos dice nada más de Lea después de la llegada de Jacob. Ella no es la protagonista, y observa en silencio hasta que llega su momento de entrar en escena.

> Entonces Jacob le dijo a Labán: —Ya he cumplido con el tiempo pactado. Dame mi mujer para que me case con ella. *Génesis 29:21*

Vaya si el muchacho estaba ansioso.

Está claro que la paciencia de Jacob ya había llegado a su fin: fue una orden, «directa, ruda, sin cuidar las reglas de cortesía».[58] Siete años eran, al fin de cuentas, siete años.

«Mi tiempo se ha cumplido, para unirme a ella» (RVR 1960). Sin duda que tenía en mente el matrimonio, especialmente la noche de bodas: «Quiero a mi esposa para que podamos dormir juntos» sería una traducción más fiel al hebreo, que claramente procura «expresar su impaciencia —más que comprensible— por tener relaciones sexuales».[59]

Pero nuestro novio impulsivo cometió un error fatal. Pidió a su mujer pero no dijo cómo se llamaba. «Raquel» no aparece mencionada en el original hebreo.

Con un tío como Labán, Jacob tendría que haber obrado con mucha más precaución.

La noche fue su oportunidad

> Labán reunió a toda la gente del lugar y ofreció una gran fiesta. *Génesis 29:22*

La última fiesta que consideramos terminó muy mal: Sara expulsó a Agar y a Ismael al desierto. Si esperas que esta fiesta termine mejor, lamento desilusionarte, querida hermana.

«Todo el pueblo» acudió a la fiesta de Labán, donde el novio era el hombre del momento y, según la tradición, la novia no estaba presente.

¿Raquel no estaba presente? Ya me estoy poniendo nerviosa.

Una fiesta implica desinhibición, dado que la palabra hebrea para «fiesta» deriva de una raíz que significa «beber».[60] Noé y Lot pueden atestiguar los peligros que conlleva beber en exceso. Como lo dice un escritor con mucha sabiduría: «En la Biblia, cuando fluye el vino, es casi inevitable que haya un giro en la historia».[61]

Pero cuando llegó la noche ... *Génesis 29:23*

Cuando anocheció, llegó el momento de la acción: la procesión de la novia, quien entraba a la carpa del ansioso novio. Además de estar oscuro por ser de noche, la costumbre era no encender las lámparas de la carpa.

En el caso de la novia, además llevaba el rostro y gran parte de su cuerpo completamente cubiertos de un grueso velo.[62] El velo no se quitaba hasta que el matrimonio no hubiera sido consumado, «una costumbre muy antigua, como señal de modestia y sumisión al esposo».[63] Su voz tampoco se revelaba porque la novia era presentada en el más absoluto de los silencios.[64]

Algo pasó aquella noche. Las tradiciones se invirtieron y no se cumplieron. En vez de ser un lugar sagrado, la carpa se convirtió en un lugar de secretos. La verdad permaneció oculta por la oscuridad de la noche, mientras el tío Labán hacía lo impensable:

... tomó a su hija Lea y se la entregó a Jacob ... *Génesis 29:23*

No, la pobre Raquel no se perdió por un error del escribano.

Labán «tomó» a su hija mayor y «se la entregó» al hombre que no la amaba, al hombre que no la quería, al hombre que «nunca había mostrado el más mínimo interés en ella».[65] El padre entregó a Lea como si fuera un objeto.

La primera vez que leí esta historia, lloré, y todavía se me llenan los ojos de lágrimas. ¿Cómo pudo Labán hacer algo semejante, «dar este espantoso golpe», cometer esta «vergonzosa traición»?[66] ¿Habría planeado engañar a Jacob desde el principio? ¿O habría pensado que en esos siete años Lea se casaría, pero en el último instante decidió entregársela al novio que encontró, sin importarle cuántas vidas destrozaba?

Cualesquiera que hayan sido sus razones, ninguna legítima, podemos imaginarnos cómo Labán disfrazó a Lea, de la misma manera en que Rebeca había disfrazado a Jacob, y cómo puso en sus manos los vestidos de novia de Raquel y le dijo: «Haz como te mando». ¿Podría Lea haber hecho otra cosa? *Tomó* y *entregó* son términos contundentes; no creo que Lea tuviera más opción que obedecer a su padre. ¿Dónde estaba Raquel mientras tanto? ¿Amordazada y atada en la carpa de su padre?

Este hombre me resulta tan repulsivo que me niego a examinar sus motivaciones ni los métodos que habrá empleado al menos hasta la próxima página, y confío en que el Señor le dará su merecido: «Señor, Dios de las venganzas; Dios de las venganzas, ¡manifiéstate!»[67]

Pero Lea, mi querida Lea ... ella me rompe el corazón. Cuando amaneció, Raquel todavía sería amada, Labán todavía andaría con sus intrigas y Jacob todavía sería el heredero de Isaac, pero Lea, con toda seguridad, sería la mujer más odiada de Jarán porque le robó el esposo a su hermana.

Sabemos que Jacob le robó la bendición a su hermano. Sí, Jacob se dejó manipular por su madre, pero una vez que ella solucionó el problema del hermano velludo contra el hermano lampiño, Jacob engañó a su padre con escalofriante eficiencia.

¿Obró Lea de la misma manera? ¿Se colocó el velo de su hermana sin que le temblaran las manos y se puso su vestido sin sentir remordimientos? ¿Selló sus labios mientras se dirigía a la carpa de Jacob, agradecida de que el velo ocultaba la sonrisa dibujada en su rostro? Si fue así, ella pertenecería a la categoría de Mujeres *Muy* Malas.

¿O Lea se habrá agarrado de las piernas de su padre para suplicarle que cambiara de idea? ¿Se habrá vestido con manos temblorosas, enjugándose las lágrimas de vergüenza, y luego habrá caminado lentamente a la carpa de Jacob, con pasos inseguros? En ese caso, ella pertenecería a la categoría de Mujeres Tristes de la Biblia, una de las muchas víctimas sin rostro cuyas historias nos persiguen mucho tiempo después de leerlas.

No hay nada antes ni después del versículo 23 que nos describe lo trágico que fue este episodio. Lea estaba completamente cubierta por ese velo: su cuerpo, sus emociones, sus intenciones, sus deseos, sus esperanzas, sus temores. A nosotros nos quedan muchas preguntas y ninguna respuesta.

¿«Participó voluntariamente de este engaño» o «fue simplemente una hija obediente»?[68] ¿Se dijo a sí misma: «Mejor mal acompañada que no acompañada, aunque sea el hombre equivocado»?[69] ¿O su padre le habrá prometido cosas que solo Jacob podía cumplir? Incluso al final, cuando estuvo a solas con Jacob, ¿no le podría haber advertido, haber rechazado sus caricias, haber clamado a Dios o huido de la carpa, oculta por la noche?

Como no tenemos respuestas a estas preguntas, Lea pertenece a la categoría de mujeres ligeramente malas. *Algo* malo hizo, aun si fue Labán quien la *tomó* y la *entregó,* ella fue cómplice de su engaño.

Al fin de cuentas, Jacob no podía reconocerla, pero Lea sabía bien con quién se acostaba.

> ... y Jacob se acostó con ella. *Génesis 29:23*

Otras versiones son aun más explícitas: «él entró á ella» (RVA). Lo que *no* dice es todavía de mayor interés. Ni siquiera las versiones más antiguas usan la frase bíblica común para describir las relaciones sexuales: «la conoció», porque ¡Jacob no la re-conoció!

A pesar del pesado velo, la forma de ser de Lea tendría que haber sido reconocible. ¿Cómo es posible que Jacob la confundiera con Raquel? ¿Estaría borracho por tomar demasiado vino? Es posible. ¿Estaría embriagado de lujuria? Seguramente.

Es decir: Jacob esperaba a Raquel. ¿Quién otra se atrevería a entrar a su carpa?

Lea se atrevió.

Haya sido por voluntad propia u obligada por su padre, Lea arriesgó todo esa noche. ¿Lo habría hecho si no sintiera nada por este hombre? Lo dudo. Por lo tanto, queda otra posibilidad que debemos considerar: «En lo profundo de su corazón, ella amaba a Jacob».[70]

> Además, como Lea tenía una criada que se llamaba Zilpá, Labán se la dio, para que la atendiera. *Génesis 29:24*

Muchos años antes, cuando Labán envió a Rebeca a Canaán, él le había dado varias criadas para que acompañaran a su hermana. A Lea le dio solo una criada, otra señal de «su egoísmo».[71] Este versículo quizá esté entre paréntesis en sus Biblias, como un comentario intrascendente. Sin embargo, es un anticipo del papel que esta criada desempeñaría en los años venideros. Labán pretendía que Zilpá fuera como una niñera para Lea, pero luego Lea le pidió mucho más.

Por suerte no tenemos más detalles de la relación ilícita entre Jacob y Lea, salvo que tuvo lugar y que Jacob no se enteró de su identidad. Si Lea lo amaba, las últimas horas antes del amanecer fueron las más felices de su vida. Y entonces terminaron, como veremos en breve.

¿Qué lecciones podemos aprender de Lea, la invisible?

A tu salud, hermana.

Todas conocemos a un par de Raqueles: mujeres despampanantes, que hacen que las cabezas se den vuelta a su paso, mientras que «la mayoría de nosotras somos simples Leas»,[72] por lo menos según los estándares de este mundo. Cuando miramos a estas mujeres, parecería que no tienen ningún defecto. Pero cuando nos miramos en el espejo, solo vemos defectos. Así como necesitamos una nueva perspectiva para mirar a Lea, necesitamos tener una nueva imagen nuestra, que se asemeje más a la imagen que Dios tiene de nosotras. Puedes tener la certeza de que él te encuentra hermosa, querida hermana, dado que fuiste creada a su imagen y por su voluntad.[73] Haz una lista de tus atributos positivos: físicos, mentales, emocionales, relacionales y espirituales. Agradece al Señor por cada uno de ellos y pídele que haga relucir tu verdadera belleza, para su gloria.

> No te dejes impresionar por su apariencia ni por su estatura, pues yo lo he rechazado. La gente se fija en las apariencias, pero yo me fijo en el corazón. *1 Samuel 16:7*

Confiamos en Dios; no confiamos en Labán.

El Señor prometió dar a Jacob todo lo que necesitaba: alimento, ropa, seguridad en su viaje, abrigo y la guía de su presencia. Sin embargo, cuando Jacob llegó a Jarán, buscó la protección de su tío, en vez de confiar en Dios. Jacob también confió en Labán para conseguir una esposa, en vez de buscar la voluntad del Señor. De la misma manera, en vez de confiar en su padre, Lea debería hacer confiado en el Dios de Abraham para conseguir un esposo de manera digna. Cuando los «Labanes» de nuestra vida intenten desorientarnos, percibamos sus planes dudosos y pongamos nuestra fe en el único que es digno de nuestra confianza.

> Confía siempre en él, pueblo mío; ábrele tu corazón cuando estés ante él. ¡Dios es nuestro refugio! *Salmo 62:8*

Un hecho vale más que mil palabras.

No escuchamos ni una sola palabra de labios de Lea en este capítulo; su conducta es suficiente mientras «se dirigía silenciosa y sigilosamente hacia su oscura meta».[74] Si Lea no hubiera accedido a ponerse el velo de Raquel, el plan nefasto de su padre habría acabado antes de comenzar. Si Lea hubiera huido de la carpa de Jacob antes de acostarse con él, ambos hubieran tenido una vida con menos desgracias. Aun cuando nos encontramos atrapados en una situación en que no podemos hacer oír nuestra voz, siempre podemos conducirnos de manera acorde a nuestro llamado como mujeres de Dios, sabiendo que la gente ve mucho más lo que hacemos que lo que decimos.

> Porque ésta es la voluntad de Dios: que, practicando el bien, hagan callar la ignorancia de los insensatos. *1 Pedro 2:15*

La luz de Dios ilumina la oscuridad.

Labán, en las sombras de la noche, dejó a Lea en la carpa oscura de Jacob, oculta tras un grueso velo. El padre y la hija conocían la verdad ... y Dios también. Si Dios amaba tanto a Jacob, ¿por qué no le reveló el engaño en ese mismo instante? Dios, en cambio, permitió que llegara la luz del día para revelarle la verdad. Aun al permitir esta desilusión, Dios mostró su amor por Jacob, un hombre que necesitaba aprender a dar prioridad a los deseos de Dios antes que a los suyos. Pronto veremos cómo Dios demostró su amor por Lea, una mujer que sería portadora del pacto divino a pesar del padre mezquino, a pesar de sus propios deseos. Aun en la oscuridad, la luz de Dios brilla.

> Y si dijera: «Que me oculten las tinieblas; que la luz se haga noche en torno mío», ni las tinieblas serían oscuras para ti, y aun la noche sería clara como el día. ¡Lo mismo son para ti las tinieblas que la luz! *Salmo 139:11-12*

Algunas ideas a considerar para mujeres buenas

1. De todas las promesas que Dios le hizo a Jacob, la más inspiradora es la siguiente: «Yo estoy contigo. Te protegeré por dondequiera que vayas» (Génesis 28:15). ¿Cómo podemos tener la seguridad de que Dios nos

protege? ¿Qué pruebas tenemos de su presencia? ¿Cómo puede, un Dios perfecto y santo, tener comunión con un pueblo imperfecto e impuro? En su gracia, Dios perdonó a Jacob. ¿Cómo te hace sentir este hecho? ¿Por qué?

2. Junto al pozo, en las afueras de Jarán, Jacob fue un hombre conversador y simpático con los pastores y luego, impulsivamente, quitó la piedra del pozo, besó a Raquel, y lloró. ¿Cómo explicarías esta conducta intempestiva? ¿Eres una persona reservada, que oculta las emociones, como Lea, o eres efusiva, más como Raquel, quien corrió a la casa de su padre en Jarán, para darle a su familia la noticia de la llegada de su primo? ¿Cómo puede Dios usar cada una de estas personalidades para su gloria?

3. Los trabajos a los que se dedicaban Esaú y Jacob los definen: uno era un cazador que salía al campo, el otro era un pastor que se quedaba cerca de la casa principal. A Lea y a Raquel, en cambio, las define su apariencia: una tenía ojos delicados, la otra era de hermoso parecer. ¿Todavía en la actualidad las mujeres se definen por su apariencia? ¿Por qué lo dices? Al describirte, ¿piensas *primero* en lo que haces («soy madre», «soy maestra») o en tu apariencia («soy rubia», «soy de baja estatura»)? ¿Por qué te defines de ese modo?

4. A esta altura del relato, ¿qué hermana te resulta más simpática? ¿Por qué? Un investigador bíblico señaló: «Debajo de la rivalidad hay una lucha latente por la autoestima».[75] ¿Estarías de acuerdo? Si tienes una hermana (o dos), ¿en qué se parecen?, ¿en qué se diferencian? ¿En qué momentos o circunstancias te comparas con tu hermana? ¿Cómo es tu relación con tu hermana en la actualidad?

5. Antes de comenzar este estudio, ¿cómo te imaginabas a Lea? ¿Qué edad creías que tenía? ¿Cómo te la imaginas físicamente? ¿Qué otras razones habrán llevado a Jacob a preferir a Raquel además de su apariencia? ¿Por qué ofreció el doble de la dote normal, y después de trabajar durante siete años no pidió específicamente por Raquel? ¿De qué manera el amor puede llegar a cegarnos?

6. ¿Demostró Lea ser una Mujer Ligeramente Mala en aquella noche de bodas? ¿O Labán no le dejó otra opción, dado que en aquellas sociedades el padre era la autoridad de la familia? ¿Qué le habrá dicho Labán a

Lea para obligarla a entrar a la carpa de Jacob? En el Nuevo Testamento leemos: «Así que comete pecado todo el que sabe hacer el bien y no lo hace».[76] ¿Cómo es aplicable ese versículo a la situación de Lea aquella noche? ¿Qué hubieras hecho en el lugar de ella?

7. La escena del engaño nos remite a una tragedia anterior, la que sucedió en la carpa de Isaac. Compara la historia de Génesis 27:5-29 con este relato de Génesis 29:15-24, tomando en cuenta: el uso de ropa ajena, la comida y la bebida que se sirvió, la bendición que se dio. ¿Qué paralelismos hay entre ambos embaucadores: Rebeca y Labán?

8. ¿Cuál es la lección más importante que aprendiste de nuestro primer estudio de Lea, la hermana invisible oculta por un manto de oscuridad?

7

AMANECE UN NUEVO DÍA

Allá a lo lejos escucho el cacarear de los gallos,
Y a través de la puerta ligeramente abierta por
el tiempo,
Siento el rastro del aliento fresco de mañana.
HENRI WADSWORTH LONGFELLOW

Laura abrió lentamente los ojos, consciente de un sabor amargo en su boca y un dolor sordo en sus sienes. La habitación estaba a oscuras. Las sábanas le raspaban su piel desnuda, el colchón le resultaba desconocido.

Pero reconoció el olor del lugar. Era la casa rodante de sus padres. También sabía, sin necesidad de mirarlo, quién había dormido a su lado. *Joaquín.*

Sintió que la vergüenza la cubría como si fuera una ducha de agua fría. ¿Cómo habían llegado a esto?

Laura recordó cómo había comenzado: muchas horas antes, en una fiesta de uno de los vecinos, en una tarde calurosa de verano. Los Pérez, que vivían a tres casas de la casa de sus padres, abrieron un barril de cerveza y encendieron su enorme parrilla, el aroma de las hamburguesas se extendió por todo el barrio, junto con el ritmo irresistible de la música. Poco después, todos los vecinos estaban a la puerta de los Pérez listos para la fiesta.

El padre de Laura, que pocas veces bebía cerveza, tomó un vaso tras otro por el intenso calor. El atardecer lo sorprendió tambaleándose de un grupo de amigos a otro, mientras su madre avergonzada regresó sigilosa a la casa. Claudia tenía que trabajar, pero Laura y Joaquín se quedaron, bailando descalzos en el césped, bebiendo cerveza del mismo vaso. Ambos ya eran adultos, pero aun así ella se sentía vagamente culpable.

Su padre, en cambio, no sentía nada. Parado delante de un grupo de vecinos recién llegados a Burns Park, levantó su vaso y propuso brindar por su hija mayor y su nuevo empleado: «¿No les parece que estos dos hacen una linda pareja?»

Joaquín, haciendo equilibrio, pasó su brazo por los hombros de Laura y la acercó hacia él. «Estaba pensando justamente lo mismo».

«Yo también», susurró Laura, sintiendo que siete años de anhelo le apretaban el pecho.

Ambos se retiraron, riéndose como niños pequeños que acaban de cometer una travesura, y acabaron en la casa rodante de sus padres, que estaba estacionada detrás de la casa. Un beso inocente llevó a otro, y a otro, hasta que de pronto se estaban quitando la ropa el uno al otro, absolutamente despreocupados.

Ahora, mientras lo observaba, estirado sobre la cama, los ojos se le llenaron de lágrimas. ¿Joaquín estaría realmente interesado en ella, o sus palabras ardientes de la noche anterior eran solo producto de la pasión y de la cerveza? *Vamos, Laura, tú sabes lo que siento por ti.*

No —dijo ella suavemente, recorriendo la espalda de él con su mirada—, no lo sé.

Su relación había madurado durante el verano, mientras Joaquín trabajaba para su padre y dormía en la habitación de los huéspedes. Aunque creía que el Señor lo había traído a su casa, Laura no expresaba abiertamente lo que sentía por él si Claudia estaba cerca. Por orgullo y, fundamentalmente, por una cuestión de protección personal. Su hermana tenía la mala costumbre de explotar sus inseguridades. Pero cuando Laura estaba a solas con Joaquín, ella no le ocultaba sus sentimientos, con la esperanza de que él le fuera recíproco.

En cambio, él había tomado algo más. Algo que ella podía ofrecer solo una vez en la vida a un hombre. Después de cuidarse durante todos los años de la universidad, para algún esposo futuro, sin nombre, no tuvo ningún reparo en entregarse a Joaquín. Ni por un instante. Ni por Joaquín. Ni por el hombre con quien Dios quería que ella se casara.

Ahora, poco antes del amanecer, estaba menos segura del compromiso de Joaquín. Cuando despertara, ¿la abrazaría o le daría la espalda, disgustado? ¿Su amistad se habría convertido en amor de la noche a la mañana, o estaba todo arruinado?

Laura se sintió aterrorizada mientras tocaba el hombro desnudo para llamarlo:

—¿Joaquín?

Él gruñó pero no se movió.

—Joaquín, por favor. Ya casi amaneció.

No había ningún reloj en el dormitorio de la casa rodante, pero se notaba la claridad detrás de una angosta ventana. Sin el manto de oscuridad de la noche, sería difícil que pudieran escabullirse a sus respectivos dormitorios sin que nadie los viera.

Durante la noche ella había logrado mantener alejado al temor, pero ahora le apretaba el pecho. *Claudia.* Si su hermana se enteraba, nunca la perdonaría, nunca dejaría de torturarla. ¿Y sus padres, que le habían enseñado a honrar a Dios? «¿Cómo pudiste hacer algo así, Laura?», preguntaría su madre. Con respecto a su padre, Laura prefería no pensar en su reacción.

—Por favor —repitió, con una sensación de pánico, y sacudió a Joaquín del hombro—, tenemos que irnos.

—¿Ehhhhh? —dijo, despertándose de golpe y luego levantó la cabeza de la almohada arrugada y lentamente la miró.

Laura sostuvo la respiración. *Por favor, no digas que lo lamentas ... Por favor ...*

Un ruido de la habitación contigua los sorprendió.

—¿Quién está ahí dentro?

Papá.

Ella se llevó la mano a la boca, mirando desesperada a Joaquín. Estaban paralizados, con los ojos desorbitados. Tal vez si no se movían ... si no respiraban.

Oyó que su padre golpeaba las puertas de los armarios de la pequeña cocina, como si buscara algo. En las sombras del dormitorio, Laura estaba completamente quieta, su rostro enrojecido, los nervios electrizados. Deseaba poder tomar la mano de Joaquín, necesitaba su apoyo. Si su padre la buscaba, si abría la puerta del cuarto ...

—Niños, ya salgan —dijo, del otro lado de la puerta plegable, a menos de dos metros de distancia—. Mientras no hayan roto nada, no les diré a sus padres.

Niños. Él pensaba que eran un par de niños del barrio.

La puerta plegable comenzó a abrirse. Laura, desesperada, tomó su blusa e intentó ponérsela. *Por favor. Por favor.* No podía estar desnuda cuando su padre entrara, tan expuesta.

Pero fue demasiado tarde. Solo había conseguido meter la cabeza por el cuello de la blusa cuando vio a su padre parado en la puerta, con un molde de hacer tortas en la mano y una mirada incrédula en su rostro cansado.

—¿Laura?

Joaquín tosió.

—Señor, estábamos … yo …

El padre de Laura parecía no prestarle atención.

—Tu madre … —dijo sosteniendo la tortera en la mano—, quería hacer panecillos, para el desayuno.

—Papá …

—Pensé … —el rostro de él se endureció mientras se dirigía a Joaquín—, pensé que podía confiar en ti, hijo. Que podía confiarte mi negocio. Y mis hijas.

Joaquín se incorporó en la cama, cubriéndose con una sábana.

—Sr. Suárez …

—Calla —el padre tiró el molde, y ambos se sobresaltaron—. No me mientas. No me digas que estás arrepentido. Estuviste trabajando para mí durante todo el verano mientras a mis espaldas …

—No, papá —lo interrumpió Laura extendiendo una mano, para que no continuara incriminando a Joaquín—. Joaquín no hizo nada a tus espaldas en el verano. Yo tampoco. Anoche … simplemente sucedió. Estábamos juntos, en la fiesta … ¿recuerdas? Tú dijiste que hacíamos una linda pareja …

Cuando su padre la miró, ello notó el dolor en sus ojos.

—Entonces, supongo esto es culpa *mía*.

—No señor, es mi culpa —Joaquín se había puesto los vaqueros y estaba haciendo un nudo con su camiseta—. ¿Hay algo que pueda hacer para … para recuperar su confianza?

—Sí, puedes hacer algo —dijo mientras se inclinaba para recoger el molde del piso—. Puedes casarte con mi hija. Por si no lo sabías, Laura está enamorada de ti. Hace tiempo que está enamorada de ti.

Laura no levantó la mirada del cubrecama. ¿Era tan obvio?

Su padre no esperó que Joaquín respondiera.

—En mi tiempo, si un hombre se acostaba con una mujer buena, hacía lo que correspondía y se casaba con ella —dio un paso hacia atrás—. Le diré a tu madre que comience con los planes.

Dicho eso, su padre se retiró, dejándolos en un atronador silencio. Joaquín sacudió su camiseta mientras ella se ponía unos shorts. Las manos le temblaban. La luz de la mañana iluminaba toda la habitación. No había manera de ocultar nada, mucho menos sus emociones.

Solo cuando se acabaron de vestir ella pudo mirarlo directamente.

—Escúchame, Joaquín. No tienes que casarte conmigo. Mi padre es …

—Tu padre tiene razón —dijo con voz firme, pero con lágrimas en los ojos—. Yo sabía que tú me amabas. Sabía que dirías que sí.

Ella posó su mano sobre el antebrazo de Joaquín.

—Ambos tenemos la culpa de lo que sucedió.

—No, Laura —dijo Joaquín, sacudiendo su cabeza, mientras retiraba la mano de ella de su brazo—. Ambos no.

Lea, la mujer rechazada: Una señal de aviso

Hay algunos días en que lo mejor sería no levantarse.

> A la mañana siguiente, Jacob se dio cuenta de que había estado con Lea … *Génesis 29:25*

Imagínense el espanto en el rostro de Jacob, el estómago revuelto, la rabia que fluyó por sus venas cuando «se dio cuenta de que había estado con Lea». Sin la menor duda: «Jacob despertó a su peor pesadilla».[1]

Muchos novios casados se han despertado sorprendidos al día siguiente de su boda. El carísimo vestido de novia y los velos vaporosos, el maquillaje cuidadoso y el peinado elaborado de la novia desaparecieron y ante ellos está la mujer con quien realmente se casaron.

Pero Jacob no se encontró con una mujer cambiada sino que se encontró con otra mujer. Si esto sucediera en la actualidad, el hombre llamaría a su abogado antes de desayunar y el matrimonio quedaría anulado antes del mediodía. Pero en la antigua Jarán, un matrimonio consumado era un hecho irrevocable.

¿Culpó Jacob a Lea por engañarlo?

Ah, no. Él sabía perfectamente quién era el responsable.

> … y le reclamó a Labán:
> —¿Qué me has hecho? *Génesis 29:25*

Jacob no solo estaba furioso con Labán, sino que también se enfrentó a él con las mismas palabras que el faraón había empleado para recriminar a Abram cuando quiso engañarlo: «¿Qué es esto que me has hecho?». La ira de Jacob era justificada. ¿Acaso Labán no había dejado de cumplir su parte del compromiso? No cabía duda de que «esto fue un pecado de Labán; había sido injusto con Jacob y con Raquel».[2] Con respecto a Lea, las acciones de su padre «le hicieron un daño nada pequeño».[3]

Acalorado, Jacob le recordó a su tío lo que habían pactado.

¿Acaso no trabajé contigo para casarme con Raquel? *Génesis 29:25*

¡Si solo Jacob hubiera especificado el nombre de Raquel cuando la pidió por esposa! Demasiado tarde ... como cuando Esaú llegó con el plato de caza preparado para su padre. Podemos sentir la desesperación en la voz de Jacob: «¿Acaso no trabajé contigo para casarme con Raquel?», «¿No fue por Raquel que te serví?» (DHH), pero Labán hizo oídos sordos a sus palabras.

¿Y qué de la mujer con quien él se acostó? ¿Quién piensa en Lea?

A Jacob le bastó verla al amanecer para saltar de la cama. Como no tenemos ningún registro del diálogo entre ambos, es posible que Jacob saliera de la carpa antes de que ella se despertara. «Venida la mañana, he aquí que era Lea» (RVR 1960) parece sugerir que ella todavía estaba dormida cuando Jacob despertó. De su amarga recriminación contra Labán es evidente que Jacob «no tiene lugar para Lea en su corazón».[4] Si Lea tenía la esperanza secreta de que al acceder a la voluntad de su padre tal vez se ganaría el afecto de Jacob, que después de una noche apasionada él la despertaría y le diría: «Me conformo contigo», ahora comprendía la amarga verdad: Jacob solo se conformaría con Raquel.

Mientras tanto, Jacob seguía reclamándole a Labán, sin pausa, sin darle tiempo para responder.

¿Por qué me has engañado? *Génesis 29:25*

Escupe las palabras: «¿Por qué me has engañado?»; lo que resulta irónico viniendo de Jacob, el impostor. Cuando alguien nos hace una mala pasada, no nos importa *cómo* hizo para embaucarnos, deseamos saber *por qué* nos engañó.

¡Qué señal de aviso para Jacob! Ahora que el que engañó resulta engañado, quizá comprenda cómo se sintieron su padre y su hermano. «Hasta tanto no salimos heridos, no comprendemos el mal y el dolor que provocamos en otros».[5] Herido, Jacob tal vez ahora comprendió cuánto había lastimado a Isaac y a Esaú. Una lección dolorosa, sin duda, observada por un Dios de amor.

Labán, sin embargo, no pensaba en Jacob sino en satisfacer sus propios intereses. Por eso le dio una excusa muy débil. Le dijo que había cambiado a Lea por Raquel porque:

> La costumbre en nuestro país es casar primero a la mayor y luego a la menor. *Génesis 29:26*

Como por arte de magia, inventó una excusa. Si esa era la costumbre, seguramente Jacob la conocería después de estar siete años en el lugar y asistir a los casamientos de la localidad. Si esa era la costumbre, Labán tendría que habérselo hecho saber desde el principio. «No se hace así en nuestro lugar, que se dé la menor antes de la mayor» (RVR 1960). Aunque en la India moderna todavía se considera «una desgracia, casi un delito, que un padre permita que una hija menor se case antes de una hija mayor»,[6] no era la costumbre en los días de Labán. Su excusa era «una frivolidad».[7]

Así como Jacob no hizo ninguna pausa mientras acusaba a su tío, Labán no se demoró en sugerir una solución:

> Por eso, cumple ahora con la semana nupcial de ésta … *Génesis 29:27*

«Cumple ahora con la semana nupcial». ¡Qué romántico!

Como si fuera una luna de miel, la semana nupcial permitía a cada pareja recién casada descansar de sus tareas diarias, para que pudieran disfrutar de la mutua compañía y aumentar la posibilidad de un embarazo al principio del matrimonio.[8] Labán esperaba que Jacob y sus hijas le dieran nietos lo antes posible.

Sí, ambas hijas.

> … y por siete años más de trabajo te daré la otra. *Génesis 29:27*

Debería darte vergüenza, Labán. Ni siquiera mencionó a sus hijas por sus nombres. Son solo «ésta» y «la otra», como si realmente se tratara de ganado que se vende en la feria. «Primero te casas con Muuuu, y luego te quedas con Beee». Hace varios siglos, Juan Calvino se quejaba: «Si Labán tuviera otras diez hijas, seguramente hubiera estado preparado para tratarlas a todas de la misma manera».[9]

Esta propuesta debió ser más cruel para Lea que el plan de la noche de bodas. Labán podría haber encontrado otro marido para Raquel, en vez de obligarla a compartir a Jacob con su hermana; de esa manera, Lea hubiera tenido la oportunidad de conquistar el corazón de Jacob. Pero a Labán poco le importaban los sentimientos de sus hijas o de Jacob. A Labán solo le importaba Labán.

Y lo que Labán quería eran siete años de trabajo libres de gastos.

> ... y por siete años más de trabajo te daré la otra. *Génesis 29:27*

Si el siguiente versículo dijera: «Y Jacob se dejó caer delante de un camello desbocado», lo entenderíamos. ¡Siete años más! Mira un almanaque y piensa en lo que son siete años de trabajo: 364 semanas trabajando para un hombre que lo engañó y que destruyó toda esperanza de felicidad conyugal. Sin duda que Jacob había pensado en casarse con Raquel y volver a su hogar en Canaán. Ahora si quería quedarse con Raquel, tendría que permanecer en las carpas de su tío, cuidar las ovejas de su tío y acostarse con ambas hijas de su tío.

¿Protestó Jacob ante este abominable plan? No.

> Así lo hizo Jacob. *Génesis 29:28*

Es decir, estuvo de acuerdo, tal como su abuelo Abram accedió. (Recuerden a Agar.) Tal vez porque creyó que estaba recibiendo su merecido por engañar a su padre, Jacob se dejó arrastrar «al pecado y a las intrigas y complicaciones de tener varias esposas».[10]

Una luna de miel infernal

> Y cuando terminó la semana nupcial de la primera ... *Génesis 29:28*

Jacob cumplió con su obligación hacia Lea. ¡Qué espantoso debió ser esa semana para «un novio desilusionado, una novia desgraciada y una hermana desconsolada»[11] que debía esperar su turno en la carpa contigua.

Seguramente la semana pasó volando para Lea, quien intentó ganarse el cariño de su esposo, y los días fueron largos para Jacob, que deseaba estar con la mujer que amaba. ¿Estaría Jacob enojado con Lea? ¿O, sabiendo que el engaño había sido únicamente obra de Labán, sentiría lástima por ella? Con el tiempo los ánimos se apaciguan, pero «la lástima en una relación conyugal puede ser mortal».[12] No sabemos cómo resultó la semana para los dos protagonistas incompatibles, pero podemos tener la seguridad de que hubo mucha lástima, tristeza y vergüenza.

Finalmente, llegó el último día.

... Labán le entregó a Raquel por esposa. *Génesis 29:28*

No se la dio a los siete años sino a los siete *días,* y Raquel se convirtió en la segunda esposa de Jacob. No hubo una fiesta, ni procesión, ni semana nupcial. Jacob era de ella, aunque no exclusivamente: Lea tendría siempre el honor de ser su primera esposa.

Ahora sentimos lástima de Raquel. Nada de esto fue idea suya, porque ella no se beneficiaba en absoluto. El único que ganaba en este sórdido triángulo amoroso era Labán. Ya que su padre tenía derecho de escogerle un marido, Raquel tuvo que someterse a sus deseos.

Con respecto al regalo de bodas, Labán no se destacó por su creatividad.

También Raquel tenía una criada, llamada Bilhá, y Labán se la dio para que la atendiera. *Génesis 29:29*

Un segundo matrimonio significaba una segunda noche de bodas.

Jacob entonces se acostó con Raquel ... *Génesis 29:30*

Por favor, no necesitamos detalles. Es más de lo que podemos soportar.

Aunque la poligamia era una práctica común entre los patriarcas, Dios nunca la ordenó. Por el contrario, cuando él instituyó el matrimonio en el jardín del Edén, fue en los siguientes términos: «Por eso el hombre deja a su padre y a su madre, y se une a su mujer, y los dos se funden en un solo ser».[13] Dos personas se funden en una, no se dividen en tres. La poligamia era una costumbre humana, una convención simplemente egoísta, «en que el principal factor era el deseo de tener hijos».[14]

Más adelante, la ley mosaica incluyó una prohibición contra las situaciones como la que se dio entre Jacob, Lea y Raquel: «No te casarás con la hermana de tu esposa, ni tendrás relaciones sexuales con ella mientras tu esposa viva».[15] Después del siglo VI a.C., «el matrimonio con dos hermanas se prohibió expresamente».[16] Pero esas leyes llegaron demasiado tarde para Lea.

En la octava noche de su matrimonio, Lea durmió sola, escuchando los sonidos de las relaciones sexuales que provenían de la carpa contigua, procurando encontrar fuerzas para soportar la mirada de triunfo que vería a la mañana siguiente en el rostro de su hermana.

> ... y la amó mucho más que a Lea ... *Génesis 29:30*

Aunque me duele, «la amó a ella en lugar de a Lea» es posiblemente una traducción más exacta. Hacía siete años que Jacob amaba a Raquel, no iba a dejar de amarla ahora. No tenemos ningún registro de que él se fijara en Lea hasta la noche en que ella se deslizó en su cama. Ahora que lo pienso, ni siquiera en ese momento se fijó en ella.

Nuevamente estamos ante dos hermanas que compiten entre ellas: no por su apariencia sino por amor. La victoria fue de Raquel. Desde el punto de vista de Jacob, «una esposa no hace nada mal, y la otra no hace nada bien».[17]

Recordemos lo rápido que esos primeros siete años pasaron para Jacob. Es increíble cómo el tiempo puede detenerse de pronto.

> ... aunque tuvo que trabajar para Labán siete años más. *Génesis 29:30*

Ninguna mención a que «le pareció poco tiempo»; no esta vez. Tener que trabajar para un jefe complicado como Labán debió resultarle pesado, Raquel seguramente deseaba tenerlo a su lado, y Lea, al ser su primera esposa, también merecía algo de su tiempo y su atención, por no hablar de su afecto. Sus esposas con sus respectivas criadas posiblemente vivían en carpas separadas, pero el camino entre las carpas seguramente estaba bien trillado.

Jacob trabajó para obtener la mano de Raquel durante los primeros siete años; ahora que había terminado de pagar la dote, solo tenía por delante años de trabajos forzados. Si alguna vez has recibido un pago *por adelantado*, sabes con qué facilidad el entusiasmo desaparece cuando no hay un premio que nos espere al final del camino.

Insólitamente, el principal protagonista de esta historia está ausente en los primeros versículos del capítulo 29 de Génesis. Extrañamos su presencia, su sabiduría, su mano conductora y anhelamos su intervención cuando la situación se complica.

Señor, no esperes más. No escuchamos el clamor de Jacob por tu presencia desde que llegó a Jarán. ¿Se volvió Raquel a ti en busca de consuelo? Lea es la que más nos preocupa. ¿No podrías hacer algo por ella?

Sí puede. Y así lo hizo.

Queridas hermanas, solo porque el Señor guarde silencio no significa que esté lejos. Dios no se pierde nada. «Los ojos de Dios ven los caminos del hombre; él vigila cada uno de sus pasos».[18] En aquel momento de la historia, su mirada se posó sobre una humilde mujer que necesitaba algo que solo Dios podía darle.

Vista por Dios

Cuando el Señor vio que Lea no era amada … *Génesis 29:31*

Bastante horrible es no ser «amada», pero la realidad era peor porque Lea era «menospreciada» (RVR 1960), «aborrecida» (NBLH). Si comparamos estos sentimientos con los que Jacob sentía por Raquel, estas palabras nos cortan como un cuchillo recién afilado, deslizándose entre nuestras costillas hasta llegar a nuestro corazón. ¡Pobre Lea! Nuestro único consuelo es saber que esta frase no «implica un maltrato activo».[19] No se trata de maltrato físico, quizá, pero el desprecio puede ser igual de desgarrador.

Es difícil decir quién odiaba más a Lea. Jacob la menospreciada por haber sido «un instrumento voluntario que contribuyó a engañarlo».[20] Raquel la aborrecía por robarle su semana nupcial, su marido y su felicidad. Es posible que Labán odiara a su hija por ser tan humilde; las personas manipuladoras tienen poco respeto por aquellas otras personas a quienes pueden controlar. Como si Lea «no fuera más que una adúltera»,[21] la comunidad de Jarán también la aborrecía.

Piensen en cuántas veces Lea debió reconsiderar mentalmente aquellas horas antes de su noche de bodas. *Si solo me hubiera negado. Si solo le hubiera hecho saber a Jacob quién era. Si solo hubiera huido en vez de entrar en aquella carpa. Si solo … Si solo …* Todas tenemos cosas de las que nos arrepentimos, más aun si vivimos empantanadas en los desastres de nuestras malas decisiones. ¡Qué consuelo es saber que Dios *está con nosotros* en medio de nuestro lío! Cualquier odio contra Lea no provenía del Señor.

Pero no nos quedemos con las apariencias. «Aborrecer» es también un «término técnico, legal, para referirse a la co-esposa».[22] Como esposa rechazada, a Lea le correspondía una compensación especial. Deuteronomio ordena: «Tomemos el caso de un hombre que tiene dos esposas, y que ama a una de ellas, pero no a la otra; ambas le dan hijos, y el primogénito es el hijo de la mujer a quien no ama. Cuando tal hombre reparta la herencia entre sus hijos, no dará los derechos de primogenitura al hijo de la esposa a quien ama, ni lo preferirá en perjuicio de su verdadero primogénito, es decir, el hijo de la esposa a quien no ama. Más bien, reconocerá a éste como el primogénito, y le dará el doble de las posesiones que le correspondan».[23] Aparentemente, Dios tenía poca paciencia con los hombres que preferían a una esposa más que a otra.

Además, cuando leemos en Proverbios: «Tres cosas hacen temblar la tierra, y una cuarta la hace estremecer»,[24] pensamos en Lea, dado que una de esas tres cosas es «la mujer rechazada que llega a casarse».[25]

Tal vez Jacob no la amaba, pero Dios la amaba mucho.

La primera parte de este versículo es la que más nos importa: «Cuando el SEÑOR vio … » Nada hay oculto a la mira del Señor, especialmente las personas que son injustamente despreciadas; sin embargo, «lo más difícil de creer cuando se sufre el rechazo es que hay alguien que nos tiene en cuenta».[27]

Todas te vemos, Lea. No sabemos todo lo que sucedió, pero podemos ver con claridad el resultado final: un esposo que no te ama. Algunas mujeres entienden demasiado bien lo que es vivir con un hombre que sale de la casa temprano en la mañana y llega tarde en la noche; que no las mira a los ojos cuando está en la casa, que limita el contacto físico a lo mínimo necesario: un acto frío y por compromiso, sin nada de pasión. Es como estar muerta en vida; sentirse invisible, ignorada, descartada.

Lea, queremos que lo sepas: «El SEÑOR recorre con su mirada toda la tierra, y está listo para ayudar a quienes le son fieles».[28] Dios te vio porque tú le pertenecías a él.

Jacob amó a Raquel, es cierto. Sin embargo, Dios amó a Lea.

Y lo probó de la siguiente manera:

… le concedió hijos. *Génesis 29:31*

«Y vio Jehová que Lea era aborrecida, y abrió su matriz» (RVA). No sabíamos que Lea no podía tener hijos, pero *ella* lo sabía. Por compasión, Dios permitió que Lea pudiera tener hijos. Es decir: la bendijo. No porque su esposo orara e intercediera por ella, sino simplemente porque Dios la amó y sabía que tener hijos «era la única manera de que esa mujer recuperara su honra en su propia familia y en la comunidad».[29]

Es difícil establecer cuánto tiempo llevaban casados Jacob y Lea. Unos meses, tal vez; o unos años. Podemos imaginar a Lea controlando su ciclo menstrual, esperando que Jacob visitara su carpa en la noche indicada, solo para desilusionarse cuando pasaba otro mes sin quedar encinta.

Entonces Dios intervino por amor a Lea, y «le concedió hijos».

... pero Raquel era estéril. *Génesis 29:31* (RVR 1960)

Otro «pero» muy bien ubicado. Una hermana era fértil, la otra, no. El Señor «hizo que esta [Lea] tuviera hijos, pero a Raquel la mantuvo estéril» [DHH].

¿Tenía favoritismos el Señor? De ningún modo. Al final, también le llegaría el turno a Raquel y su hijo sería extraordinario. Dios simplemente ejercía su divina voluntad: «Y verás que tengo clemencia de quien quiero tenerla, y soy compasivo con quien quiero serlo».[30] Dios tuvo clemencia de Lea. De hecho, la había escogido desde el principio, como también había elegido a Jacob.

Al dejar a Raquel estéril durante un tiempo, el Señor declaraba su amor por Lea, mientras que al mismo tiempo reprendía a Jacob «por hacer tanta diferencia entre sus esposas».[31]

Lea quedó embarazada ... *Génesis 29:32*

Una mañana Lea debió tener la seguridad, tan cierta como la luz del sol que entibiaba su carpa. ¿De qué otra manera explicar las náuseas que sentía y la molestia en los senos? *¡Estaba embarazada!* No lo podía creer. Sin embargo, *era verdad*. Toda la certeza que necesitaba estaba gestándose en su interior.

¿A quién se lo habrá dicho primero? ¿A Jacob o a Raquel? Seguramente ni pensó en decírselo a su padre, para que no se creyera que era por mérito suyo. ¿Se lo habrá confiado a Zilpá, su criada, o ella también despreciaba a su dueña?

Tal vez Lea no se lo dijo a nadie hasta que no pudo ocultar el ensanchamiento de su cintura, gozándose en la verdad como si fuera una tableta de chocolate escondida, cada mordida más dulce y placentera. *Faltan ocho meses. Faltan siete meses.*

¿Qué habrá pensado la gente del don divino que tenía Lea? La Biblia no nos dice, pero nos permite vislumbrar la situación desde la perspectiva de Lea. Finalmente dejó de ser un personaje secundario y se convirtió en la protagonista de la historia.

... y dio a luz un hijo ... *Génesis 29:32*

¡Gracias a Dios! Un heredero para Jacob y un respetuoso reconocimiento para Lea.

... al que llamó Rubén. *Génesis 29:32*

El que Lea haya escogido el nombre y no su padre no debería llamarnos la atención ya que la madre solía ser quien le ponía el nombre a sus hijos.[32] Decidió llamarlo Rubén, que significa «¡Miren! Es un varón».[33] Lea sabía por qué recibió ese don.

... porque dijo: «El Señor ha visto mi aflicción ...» *Génesis 29:32*

Las primeras palabras dichas por un personaje de la Biblia suelen revelar la verdadera naturaleza de esa persona. ¿Qué fue lo primero que dijo Lea? «El Señor». No dijo: «Ayúdame», ni «Pobrecita de mí», ni «Otórgame». Honró a Dios y a la bendición que él derramó sobre su vida con *sus primeras palabras*. Independientemente de lo que haya sucedido en la noche de bodas, aunque haya sido una Mujer Ligeramente Mala, Lea conocía al Señor, amaba a Dios y bendijo al Señor quien la había sacado de la desolación de su matrimonio.

El Roi vio a Lea como había visto a Agar. No se fijó solo en sus ojos delicados sino en su corazón tierno. En palabras de Lea: «El Señor ha visto mi aflicción»; Dios vio su desolación, su humillación, «su angustia»,[34] y la llenó con el gozo de su primer hijo, un hijo varón, Rubén.

El crédito y la gloria correspondían solo al Padre celestial de este hijo.

Pero Lea todavía tenía esperanzas de conquistar el corazón del padre terrenal de este hijo:

... ahora sí me amará mi esposo. *Génesis 29:32*

Esas palabras, «ahora sí ... », son como una oración susurrada. No sabemos si ella amaba a Jacob la noche que entró a su carpa oscura, pero «la emocionalmente despreciada Lea»[35] sin duda que lo amaba ahora.

Dado que «como flechas en las manos del guerrero son los hijos de la juventud»,[36] Jacob tendría que haber estado orgulloso con el nacimiento de Rubén y tendría que haber honrado a la madre con mayores muestras de afecto. Pero no fue lo que sucedió. Cumplió con sus obligaciones conyugales y tuvo relaciones sexuales con Lea, pero no la amó.

Las historias de amor no correspondido en las películas o las novelas son conmovedoras, pero en la vida real este tipo de relaciones son muy dolorosas, producen un sufrimiento casi insoportable. Si sabes de qué hablo, seguramente podrás comprender el dolor de Lea. Desear algo que no se puede tener. Pedirle a alguien algo que esa persona no puede dar. Vivir amargada y amargar la vida de todos quienes la rodeaban. ¿Cuál es la solución? Pedirle a Dios la confirmación que necesitamos.

Lentamente, Lea aprendió esa lección difícil pero valiosa.

Escuchada por Dios

Lea volvió a quedar embarazada y dio a luz otro hijo, al que llamó Simeón, porque dijo: «Llegó a oídos del SEÑOR que no soy amada, y por eso me dio también este hijo». *Génesis 29:33*

Otro embarazo, otro niño. Son pocas palabras en la Biblia, pero fue otro largo año o más en la vida de esta mujer «menospreciada» y «aborrecida».

Observemos, sin embargo, cómo Lea bendijo al Señor y le atribuyó toda la gloria (ni siquiera una mención a Jacob). Con su primer hijo, «el Señor vio»; con este hijo, «llegó a oídos del SEÑOR». Dios no solo miraba su aflicción, sino que la oía.

... al que llamó Simeón ... *Génesis 29:33*

Una vez más, Lea le puso un nombre a su hijo. *Sim* significa «el que oye».[37] Con qué cuidado Lea escogía los nombres de sus hijos, cada uno como reflejo de su creciente conciencia de «la presencia cercana de Dios».[38] Ahora sostenía otro hijo en sus brazos: dos hijos robustos, dos regalos de Dios. Pero ninguna respuesta de Jacob salvo su presencia esporádica en su lecho conyugal. «Se sentía anulada y silenciada cuando ella necesitaba ardientemente que él la reconociera, que la escuchara».[39]

Luego quedó embarazada de nuevo ... *Génesis 29:34*

¡Vaya! Cuando Dios abre una matriz, pónganse a ahorrar para comprar un cargamento de pañales desechables. Los embarazos de Lea al parecer se sucedieron rápidamente. Casi por milagro, pero no solo por milagro. Aunque sabemos que Jacob estuvo involucrado en el proceso, la Biblia no incluye sus palabras ni acciones en este pasaje. En cambio, los ojos y los oídos de Dios estaban pendientes de Lea.

... y dio a luz un tercer hijo, al que llamó Leví, porque dijo: «Ahora sí me amará mi esposo, porque le he dado tres hijos». *Génesis 29:34*

Un último clamor desesperado de nuestra Mujer Ligeramente Mala, quien debió sentir que ya era suficiente penitencia por su pecado, a medida que daba a luz a un hijo tras otro para un esposo desagradecido. Aunque sus hijos eran una bendición y no una maldición, y de ninguna manera un castigo, la indiferencia de Jacob la angustiaba. Sin embargo, Lea no le pidió a Dios que cambiara a Jacob; ella creía de todo corazón que su trabajo sería suficiente para obtener el afecto de Jacob. «Al fin», pensó Lea, «esta vez, sí». «Ahora esta vez mi marido se apegará a mí» (NBLH).

Lea quería lo que quiere cualquier esposa: «una relación íntima y estrecha, en la que ambas partes son compañeros y están unidos, de modo que sienten, piensan y actúan como una unidad».[40] Los dos serán uno: el plan de Dios desde el principio. Por eso Lea tiene tanta confianza en que esta vez Jacob «se unirá» (RVR 1960) a ella, serían compañeros, estará a su lado. El nombre que escogió para su tercer hijo era una expresión del deseo de su corazón:

... Leví, porque dijo: «Ahora sí me amará mi esposo, porque le he dado tres hijos». *Génesis 29:34*

La palabra hebrea *lavah* proviene de una raíz que significa «unir»;[41] de allí el nombre Leví, como llamó al hijo. Ella confiaba que este hijo la uniría más a su esposo.

Jacob ... brilla por su ausencia.

¿Soy la única que quiere ahorcar a este individuo? ¿Hacer un nudo con sus piernas? ¿Doblarle el brazo detrás de la espalda hasta que grite: «¡tío Labán!»? La mujer ya le dio *tres hijos*, y él no dice una palabra.

«Sentimos pena por Lea, atrapada en una relación sin amor, sin poder poner fin a la amargura, al rechazo y a la hostilidad de la que es objeto».[42] Es cierto, pero mientras, hemos observado madurar la fe de Lea a lo largo de su aflicción. Lea sabía que no estaba sola, sabía que su vida tenía un propósito. «La belleza interior de Lea creció bajo la presión».[43] Su Dios estaba con ella. Sus hijos estaban con ella. Pronto pasó otro año y nuevamente quedó embarazada.

Amada por Dios

> Lea volvió a quedar embarazada, y dio a luz un cuarto hijo
> … *Génesis 29:35*

Sí, sí, ya hemos leído estas palabras. Tres veces.

Sin embargo, algo extraordinario sucedió durante estos nueve meses. Lea miró a los niños que la rodeaban, levantó la mirada al cielo y comprendió lo mucho que la amaban, lo bendita que era entre las mujeres.

Con el corazón henchido de gozo, Lea alzó su voz a Aquel que más le importaba.

> … al que llamó Judá porque dijo: «Esta vez alabaré al Señor».
> *Génesis 29:35*

¡Qué mujer! No culpó a Dios por lo que no tenía, sino que comenzó alabando al Señor por lo que *sí* tenía: «Esta vez alabaré al Señor». Solo al Señor, no a Jacob. Únicamente alabanza, nada de amargura. Nuestra Lea, una mujer emancipada, «esta vez prorrumpió en alabanzas a Jehová».[44]

Escúchenme. Si yo le diera cuatro hijos a un hombre y él no se dignara a darme ni la hora, estaría gritando: «Esta vez quiero que se muera … »

Ah, pero «esta vez» fue el punto de inflexión en la vida de Lea. Ya no buscaría a Jacob, esperando que le respondiera. *Esta vez* ella se volvió a Dios, comprendiendo finalmente que ella «no podía cambiar a Jacob, pero que ella sí podía cambiar».[45] Hermana, tú *sabes* que es así.

Es la primera vez en la Nueva Versión Internacional en que aparece la frase «alabaré al Señor», y es pronunciada por una mujer que tenía más que motivos para quejarse al Señor, le podría haber suplicado o increpado;

sin embargo, no hizo nada de esto. En cambio, Lea, «la que no era amada», prefirió «sentirse amada por Dios».[46]

Dios la amó. Y también te ama a ti, querida.

Todas tenemos que llegar al mismo lugar que llegó Lea: allí donde Dios nos basta, donde su gracia es suficiente, donde su amor es verdaderamente abundante.

Yo llegué a ese lugar cinco años después de conocer al Señor y unos días después de conocer a mi encantador Bill. Nuestra primera salida fue una dicha inefable. *¡Este es mi hombre!,* me decía mi corazón. Sin embargo, cuando Bill se fue de casa esa noche, llamé a mi mejor amiga y le dije: «Acabo de encontrar al hombre de mis oraciones. Y si nunca me vuelve a llamar, de todos modos voy a estar bien».

Ese fue un paso *enorme* para una mujer como yo, que había perdido diez años de su vida buscando amor y conformándose con relaciones sexuales. Encontrar un individuo sensacional y estar dispuesta a dejarlo ir, sabiendo que Dios me amaba completamente ... fue llegar al mismo lugar que Lea. (Que conste, cuando Bill volvió a invitarme, para mí fue la señal contundente de que nuestro noviazgo contaba con la aprobación del Señor.)

Dios amaba a Lea, y la prueba viviente eran los cuatro hijos que tenía y su corazón transformado.

> ... al que llamó Judá porque dijo: «Esta vez alabaré al Señor».
> *Génesis 29:35*

El nombre de Judá sonaba parecido a la palabra hebrea para «alabanza».[47] No podía ser más apropiado que Dios le haya dado a Lea «un traje de fiesta en vez de espíritu de desaliento».[48] El nombre de su cuarto hijo era alentador, como la música: «Esta vez cantaré himnos de alabanza al Señor».[49] Observa que ella primero alabó a Dios y luego nombró a su hijo. Por fin esta mujer tenía claras sus prioridades.

Por supuesto, mi veta romántica desearía que la historia de Lea tuviera un final feliz. Un muchacho conoce a una muchacha, se casa con ella y después de muchas tribulaciones, el muchacho se enamora de la muchacha. Lamentablemente, la historia de las Escrituras no se desarrolla de esta manera. Pero encuentro cierta satisfacción en esto: de las esposas de Jacob, solo Lea tuvo el honor de descansar en la cueva junto a Abraham y Sara, Isaac y Rebeca. «Allí fueron sepultados Abraham y su esposa Sara, Isaac y su esposa Rebeca, y allí también enterré a Lea».[50] No es una declaración de amor pero por lo menos es una muestra de respeto. Como lo expresó un comentarista bíblico: «Al final Jacob parece haber tenido un aprecio duradero por Lea».[51]

Si lo que deseas es un final feliz, el fin de Lea fue triunfal. La llegada de ese cuarto hijo, el hijo que la llevó a alabar al Señor, fue el comienzo de algo grande en su vida porque «es evidente que nuestro Señor procedía de la tribu de Judá».[52] ¿Les resulta conocido el nombre Judá? Jesús descendió «de aquel cuyo nombre era alabanza, porque [Jesucristo] es nuestra alabanza».[53] Por más que admiremos al piadoso José (el hijo de Rebeca), fue la línea real de Judá (el hijo de Lea) a quien Dios escogió para llevar la simiente divina.

Cuando abrimos el Nuevo Testamento, en el primer capítulo, leemos: «Tabla genealógica de Jesucristo, hijo de David, hijo de Abraham: Abraham fue el padre de Isaac; Isaac, padre de Jacob; Jacob, padre de Judá y de sus hermanos».[54] Si en vez de figurar los nombres de los hombres se registraran las mujeres, tendríamos a Sara, Rebeca, Lea: dos mujeres hermosas amadas por sus esposos y una mujer mayor, de ojos delicados, amada por Dios.

Después de esto, dejó de dar a luz. *Génesis 29:35*

Una vez más, el texto no nos dice que Lea era *estéril* sino que «dejó de dar a luz» o «dejó de parir» (RVA). Un comentarista bíblico postula dos explicaciones posibles: «Lea se volvió estéril o Jacob dejó de tener relaciones sexuales con ella».[55] Podría ser, aunque no hay nada en las escenas anteriores que nos anuncie esto. Lea parecía ser muy fecunda y posiblemente siguiera siéndolo, y Jacob no parecía tener ningún problema en cumplir con sus obligaciones conyugales.

Hay una tercera posibilidad: tal vez Lea se contentó con su relación con Dios y con sus hijos durante esta estación de su vida y dejó de esperar las atenciones de Jacob, o de exigirlas, porque el Señor satisfacía todas sus necesidades. Como lo expresó el salmista: «A la mujer estéril le da un hogar y le concede la dicha de ser madre».[56] Desde un punto de vista práctico, seguramente cuando llegaba la noche, una mujer con cuatro hijos activos estaría demasiado exhausta para pensar en otra cosa que no fuera dormir.

Cualquiera que haya sido la razón, el vientre de Lea quedó en silencio, aunque no lo suficientemente pronto como para satisfacer a su hermana estéril, Raquel, como veremos en breve.

Cuando conocimos a Lea, esta mujer era tan ordinaria que no se destacaba por nada. Después de su noche de bodas, temíamos estar ante una Mujer Ligeramente Mala. Finalmente, vimos a Lea como Dios la vio: una hija que necesitaba compasión, una esposa que necesitaba amor y una madre que necesitaba un motivo para volver a cantar.

¿Qué lecciones podemos aprender de Lea, la mujer que no era amada?

Resistió las ganas de quejarse.

Si bien es riesgoso enseñar basados en los silencios, en lo que la Biblia *no* dice en vez de basados en lo que *sí* dice, vale la pena notar algunas cosas que Lea no hizo. No se quejó, no fue quisquillosa ni exigente, tampoco se convirtió en «una mujer amargada, que cargaba su resentimiento y frustraciones sobre los demás».[57] Tal vez suplicó, pero no lloriqueó. Tampoco habló mal de su hermana ni de su padre. En Lea vemos la palabras de Pablo puestas en práctica: «Alégrense en la esperanza, muestren paciencia en el sufrimiento, perseveren en la oración».[58] Aunque una Lea moderna posiblemente huyera de una situación tan opresiva, la Lea bíblica merece nuestro respeto por soportar su situación con esperanza y fe, por enseñarnos cómo una mujer piadosa puede alabar a Dios en vez de protestar.

> Cuando habla, lo hace con sabiduría; cuando instruye, lo hace con amor. *Proverbios 31:26*

¿Cuánto significa un nombre? Mucho.

Para Lea, poner nombres fue «una rigurosa disciplina espiritual».[59] Cada nombre fue escogido con cuidado: Rubén, Simeón, Leví y Judá. Los cuatro nombres escogidos por Lea todavía figuran en la lista de los mil nombres más populares para los bebés. Leví es el más preferido de estos cuatro.[60] Verdaderamente «los nombres que Lea le puso a sus hijos son testimonio de la milagrosa fe que Dios había sembrado en su corazón»[61] y reflejan la relación cada vez más cercana que ella tuvo con él. Nosotras podemos hacer lo mismo por nuestros hijos, escogiendo nombres que glorifiquen al Señor. También podemos alabar a Dios con los diversos nombres que él tiene en las Escrituras: el Ungido, el Esposo, el Consolador, el Liberador, el Padre Eterno, por solo nombrar unos pocos.

Vale más la buena fama que las muchas riquezas, y más que oro y plata, la buena reputación. *Proverbios 22:1*

La belleza está en los ojos del que observa.

Cuanto más estudiamos a Lea, más atractiva la encontramos, a medida que la imagen que la Palabra de Dios nos brinda de ella se transforma de un bosquejo abstracto e incoloro, en un óleo con colores vivos y cálidos. Jacob juzgó la hermosura externa y prefirió a Raquel, pero en la oscuridad de la noche, se iba a la cama con Lea. ¿Obligación conyugal? Es posible. Sin embargo, el amor inquebrantable que Lea sentía por él, su paciencia, sus ojos delicados y su cuerpo fecundo también debieron ejercer su atractivo. Las cosas no son distintas en la actualidad: todavía juzgamos por las apariencias. Sin embargo, las personas a quienes más admiramos, a las que más deseamos imitar, con las que más queremos estar, son las que el mundo suele llamar comunes y corrientes … pero que Dios llama agradables. Algunos sabios han dicho que «Lea fue cada vez más hermosa con el paso de los años. Su cabello encaneció y se volvió blanco como las nubes pero su rostro adquirió una luminosidad de fuerza … y sus ojos se aclararon».[62] Cierto o no, sabemos que, para Dios, Lea era hermosa.

Que la belleza de ustedes no sea la externa … Que su belleza sea más bien la incorruptible, la que procede de lo íntimo del corazón y consiste en un espíritu suave y apacible. Ésta sí que tiene mucho valor delante de Dios. *1 Pedro 3:3-4*

Nuestro pecado no puede impedir que la gracia de Dios se derrame.

Labán quizá empujó a Lea dentro de la carpa de Jacob, contra la voluntad de ella, convirtiéndolo en uno de los Peores Hombres de la Biblia. O tal vez, ella entró voluntaria y sigilosamente, ganándose el título de Mujer Ligeramente Mala. En ambos casos, «el Dios de Jacob hizo que fuera para bien, y su gracia abundó y cubrió el pecado y la ignorancia».[63] A pesar de lo malo del comportamiento de Lea, Dios la perdonó completamente y le permitió tener cuatro hijos seguidos. Una y otra vez, ella honró al Señor, y se alegró no de su bondad humana sino de su compasión divina. Encontramos en Lea un ejemplo de vida para toda mujer que no se sienta particularmente hermosa o que sienta que nadie la quiere. Démosle un nombre a *ella*: Escogida por Dios.

También escogió Dios lo más bajo y despreciado, y lo que no es nada, para anular lo que es, a fin de que en su presencia nadie pueda jactarse. *1 Corintios 1:28-29*

Algunas ideas a considerar para mujeres buenas

1. ¿Quién tuvo la sorpresa mayor: Jacob al descubrir que se casó con la mujer equivocada, o Lea, al darse cuenta de que su marido la odiaba, la despreciaba y la rechazaba? Si aquella mañana llegaron a dirigirse la palabra, ¿qué se habrán dicho? Cuando Jacob le dijo a Labán: «¿Acaso no trabajé contigo para casarme con Raquel?» (Génesis 29:25), ¿qué era lo que más le molestaba: que lo hubieran engañado o tener a Lea como esposa? Recuerda alguna ocasión en que te engañaron. ¿Qué fue lo que más te molestó: el motivo, el método o las consecuencias? ¿Por qué?

2. Un comentarista escribió sobre Lea: «Parece no ser más que tolerada; a través de los años, Lea fue siempre la mujer no amada».[64] Después de leer estos pasajes de las Escrituras, ¿concuerdas con esta opinión? Según tu experiencia u observaciones, describe qué pasa en las relaciones sin equilibrio con el curso de los años. ¿Estarías de acuerdo con la idea de que Lea «no podía hacer que Jacob la amara si él no la amaba»,[65] o Jacob tendría que haber hecho un esfuerzo mayor para amar a ambas mujeres? ¿Qué consejo le daría un terapeuta matrimonial a esta mujer no amada?

3. Matthew Henry señaló: «A Jacob se le pagó con la misma moneda».[66] ¿Estás de acuerdo, o piensas que los tres sufrieron por igual? Argumenta a favor de Jacob por el peso que tuvo que llevar al tener que agradar a dos mujeres. Argumenta a favor de Raquel, por tener que compartir a su esposo. Argumenta a favor de Lea, casada con un hombre que nunca la amaría. Cuando estamos en una situación difícil, es fácil sentir que nos trataron injustamente. Piensa en una relación conflictiva en tu propia vida y considera lo que esa persona ha tenido que soportar.

4. El versículo capital de nuestra historia es el siguiente: «Cuando el SEÑOR vio que Lea no era amada ...» (Génesis 29:31). Saber que Dios ve lo más profundo de tu corazón y conoce los detalles más íntimos de tu vida, ¿te anima o te hace sentir incómoda? ¿Por qué? La Biblia no nos dice que

Lea era estéril, pero Dios «abrió su matriz» o la bendijo con hijos, y su posición social cambió porque de no ser amada pasó a ser amada. ¿Cuál sería la mejor manera en que Dios puede expresar su amor por ti? ¿Qué cambios anhelas en tu vida que solo Dios podría producir?

5. Dios la amaba, pero Lea también deseaba el amor de Jacob. ¿Era esa una expectativa realista de su parte o simplemente un indicio de inmadurez espiritual o emocional? En ningún lugar se dice que Lea se burlara de Raquel durante sus embarazos, como Agar se burló de Sara; ni tampoco que estuviera orgullosa de sus hijos delante de su hermana estéril. ¿Qué nos muestra eso de Lea? Si tú fueras la hermana mayor, a quien nadie ama, con una hermana menor, hermosa y muy querida, ¿cómo resistirías el afán por mostrar las abundantes bendiciones de Dios?

6. La transformación de Lea, de una joven en madre, de una Mujer Ligeramente Mala a una Mujer Fundamentalmente Buena, nos sirve de aliento. ¿Qué diferencia hay entre «el Señor vio» y «el Señor oyó»? ¿Por qué crees que Lea esperaba una respuesta de Jacob después de Leví, en vez de esperar en el Señor? ¿Qué es lo que más esperas de una relación con un hombre? Si un hombre te desilusionó, como Jacob desilusionó a Lea, ¿cómo podrías llegar a encontrar paz en tu vida?

7. Qué gran nota de triunfo entonó Lea con el nacimiento de Judá: «Esta vez alabaré al SEÑOR» (Génesis 29:35). ¿Por qué este nacimiento fue diferente para Lea? Un comentarista bíblico escribió: «Lea personificó para todas las mujeres la necesidad crucial de vivir en primer lugar para Dios y para su gloria».[67] ¿Qué diferencia habría en nuestra vida si lo hacemos? En la práctica, ¿cómo puedes poner a Dios en el primer lugar, como lo hizo Lea finalmente?

8. ¿Cuál es la lección más importante que aprendiste de nuestro segundo estudio sobre Lea, la esposa despreciada pero muy amada por Dios?

8

A FIN DE CUENTAS

Los celosos acaban con la maldición que
temen.
Dorothy Dix

Claudia Suárez tenía la vista fija en la tarjeta con el anuncio del nacimiento; tragó saliva. *Otro hijo.*

Ella ya lo sabía, por supuesto. Hacía casi un mes que su hermana había tenido a su cuarto hijo. Esta era otra prueba de la fertilidad de Laura: una fotografía instantánea del crecimiento de su familia, desfilando en camisetas deportivas y sonrisas radiantes. Claudia tiró la tarjeta en la papelera y luego, a los dos segundos, se sintió culpable. Rescató la tarjeta, la puso en su refrigerador y la sujetó con un imán colocado sobre el rostro de Laura.

¡Toma!

Su sensación de satisfacción le duró hasta que se puso sus zapatillas deportivas y atravesó la puerta de su apartamento para salir a trotar. La vista de su vecina Beatriz Hernández empujando un cochecito para mellizos, volvió a sumirla en otra nube de envidia. ¿*Todos* tenían hijos menos ella?

«Ven a verlos», gritó Beatriz saludándola, y luego se inclinó sobre el carrito para destapar las frazadas celeste y rosada. «Olivia ya no tiene la picadura en la cara, y a Pablo finalmente le está creciendo el pelo».

Claudia se arrodilló educadamente junto al cochecito para observar mejor a los niños. «Son perfectos». Y lo eran. Olivia, con sus espesos rizos pelirrojos, pestañeaba como una muñeca cuyos ojos se abrían y cerraban. Pablo, con muy poquito cabello, tenía una apuesta nariz, digna de un niño del doble de edad.

Ella se quedó parada, observándolos. Una niña y un varón en el mismo nacimiento. Algunas mujeres no sabían qué bendecidas eran.

«Me tengo que ir», dijo por fin, mirando el cielo. Habían pronosticado lluvia y ella le prometió a su hermana que pasaría por la casa con una canasta de pollo frito para los muchachos.

Claudia se fue corriendo, apoyándose firme en sus talones, sus pies golpeando con fuerza el hormigón, mientras se dirigía al parque. Mentalmente, estaba corriendo también, haciendo el ejercicio que la ayudaba a lidiar con la vida como realmente era. Era una mujer soltera, sin hijos, de treinta años, y cada vez más vieja. Pero también era una profesional graduada de la Escuela de Arte y Diseño de la Universidad de Michigan, con mucho éxito en su carrera como diseñadora de interiores, y la orgullosa dueña de un flamante apartamento. Tenía derecho a estar orgullosa ¿no?

Entonces, ¿por qué su hermana no la envidiaba *a ella?* Pues Laura García vivía en una vieja casona, en una calle sombría de Ann Arbor, con su atractivo esposo, Joaquín, y sus cuatro hijos adorables.

No estaba celosa de Joaquín; Laura podía quedarse con él. Por supuesto, Joaquín podría haber sido de ella cuando regresó de la universidad. El hombre había estado detrás de ella todo el verano, pero ella no lo amaba entonces, y tampoco lo deseaba ahora. ¿Niños? Eso sí lo deseaba.

Claudia sostuvo la canasta de pollo en equilibrio con la cadera mientras tocaba, y luego abrió la puerta trasera de la casa de los García, sabiendo que la esperaban. «¡Llegó la cena!», exclamó mientras atravesaba el lavadero poco iluminado y lleno de cestas de ropa sucia. De la foto familiar reconocía las camisetas azules que salían por uno de los lados de un canasto roto de plástico. Seguramente, lavar la ropa no sea una prioridad en este momento, pensó. Por lo menos, no mientras hubiera un bebé recién nacido.

—Aquí —escuchó que Laura la llamaba desde la sala familiar. Sonaba exhausta.

Cuando Claudia la vio, intentó disimular la sorpresa. Laura estaba pálida y tenía el pelo sucio. Sentada en un viejo sillón, del tiempo en que vivía con sus padres y al que Laura llamaba su «silla maternal», Laura todavía estaba vestida con ropa de maternidad.

Estaba amamantando al bebé, Javier. Laura sacudió su mano libre y le señaló la habitación:

—¿Puedes llamar a los niños y darles la cena en la cocina?

Claudia asintió, intentando procesar lo que veía. No tenía nada que ver con la fotografía en la tarjeta. Encontró a los tres niños de Laura, el mayor no tenía seis años, sentaditos en la sala, mirando por el gran ventanal y observando la tormenta que se aproximaba.

Ricardo, el mayor, la saludó entusiasmado:

—Tía Claudia, ¡mira! —dijo señalándole la oscura línea de nubes que se formaba sobre sus cabezas. Simón y Lucas escondieron la cabeza entre las rodillas, flexionadas sobre el pecho. Levantaron levemente una mirada valiente y volvieron a ocultar la cabeza, como si en cualquier minuto la tormenta se descargara sobre ellos.

Claudia pensó que, dadas las circunstancias, era muy posible.

—Vamos a comer antes que se enfríe el pollo.

Los dos varones mayores corrieron a la cocina, saludando de lejos a su madre, mientras que Lucas caminaba tras de ellos lo más rápido que sus piernitas le permitían. Laura, ocupada en amamantar al bebé, le agradeció a Claudia con un susurro.

—Guárdame un trozo en el refrigerador, por favor.

La vieja cocina era grande y amplia, con suficiente lugar para tener una larga mesa de roble. Y un corralito. Y una silla alta. Y una silla de bebé. Claudia sentó a los niños alrededor de la mesa, fijándose en la pila de platos sin lavar acumulados en el fregadero.

Mientras los niños terminaban el pollo, Claudia tomó una decisión … varias decisiones. Cuando Laura se le unió, Claudia se ofreció a bañar a los niños.

—Joaquín puede hacerlo cuando llegue a casa —le dijo Laura, sosteniendo al bebé contra sus senos, profundamente dormido en sus brazos.

Claudia miró la hora en el reloj de la cocina: *6:30*.

—¿Cuánto falta para que llegue?

Laura se encogió de hombros. Claudia no necesitaba más explicación. Joaquín tenía ahora su propio negocio de contabilidad: horas más largas y noches más cortas.

—Entonces, yo los baño —dijo Claudia con firmeza—, o pronto tendrás manchas de grasa de pollo por toda la casa.

Cuando Laura no protestó, Claudia reunió a los niños, como si se tratara de un juego.

—Necesito tres marineros fuertes para enfrentarse a las olas del mar —les dijo, y luego procedió a divertirse más que ellos, haciendo el papel de mujer pirata. El baño quedó completamente mojado, pero por lo menos, sus tres marineros emergieron limpios.

A la hora de irse a la cama no hubo ningún contratiempo. Claudia les leyó, oró con ellos y les dio un beso en la frente. Tuvo que enjugarse las lágrimas mientras se detenía en el umbral de la puerta, antes de apagar la luz. Era buena con los niños, ¿no? ¿Por qué, entonces, Dios no le había permitido tener hijos propios? ¿No escuchaba sus oraciones?

Bajó en puntillas por las escaleras, escuchando la lluvia golpeteando en el techo de hojalata. Laura estaba sentada junto a la mesa de la cocina, mordisqueando su pollo frío, con Javier acostado en una silla portátil a sus pies. Le sonrió, pero las ojeras debajo de sus ojos le impedían ocultar su agotamiento.

—Laura … —Claudia se sentó a su lado, con la determinación de encargarse del cuidado de los muchachos, de hacer lo que fuera necesario—, creo que necesitas a alguien que te ayude. ¿Quieres que me encargue de encontrar una persona para que te ayude? ¿O prefieres que mamá … ?

—No —se apresuró a decir—, mamá no.

Claudia la observó detenidamente.

—¿Qué pasa? ¿Pasa algo que no me quieres decir?

Laura desvió la mirada.

—Nada, no pasa nada. Es que ella nunca … quiero decir, desde que me casé … en realidad, mucho antes …

—¿Antes del casamiento? —Claudia se inclinó hacia ella—. No entiendo, Laura. ¿Mamá no quería que te casaras con Joaquín?

—No, no es eso. Claro que quería que me casara con él —asintió distraída—. Papá también quería que me casara. Querían que me casara enseguida.

—¿En serio? —le vinieron a la memoria vagos recuerdos de planes realizados con prisa y un casamiento en los primeros días de otoño—. ¿Por qué tanto apuro?

Después de un largo silencio, Laura levantó lentamente la cabeza.

—Porque Joaquín y yo dormimos juntos una noche. Cuando papá nos encontró, insistió … le dijo a Joaquín …

—Espera —Claudia se dejó caer hacia delante, atónita—. ¿*Obligó* a Joaquín a casarse contigo?

—No lo podía obligar, por supuesto. Pero Joaquín trabajaba para él …

Claudia sacudió la cabeza, en un intento vano por alejar de su mente la espantosa situación.

—¿Y mamá? Supongo que te viene castigando desde entonces.

El mentón de Laura comenzó a temblar.

—Más o menos, eso es lo que hace.

Claudia se quedó mirando a su hermana, sin palabras. Durante diez años ella había pensado que su hermana tenía un matrimonio feliz, que tenía la familia perfecta, que la vida le sonreía a Laura.

—Lo siento, Laura … no sabía nada.

La puerta trasera se abrió de golpe y se cerró de un portazo. Joaquín había llegado a casa. Eran las nueve de la noche.

—Mejor me voy —dijo Claudia recogiendo sus cosas, agradecida de que tenía una excusa para retirarse—. Cuando me cruce con Joaquín le haré saber acerca de la necesidad de tener una empleada que pueda ayudarte algunas horas al día. ¿Te parece bien?

Laura asintió, mientras se inclinaba para levantar a Javier.

—Dile que ya estoy en la cama.

Claudia se apresuró hacia la puerta trasera para cruzarse con él. Cada paso fortalecía su resolución. Cuando se encontraron, Joaquín todavía estaba en el lavadero, secándose el pelo con una toalla usada.

Su expresión se iluminó cuando la vio.

—Justo hoy me olvidé el paraguas.

—Joaquín, necesitamos hablar —dijo sin levantar la voz, atenta a las pisadas de Laura en las escaleras—. Creo que es hora de que Laura tenga alguien que la ayude con el trabajo de la casa. O con los niños. Mi hermana …

—Lo sé —la sonrisa desapareció del rostro de Joaquín—. Esta casa está muy desordenada. Parece que ella no puede estar al día.

—¿Hablas en serio? Está haciendo el trabajo de tres personas, y una de esas personas deberías ser tú.

Ahora, él se enojó.

—¿Y desde cuándo te importa lo que hago? ¿O lo que dejo de hacer?

—Desde hace diez minutos cuando me enteré de que te casaste con mi hermana por los motivos equivocados.

Él suspiró, como si ella lo hubiera dejado sin aire.

—Me casé con ella porque tu padre no me dio otra opción. Y porque así estaría cerca de ti, aunque estuviera casado con otra mujer.

—Joaquín … —ella no ocultó el asombro, no podía—. Era Laura quien te amaba.

—Y yo te amaba a ti. ¿Acaso no era evidente? —se acercó a Claudia, antes de que ella pudiera alejarlo, y la tomó por los hombros—. Quería que tú fueras mi esposa, Claudia. Quería que tú fueras la madre de mis hijos.

Ella se zafó de sus manos.

—¡No digas eso!

—¿Por qué no si es la verdad?

—Porque es una crueldad. Y porque ... —no se atrevía a continuar. Ella también deseaba que los hijos de él fueran de ella. *Dios, perdóname ...*

Raquel se llena de envidia

Rubén. Simeón. Leví. Judá. Los nombres de los hijos de Lea «eran como flechas que se clavaban en la carne tierna de Raquel».[1] Sentimos que le penetran su corazón y compartimos su tristeza.

Una mujer soltera que desea casarse, incluso cuando observa cómo sus amigas se casan una tras otra, o una mujer casada que anhela tener hijos, incluso cuando asiste a las fiestas para hacer obsequios al recién nacido de sus amigas ... cuántas de nosotras podríamos identificarnos con la angustia de Raquel: «su esterilidad la atormentaba».[2] Siempre que comparamos nuestra vida con la de otra mujer, seguramente vemos algo que desearíamos tener pero que no podemos tener.

Raquel quería tener un hijo. ¡Cuánto anhelaba tener un hijo!

> Cuando Raquel se dio cuenta de que no le podía dar hijos a Jacob ... *Génesis 30:1*

Pasaron más de diez años desde que Jacob vio —y besó— a su prima Raquel. Ella había esperado siete años para casarse con Jacob, solo para acabar teniendo que compartir a su esposo con Lea. Su hermana tenía hijos con la misma regularidad con que las ovejas parían en primavera, pero Raquel no podía concebir. Así como hemos llegado a respetar a Lea, la mujer no amada, ahora sentimos pena por Raquel, porque no puede tener hijos.

Cuando su angustia se hizo insoportable, ella respondió de la manera más humana, y se hizo merecedora de la corona de una Mujer Ligeramente Mala.

> ... tuvo envidia de su hermana ... *Génesis 30:1*

¿Tan malo es tener envidia?

En pocas palabras: sí. La envidia nos carcome, nos quita el gozo y nos amarga el espíritu. Y si damos rienda suelta a nuestros sentimientos, la

Biblia nos recuerda: «Duro como el sepulcro [es] el celo» (RVA).[3] Algunos comentaristas bíblicos ven en los celos que Raquel tenía de Lea, una persona «insegura, celosa»,[4] «inmadura y antojadiza»,[5] y «mala, envidiosa, buscapleitos y petulante».[6]

Sí, sí, sabemos a qué se refieren. Hay días en que yo me he comportado así, o peor.

Cabría pensar que en la siguiente escena, Raquel estará discutiendo con Lea, lo que no demoró en hacer; pero primero descargó su frustración sobre su esposo. (Creo escuchar al mío: «Vaya, vaya … ¡qué cosa más rara!»)

... y le dijo a Jacob: —¡Dame hijos! *Génesis 30:1*

Habla como Jacob cuando dijo: «Dame mi mujer».[7] O como el hambriento Esaú cuando le pidió a Jacob que lo convidara con el guiso de lentejas.[8] Las palabras de Raquel son igual de impulsivas, igual de impacientes: «Dame hijos». Fíjense que no pide solo *un* hijo, no se conformaría con uno cuando Lea tenía cuatro. Raquel esperaba tener igual cantidad de hijos o una bendición mayor: un modo de pensar muy común entre las mujeres ligeramente malas.

Nuestra estrella dramática todavía no había terminado:

Si no me los das, ¡me muero! *Génesis 30:1*

Palabras fuertes, sin duda.

Como en aquella cultura una mujer sin hijos era «considerada muerta»,[9] Raquel no solo estaba celosa sino desesperada. «¡Necesito tener hijos! Si no los tengo es como si estuviera muerta».[10] Más pruebas de la naturaleza de esta Mujer Ligeramente Mala (y de la mía): lanzando ultimátums a diestra y siniestra: «¡Dame lo que quiero porque si no … !» Todavía no sabemos qué puede ser ese «si no», pero estamos dispuestas a llegar a las últimas consecuencias si fuera necesario.

¿Cuál fue la reacción de su querido esposo?

Pero Jacob se enojó muchísimo con ella ... *Génesis 30:2*

En serio. Podemos ver el humo saliendo de las páginas de la historia. «Entonces se encendió la ira de Jacob contra Raquel» (NBLH) y «Jacob se enojó contra Raquel» (RVR 1960). Seguramente esta no era la primera vez que tenían esta discusión. Después de cuatro, cinco, seis años de matrimonio sin poder tener hijos, cualquier dificultad posiblemente hacía estallar a Raquel: escuchar a Rubén llamar a su madre; observar a Simeón dar sus primeros pasos; enterarse de los rumores que se decían de ella; ver las huellas de su esposo en dirección a la carpa de Lea.

Enardecida, Raquel descargó su rabia contra Jacob como si él tuviera la culpa de que ella no pudiera tener hijos. En vez de calmarla, Jacob echó gasolina al fuego.

> ... y le dijo:
> —¿Acaso crees que soy Dios? ¡Es él quien te ha hecho estéril!
> *Génesis 30:2*

«¿Estoy yo en lugar de Dios?» (NBLH,) le increpó él. ¿Cómo crees que puedo hacer lo que solo Dios puede hacer? Jacob sabía que no alcanzaba con ser viril: solo Dios podía hacer que Raquel concibiera y, hasta ese momento, no lo había hecho. El patriarca le recordó a su esposa, aunque sin delicadeza, que era Dios quien le impedía tener hijos.

Tal vez Jacob pensaba que Raquel había hecho algo malo y que, por lo tanto, no merecía tener hijos. Si ella no podía tener hijos «era su culpa, no la de él».[11] Las mujeres estériles debían esperar con humildad encontrarse con «un mensajero divino o con un hombre de Dios»[12] para que escuchara su clamor. Pero no tenemos ningún indicio de que Raquel haya buscado el consejo de Dios, como sí lo hizo su tía Rebeca.

¿Pero qué de Jacob? ¿Oró por su mujer, como había orado Isaac? No sabríamos decirlo, aunque Jacob también debía estar tan decepcionado como Raquel, cuando no más aun. Detrás de sus crueles palabras parece esconderse un ego lastimado. Su amada esposa había dicho «Quiero hijos», no «Quiero a mi Jacob». *Eso* tuvo que dolerle. A ningún hombre le agrada que lo traten como si fuera un banco de esperma.

Otra vez, no

Cuando Jacob le dijo que no era por su culpa que ella no pudiera tener hijos, Raquel debió sentirse rechazada por Dios, de la misma manera en que Lea se sintió rechazada por Jacob. Tal vez temiera «no ser suficientemente buena para Dios o no ser lo suficientemente madura para tener hijos que dependieran de ella».[13] Seguramente Raquel estaba desesperada. De lo contrario, ¿cómo explicar la solución que planteó?:

—Aquí tienes a mi criada Bilhá —propuso Raquel—. Acuéstate con ella. Así ella dará a luz sobre mis rodillas … *Génesis 30:3*

«¡No! ¡No!», le gritamos, sacudiendo los brazos para llamar su atención. «No hagas eso». Raquel no conocía la insolencia de Agar, ni escuchó las burlas de Ismael, pero nosotras sí. Sabemos cómo termina este asunto de «acuéstate con mi criada». Además, las intenciones de Raquel no eran tan honorables como las de su tía abuela. Saray quería un heredero para Abram; Raquel quería hijos para Raquel. Punto. Le pidió a Jacob que tuviera relaciones sexuales con su criada, para que Bilhá fuera una madre sustituta.

Qué horrible.

… y por medio de ella también yo podré formar una familia.
Génesis 30:3

Esa pequeña palabrita, «también», la delata: Raquel se negaba a ser menos que Lea. Como un niño ansioso que cuenta los regalos que recibió en Navidad para asegurarse de que su hermano no recibió más que él, Raquel había decidido que ella también tendría su justa parte. Si era necesario sacrificar a otra mujer para lograrlo, mala suerte.

Bilhá «dará a luz sobre mis rodillas», dijo Raquel a Jacob, conforme a la costumbre del lugar para reclamar a un hijo.[14] Salvo que el recién nacido solía ser colocado en las rodillas *del padre*, en señal de aceptación del niño.[15] Raquel no solo quería que Bilhá la sustituyera, sino que quería sustituir a Jacob.

La madre que llevo dentro de mí y que desea hacerse cargo de todo se estremece. Cuántas veces he escrito un correo electrónico a mis amigos, alabando a *mi* hijo o a *mi* hija y justo antes de apretar el botón de «Enviar», me doy cuenta de mi error: debería ser *nuestro* hijo y *nuestra* hija …

Raquel ya lo tenía decidido, y a Bilhá, como a Agar, no se le consultó.

Entonces Raquel le dio a Jacob por mujer su criada Bilhá.
Génesis 30:4

Un comentarista sugiere que en esta escena «Raquel puso en marcha su plan B».[16] Vaya si lo hizo: B, de Bilhá. Así fue como Bilhá se convirtió en la esposa de Jacob. Todas las traducciones concuerdan. En un versículo posterior, ella será degradada a la categoría de «concubina»,[17] pero en este momento, ella está casada, es la mujer de Jacob.

... y Jacob se acostó con ella. *Génesis 30:4*

Ya fuera «para consolar a su amada Raquel»[18] o para poner fin a sus quejas, Jacob cumplió su obligación con Bilhá. Ella también cumplió su parte.

Bilhá quedó embarazada y le dio un hijo a Jacob. *Génesis 30:5*

No sabemos qué pensaba Lea de todo este asunto. Tampoco sabemos qué pensó Bilhá, la madre que dio a luz. La respuesta de Raquel ante este nacimiento fue triunfal, una confesión «tan teñida de ambición que resulta poco sincera».[19] Bilhá había dado a luz, pero el niño pertenecía a su dueña, quien lo consideró su hijo y reclamó su derecho a ponerle nombre.

Y Raquel exclamó: «¡Dios me ha hecho justicia! ¡Escuchó mi plegaria y me ha dado un hijo!» Por eso Raquel le puso por nombre Dan. *Génesis 30:6*

Como su hermana mayor, Raquel honró a Dios, pero de alguna manera sus palabras no son de gratitud ni de humildad. En cambio, parecen ser vanidosas: «Dios me ha vindicado» (NBLH), como si Dios la exculpara y la declarara inocente. *¿Inocente de qué?*, nos preguntamos. ¿Del cambio de mujeres en la noche de bodas? Raquel era culpable de envidiar a su hermana y también era culpable de obligar a su esposo a acostarse con una tercera mujer. En realidad, Raquel «no celebró la bondad de Dios sino que se felicitó a sí misma».[20]

Otra estrella empañada en la corona de esta Mujer Ligeramente Mala.

Con respecto a mí, no sé cuántos puntos en contra debo tener si cuento todas las veces que me llevé el crédito cuando tendría que haber honrado al Señor. Aun cuando digo: «Gracias a Dios», en mi corazón pienso: *Seguramente que todo mi esfuerzo tuvo algo que ver ...*

No, Liz. Toda la gloria es de Dios, todas las veces.

De la misma manera, Dios bendijo el vientre de Bilhá porque así lo dispuso, no porque Raquel hubiera hecho algo.

Podríamos pensar que Raquel ahora se conformó con su esposo, porque tenía finalmente un hijo. Pero como Lea tenía cuatro, Raquel deseaba tener por lo menos dos: un heredero y uno más, por si acaso.

Después Bilhá, la criada de Raquel, quedó embarazada otra
vez y dio a luz un segundo hijo de Jacob. *Génesis 30:7*

Suspiro. ¿Será suficiente?

Ya hay seis hijos en la familia de Jacob, pero «todavía hay corazones
entristecidos, que no están conformes».[21]

Y Raquel dijo: «He tenido una lucha muy grande con mi
hermana, pero he vencido». Por eso Raquel lo llamó Neftalí.
Génesis 30:8

«Una lucha muy grande con mi hermana» parece indicar que Raquel
y Lea estaban en guerra, aunque mientras nacieron los cuatro varones,
Lea en ningún momento mencionó a su hermana. Esto se asemeja más a
una escaramuza llena de empujones y «forcejeos»,[22] pero solo de parte
de Raquel. No nos dejemos engañar, estas no son «luchas de oración»;[23]
en ningún momento se menciona a Dios. Tal vez la siguiente traducción
capte mejor que ninguna la competitividad que animaba el espíritu de
Raquel: «Le tendí una trampa a mi hermana y me salió bien». Su padre,
su tía y su esposo habían sido expertos engañadores, Raquel fue la mejor
alumna.

Aunque Raquel se considera ganadora, «debió saber que en realidad
no había ganado».[24] Seguramente se daba cuenta de que «a los ojos del
mundo, a los ojos del Señor, a los ojos de Jacob», ella era todavía una mujer
estéril, cuya matriz estaba «cerrada, vacía, sellada».[25]

¿Tú también, Lea?

Lamentablemente, la envidia de Raquel posiblemente despertó sentimientos similares en su tranquila hermana, quien no dijo nada pero, por desgracia, actuó:

Lea, al ver que ya no podía tener hijos, tomó a su criada Zilpá
y se la entregó a Jacob por mujer ... *Génesis 30:9*

Recuerden la antigua ley: después de dos años sin poder tener hijos,
una esposa obediente entregaba a su esposo una criada para que pudiera
tener un heredero. Dos años debieron haber pasado mientras Bilhá estaba
ocupada teniendo bebés ... y Lea no. Por lo tanto, quizá ella le entregó a

Zilpá no para fastidiar a su hermana sino para cumplir la ley y «traer más gozo a Jacob»[26] al darle más hijos.

Dado que no tenemos ninguna explicación para su conducta y ninguna explicación en las Escrituras, dudo en añadir puntos a la lista de Mujeres Ligeramente Malas de Lea, por haber entregado a Zilpá, aunque sin duda que parece comportarse como si «nunca hubiera gozado del favor de Dios».[27] Siguió el mal ejemplo de su hermana y «reclutó a su criada para la guerra por el amor de su esposo».[28]

Como su abuelo Abraham anteriormente, Jacob, el hombre rodeado de mujeres, hizo como le mandaron.

... y ésta le dio a Jacob un hijo. Génesis 30:10

A Agar, la criada de Sara, al menos le hablaban y tenía una voz. A estas criadas silenciosas, Bilhá y Zilpá, parecería que se las trata como meros receptáculos para tener niños. Aun el significado de sus nombres es incierto: Bilhá significa posiblemente «simplicidad» o «desinterés»[29] y Zilpá, «ñata» o «nariz chata».[30] (¿Será mi imaginación o esta gente de la antigüedad tenía un problema con las narices de las mujeres?)

A pesar de sus facciones, Zilpá hizo sonreír a su dueña.

Entonces Lea exclamó: «¡Qué suerte!» Por eso lo llamó Gad. Génesis 30:11

¿La mala noticia? Ninguna referencia a Dios. ¿Las buenas noticias? Ninguna danza de victoria para molestar a Raquel. Simplemente una afirmación: «¡Cuán afortunada!» (NBLH), y el nombre para su hijo, que significa «fortuna». Aunque Lea no «recurrió a las quejas ni al engaño»,[31] ella tampoco estaba satisfecha con un solo hijo sustituto.

La historia se vuelve a repetir.

Zilpá, la criada de Lea, le dio un segundo hijo a Jacob. Génesis 30:12

Lo sé, lo sé, esto es tan interesante como los pasajes genealógicos de la Biblia: otro nacimiento, otro hijo. *¡Qué aburrido!* Lea, en cambio, estaba contentísima, como nosotras también lo estaríamos si tuviéramos otro hijo en nuestra familia, en cualquier circunstancia.

Lea volvió a exclamar: «¡Qué feliz soy! Las mujeres me dirán que soy feliz». Por eso lo llamó Aser. *Génesis 30:13*

Aun si Jacob y Raquel le negaban su aprobación y su afecto, Lea gozaba del respeto de las mujeres de su región. Llamó a su hijo Aser, o «feliz», convencida de que las mujeres de Jarán la llamarían «bienaventurada» (NBLH), en particular las mujeres jóvenes en edad de concebir quienes «la estimaron mucho más»[32] ahora que tenía ya seis hijos en su regazo.

Si llevamos la cuenta, Raquel ocupaba el segundo lugar en el desfile de bebés, una situación que estaba decidida a remediar. De todas las estratagemas que podía tener como Mujer Ligeramente Mala, la siguiente es el colmo.

La miseria arraigada

Durante los días de la cosecha de trigo, Rubén salió al campo. Allí encontró unas frutas llamadas mandrágoras, y se las llevó a Lea, su madre. *Génesis 30:14*

Eran los últimos días de la primavera, cuando se cosechaba el trigo y las mandrágoras maduraban en los campos. Las plantas de tubérculos serían fáciles de ver, con sus «hojas grandes, flores violetas y fruta amarilla».[33] Ah, y su olor fétido.

Los antiguos creían que si una mujer miraba la raíz de una mandrágora, se volvía fértil,[34] tal vez porque la raíz era grande y a menudo en forma de horquilla, como si fuera la parte inferior del cuerpo humano. Se creía que la mandrágora tenía propiedades «curativas, que bajaba la fiebre, sanaba las heridas y abría las matrices de las mujeres estériles».[35] ¿Habrá traído Rubén, «de unos seis años»,[36] las plantas a su madre porque ella se las pidió, con la esperanza de volver a tener hijos? ¿O arrastró él mismo las plantas nauseabundas hasta su casa, solo porque era un niño curioso?

Las mandrágoras acabaron en manos de Lea, aunque Raquel las quería.

Entonces Raquel le dijo a Lea:
—Por favor, dame algunas mandrágoras de las que te trajo tu hijo. *Génesis 30:14*

Esta es la primera vez en el relato bíblico que Raquel y Lea entablan un diálogo. Raquel le pide amablemente a Lea que le dé unas mandrágoras;

no fue grosera como Esaú cuando le pidió guiso de lentejas a Jacob.[37] No porque Raquel se diera por vencida, sino que era una muestra de respeto hacia la esposa principal. Lea ahora disfrutaba «una posición de poder, tal vez como nunca antes en su relación con Raquel».[38]

Quizá por eso Lea no dudó en contestarle con rudeza. Finalmente.

Pero Lea le contestó:
—¿Te parece poco el haberme quitado a mi marido ... ? *Génesis 30:15*

Ahora bien, creo sentir algo de acidez en estas palabras. Y también de dolor.

En una ocasión Lea le había quitado el esposo a Raquel. Luego, durante un largo tiempo, las mujeres habían compartido a Jacob. Ahora parecería que Jacob ya no visitaba la carpa de Lea y que Raquel lo tenía solo para ella.

Cómo no iba a estar dolida Lea; cómo no iba a hablarle mal a su hermana. «¿Te parece poco el haberme quitado a mi marido ...?». Su hermana parece no conformarse con quitarle el marido y ahora quiere más.

¿... que ahora quieres también quitarme las mandrágoras de mi hijo? *Génesis 30:15*

Las palabras de Lea parecen terminantes, nos revelan «la profundidad de su enojo y exasperación».[39] No solo estaba irritada con Raquel, sino que Lea también estaba irritada consigo misma. Arrastrada a la batalla de los hijos con su hermana, Lea había entregado libremente su lecho matrimonial a Zilpá, como señal inequívoca a Jacob de que ella ya no estaba tan interesada en él como antes.

Los hombres difícilmente dejan pasar ese tipo de rechazo.

Raquel se aprovechó de la angustia de su hermana y le sugirió una solución estremecedora:

—Bueno —contestó Raquel—, te propongo que, a cambio de las mandrágoras de tu hijo, Jacob duerma contigo esta noche. *Génesis 30:15*

¡¿La mujer cambió una noche con su marido por una *planta*?!
Ya está. Voy a volver a escribir *Más mujeres malas de la Biblia* y Ra-

quel tendrá el rol protagónico. Amiga, ¿no crees que ella merece el primer premio? Esperemos que Rubén ya le haya entregado las mandrágoras a su madre y se haya marchado a jugar. Sería horrible pensar en un pequeño escuchando este diálogo.

Un escritor sugirió: «Es admirable la manera directa en que Lea y Raquel tratan los asuntos».[40] Para mí no tiene nada digno de admiración. ¿Qué tiene de admirable vender los servicios sexuales de un marido? Sin que Jacob lo supiera, «hacían trueque con él como si fuera un carnero entre dos ovejas».[41]

Lea no respondió verbalmente, pero debió acceder a los términos de su hermana y le entregó las mandrágoras. Lea no perdía nada; las propiedades de las mandrágoras eran una superstición, no fundadas en la ciencia, como el tiempo pronto lo probaría: «Lea no necesitaba las mandrágoras, y de nada le sirvieron a Raquel».[42]

La transacción no tuvo costo para Raquel, salvo una noche menos con su esposo, a quien ella parecía estimar muy poco. Jacob tendría que cumplir la obligación asumida por ella.

> Al anochecer, cuando Jacob volvía del campo, Lea salió a su encuentro ... *Génesis 30:16*

¿Sería puro deseo reprimido el que impulsó a Lea a salir al encuentro de Jacob? ¿O deseaba comunicarle el trato a Jacob en privado, sin público? Si tenemos en cuenta cuántas personas tenían una relación íntima con este hombre (otras tres esposas y ocho hijos), a Jacob seguramente le agradaba demorarse en el campo hasta llegada la noche, para tener un momento a solas.

La soledad no estaba en los planes de Lea para esa noche.

> ... y le dijo:
> —Hoy te acostarás conmigo ... *Génesis 30:16*

¡Vaya! Miren a nuestra «Lea callada, vulnerable y con poca autoestima».[43] Su lenguaje no pudo haber sido más directo: «Llégate a mí» (RVR 1960). El «llegarse a una mujer» era una frase reservada para la primera relación sexual, «era evidente que Jacob estaba boicoteando sexualmente a Lea».[44] Ahora entendemos por qué acusó a Raquel de quitarle a su marido y se sentía obligada a recuperarlo.

Fíjense cómo esta vez Lea no dice nada sobre tener hijos o sobre formar una familia. No creo que Lea quisiera tener otro hijo; creo que quería a

Jacob. Su corazón estaba en paz con Dios y tenía más que cubierto su papel como madre. Sin embargo, Jacob era todavía su marido y ella era su mujer. Aunque solo fuera por una noche, Lea tenía intención de recordárselo.

> ... porque te he alquilado a cambio de las mandrágoras de mi hijo. *Génesis 30:16*

No sabemos qué pensó Jacob cuando escuchó estas palabras, pero sin duda que «cuando Jacob vio los ojos tiernos de Lea, vio en ellos una determinación que no esperaba. No era fácil rechazar a Lea».[45]

> Y Jacob durmió con ella esa noche. *Génesis 30:16*

Creo que difícilmente encontremos en la Biblia hombres tan obedientes como Jacob. Creció haciéndole caso a las mujeres: «Por eso, hijo mío, obedéceme».[46] Luego aprendió a obedecer a su tío: «Así lo hizo Jacob».[47] Finalmente obedeció a lo que le pedían sus muchas esposas.

Aunque aquella noche dos mujeres controlaban la actividad sexual de Jacob, solo Dios dominaba las consecuencias.

Bendiciones del cielo

> Dios escuchó a Lea ... *Génesis 30:17*

Es un alivio saber que Lea todavía buscaba conocer la voluntad de Dios, como nos muestra este versículo: «Y oyó Dios a Lea» (RVR 1960). *¿Por qué cosas habrá orado Lea?,* nos preguntamos. ¿Tal vez por algún gesto de consideración hacia ella de parte de Jacob? Lo que sí no hizo fue pedir otra flecha para su aljaba solo para fulminar a su hermana. A pesar de ello, la familia se agrandó.

> ... y ella quedó embarazada y le dio a Jacob un quinto hijo. *Génesis 30:17*

Nuevamente, Dios abrió la matriz de Lea y no la de Raquel, ya que «Dios no se dejará ser manipulado».[48] A pesar de los momentos como Mujer Ligeramente Mala, Lea continuó gozando del favor de Dios. Y también siguió dándole la gloria:

Entonces dijo Lea: «Dios me ha recompensado, porque yo le entregué mi criada a mi esposo». *Génesis 30:18*

La manera en que este pasaje se expresa en el hebreo nos indica que, aunque según las leyes antiguas ella debía hacerlo, «compartir a Jacob con otra mujer para Lea era una decisión difícil»[49] y que prefería «luchar con su propia conciencia»[50] en vez de disputar con su hermana. Desde la perspectiva de Lea, Dios recompensó su obediencia y la bendijo, después de una noche de amor alquilada.

Por eso lo llamó Isacar. *Génesis 30:18*

Llamó a su hijo «Alquiler» o «Recompensa», como efectivamente lo era. Aun sin otra transacción de mandrágoras, Jacob volvió al lecho de Lea. ¿Cómo podía negarse, cuando su cuerpo era tan fértil y sus hijos tan sanos?

Lea quedó embarazada de nuevo, y le dio a Jacob un sexto hijo. *Génesis 30:19*

Sé que este capítulo corresponde a Raquel, pero quisiera poder terminar toda la historia de Lea con el nacimiento de Zabulón, que significa «Honrar» o «Morar» (RVR 1960) o «Dote del marido»:[51] todos tienen sentido si consideramos su respuesta:

«Dios me ha favorecido con un buen regalo —dijo Lea—. Esta vez mi esposo se quedará conmigo, porque le he dado seis hijos». Por eso lo llamó Zabulón. *Génesis 30:20*

Ella quería que Jacob morara con ella, que la protegiera y la honrara «como una princesa».[52] Se parece a Sara. La diferencia es que Sara era hermosa y amada por su marido, y nuestra Lea ni siquiera era percibida por Jacob, aunque le había dado más hijos que el resto de sus mujeres.

Lea tenía todos los motivos del mundo para sentirse abatida, celosa y resentida. Sin embargo, oró, confió en Dios y lo alabó. Él la recompensó una vez más con algo largamente anhelado: una niña.

Luego Lea dio a luz una hija, a la cual llamó Dina. *Génesis 30:21*

El nombre Dina significa «justicia».[53] Aunque Jacob nunca fue justo con Lea, Dios sin duda fue fiel y justo con ella.

Con respecto a Raquel, las mandrágoras no solo no sirvieron de nada, sino que fueron contraproducentes ya que Lea acabó con dos hijos y una hija más. ¿No habrá forma de que también se cumplan los deseos de Raquel?

Por fin, por fin

Pero Dios también se acordó de Raquel ... *Génesis 30:22*

Dejemos algo en claro: Dios nunca se olvidó de Raquel, ni por un instante. Simplemente dejó que ella probara todos los métodos posibles, que creyera todas las supersticiones y que intentara todas las ideas que se le ocurrieran. Al final, Raquel tuvo que reconocer ante Dios que solamente él podía permitirle concebir hijos y «fue y oró pidiendo a favor de sí misma».[54]

Entonces Dios se acordó de Raquel. «Ese "acordarse" es el centro del evangelio. No hay explicación. Solo es posible afirmarlo, celebrarlo y depender de él».[55] José, Sansón, Nehemías, Ana, Job y Jeremías clamaron a Dios para que se acordara de ellos; también lo hizo David: «Acuérdate de mí según tu gran amor, porque tú, Señor, eres bueno».[56] Cuando el ladrón colgado de la cruz clamó: «Jesús, acuérdate de mí cuando vengas en tu reino»,[57] pedía perdón, pedía salvación.

Dios hizo más que acordarse de Raquel.

La perdonó. La salvó.

... la escuchó y le quitó la esterilidad. *Génesis 30:22*

Raquel finalmente confió en Dios en vez de confiar en las acciones humanas y él escuchó sus oraciones, «abrió su matriz»,[58] y le permitió ser «una mujer entre las mujeres, una creadora de vida».[59] ¿Oró específicamente por un varón? Sin duda. Está bien que su hermana tuviera una niña, pero después de tantos años, Raquel ansiaba tener un varón para ponerlo sobre las rodillas de Jacob.

Por fin le tocó el turno a Raquel.

Fue así como ella quedó embarazada y dio a luz un hijo. *Génesis 30:23*

¡Un varón ! ¡Y qué varón! Cuando la Biblia nos presenta una mujer estéril, «es razonable prever el nacimiento de un gran héroe».[60] Este hombre un día sería el primer ministro de Egipto, el segundo después del faraón, y salvaría a su pueblo cuando el hambre azotara el país.

> Entonces exclamó: «Dios ha borrado mi desgracia».
> *Génesis 30:23*

Esta vez Raquel no pronunció el nombre del Señor en vano cuando confesó: «Dios ha quitado mi afrenta» (RVR 1960). Su necesidad de perdón era evidente; su gratitud, genuina. «Dios me ha quitado la vergüenza» (DHH). ¡Qué obra realizó Dios en la vida de esta mujer! Atrás quedó la mujer que exigía: «Dame un hijo o moriré». Atrás quedó la amarga rivalidad con su hermana que afirmaba: «He luchado con mi hermana y le he ganado». Atrás quedaron las decisiones domésticas: «Muy bien, él puede acostarse contigo esta noche si me entregas las mandrágoras de tu hijo».

Cuando Dios se acordó de Raquel, «ella olvidó todas las tristezas y desilusiones de su vida».[61]

> Por eso lo llamó José, y dijo: «Quiera el SEÑOR darme otro
> hijo». *Génesis 30:24*

Una sabia decisión, porque *José* deriva de la raíz *asap*, que significa «quitar» o de *yosep*, que significa «añadir».[62] Después de esperar siete años para casarse con Jacob y siete años deseando tener hijos, Raquel finalmente vio quitada su afrenta y luego pidió: «Que el SEÑOR me añada otro hijo» (NBLH).

No percibo que esto sea una continuación de la Gran Batalla por los bebés. Aquella lucha ya estaba en el pasado. Desde el momento en que Dios abrió la matriz de Raquel, ella sabía que ahora sería recordada, aceptada y bendecida. ¿Quién no querría recibir otra bendición más?

Momentos después de dar a luz a nuestro primer hijo y acurrucarlo entre mis brazos, miré a mi esposo, con los ojos nublados por las lágrimas y le dije: «Tengamos otro». Bill insiste en que era solo balbuceo inducido por la anestesia, pero yo sé que no fue eso: sobrecogida por el milagro del nacimiento, anhelaba volver a experimentarlo.

Jacob, en cambio, anhelaba ponerse en marcha e irse de viaje.

Después de que Raquel dio a luz a José, Jacob le dijo a Labán:
—Déjame regresar a mi hogar y a mi propia tierra. *Génesis 30:25*

Jacob había terminado su segundo ciclo de labores y le recordó a su suegro: «Tú bien sabes cómo he trabajado para ti».[63] Labán tenía que pensar algo rápido si deseaba quedarse con su enorme familia, y con su mejor pastor: «Fija tú mismo el salario que quieras ganar, y yo te lo pagaré».[64]

¿Cómo? ¿Salario? No es la primera vez que se menciona.

Jacob el engañador estaba preparado esta vez. Sugirió un plan que involucraba cabras (otra vez) y ovejas, con el propósito de quedarse con los rebaños de Labán.

Hoy, cuando pase yo con todo tu rebaño, tú irás apartando toda oveja manchada o moteada, y todos los corderos negros, y todos los cabritos manchados o moteados. Ellos serán mi salario. *Génesis 30:32*

Por supuesto, Labán violó el pacto, apartó esas cabras y ovejas para él y luego «puso una distancia de tres días de viaje entre él y Jacob. Mientras tanto, Jacob seguía cuidando las otras ovejas de Labán».[65] Naturalmente, Jacob no era tonto y previendo los ardides de su tío, recurrió a métodos de «influencia prenatal e hibridación selectiva».[66] «De esta manera Jacob prosperó muchísimo y llegó a tener muchos rebaños, criados y criadas, camellos y asnos».[67] Bien hecho, Jacob. Aunque, en realidad, deberíamos decir: «Bien hecho, Dios». Solo la bendición del Señor hizo posible tal abundancia y Jacob lo sabía muy bien.

Las Escrituras no nos dicen cómo ocupaban su tiempo Lea y Raquel (y Bilhá y Zilpá) durante esos seis años productivos, pero con once varones para criar, las obligaciones como madre las debieron tener atareadas todo el día. El único que no estaba feliz era Labán. Cuando Jacob «notó que Labán ya no lo trataba como antes»,[68] se dio cuenta de que había llegado la hora de marcharse, «antes de que surgieran problemas mayores».[69]

De regreso a Canaán

Como lo prometió, Dios estuvo con Jacob durante todos esos años, lo prosperó y lo guió, aun mientras se acercaba el final de su estadía en Padán Aram.

Entonces el SEÑOR le dijo a Jacob: «Vuélvete a la tierra de tus padres, donde están tus parientes, que yo estaré contigo». *Génesis 31:3*

«Yo estaré contigo». De nuevo el pacto fiel de Dios le infunde coraje a Jacob. Él pensaba llevar consigo a su familia, a toda su familia, y por lo tanto se puso valientemente en acción.

Jacob mandó llamar a Raquel y a Lea al campo donde estaba el rebaño. *Génesis 31:4*

¿Qué es esto? Una escena con los tres protagonistas presentes. Por más que fuera un triángulo amoroso, el tiempo había suavizado las asperezas. Jacob necesitaba hablar con sus esposas, en un lugar alejado, donde Labán no pudiera escucharlo, porque necesitaba saber si Raquel y Lea estaban dispuestas a dejar la casa de su padre. Ese alejamiento violaba las costumbres del lugar pero, además, significaba que las hermanas tendrían que abandonar la región donde siempre habían vivido, Padán Aram.

Cuando Saray siguió a Abram dejó atrás su hogar, pero no tenía hijos. Mover toda una casa de un lugar a otro es difícil, en cualquier época; trasladarse con hijos es todavía peor. Nuevas escuelas, nuevos pediatras, nuevos amigos de juego. Raquel y Lea tenían esos asuntos resueltos: educación en casa, medicina con hierbas e hijos suficientes para armar un equipo de fútbol, no obstante lo que Jacob les pedía era grande. Sin las instrucciones claras de Dios, es posible que nunca se aventurara a salir de Jarán; con la guía divina, Jacob estaba decidido a marcharse.

Jacob habló con sus mujeres de manera formal, casi como si hubiera ensayado un parlamento, mientras les describía la situación: la frialdad de Labán, la fidelidad de Dios y todo lo que Labán lo hacía trabajar: «él me ha engañado y me ha cambiado el salario muchas veces».[70] Después de relatar lo mucho que Dios lo había prosperado a pesar de las maldades de su suegro, Jacob les refirió las palabras del ángel del Señor cuando le habló en sueños: «Vete ahora de esta tierra, y vuelve a la tierra de tu origen».[71] Terminó su discurso con una pregunta no pronunciada: «*¿Vendrán conmigo?*»

Jacob no podía quedarse; no obstante, tampoco podía irse sin ellas. La respuesta de las hermanas sería «la confirmación o la negación de los planes de Dios para Jacob; la decisión de ellas sería determinante».[72]

Raquel y Lea le respondieron ... *Génesis 31:14*

¿Se dieron cuenta? «Raquel y Lea le respondieron». Es cierto, aparece Raquel en primer término pero ambas responden juntas. ¡Cómo cambió la situación!

Ya no tenemos ninguna parte ni herencia en la casa de nuestro padre. *Génesis 31:14*

Raquel y Lea conocían la situación: «¿Tenemos acaso parte o heredad en la casa de nuestro padre?» (RVR 1960). Las hermanas, que habían competido por el amor de Jacob, ahora estaban «unidas por el odio hacia su padre»,[73] porque sabían que él había dilapidado su herencia.

Al contrario, nos ha tratado como si fuéramos extranjeras. *Génesis 31:15*

¡Qué espantoso! Las hijas no debían tratarse como «extranjeras» o «intrusas»,[74] alimentadas y atendidas, pero sin ninguna otra consideración.

Nos ha vendido, y se ha gastado todo lo que recibió por nosotras. *Génesis 31:15*

Si Labán hubiese sido un buen padre, habría devuelto a cada una de las esposas una gran parte de la dote, los salarios que no le pagó a Jacob por lo que él trabajo todos esos años.[75] En cambio, Labán se había «comido» (RVR 1960) todo su dinero, lo había «consumido» (NBLH), una muestra clara de sus «acciones implacables».[76] Aparte de quebrantar las leyes familiares de su país,[77] Labán traicionó a sus hijas al no obrar como un buen padre.

Lo cierto es que toda la riqueza que Dios le ha quitado a nuestro padre es nuestra y de nuestros hijos. *Génesis 31:16*

Durante todo el proyecto de las ovejas moteadas y las ovejas rayadas de Jacob, Dios había traspasado casi todas las ovejas de Labán a los rebaños de Jacob. Raquel y Lea querían asegurarse de que su riqueza no quedara atrás. «Cuando se les trató como socias, se comportaron como tal».[78] Es maravilloso contemplar este cambio, ¿no es cierto? Después de tantos líos domésticos, las hermanas estaban de acuerdo.

La lealtad fraternal que las unía entre sí, y que las unía a Jacob, era evidente: «Si en algún momento él pensó en marcharse sin ellas, pronto lo desestimó».[79]

Por eso, haz ahora todo lo que Dios te ha ordenado. *Génesis 31:16*

Raquel y Lea no podrían ser más explícitas: «Hazlo» (NBLH).

Jacob espero a que Labán se fuera a «una esquila»,[80] y luego cargó los camellos con sus esposas e hijos, juntó todos los bienes que había acumulado en Padán Aram, y puso en marcha a su ganado, en dirección a Canaán. Lo hizo solapadamente; fue «un acto de temor y de incredulidad, no un acto de fe».[81]

Estoy segura de que Jacob justificaba sus acciones, si no ante los demás por lo menos ante sí mismo: «Es justo que me lleve todas estas cosas después de todo lo que trabajé». O: «Mi familia quiso que yo obrara así». O: «Dios me habló». Yo me he dicho todas estas cosas para acallar mi conciencia cuando me siento culpable de algo. Sin embargo, cuando decidimos actuar en el momento que nos parece más conveniente para que no nos pillen, hay algo que no es … legítimo.

Observen esto: otro embaucador en la familia se aprovecha de la situación. «Mientras Labán estaba ausente esquilando sus ovejas, Raquel aprovechó el momento para robarse los ídolos familiares».[82] Nuestra Mujer Ligeramente Mala reapareció en la escena. Aunque Labán tuviera su merecido, robarle a su padre coloca a Raquel en la lista de Personas Más Buscadas, porque quebrantó cuatro de los Diez Mandamientos:

No tengas otros dioses además de mí.[83]

No te hagas ningún ídolo.[84]

Honra a tu padre y a tu madre.[85]

No robes.[86]

Aunque los Diez Mandamientos no se grabarían en piedra hasta varios siglos después, el bien y el mal son valores intemporales y lo que Raquel hizo estuvo mal. Esos ídolos de madera y metal se llaman *teraphim* en hebreo, que significa «cosas viles»,[87] y que son abominación para Dios.

¡Uf, Raquel! ¿Por qué tenías que huir con esos ídolos?

Las Escrituras no nos dan ninguna explicación, pero los investigadores bíblicos se devanan los sesos intentando determinar una razón definitiva que haya impulsado a Raquel a robar los ídolos de su padre. ¿Estaría «encariñada con estas estatuillas, objeto de reverencia supersticiosa de la familia»?[88] ¿O «no había aprendido a confiar en Jehová para proveer sus necesidades»?[89] ¿Se los habrá llevado «para tener buena suerte o fertilidad, así como protección durante el viaje»?[90] «¿O sería su «amor obstinado por la idolatría»?[91]

Tal vez Raquel no se los llevó por egoísmo sino por motivos más altruistas. Como «la posesión de los *teraphim* señalaba a un hombre como el principal heredero»,[92] tal vez ella pensaba en Jacob cuando los hurtó, como forma de garantizarle las tierras y los bienes de Labán. Los rabinos de la antigüedad creen que el robo de Raquel obedeció a un propósito noble: para que «Labán dejara la idolatría».[93] Me convence más la primera opción, dado que la segunda no concuerda con la determinación de Raquel. Creo que se llevó impulsivamente los ídolos arameos en su bolso de piel de cabra por despecho contra su padre, y luego se dirigió hacia el suroeste con Jacob y su comitiva.

Con respecto a Labán, no tenía idea de lo que estaba pasando pues Jacob «huyó sin decirle nada».[94] Resulta justo, diría yo. Tres días después, cuando Labán se enteró de la noticia, persiguió a Jacob «durante siete días, hasta que lo alcanzó en los montes de Galaad».[95] Naturalmente, estaba enojado con Jacob y le reclamó que se llevara a sus hijas «como si fueran prisioneras de guerra»[96] aunque Raquel y Lea habían acompañado voluntariamente a su marido.

Cuanto más habla Labán, más descabelladas nos parecen sus palabras.

> ¿Por qué has huido en secreto, con engaños y sin decirme nada? Yo te habría despedido con alegría, y con música de tambores y de arpa. *Génesis 31:27*

¡Por favor!

Labán llamó tonto a Jacob, «un hecho censurable en aquella cultura»,[97] y luego le recordó: «Mi poder es más que suficiente para hacerles daño».[98] No se refería a daños físicos; Jacob sin duda tenía derechos, pero Labán podía castigar legalmente a Jacob por «indiferencia despectiva de las costumbres de la familia».[99] Qué molesto estaría Labán cuando tuvo que confesar a continuación que no podía hacerle nada porque Dios le había advertido en sueños: «¡Cuidado con amenazar a Jacob!»[100]

Cuando Dios prometió a Jacob que lo protegería, no estaba bromeando.

Aliviadas al enterarse de que no le pasaría nada a su esposo compartido, Raquel y Lea debieron intercambiar sonrisas, pensando que lo peor ya había pasado.

Ah, pero estamos leyendo la Biblia, ¿recuerdan?

De pronto, Labán exigió saber: «¿Por qué me robaste mis dioses?»[101] El corazón de Raquel debió de darle un vuelco. ¿Se le habrán helado las manos? ¿Habrá posado la mirada en el bártulo de ídolos escondidos?

Jacob, a quien tomó desprevenido, le prometió: «Pero si encuentras tus dioses en poder de alguno de los que están aquí, tal persona no quedará con vida».[102] Nada bueno, nada bueno. «Jacob, sin darse cuenta, pronunció una sentencia de muerte sobre Raquel»,[103] una premonición de lo que sucedería después. Convencido de que nadie de su grupo se hubiera atrevido a robar los adorados ídolos de su suegro, Jacob le dijo a Labán que los buscara y que se los llevara.

Los ídolos

> Pero Jacob no sabía que Raquel se había robado los ídolos de Labán. *Génesis 31:32*

Pero ...

Nuestra historia volvió a dar un giro inesperado. Raquel estaba desesperada, preguntándose cómo haría para ocultar las estatuillas. ¿Sabría Lea del delito de su hermana? ¿Sabría su criada Bilhá lo que había hecho su dueña? Si fue así, ambas mujeres no abrieron la boca mientras «la dulce ignorancia de Jacob» hacía que la situación se tornara «insoportablemente tensa».[104] Labán entró en la carpa de Jacob, luego en la carpa que compartían Bilhá y Zilpá, «pero no encontró lo que buscaba. Cuando salió de la carpa de Lea, entró en la de Raquel».[105]

¡Socorro!

> Pero Raquel, luego de tomar los ídolos y esconderlos bajo la montura del camello, se sentó sobre ellos. *Génesis 31:34*

¡Ay, Raquel, Raquel! ¡*Sentada* sobre los ídolos de tu padre! Al escuchar esta historia, los antiguos seguramente entendieron lo que implicaba la «irreverente postura de Raquel hacia los ídolos»[106] y creyeron que «los dioses de Labán fueron castigados con él».[107] Toma, *teraphim*.

Tal vez Labán miró a su hija sentada sobre la montura y sospechó algo, porque ella se sintió obligada a justificarse:

Entonces Raquel le dijo a su padre:

—Por favor, no se enoje mi padre si no puedo levantarme ante usted, pero es que estoy en mi período de menstruación. *Génesis 31:35*

«Pues estoy con la costumbre de las mujeres» (RVR 1960), le dijo a Labán. Los antiguos lectores seguramente se desternillaron de risa de la audaz mentira de Raquel. Aunque tal vez fuera cierto, Raquel no hubiera dudado en emplear tal excusa para no bajarse. Y así fue, su padre no se le acercó. Aun antes de que las leyes levíticas se establecieran, las reglas sociales fijaban límites claros para ciertas situaciones.

Su esposo, mientras tanto, ya se había cansado.

Entonces Jacob se enojó con Labán, e indignado le reclamó ... *Génesis 31:36*

«Jacob se enojó, y riñó con Labán» (RVR 1960) o «Jacob se enojó, y regañó con Labán» (RVA) ¿Por qué no habrá más detalles de su enojo? Jacob era la persona indicada para darle a Labán su merecido, aunque Raquel ya había puesto a Labán en su lugar con su creativo plan para ocultar los ídolos.

Pronto no hubo quién pudiera detener a nuestro pastor indignado:

—¿Qué crimen o pecado he cometido, para que me acoses de esta manera? *Génesis 31:36*

Jacob presentó una defensa poética, «en un estilo solemne y exaltado».[108] ¿Estarían escuchándolo Raquel y Lea? Seguramente ellas también deseaban ver que su padre finalmente recibiera su merecido. No es un pensamiento muy cariñoso, lo sé. Odio pensar que alguien contra el que pequé me dé mi merecido delante de las personas.

El tío y el sobrino entablaron una lucha verbal, hasta que finalmente decidieron hacer un pacto entre ellos: «Que el SEÑOR nos vigile cuando ya estemos lejos el uno del otro».[109] Aunque parezca muy piadoso, en realidad lo que implica es que no se tenían confianza.

A la mañana siguiente, Labán y Jacob se despidieron, atrás quedó el drama de la noche. Antes de que Jacob se fuera, «Labán se levantó, besó y bendijo a sus nietos y a sus hijas, y regresó a su casa».[110] Bien, bien. Es la primera vez que vemos a Labán bendecir a *alguien*, ni siquiera lo habíamos visto bendecir a sus hijas.

El carácter de Lea tiene poco de Labán, no así el de Raquel: el engaño, las intrigas, las quejas, la terquedad, el cariño escamoteado, la madre posesiva, la lengua aguda. Raquel, a pesar de su belleza y encanto, tenía más atributos de Mujer Ligeramente Mala que las cuatro mujeres que hemos considerado hasta ahora (quizá hasta más que todas esas mujeres juntas, podría decir alguien).

Sin embargo, no podemos pasar por alto sus virtudes: la fortaleza y el coraje de Raquel, su inteligencia y determinación, y su humilde gratitud a Dios por bendecirla con un hijo. Ella fue, a pesar de todo, la madre de José, «un hombre cuya virtud y mente brillan en los últimos capítulos de Génesis».[111] Fue también la madre de Benjamín, lo que da un toque agridulce al final de este capítulo.

Tiempo de nacer y ...

Transcurrieron los años, y Jacob y su familia nómada se encontraron viajando entre Betel y Belén, o Efrata. Raquel, por fin embarazada de su segundo hijo, estaba llegando al momento de su alumbramiento.

> Cuando todavía estaban lejos de Efrata, Raquel dio a luz, pero tuvo un parto muy difícil. *Génesis 35:16*

Nos llevamos la mano al corazón. *Te comprendemos, Raquel. Lo sentimos.* Ella «tuvo mucha dificultad en su parto» (NBLH). No habían llegado aún a Belén cuando Raquel «comenzó con el trabajo de parto».[112] Sabemos de casos increíbles de mujeres que dieron a luz en taxis o en el jardín de sus casas, o en tiendas de comestibles; historias con un final feliz y con fotos de transeúntes que se detuvieron a ayudarlas y que luego muestran con orgullo ante las cámaras a los recién nacidos.

El trabajo de parto de Raquel, junto al camino, no fue sublime ni ridículo, sino grave. Era una mujer luchando por la vida: la de su hijo y la propia. Ella lo vería nacer. *Lo vería.*

> En el momento más difícil del parto, la partera le dijo: «¡No temas; estás por tener otro varón!» *Génesis 35:17*

Justo en «el peor momento»,[113] la partera le dio ánimo y la consoló, recordando cuánto quería Raquel tener un segundo hijo: «No temas, que también tendrás este hijo» (RVR 1960).

Finalmente nació: el hijo que le costó la vida a Raquel.

No obstante, ella se estaba muriendo, y en sus últimos suspiros alcanzó a llamar a su hijo Benoní. *Génesis 35:18*

Al exhalar su último aliento, «al salírsele el alma» (RVR 1960), Raquel escogió un nombre que habría ensombrecido para siempre la vida de su hijo: «hijo de mi aflicción o hijo de mi tristeza».

Jacob no podría soportar recordar la tristeza de Raquel cada vez que llamara a su hijo por su nombre, por lo que llamó a su duodécimo hijo (el único hijo a quien Jacob le escogió el nombre) Benjamín: «afortunado» o «hijo de mi mano derecha».[115] La mano que el padre extendía para saludar, la mano que el padre apoyaba en su bastón y la mano que el padre usaba para bendecir a sus hijos.

Raquel, la primera mujer de las Escrituras que muere en el parto, fue sepultada en el camino, no dentro de una cueva en el campo de Macpela, con Abraham y Sara, con Isaac y Rebeca, sino en el camino a Belén, donde otro Hijo un día nacería de una mujer.

Acongojado, Jacob erigió una estela sobre su tumba, aunque sabemos que «la verdadera tumba de Raquel estaba en el corazón de Jacob».[116] Fue una mujer imperfecta, como todas, pero su esposo «no podía dejar de amarla».[117] Desde el momento en que se vieron por primera vez junto al pozo, Jacob jamás olvidó a su amada Raquel.

Tampoco la han olvidado las generaciones que la siguieron.

Cuando Booz se aprestaba a casarse con Rut, los ancianos de la ciudad bendijeron su matrimonio con las siguientes palabras: «¡Que el Señor haga que la mujer que va a formar parte de tu hogar sea como Raquel y Lea, quienes juntas edificaron el pueblo de Israel!»[118] *Juntas*. Nos resulta fácil aplaudir a Lea, quien dijo: «Esta vez alabaré al Señor», pero también debemos honrar a Raquel porque, a pesar de sus propósitos y acciones erróneos, Dios se acordó de ella. La amó. La bendijo, no porque fuera una Mujer Buena, sino porque es un Dios grande en misericordia.

Todavía hay un memorial de la tumba de Raquel en el camino a Belén, en «una pequeña habitación con un techo»,[119] protegida por soldados. Las mujeres visitan el lugar para orar por sus seres queridos, para llorar por quienes ya no están y para buscar a Dios. Y «seguramente Dios está presente allí, aunque solo sea en las oraciones de alabanza y de invocación que se elevan por sobre las cabezas de los soldados».[120]

Sí, Dios se acordó de Raquel. Y nosotras, queridas, también debemos recordarla.

¿Qué lecciones podemos aprender de Raquel?

Podemos envejecer con gracia.

Si comparamos a Rebeca y a Raquel, unidas por lazos sanguíneos: tía y sobrina, es fácil detectar las semejanzas familiares. Ambas eran hermosas, inteligentes y seductoras. Como mujeres casadas, no pudieron tener hijos: veinte años, Rebeca; catorce años, Raquel. Sus personalidades también eran extraordinariamente semejantes: ambas eran alegres, expresivas, temperamentales … y calculadoras. Un escritor señaló: «Ambas constituyen un cuadro encantador en su juventud, que cambia a medida que envejecen y salen a relucir las cualidades menos admirables de su naturaleza».[121] Al considerar las semejanzas entre las mujeres de nuestra propia familia, conviene que tengamos presente lo que nos pasa a medida que envejecemos. Podemos ser cada vez más dulces o volvernos amargadas; podemos llegar a ser más generosas o más mezquinas; podemos acercarnos a Dios o perder terreno espiritual. Oremos al Señor para ser más como él es y menos conforme a nuestra naturaleza.

> No se amolden al mundo actual, sino sean transformados mediante la renovación de su mente. Así podrán comprobar cuál es la voluntad de Dios, buena, agradable y perfecta. *Romanos 12:2*

Las dos caras de los celos.

Los celos que Raquel sentía hacia Lea provocaron una división entre ambas hermanas, aunque subyacía un problema más grave: Raquel idolatraba, quizá hasta adoraba, la maternidad, y le interesaba más ser madre que amar a su hermana, respetar a su esposo u honrar a Dios. El Señor también es celoso, y con razón: él manda a sus seguidores a no tener falsos ídolos y adorarlo solo a él. Pero Raquel no solo idolatraba sus sueños de ser madre sino que robó los ídolos de la casa de su padre, en vez de destruirlos, lo que nos hace dudar de sus convicciones. Dios no tolera discusiones en este asunto: no debemos sentir celos de los demás ni darle motivo de celos a Dios.

> No adores a otros dioses, porque el Señor es muy celoso. Su nombre es Dios celoso. *Éxodo 34:14*

El amor humano nunca es suficiente.

Lea y Raquel aprendían con lentitud. Lea pensaba que si Jacob realmente la amaba, él se quedaría en su carpa las 24 horas del día, los siete días de la semana, y su gozo sería completo. Raquel pensaba que si Jacob realmente la amaba, él le daría hijos y *su* gozo sería completo. Lea, por lo menos, reconocía la presencia de Dios en su vida y alababa al Señor por verla, escucharla y bendecirla. Raquel, en cambio, quería que Jacob le diera hijos, cuando lo que necesitaba era que alguien le llenara el corazón. Jacob le dio a Raquel «todo el amor que pudo, pero al final, no pudo darle todo. Nunca podría darle lo que estaba ausente en la vida de Raquel. Solo Dios podía llenar su vacío».[122] La familia y los amigos contribuyen mucho a nuestro gozo terrenal, pero sería injusto esperar que ellos satisfagan todas nuestras necesidades físicas, sicológicas y espirituales. Solo Dios tiene los recursos de este mundo al alcance de la mano, y solo Dios sabe qué es lo que verdaderamente necesitamos.

> Así que mi Dios les proveerá de todo lo que necesiten, conforme a las gloriosas riquezas que tiene en Cristo Jesús. *Filipenses 4:19*

Es bueno y agradable que las hermanas convivan en armonía.

Raquel y Lea mejoraron mucho: de no hablarse, a tener una conversación sincera, si bien dolorosa, sobre su marido, y luego a encontrarse con Jacob en el medio del campo y hablar con él juntas. Aunque Germaine Creer en cierta ocasión dijo: «Ver a dos mujeres conversando siempre preocupa a los hombres»,[123] en este caso, el suspiro de alivio de Jacob posiblemente se escuchó en toda la llanura de Padán. Es difícil convivir con personas que no se dirigen la palabra, que no caminan en la misma dirección y que no hacen el más mínimo esfuerzo por llevarse bien. Cuando Raquel sostuvo a José en sus brazos, finalmente pudo extender su mano libre hacia Lea, sabiendo que Dios las había visto, las había escuchado y se había acordado de ambas. Las palabras encendidas y los desplantes dieron lugar a manos cálidas que se tomaron, mientras ambas hermanas caminaban lado a lado. Qué hermosa manera de recordar a estas hermanas, y qué ejemplo digno para nosotras porque nos enseña que podemos extender la mano a los parientes o los amigos distanciados y reconstruir vínculos en el nombre de Cristo.

> ¡Cuán bueno y cuán agradable es que los hermanos convivan en armonía! *Salmo 133:1*

Algunas ideas a considerar para mujeres buenas

1. No basta con considerar la naturaleza celosa de Raquel, debemos también examinarnos nosotras mismas. ¿Qué situaciones específicas te irritan y por qué? Hemos visto que la envidia de Raquel se originaba en la idolatría. ¿Qué puede estar en las raíces de tu envidia? ¿Estás dispuesta a pedirle a Dios que arranque esa raíz, mucho más dura que una mandrágora, y que siembre el contentamiento en tu vida? ¿Cómo podrías preparar la tierra de tu corazón?

2. Cuando Jacob se enojó con su mujer porque le reclamaba un hijo, y le dijo: «¿Acaso crees que soy Dios?» (Génesis 30:2); había algo de verdad en sus palabras. Él no podía hacer lo que solo Dios podía hacer; no podía ocupar el lugar de Dios. Si alguna vez confiaste en una persona esperando que, de algún modo u otro, fuera tu Dios, ¿cómo respondió él o ella? ¿Qué aprendiste de esa experiencia?

3. En el episodio de las mandrágoras, ¿estabas de parte de Lea, satisfecha de que por fin hubiera dicho lo que pensaba, o decepcionada al ver a qué extremos estas mujeres eran capaces de llegar con tal de tener hijos? En nuestra época puede que no acumulemos hijos para impresionar a nuestros vecinos, pero la mayoría de nosotras seguramente coleccionamos algo. ¿Qué cosas te tientan para estar a la altura de los Pérez? ¿A qué extremos has llegado para adquirir una de esas cosas «sin las que no puedes vivir»? ¿Qué quiere Dios que cambies de tu conducta?

4. La Biblia dice: «Dios se acordó de Raquel». ¿Qué significa para ti que Dios se acuerde de ti? Para Raquel, el Señor la libró de la desgracia de la esterilidad. El profeta Isaías escribió: «El SEÑOR omnipotente enjugará las lágrimas de todo rostro, y quitará de toda la tierra el oprobio de su pueblo».[124] ¿Qué lágrimas quieres que Dios seque? ¿Qué oprobio quieres que quite de tu vida?

5. Cuando Raquel y Lea se encontraron en el campo con Jacob, finalmente revelaron los sentimientos que tenían hacia su padre. ¿Qué era lo que más les molestaba? ¿Por qué? ¿Eran codiciosas o simplemente exigían lo que les correspondía por derecho propio? Si has estado en un reparto de

herencia en tu familia, ¿qué aprendiste sobre tus padres?, ¿sobre tus hermanos?, ¿sobre ti?

6. ¿Por qué crees que Raquel robó los ídolos de la casa de su padre? ¿Fue un acto premeditado o los habrá tomado impulsivamente? Si alguna vez tomaste algo que pertenecía a otra persona, para molestarla o por venganza, ¿qué aprendiste de ti, y de la naturaleza humana? Jacob prometió matar a la persona que hubiera robado los dioses de Labán. ¿Crees que Jacob hubiera matado a Raquel antes que no cumplir su pacto solemne?

7. Raquel es uno de los personajes bíblicos más memorables por su *carácter*. Si tuvieras poder para deshacer algo que Raquel hizo o para cambiar algo de su naturaleza, ¿qué sería? ¿Por qué? Mira tu propia vida a través de los ojos de una amiga y responde esas mismas preguntas. ¿Qué acciones no harías y por qué? ¿Qué rasgo de tu personalidad desearías no tener y dejarías que Dios lo amoldara para tu beneficio?

8. ¿Cuál es la lección más importante que aprendiste de Raquel, la madre de José y de Benjamín?

Conclusión

VIDA ETERNA

Oh, si pudiéramos quitar el velo,
y contemplar durante una hora lo que significa
ser
un alma en el poder de una vida eterna,
¡qué gran revelación sería!
HORACE BUSHNELL

Una revelación ... eso es lo que le pido a Dios que haya sido nuestro tiempo juntas. El descubrimiento de la verdad acerca de estas hermanas de la antigüedad y en el proceso, la relevación de nuestras propias actitudes de Mujeres Ligeramente Malas.

Me aterra confesar cuánto de Lizzie escucho en la risa despectiva de Sara, cuánto me reconozco en los engaños culinarios de Rebeca y cuánto veo en las exigencias egocéntricas de Raquel. Si yo hubiera sido Agar, habría muerto en el desierto, solo para fastidiar a mi dueña y poner fin a las esperanzas de mi dueño de tener un hijo. Si hubiera sido Lea, hubiera pasado delante de la carpa de Raquel todos los días, con un bebé en brazos y una sonrisa en mi rostro.

En otras palabras, soy peor que estas mujeres ligeramente malas: soy realmente miserable. Pablo empleó esta palabra para describir su propia naturaleza[1], y nosotros confesamos nuestra maldad cada vez que cantamos las primeras líneas del himno «Sublime Gracia». David dijo: «Pero yo, gusano soy y no hombre»;[2] Jacob le dijo al Señor: «No soy digno de la bondad y fidelidad con que me has privilegiado»;[3] y Job admitió que se aborrecía.[4]

Aun estos individuos piadosos no fueron completamente buenos. Reconocían el enorme abismo que había entre su naturaleza pecaminosa y el Dios justo: un abismo que nadie puede traspasar por sus propios medios.

A pesar de la hermosura de llos rostros y figuras (y las narices) de Sara, Rebeca y Raquel, sus acciones fueron a menudo espantosas. A pesar de la fertilidad de Agar y Lea, sus vidas con frecuencia produjeron frutos amargos. Y a pesar de la cantidad de servicios religiosos a los que asistamos, de los dólares con que contribuyamos a la extensión del reino de Dios o de la cantidad de buenas obras que hagamos en su nombre, nunca podremos redimir los pecados que cometemos constantemente.

¿Qué esperanza hay para las mujeres ligeramente malas como nosotras?

Querida hermana: ¡hay esperanza y es eterna! «Contra toda esperanza, Abraham creyó y esperó».[5] Nuestra esterilidad espiritual prepara el camino para que la bendición de la gracia de Dios se derrame en nuestra vida. «Por eso la promesa viene por la fe, a fin de que por la gracia quede garantizada para toda la descendencia de Abraham».[6] Eso nos incluye a nosotras. A pesar de lo malas que seamos, a pesar de lo malas que lleguemos a ser en el futuro, pertenecemos a Dios. Él no nos soporta, *él nos eligió.*

Ese fue ciertamente el caso de nuestras cinco matriarcas. A pesar de sus debilidades, Dios las escogió para que fueran portadoras de la simiente de Abraham. Llevaron la promesa de Dios a lo largo de tres generaciones y en las posteriores. «Por una parte, se trata de la *simiente* o la posteridad; por otra parte, es el ejercicio del señorío de la voluntad de Dios».[7]

Ten la certeza, querida: cada vez que oramos el Padrenuestro, afirmamos: «Hágase tu voluntad». Nada de lo que sucedió en Ur, Jarán, Egipto o Canaán, fue una sorpresa, un imprevisto o un obstáculo para Dios. La frase «la voluntad de Dios» no significa «lo que Dios espera» o «lo que Dios prefiere», sino que significa «lo que Dios ya decidió». Eso es exactamente lo que sucederá.

El apóstol Pablo también se refirió a la historia de Rebeca para describirle la soberanía de Dios a un público romano del primer siglo: «También sucedió que los hijos de Rebeca tuvieron un mismo padre, que fue nuestro antepasado Isaac. Sin embargo, antes de que los mellizos nacieran, o hicieran algo bueno o malo», les explicó Pablo, «se le dijo a ella [Rebeca]: "El mayor servirá al menor"».[8]

En un principio, la promesa de Dios sin duda confundió a Rebeca, así como también nos confunde a nosotras. Sin embargo, esta fue «para confirmar el propósito de la elección divina, no en base a las obras sino al llamado de Dios».[9] A continuación, Pablo citó al profeta Malaquías: «Y así está escrito: "Amé a Jacob, pero aborrecí a Esaú"».[10]

¿Aborrecí? Es una palabra dura. Implica rechazo, desprecio. Eugene Peterson dice que se trata de «un cruel epigrama».

Antes de que el público romano protestara, Pablo continuó: «¿Qué concluiremos? ¿Acaso es Dios injusto?»[11] Para ser sincera, a primera vista el rechazo de Esaú siempre me pareció injusto, arbitrario, como si se tratara de jugar a deshojar una margarita: «Me quiere, no me quiere».

«¡De ninguna manera!», afirmó Pablo,[12] y volvió a citar las Escrituras para explicar el porqué: «Es un hecho que a Moisés le dice: "Tendré clemencia de quien yo quiera tenerla, y seré compasivo con quien yo quiera serlo"».[13] Una vez más, esta verdad vital: Dios tiene el poder y no nosotros. Perdemos el tiempo si intentamos ganarnos su gracia. No depende de nosotros, depende de él. «Por lo tanto, la elección no depende del deseo ni del esfuerzo humano sino de la misericordia de Dios».[14]

¿Quiere decir esto que nosotros solos no podemos hacer *nada* bueno?

Lamento decírtelo: no podemos. «Separados de mí no pueden ustedes hacer nada».[15]

¿Entonces tendremos que conformarnos con ser mujeres ligeramente malas toda la vida, intentando ser buenas pero fracasando? ¿Metiendo la pata y luego sintiéndonos culpables?

Ni por un instante, amiga, mucho menos por la eternidad. No si tienes la misma fe que tuvieron Sara, Agar, Rebeca, Lea y Raquel. El tipo de fe que es «gratuita»,[16] que no depende de nada de lo que hagamos.

Dios se reveló a estas mujeres de manera singular, en ocasiones especiales, en lugares determinados y por hechos específicos. Pero él se nos revela mucho más abundantemente por medio del don de su Hijo y por su Palabra eterna. Podemos leer allí, de manera absoluta y terminante, que somos parte de la familia de Dios porque a él le agradó aceptarnos como sus hijos e hijas.

Siempre que tengamos que luchar con problemas como los que acosaban a estas mujeres de la Biblia, confiemos por completo en Dios, aceptemos su plan para nuestra vida, descansemos en su poder soberano, porque allí siempre encontraremos seguridad: «Dios nuestro Salvador ... nos salvó mediante el lavamiento de la regeneración y de la renovación por el Espíritu Santo».[17] Con un Dios perfecto en el timón de nuestra vida, no seremos Mujeres Malas sino que tendremos la vida eterna que él reservó para las Mujeres Buenas.

Tendremos mucho más: una herencia eterna, porque abrigamos «la esperanza de recibir la vida eterna».[18] Vida abundante. Vida eterna.

Tu vida, querida hermana.

Guía de estudio

Las preguntas al final de cada capítulo tienen el propósito de ayudar a la reflexión personal o en grupos pequeños, con el fin de estimular nuestra imaginación y promover la discusión. No te preocupes por responderlas correctamente porque ¡no hay una respuesta «correcta»! Lo que más importa es que medites en las historias bíblicas y que apliques las enseñanzas a tu propia vida, pidiendo la guía de Dios para tu situación en particular.

Los siguientes versículos te ayudarán a tener presente la Palabra de Dios mientras piensas en las respuestas a cada pregunta. Las opiniones difieren, pero «las palabras del Señor son puras, son como la plata refinada, siete veces purificada en el crisol» (Salmo 12:6). ¡Quiera Dios derramar su bendición sobre el tiempo extra que dediques a meditar en su Palabra!

Saray

1. Proverbios 31:11-12; Colosenses 3:18-19; 1 Timoteo 3:1-9
2. Lucas 1:36-37; Isaías 54:4-5; Mateo 10:29-31
3. Deuteronomio 13:4; Isaías 58:11, Salmo 16:8
4. Salmo 91:9-10; Proverbios 31:30; Eclesiastés 3:11
5. Eclesiastés 7:8; Hebreos 6:12-15; Romanos 12:12
6. Isaías 47:10-11; Proverbios 14:1; Salmo 27:14
7. 1 Samuel 24:12; Lamentaciones 3:59; Proverbios 20:22

Agar

1. Proverbios 3:34; Proverbios 11:2; Isaías 5:15-16
2. Gálatas 1:10; Mateo 10:22; Salmo 118:6
3. Levítico 25:18; Salmo 119:60; Proverbios 17:28
4. Salmo 113:2-3; Salmo 33:13-15; 1 Juan 5:14
5. Proverbios 13:1; Proverbios 22:10; Proverbios 29:17
6. Salmo 63:1; Isaías 41:17-18; Juan 4:13-14
7. Isaías 45:5-6; Salmo 145:17; Isaías 55:8-9

Sara

1. Deuteronomio 30:19-20; Colosenses 3:23-24; Romanos 13:10
2. Hebreos 11:6; Salmo 78:38; 2 Corintios 4:16
3. 2 Tesalonicenses 1:3-5; Santiago 1:2-4; Efesios 4:14-15
4. Salmo 29:4; Deuteronomio 5:24-25; Marcos 4:22-23
5. Josué 23:14; Hechos 2:39; 2 Corintios 1:20
6. Hebreos 11:17-19; Santiago 2:21-23; Efesios 5:1-2
7. Proverbios 5:18; Proverbios 31:23; Efesios 5:33

Rebeca, la esposa

1. Salmo 119:148; Eclesiastés 9:17; Génesis 24:67
2. Jueces 6:17; Salmo 86:17; Juan 2:11
3. Salmo 112:5; 1 Pedro 4:9; Proverbios 16:2
4. 1 Corintios 15:33; Rut 3:11; Job 12:12
5. Isaías 6:8; Isaías 30:21; Isaías 41:4
6. Proverbios 20:6; Proverbios 21:21; Salmo 85:10
7. Proverbios 31:28-29; Efesios 6:4; 1 Corintios 12:25-26

Rebeca, la madre

1. Génesis 49:28; Efesios 1:3; 1 Crónicas 4:10
2. Proverbios 25:28; Salmo 19:12-14; 2 Pedro 1:5-8
3. Proverbios 10:19; Proverbios 20:9; Hechos 17:24-25
4. Salmo 34:13-14; Isaías 3:12; Salmo 62:10
5. Levítico 19:14; Proverbios 17:20; Miqueas 7:5-7
6. Deuteronomio 7:6-9; Proverbios 14:9; Salmo 38:18
7. Proverbios 21:8; 1 Corintios 3:18-20; 2 Corintios 4:2

Lea, la invisible

1. Isaías 41:8-10; Tito 3:4-7; 2 Corintios 5:21
2. Romanos 12:6-8; Romanos 11:29; 1 Corintios 12:4-6
3. Eclesiastés 2:22-23; 2 Corintios 10:12; 10:18; Gálatas 2:6
4. Gálatas 5:26; 1 Pedro 4:8; Mateo 18:15
5. 1 Corintios 7:32-35; 1 Reyes 11:4; Proverbios 29:20

6. Colosenses 3:21; Santiago 4:7; 1 Pedro 5:8-10
7. Proverbios 14:8; Juan 3:19; Efesios 5:17

Lea, la mujer rechazada

1. Salmo 69:19-20; Salmo 73:14; Salmo 88:13
2. Salmo 119:141; Proverbios 3:3-4; 1 Pedro 3:1-2
3. Salmo 119:50; Romanos 5:3-4; Efesios 4:32
4. Hebreos 4:12; Jeremías 17:10; Salmo 109:26-27
5. Mateo 11:29; Filipenses 2:3; Efesios 4:2
6. Salmo 34:15; Deuteronomio 26:7; Romanos 15:13
7. Isaías 37:16; Salmo 96:4; Apocalipsis 15:4

Raquel

1. Proverbios 14:30; Santiago 3:16; 1 Corintios 13:4
2. Salmo 146:3; Salmo 20:7; Isaías 26:4
3. Lucas 12:15; Mateo 6:19-21; 1 Juan 3:17
4. Joel 2:12-13; Isaías 50:7; Apocalipsis 21:4
5. Proverbios 13:22; Proverbios 28:25; 1 Pedro 3:9
6. Deuteronomio 29:17-18; Levítico 19:18; Números 30:2
7. Efesios 4:22-24; 1Juan 3:2; 2 Corintios 3:18

Notas

Introducción:

1. Joseph Jacobs, ed., «Hercules and the Waggoner», Aesopica: Aesop's Fables in English, Latin and Greek, www.muthfolklore. net/aesopica/Jacobs/61.htm.
2. Sofonías 3:2
3. Romanos 7:18
4. Romanos 8:32
5. Rosenblatt, Naomi H. y Horwitz, Joshua, *Wrestling with Angels: What Genesis Teaches Us About Our Spiritual Identity, Sexuality, and Personal Relationships*, Delta/Dell, Nueva York, p. 115.
6. 1 Pedro 3:5-6
7. Nunnaly-Cox, Janice, *Foremothers: Women of the Bible*, Seabury, Nueva York, 1981, p. 20.

Capítulo Uno: Saray

1. Ieron, Julie-Allyson, *Names of Women of the Bible,* Moody, Chicago, 1998, p. 68.
2. Kenyon, Sherrilyn, *The Writer's Digest Character Naming Sourcebook*, Writer's Digest, Cincinnati, 1994, p. 155.
3. Sallberg Kam, Rose, *Their Stories, Our Stories: Women of the Bible,* Continuum, Nueva York, 1995, p. 31.
4. Richards, Sue y Larry Richards, *Every Woman in the Bible,* Thomas Nelson, Nashville, 1999, p. 31.
5. Ockenga, Harold John, *Women Who Made Bible History: Messages and Character Sketches Dealing with Familiar Bible Women*, Zondervan, Grand Rapids, 1962, p. 21.
6. Szulc, Tad, «Abraham: Journey of Faith», *National Geographic,* diciembre de 2001, p. 106.
7. Richards y Richards, *Every Woman in the Bible*, p. 31.
8. «The Royal Game of Ur: Historical Background», The Oriental University of the University of Chicago, https://oi.uchicago.edu/order/suq/products/urgamerules.html.

9. Elliott, Ralph H., *The Message of Genesis*, Abbot Books, St. Louis, MO, 1962, p. 102.
10. Pace Jeansonne, Sharon, *The Women of Genesis: From Sarah to Potiphar's Wife*, Fortress Press, Minneapolis, 1990, p. 15.
11. Bird, Phyllis A., *Missing Persons and Mistaken Identities: Women and Gender in Ancient Israel*, Fortress Press, Minneapolis, 1997, p. 58.
12. Bird, *Missing Persons and Mistaken Identities,* p. 58.
13. Brueggemann, Walter, *Genesis: A Bible Commentary for Teaching and Preaching*, John Knox, Atlanta, 1982, p. 116.
14. Szulc, «Abraham: Journey of Faith», p. 96.
15. George Matheson, *The Representative Women of the Bible*, Hodder and Stoughton, Londres, 1908, p. 61.
16. Walton, John H., Victor H. Matthews y Mark W. Chavalas, *The IVP Bible Background Commentary: Old Testament*, InterVarsity, Downers Grove, IL, 2000, p. 43.
17. Brueggemann, *Genesis*, p. 118.
18. Fohrer, Georg, *History of Israelite Religion,* traducido al inglés por David E. Green, Abingdon, Nashville, 1972, pp. 77-78.
19. Juan 12:26
20. Gálatas 3:8
21. Gálatas 3:8
22. Moore, Beth, *The Patriarchs: Encountering the God of Abraham, Isaac, and Jacob*, LifeWay, Nashville, 2005, p. 15.
23. Kidner, Derek, *Genesis: An Introduction and Commentary*, Tyndale, Downers Grove, IL, 1967, p. 117.
24. Kam, *Their Stories, Our Stories*, p. 34.
25. Génesis 19:26
26. Martin, LaJoyce, *Mother Eve's Garden Club: No Halos Required*, Multnomah, Sisters, OR, 1993, p. 143.
27. Kaiser, Otto, *Introduction to the Old Testament,* Augsburg, Minneapolis, 1977, p. 17.
28. Génesis 12:6
29. Von Rad, Gerhard, *Genesis: A Commentary*, Westminster Press, Filadelfia, 1972, p. 162.
30. Génesis 12:8
31. Walton, Matthews, Chavalas, *The IVP Bible Background Commentary: Old Testament,* p. 44.

32. Elliott, *The Message of Genesis*, p. 101.
33. Walton, Matthews, Chavalas, *The IVP Bible Background Commentary: Old Testament,* p. 44.
34. Meyers, Carol, ed. Gen. *Women in Scripture: A Dictionary of Named and Unnamed Women in the Hebrew Bible, the Apocryphal/ Deuterocanonical Books and the New Testament*, Houghton Mifflin, Nueva York, 2000, p. 34.
35. Rosenblatt, Naomi H. y Joshua Horwitz, *Wrestling with Angels: What Genesis Teaches Us About Our Spiritual Identity, Sexuality, and Personal Relationships*, Delta/Dell, Nueva York, p. 111.
36. Génesis 20:12
37. Westermann, Claus, *Genesis 12-36: A Continental Commentary*, traducido al inglés por John J. Scullion, Fortress Press, Minneapolis, 1995, p. 164.
38. Henry, Matthew, *Matthew Henry's Commentary on the Whole Bible,* vol. 1, *Genesis to Deuteronomy* (1706) reimp., Hendrickson, Peabody, MA, 1991, p. 71.
39. Brueggemann, *Genesis*, p. 126.
40. Murphy, James G., *Barnes' Notes: Genesis* (1873) reimp., Baker, Grand Rapids, 1998, p. 270.
41. Sangster, Margaret E., *The Women of the Bible: A Portrait Gallery*, Christian Herald, Nueva York, 1911, p. 41.
42. Meyers, *Women in Scripture*, p. 151.
43. McAleer, Dave, comp. *The All Music Book of Hit Singles: Top Twenty Charts from 1954 to the Present Day*, Miller Freeman, San Francisco, 1994, p. 93.
44. Meyers, *Women in Scripture*, p. 150.
45. Jeansonne, *The Women of Genesis*, p. 17.
46. Matheson, *The Representative Women of the Bible*, p. 67.
47. Francisco, Clyde, «Genesis» en *The Broadman Bible Commentary,* rev., Ed. gen. Clifton J. Allen, Broadman, Nashville, 1969, 1:157.
48. Henry, *Matthew Henry's Commentary*, p. 71.
49. Henry, *Matthew Henry's Commentary*, p. 71.
50. Proverbios 31:30
51. Hartley, John E., *New International Biblical Commentary: Genesis*, Hendrickson, Peabody, MA, 2000, p. 139.

52. Hartley, *New International Biblical Commentary: Genesis*, p. 139.
53. Walton, Matthews, Chavalas, *The IVP Bible Background Commentary: Old Testament,* p. 44.
54. Hartley, *New International Biblical Commentary: Genesis*, p. 139.
55. Meyers, *Women in Scripture*, p. 143.
56. Kam, *Their Stories, Our Stories*, p. 34.
57. Roiphe, Anne, *Water from the Well: Sarah, Rebekah, Rachel, and Leah*, William Morrow, Nueva York, 2006, p. 45.
58. Von Rad, *Genesis: A Commentary*, p. 168.
59. Génesis 13:3
60. Génesis 13:3
61. Robert Alter, *Genesis: Translation and Commentary*, W.W. Norton, Nueva York, 1996, p. 63.
62. Westermann, *Genesis 12-36: A Continental Commentary*, p. 219.
63. Murphy, *Barnes' Notes: Genesis*, p. 297.
64. Isaías 64:6
65. Isaías 64:8
66. Hebreos 11:1
67. John D. Currid, *Genesis*, Evangelical Press, Darlington, England, 2003, 1:301.
68. Westermann, *Genesis 12-36: A Continental Commentary*, p. 239.
69. Custis James, Carolyn, *Lost Women of the Bible: Finding Strength and Significance Through Their Stories*, Zondervan, Grand Rapids, 2005, p. 87.
70. Hartley, *New International Biblical Commentary: Genesis*, p. 164.
71. Mackintosh, Charles Henry, *Genesis to Deuteronomy: Notes on the Pentateuch* (1880) reimp. Loizeaux Brother, Neptune, NJ, 1972, p. 77
72. Mackintosh, *Genesis to Deuteronomy*, p. 78.
73. Lockyer, Herbert, *All the Women of the Bible*, Zondervan, Grand Rapids, 1967, p. 158.
74. Meyers, *Women in Scripture*, p. 86.
75. Mateo 22:21

76. Proverbios 16:3
77. Henry, *Matthew Henry's Commentary*, p. 85.
78. Westermann, *Genesis 12-36: A Continental Commentary*, p. 238-39.
79. Raver, Miki, *Listen to Her Voice: Women of the Hebrew Bible*, Chronicle Books, San Francisco, 1998, p. 38.
80. Calvino, Juan, *Genesis,* en *The Crossway Classic Commentaries* (1554) reimp., Crossway, Wheaton, IL, 2001, p. 151.
81. Lockyer, *All the Women of the Bible*, p. 62.
82. Stem Owens, Virginia, *Daughters of Eve: Women of the Bible Speak to Women of Today*, NavPress, Colorado Springs, 1995, p. 21.
83. Alter, *Genesis: Translation and Commentary*, p. 67.
84. Kidner, *Genesis: An Introduction and Commentary*, p. 126.
85. Kidner, *Genesis: An Introduction and Commentary*, p. 126.
86. Génesis 3:6
87. Thaw Ronson, Barbara L., *The Women of the Torah: Commentaries from the Talmud, Midrash, and Kabbalah*, Jason Aronson, Jerusalén, 1999, p. 23.
88. Doob Sakenfeld, Katharine, *Just Wives? Stories of Power and Survival in the Old Testament and Today*, Westminster John Knox, Louisville, KY, 2003, p. 12.
89. Henry, *Matthew Henry's Commentary*, p. 86.
90. Ogden Bellis, Alice, *Helpmates, Harlots, and Heroes: Women's Stories in the Hebrew Bible,* Westminster John Knox, Louisville, KY, 1994, p. 74.
91. Ronson, *The Women of the Torah*, p. 23.
92. Lockyer, *All the Women of the Bible*, p. 62.
93. Morton, H.V., *Women of the Bible*, Dodd, Mead, Nueva York, 1941, p 24.
94. Morton, *Women of the Bible*, p. 25.
95. Calvocoressi, Peter, *Who's Who in the Bible*, Penguin Books, Nueva York, 1999, p. 165.
96. Sangster, *The Women of the Bible*, p. 53.
97. Morton, *Women of the Bible*, p. 24.
98. Currid, *Genesis*, 1:304.
99. Speiser, Ephraim A., *The Anchor Bible: Genesis*, Doubleday, Nueva York, 1964, p. 118.
100. Alter, *Genesis: Translation and Commentary*, p. 68.

101. Rosenblatt y Horwitz, *Wrestling with Angels*, p. 143.
102. Gien Karssen, *Her Name Is Woman: Book Two*, NavPress, Colorado Springs, 1977, p. 23
103. Francisco, «Genesis», 1:167.
104. Hartley, *New International Biblical Commentary: Genesis,* p. 165.
105. Hartley, *New International Biblical Commentary: Genesis,* p. 165.
106. Calvino, *Genesis*, p. 155.
107. Richards y Richards, *Every Woman in the Bible*, p. 41.
108. Owens, *Daughters of Eve*, p. 21.
109. Romanos 4:16
110. Wangerin, Walter Jr., *The Book of God: The Bible as a Novel*, Zondervan, Grand Rapids, 1996, p. 20.
111. Francisco, «Genesis», 1:167.
112. Speiser, *The Anchor Bible: Genesis*, p. 118.
113. Pravder Mirkin, Martha, T*he Women Who Danced by the Sea: Finding Ourselves in the Stories of Our Biblical Foremothers*, Monkfish, Rhinebeck, NY, 2004, p. 29.
114. Rosenblatt y Horwitz, *Wrestling with Angels*, p. 188.
115. Salmo 30:11
116. Salmo 37:3
117. Salmo 127:3
118. 2 Samuel 22:31
119. Spangler, Ann y Jean E. Syswerda, *Women of the Bible*, Zondervan, Grand Rapids, 1999, p. 33.

Capítulo Dos: Agar

1. Spangler, Ann y Jean E. Syswerda, *Women of the Bible*, Zondervan, Grand Rapids, 1999, p. 35.
2. Vander Velde, Frances, *Women of the Bible*, Kregel, Grand Rapids, 1985, p. 37.
3. Sallberg Kam, Rose, *Their Stories, Our Stories: Women of the Bible,* Continuum, Nueva York, 1995, p. 31.
4. Spangler y Syswerda, *Women of the Bible*, p. 33.
5. Hartley, John E. , *New International Biblical Commentary: Genesis*, Hendrickson, Peabody, MA, 2000, p. 139.
6. Roiphe, Anne, *Water from the Well: Sarah, Rebekah, Rachel, and Leah*, William Morrow, Nueva York, 2006, p. 58.
7. Sangster, Margaret E., *The Women of the Bible: A Portrait Gallery*, Christian Herald, Nueva York, 1911, p. 46.

8. Sangster, *The Women of the Bible*, p. 54.

9. Ephron, Nora, *Heartburn*, G.K. Hall, Boston, 1983, p. 62.

10. Henry, Matthew, *Matthew Henry's Commentary on the Whole Bible,* vol. 1, *Genesis to Deuteronomy* (1706) reimp., Hendrickson, Peabody, MA, 1991, p. 86.

11. Ieron, Julie-Allyson, *Names of Women of the Bible,* Moody, Chicago, 1998, p. 69.

12. Keil, C.F., *Commentary on the Old Testament*, vol. 1, *The Pentateuch* (1866-91), reimp. Hendrickson, Peabody, MA, 1996, p. 140.

13. Ieron, *Names of Women of the Bible*, p. 672.

14. Meyers, Carol, ed. gen. *Women in Scripture: A Dictionary of Named and Unnamed Women in the Hebrew Bible, the Apocryphal/Deuterocanonical Books and the New Testament*, Houghton Mifflin, Nueva York, 2000, p. 86.

15. Lockyer, Herbert, *All the Women of the Bible*, Zondervan, Grand Rapids, 1967, p. 62.

16. Custis James, Carolyn, *Lost Women of the Bible: Finding Strength and Significance Through Their Stories*, Zondervan, Grand Rapids, 2005, p. 92.

17. Mackintosh Mackay, William, *Bible Types of Modern Women*, George H. Doran, Nueva York, 1922, p. 129.

18. Francisco, Clyde, «Genesis» en *The Broadman Bible Commentary,* rev., ed. gen. Clifton J. Allen, Broadman, Nashville, 1969, 1:168.

19. Alter, Robert, *Genesis: Translation and Commentary*, W.W. Norton, Nueva York, 1996, p. 69.

20. Richards, Sue y Larry Richards, *Every Woman in the Bible,* Thomas Nelson, Nashville, 1999, p. 39.

21. Henry, *Matthew Henry's Commentary*, p. 87.

22. Nystrom, Carolyn, ed. Gen. *The Bible for Today's Christian Woman, The Contemporary English Version*, Thomas Nelson, Nashville, 1998, p. 18.

23. Von Rad, Gerhard, *Genesis: A Commentary*, Westminster Press, Filadelfia, 1972, p. 194.

24. 1 Pedro 2:18

25. 1 Pedro 2:19

26. Von Rad, *Genesis: A Commentary*, p. 193.

27. Murphy, James G., *Barnes' Notes: Genesis* (1873) reimp., Baker, Grand Rapids, 1998, p. 394.
28. Hartley, *New International Biblical Commentary: Genesis*, p. 166.
29. Pravder Mirkin, Martha, *The Women Who Danced by the Sea: Finding Ourselves in the Stories of Our Biblical Foremothers*, Monkfish, Rhinebeck, NY, 2004, p. 31.
30. Romanos 11:33
31. Juan 3:16
32. Lucas 1:31
33. Meyers, *Women in Scripture*, p. 87.
34. Von Rad, *Genesis: A Commentary*, p. 194
35. Murphy, *Barnes' Notes: Genesis*, p.394.
36. Walton, John H., Victor H. Matthews y Mark W. Chavalas, *The IVP Bible Background Commentary: Old Testament*, InterVarsity, Downers Grove, IL, 2000, p. 49.
37. Calvino, Juan, *Genesis,* en *The Crossway Classic Commentaries* (1554) reimp., Crossway, Wheaton, IL, 2001, p. 158.
38. Éxodo 33:20
39. Spangler y Syswerda, *Women of the Bible*, p. 33.
40. James, *Lost Women of the Bible*, p. 72.
41. Westermann, Claus, *Genesis 12-36: A Continental Commentary*, traducido al inglés por John J. Scullion, Fortress Press, Minneapolis, 1995, p. 339.
42. Nystrom, *The Bible for Today's Christian Woman, The Contemporary English Version*, p. 23.
43. Francisco, «Genesis», 1:184.
44. Roiphe, *Water from the Well*, p. 88.
45. Ogden Bellis, Alice, *Helpmates, Harlots, and Heroes: Women's Stories in the Hebrew Bible,* Westminster John Knox, Louisville, KY, 1994, p. 74.
46. Murphy, *Barnes' Notes: Genesis*, p. 332.
47. Matheson, George, *The Representative Women of the Bible*, Hodder and Stoughton, Londres, 1908, p. 73.
48. Calvino, *Genesis*, p. 195.
49. Gottlieb Zornberg, Avivah, *The Beginning of Desire: Reflections on Genesis*, Doubleday, Nueva York, 1995, p. 135.
50. Westermann, *Genesis 12-36: A Continental Commentary*, p. 339.

51. Hartley, *New International Biblical Commentary: Genesis*, p. 199.
52. Kirsch, Jonathan, *The Harlot by the Side of the Road: Forbidden Tales of the Bible*, Ballantine, Nueva York, 1997, p. 50.
53. Francisco, «Genesis», 1:185.
54. Brueggemann, Walter, *Genesis: A Bible Commentary for Teaching and Preaching*, John Knox, Atlanta, 1982, p. 183.
55. Brueggemann, *Genesis*, p. 183.
56. Calvino, *Genesis*, p. 196.
57. Calvino, *Genesis*, p. 197.
58. «Hagar», Single Parent Online Retreat, www.singleparent.org/hagar.htm.
59. Génesis 16:10
60. Currid, John D., *Genesis*, Evangelical Press, Darlington, England, 2003, 1:377.
61. Murphy, *Barnes' Notes: Genesis*, p. 333.
62. Keil, *The Pentateuch*, p. 156.
63. Apocalipsis 19:6 (RVR 1960).
64. Speiser, Ephraim A., *The Anchor Bible: Genesis*, Doubleday, Nueva York, 1964, p. 156.
65. Génesis 25:16
66. Murphy, *Barnes' Notes: Genesis*, p. 334.
67. Keil, *The Pentateuch*, p. 157.
68. Génesis 1:2
69. Apocalipsis 22:17
70. De Groot, Christiana, «Genesis», en *The IVP Women's Bible Commentary*, ed. Catherine Clark Kroeger y Mary J. Evans, InterVarsity, Downers Grove, IL, 2002, p. 13.
71. Doob Sakenfeld, Katharine, *Just Wives? Stories of Power and Survival in the Old Testament and Today*, Westminster John Knox, Louisville, KY, 2003, p. 23.
72. Génesis 21:16 (RVR 1960).
73. Sangster, *The Women of the Bible*, p. 55.
74. Williams, Michael E., ed., *The Storyteller's Companion to the Bible*, vol. 4, *Old Testament Women*, Abingdon, Nashville, 1993, p. 23.
75. Deen, Edith, *All the Women of the Bible*, Harper & Row, Nueva York, 1955, p. 266.

76. Szulc, Tad, «Abraham: Journey of Faith», *National Geographic*, diciembre de 2001, p. 122.
77. Meyers, *Women in Scripture*, p. 87.
78. «Links to Images of Hagar/Ishmael», The Text This Week, www. textweek.com/art/hagar_Ishmael.htm
79. Jeremías 2:6

Capítulo Tres: Sara

1. 1 Reyes 9:4
2. Génesis 17:3
3. John Ockenga, Harold, *Women Who Made Bible History: Messages and Character Sketches Dealing with Familiar Bible Women*, Zondervan, Grand Rapids, 1962, p. 21.
4. Thaw Ronson, Barbara L., *The Women of the Torah: Commentaries from the Talmud, Midrash, and Kabbalah*, Jason Aronson, Jerusalén, 1999, p. 28.
5. Sallberg Kam, Rose, *Their Stories, Our Stories: Women of the Bible,* Continuum, Nueva York, 1995, pp. 34-35.
6. Kam, *Their Stories, Our Stories*, p. 53.
7. Kline, Meredith G., «Genesis» en *The New Bible Commentary Revised*, Eerdmanns, Grand Rapids, 1970, p. 97.
8. Walton, John H., Victor H. Matthews y Mark W. Chavalas, *The IVP Bible Background Commentary: Old Testament*, InterVarsity, Downers Grove, IL, 2000, p. 50.
9. Walton, Matthews, Chavalas, *The IVP Bible Background Commentary: Old Testament,* p. 50.
10. Speiser, Ephraim A., *The Anchor Bible: Genesis*, Doubleday, Nueva York, 1964, p. 130.
11. Currid, John D., *Genesis*, Evangelical Press, Darlington, England, 2003, 1:326.
12. Hartley, John E., *New International Biblical Commentary: Genesis*, Hendrickson, Peabody, MA, 2000, p. 178.
13. Hartley, *New International Biblical Commentary: Genesis*, p. 178.
14. Henry, Matthew, *Matthew Henry's Commentary on the Whole Bible,* vol. 1, *Genesis to Deuteronomy* (1706) reimp., Hendrickson, Peabody, MA, 1991, p. 94.
15. Romanos 10:17

16. Pace Jeansonne, Sharon, *The Women of Genesis: From Sarah to Potiphar's Wife*, Fortress Press, Minneapolis, 1990, p. 15.
17. Alter, Robert, *Genesis: Translation and Commentary*, W.W. Norton, Nueva York, 1996, p. 79.
18. Génesis 25:1-2,6
19. Alter, *Genesis: Translation and Commentary*, p. 79; Virginia Stem Owens, *Daughters of Eve: Women of the Bible Speak to Women of Today*, NavPress, Colorado Springs, 1995, p. 22; Derek Kidner, *Genesis: An Introduction and Commentary*, Tyndale, Downers Grove, IL, 1967, p. 132; James G. Murphy, *Barnes' Notes: Genesis* (1873) reimp., Baker, Grand Rapids, 1998, p. 316; Avivah Gottlieb Zornberg, *The Beginning of Desire: Reflections on Genesis*, Doubleday, Nueva York, 1995, p. 113.
20. Keil, C.F., *Commentary on the Old Testament*, vol. 1, *The Pentateuch* (1866-91), reimp. Hendrickson, Peabody, MA, 1996, p. 146.
21. Henry, *Matthew Henry's Commentary*, p. 94
22. Ochs, Vanessa, *Sarah Laughed: Modern Lessons from the Wisdom and Stories of Biblical Women*, McGraw-Hill, Nueva York, 2005, p. 111.
23. Éxodo 9:5
24. Isaías 51:6
25. Salmo 33:20
26. Currid, *Genesis*, 1:327.
27. Alter, *Genesis: Translation and Commentary*, p. 79.
28. Von Rad, Gerhard, *Genesis: A Commentary*, Westminster Press, Filadelfia, 1972, p. 207.
29. Martin, LaJoyce, *Mother Eve's Garden Club: No Halos Required*, Multnomah, Sisters, OR, 1993, p. 141.
30. Francisco, Clyde, «Genesis» en *The Broadman Bible Commentary,* rev., ed. gen. Clifton J. Allen, Broadman, Nashville, 1969, 1:174.
31. Hartley, *New International Biblical Commentary: Genesis*, p. 179.
32. Calvino, Juan, *Genesis,* en *The Crossway Classic Commentaries* (1554) reimp., Crossway, Wheaton, IL, 2001, p. 175.
33. Calvino, *Genesis*, p. 175.
34. Lucas 1:50

35. Roiphe, Anne, *Water from the Well: Sarah, Rebekah, Rachel, and Leah*, William Morrow, Nueva York, 2006, p. 79.
36. Ochs, *Sarah Laughed*, p. 114.
37. Kam, *Their Stories, Our Stories*, p. 35.
38. Alter, *Genesis: Translation and Commentary*, p. 97.
39. «Grandmother Gives Birth to Triplets», *Portsmouth Herald*, 9 de enero de 2000, www.seacoastline.com/2000news/1_9_w1.htm.
40. Roiphe, *Water from the Well*, p. 95.
41. Génesis 21:6
42. Génesis 12:4
43. Génesis 16:16
44. Génesis 21:5
45. Génesis 18:14
46. Nabors Baker, Carolyn, *Caught in a Higher Love: Inspiring Stories of Women in the Bible,* Broadman & Holman, Nashville, 1998, p. 18.
47. Génesis 21:6
48. Kline, «Genesis», p. 7.
49. Nunnally-Cox, Janice, *Foremothers: Women of the Bible*, Seabury, Nueva York, 1981, p. 9.
50. Owens, *Daughters of Eve*, p. 25.
51. Romanos 10:9

Capítulo Cuatro: Rebeca, la esposa

1. Génesis 24:2
2. Génesis 24:6
3. Salmo 139:4
4. Sallberg Kam, Rose, *Their Stories, Our Stories: Women of the Bible*, Continuum, Nueva York, 1995, p. 52.
5. Trimiew, Anna, *Bible Almanac*, Publications International, Lincolnwood, IL, 1997, p. 234.
6. Walton, John H. , Victor H. Matthews y Mark W. Chavalas, *The IVP Bible Background Commentary: Old Testament*, InterVarsity, Downers Grove, IL, 2000, p. 56.
7. Alter, Robert, *Genesis: Translation and Commentary*, W.W. Norton, Nueva York, 1996, p. 116.
8. Walton, Matthews, Chavalas, *The IVP Bible Background Commentary: Old Testament,* p. 56.

9. Walton, Matthews, Chavalas, *The IVP Bible Background Commentary: Old Testament,* p. 56.

10. Westermann, Claus, *Genesis 12-36: A Continental Commentary*, traducido al inglés por John J. Scullion, Fortress Press, Minneapolis, 1995, p. 387.

11. Alter, *Genesis: Translation and Commentary*, p. 120.

12. Walton, Matthews, Chavalas, *The IVP Bible Background Commentary: Old Testament,* p. 56.

13. Westermann, *Genesis 12-36: A Continental Commentary*, p. 388.

14. Gruen, Dietrick, ed. contrib., *Who's Who in the Bible*, Publications International, Lincolnwood, IL, 1997, p. 336.

15. Speiser, Ephraim A., *The Anchor Bible: Genesis*, Doubleday, Nueva York, 1964, p. 184.

16. Alter, *Genesis: Translation and Commentary*, p. 117.

17. Buttrick, George Arthur, ed. diccionario, *The Interpreter's Dictionary of the Bible*, Abingdon Press, Nueva York, 1962, 3:51.

18. Santiago 1:17

19. Spangler, Ann y Jean E. Syswerda, *Women of the Bible*, Zondervan, Grand Rapids, 1999, p. 47.

20. Ieron, Julie-Allyson, *Names of Women of the Bible,* Moody, Chicago, 1998, p. 76.

21. Kenyon, Sherrilyn, *The Writer's Digest Character Naming Sourcebook*, Writer's Digest, Cincinnati, 1994, p. 154.

22. Westermann, *Genesis 12-36: A Continental Commentary*, p. 389.

23. Francisco, Clyde, «Genesis» en *The Broadman Bible Commentary,* rev., ed. gen. Clifton J. Allen, Broadman, Nashville, 1969, 1:196.

24. Stem Owens, Virginia, *Daughters of Eve: Women of the Bible Speak to Women of Today*, NavPress, Colorado Springs, 1995, p. 151.

25. Westermann, *Genesis 12-36: A Continental Commentary*, p. 389.

26. Walton, Matthews, Chavalas, *The IVP Bible Background Commentary: Old Testament,* p. 56.

27. Pravder Mirkin, Martha, *The Women Who Danced by the Sea: Finding Ourselves in the Stories of Our Biblical Foremothers,* Monkfish, Rhinebeck, NY, 2004, p. 55.

28. Roiphe, Anne, *Water from the Well: Sarah, Rebekah, Rachel, and Leah*, William Morrow, Nueva York, 2006, p. 118.
29. Mirkin, *The Women Who Danced by the Sea*, p. 555.
30. Génesis 35:8
31. Ochs, Vanessa, *Sarah Laughed: Modern Lessons from the Wisdom and Stories of Biblical Women*, McGraw-Hill, Nueva York, 2005, p. 126.
32. 1 Samuel 25:23
33. Alter, *Genesis: Translation and Commentary*, p. 122.
34. Freeman, James M., *Manners and Customs of the Bible*, Whitaker House, New Kensington, PA, 1996, p. 82.
35. Miki Raver, *Listen to Her Voice: Women of the Hebrew Bible*, Chronicle Books, San Francisco, 1998, p. 36.
36. Murphy, James G., *Barnes' Notes: Genesis* (1873) reimp., Baker, Grand Rapids, 1998, p. 357.
37. Génesis 25:20
38. 1 Juan 4:19
39. Matheson, George, *The Representative Women of the Bible*, Hodder and Stoughton, Londres, 1908, p. 87.
40. Génesis 25:20-21
41. Hartley, John E., *New International Biblical Commentary: Genesis*, Hendrickson, Peabody, MA, 2000, p. 235.
42. Génesis 22:14
43. Henry, Matthew, *Matthew Henry's Commentary on the Whole Bible,* vol. 1, *Genesis to Deuteronomy* (1706) reimp., Hendrickson, Peabody, MA, 1991, p. 124.
44. Francisco, «Genesis», 1:199.
45. Henry, *Matthew Henry's Commentary*, p. 124.
46. Speiser, *The Anchor Bible: Genesis*, p. 193
47. Hartley, *New International Biblical Commentary: Genesis*, p. 235.
48. Génesis 3:16
49. Westermann, *Genesis 12-36: A Continental Commentary*, p. 413.
50. Francisco, «Genesis», 1:199-200.
51. Derek Kidner, *Genesis: An Introduction and Commentary*, Tyndale, Downers Grove, IL, 1967, p. 151.
52. Hartley, *New International Biblical Commentary: Genesis*, p. 235.

53. Kidner, *Genesis: An Introduction and Commentary*, p. 151.
54. Kidner, *Genesis: An Introduction and Commentary*, p. 151.
55. Génesis 4:4-5
56. Hartley, *New International Biblical Commentary: Genesis*, p. 236.
57. 2 Samuel 7:22
58. Juan Calvino, *Genesis,* en *The Crossway Classic Commentaries* (1554) reimp., Crossway, Wheaton, IL, 2001, p. 224.
59. Kidner, *Genesis: An Introduction and Commentary*, p. 151.
60. Alter, *Genesis: Translation and Commentary*, p. 128.
61. Francisco, «Genesis», 1:200.
62. Henry, *Matthew Henry's Commentary*, p. 125.
63. Smith Martyn, Sarah Towne, *Women of the Bible*, American Tract Society, Nueva York, 1868, p. 9.
64. Kidner, *Genesis: An Introduction and Commentary*, p. 152.
65. Bellis, Ogden, Alice, *Helpmates, Harlots, and Heroes: Women's Stories in the Hebrew Bible,* Westminster John Knox, Louisville, KY, 1994, p. 84.
66. Deuteronomio 21:17
67. Francisco, «Genesis», 1:201.
68. Murphy, *Barnes' Notes: Genesis*, p. 368
69. Roiphe, *Water from the Well*, p. 140.
70. Hartley, *New International Biblical Commentary: Genesis*, p. 236.
71. Génesis 25:29
72. Génesis 25:33
73. Freeman, *Manners and Customs of the Bible*, pp. 32-33.
74. Génesis 25:23
75. Francisco, «Genesis», 1:201.
76. Charles, Sylvia, *Women in the Word*, Bridge Publishing, South Plainfield, NJ, 1984, p. 19.
77. Morton, H.V., *Women of the Bible,* Dodd, Mead, Nueva York, 1971, p. 41.
78. Morton, *Women of the Bible*, p. 40.
79. Essex, Barbara J., *Bad Girls of the Bible: Exploring Women of Questionable Virtue*, United Church Press, Cleveland, OH, 1999, p. 29.
80. Sell, Henry T., *Studies of Famous Bible Women*, Revell, Nueva York, 1925, p. 23.

81. LaJoyce Martin, *Mother Eve's Garden Club: No Halos Required*, Multnomah, Sisters, OR, 1993, p. 130.
82. Raver, *Listen to Her Voice*, p. 51.
83. Morton, *Women of the Bible*, p. 41.
84. Murphy, *Barnes' Notes: Genesis*, p. 367

Capítulo Cinco: Rebeca, la madre
1. Hartley, John E., *New International Biblical Commentary: Genesis*, Hendrickson, Peabody, MA, 2000, p. 246.
2. Hartley, *New International Biblical Commentary: Genesis*, p. 247.
3. Speiser, Ephraim A., *The Anchor Bible: Genesis*, Doubleday, Nueva York, 1964, p. 212.
4. Deuteronomio 14:4-5
5. Freeman, James M., *Manners and Customs of the Bible*, Whitaker House, New Kensington, PA, 1996, p. 34.
6. Kidner, Derek, *Genesis: An Introduction and Commentary*, Tyndale, Downers Grove, IL, 1967, p. 156.
7. Sallberg Kam, Rose, *Their Stories, Our Stories: Women of the Bible*, Continuum, Nueva York, 1995, p. 53.
8. Groot, Christiana de, «Genesis», en *The IVP Women's Bible Commentary*, ed. Catherine Clark Kroeger y Mary J. Evans, InterVarsity, Downers Grove, IL, 2002, p. 17.
9. Vander Velde, Frances, *Women of the Bible*, Kregel, Grand Rapids, 1985, p. 49.
10. Vander Velde, *Women of the Bible*, p. 49.
11. Matheson, George, *The Representative Women of the Bible*, Hodder and Stoughton, Londres, 1908, p. 96.
12. Hartley, *New International Biblical Commentary: Genesis*, p. 248.
13. Kaplan, Justin, ed., *Bartlett's Familiar Quotations: A Collection of Passages, Phrases, and Proverbs Traced to Their Sources in Ancient and Modern Literature*, 16th ed., Little Brown, Boston, 1992, p.462.
14. Proverbios 25:21
15. Sangster, Margaret E., *The Women of the Bible: A Portrait Gallery*, Christian Herald, Nueva York, 1911, p. 90.
16. Smith Martyn, Sarah Towne, *Women of the Bible*, American Tract Society, Nueva York, 1868, p. 9.
17. Wiersbe, Warren W., *Be Authentic: Genesis 25-50: Exhibiting

Real Faith in the Real World, Chariot Victor, Colorado Springs, 1997, p. 27.

18. Génesis 12:3

19. Roiphe, Anne, *Water from the Well: Sarah, Rebekah, Rachel, and Leah*, William Morrow, Nueva York, 2006, p. 162.

20. 1 Juan 4:10

21. Westermann, Claus, *Genesis 12-36: A Continental Commentary*, traducido al inglés por John J. Scullion, Fortress Press, Minneapolis, 1995, p. 439.

22. Murphy, James G., *Barnes' Notes: Genesis* (1873) reimp., Baker, Grand Rapids, 1998, p. 382.

23. Westermann, *Genesis 12-36: A Continental Commentary*, p. 438.

24. Sell, Henry T., *Studies of Famous Bible Women*, Revell, Nueva York, 1925, p. 22.

25. Von Rad, Gerhard, *Genesis: A Commentary*, Westminster Press, Filadelfia, 1972, p. 277.

26. Kline, Meredith G., «Genesis» en *The New Bible Commentary Revised*, Eerdmans, Grand Rapids, 1970, p. 102.

27. Francisco, Clyde, «Genesis» en *The Broadman Bible Commentary*, rev., ed. gen. Clifton J. Allen, Broadman, Nashville, 1969, 1:206.

28. Henry, Matthew, *Matthew Henry's Commentary on the Whole Bible*, vol. 1, *Genesis to Deuteronomy* (1706) reimp., Hendrickson, Peabody, MA, 1991, p. 133.

29. Hartley, *New International Biblical Commentary: Genesis*, pp. 250-251.

30. Francisco, «Genesis», 1:207.

31. Hartley, *New International Biblical Commentary: Genesis*, p. 251.

32. Speiser, *The Anchor Bible: Genesis*, p. 207.

33. Von Rad, *Genesis: A Commentary*, p. 279.

34. Francisco, «Genesis», 1:207.

35. Hartley, *New International Biblical Commentary: Genesis*, p. 252.

36. Deuteronomio 19:21

37. Westermann, *Genesis 12-36: A Continental Commentary*, p. 443.

38. Hartley, *New International Biblical Commentary: Genesis*, p. 252.

39. Kidner, *Genesis: An Introduction and Commentary*, p. 157.

40. Génesis 26:35

41. Génesis 26:34

42. Génesis 25:22
43. Francisco, «Genesis», 1:206.
44. Sangster, *The Women of the Bible*, p. 55.
45. Martyn, *Women of the Bible*, p. 9.
46. Essex, Barbara J., *Bad Girls of the Bible: Exploring Women of Questionable Virtue*, United Church Press, Cleveland, OH, 1999, p. 28.
47. Calvino, Juan, *Genesis,* en *The Crossway Classic Commentaries* (1554) reimp., Crossway, Wheaton, IL, 2001, p. 238.
48. Sell, *Studies of Famous Bible Women*, p.23,
49. Rosen, Norma, *Biblical Women Unbound: Counter-Tales*, Jewish Publication Society, Filadelfia, 1996, p. 66.
50. Essex, *Bad Girls of the Bible*, p. 28.
51. Westermann, *Genesis 12-36: A Continental Commentary*, p. 438.
52. Roiphe, *Water from the Well*, p. 169.
53. Henry, *Matthew Henry's Commentary*, p. 131.
54. Job 12:16
55. Deen, Edith, *Wisdom from Women in the Bible*, HarperCollins, Nueva York, 2003, p. 15.
56. Efesios 6:10
57. Isaías 8:17
58. Gálatas 3:9
59. Hebreos 12:17

Capítulo 6: Lea, la invisible

1. Hechos 9:15
2. 2 Corintios 9:15
3. Génesis 48:3
4. John E. Hartley, *New International Biblical Commentary: Genesis*, Hendrickson, Peabody, MA, 2000, p. 256.
5. Mateo 28:20
6. Henry, Matthew, *Matthew Henry's Commentary on the Whole Bible,* vol. 1, *Genesis to Deuteronomy* (1706) reimp., Hendrickson, Peabody, MA, 1991, p. 138.
7. Thaw Ronson, Barbara L., *The Women of the Torah: Commentaries from the Talmud, Midrash, and Kabbalah*, Jason Aronson, Jerusalén, 1999, p. 113.
8. Buttrick, George Arthur, ed. diccionario, *The Interpreter's Dictionary of the Bible*, Abingdon Press, Nueva York, 1962, 4:317.

9. Kidner, Derek, *Genesis: An Introduction and Commentary*, Tyndale, Downers Grove, IL, 1967, p. 159.

10. Wiersbe, Warren W., *Be Authentic: Genesis 25-50: Exhibiting Real Faith in the Real World*, Chariot Victor, Colorado Springs, 1997, p. 34.

11. Murphy, James G., *Barnes' Notes: Genesis* (1873) reimp., Baker, Grand Rapids, 1998, p. 387.

12. Francisco, Clyde, «Genesis» en *The Broadman Bible Commentary*, rev., ed. gen. Clifton J. Allen, Broadman, Nashville, 1969, 1:212.

13. Deen, Edith, *All the Women of the Bible*, Harper & Row, Nueva York, 1955, p. 29.

14. Murphy, *Barnes' Notes: Genesis*, p. 391

15. Speiser, Ephraim A., *The Anchor Bible: Genesis*, Doubleday, Nueva York, 1964, p. 222.

16. Sallberg Kam, Rose, *Their Stories, Our Stories: Women of the Bible,* Continuum, Nueva York, 1995, p. 62.

17. Patterson, Dorothy Kelly, ed. gen. *The Woman's Study Bible, The New King James Version*, Thomas Nelson, Nashville, 1995, p. 57.

18. Novell, Irene, *Women in the Old Testament*, Liturgical Press, Collegeville, MN, 1997, p. 30.

19. Henry, *Matthew Henry's Commentary*, p. 140.

20. Williams, Michael E., ed., *The Storyteller's Companion to the Bible*, vol. 4, *Old Testament Women,* Abingdon, Nashville, 1993, p. 146.

21. Kam, *Their Stories, Our Stories*, p. 62.

22. Pace Jeansonne, Sharon, *The Women of Genesis: From Sarah to Potiphar's Wife*, Fortress Press, Minneapolis, 1990, p. 71.

23. Kline, Meredith G., «Genesis» en *The New Bible Commentary Revised*, Eerdmans, Grand Rapids, 1970, p. 103.

24. Ockenga, Harold John, *Women Who Made Bible History: Messages and Character Sketches Dealing with Familiar Bible Women*, Zondervan, Grand Rapids, 1962, p. 37.

25. Collard Miller, Kathy, *Women of the Bible*, Starburst, Lancaster, PA, 1999, p. 69.

26. Meyers, Carol, ed. gen. *Women in Scripture: A Dictionary of Named and Unnamed Women in the Hebrew Bible, the Apocryphal/ Deuterocanonical Books and the New Testament*, Houghton Mifflin, Nueva York, 2000, p. 139.

27. Speiser, *The Anchor Bible: Genesis*, p. 222.

28. Ronson, *The Women of the Torah*, p. 120.
29. Speiser, *The Anchor Bible: Genesis*, p. 222.
30. Barker, William P., *Everyone in the Bible*, Revell, Old Tappan, NJ, 1966, p. 157.
31. Ronson, *The Women of the Torah*, p. 120.
32. Swidler, Leonard J., *Biblical Affirmations of Woman*, Westminster Press, Filadelfia, 1979, p. 141.
33. Williams, *Old Testament Women*, p. 146.
34. Williams, *Old Testament Women*, p. 146.
35. Meyers, *Women in Scripture*, p. 109.
36. Von Rad, Gerhard, *Genesis: A Commentary*, Westminster Press, Filadelfia, 1972, p. 291.
37. Freeman, James M., *Manners and Customs of the Bible*, Whitaker House, New Kensington, PA, 1996, p. 37.
38. Eugenia Price, *God Speaks to Women Today*, Zondervan, Grand Rapids, 1964, p. 62.
39. Ieron, Julie-Allyson, *Names of Women of the Bible,* Moody, Chicago, 1998, p. 68.
40. Rosen, Norma, *Biblical Women Unbound: Counter-Tales*, Jewish Publication Society, Filadelfia, 1996, p. 79.
41. Brown, Francis, *The New Brown-Driver-Briggs-Gensenius Hebrew and English Lexicon*, Associated Publishers and Authors, Lafayette, IN, 1980, p. 940.
42. Richards, Sue y Larry Richards, *Every Woman in the Bible,* Thomas Nelson, Nashville, 1999, p. 46.
43. Ronson, *The Women of the Torah*, p. 123.
44. Mateo 6:22
45. Ieron, *Names of Women of the Bible*, p. 85.
46. Ogden Bellis, Alice, *Helpmates, Harlots, and Heroes: Women's Stories in the Hebrew Bible,* Westminster John Knox, Louisville, KY, 1994, p. 85.
47. Deen, *All the Women of the Bible*, p. 31.
48. Morton, H.V., *Women of the Bible*, Dodd, Mead, Nueva York, 1941, p. 46.
49. Raver, Miki, *Listen to Her Voice: Women of the Hebrew Bible*, Chronicle Books, San Francisco, 1998, p. 63.
50. Génesis 28:2
51. Ronson, *The Women of the Torah*, p. 124.

52. Morton, *Women of the Bible*, p. 44.
53. Miller, *Women of the Bible*, p. 71.
54. Brownlow, Paul C., *A Shepherd's Heart*, Brownlow, Fort Worth, TX, 1997, p. 22.
55. Ronson, *The Women of the Torah*, p. 124.
56. Francisco, «Genesis», 1:213.
57. Wharton, Morton Bryan, *Famous Women of the Old Testament: A Series of Popular Lectures Delivered in the First Baptist Church, Montgomery, Alabama*, W.P. Blessing, Chicago, 1889, p. 71.
58. Ronson, *The Women of the Torah*, p. 125.
59. Alter, Robert, *Genesis: Translation and Commentary*, W.W. Norton, Nueva York, 1996, p. 159.
60. Jeansonne, *The Women of Genesis*, nota 8, p. 134.
61. Raver, *Listen to Her Voice*, p. 63.
62. Matheson, George, *The Representative Women of the Bible*, Hodder and Stoughton, Londres, 1908, p. 113.
63. Freeman, *Manners and Customs of the Bible*, p. 32.
64. Kam, *Their Stories, Our Stories*, p. 59.
65. Margaret E. Sangster, *The Women of the Bible: A Portrait Gallery*, Christian Herald, Nueva York, 1911, p. 67.
66. Von Rad, *Genesis: A Commentary*, p. 291.
67. Salmo 94:1
68. Patterson, *The Woman's Study Bible, The New King James Version*, p. 61.
69. Briscoe, Jill, *Running on Empty*, Harold Shaw, Wheaton, IL, 1995, p. 30.
70. Vander Velde, Frances, *Women of the Bible*, Kregel, Grand Rapids, 1985, p. 60.
71. Von Rad, *Genesis: A Commentary*, p. 292.
72. Vander Velde, *Women of the Bible*, p. 61.
73. Apocalipsis 4:11
74. Matheson, *The Representative Women of the Bible*, p. 114.
75. Bellis, *Helpmates, Harlots, and Heroes*, p. 85
76. Santiago 4:17

Capítulo Siete: Lea, la mujer rechazada

1. Nabors Baker, Carloyn, *Caught in a Higher Love: Inspiring Stories of Women in the Bible*, Broadman & Holman, Nashville, 1998, p. 68.
2. Henry, Matthew, *Matthew Henry's Commentary on the Whole Bible,* vol. 1, *Genesis to Deuteronomy* (1706) reimp., Hendrickson, Peabody, MA, 1991, p. 141.
3. Henry, *Matthew Henry's Commentary*, p. 141.
4. Karssen, Gien, *Her Name Is Woman: Book Two*, NavPress, Colorado Springs, 1977, p. 49
5. Vander Velde, Frances, *Women of the Bible*, Kregel, Grand Rapids, 1985, p. 61.
6. Freeman, James M., *Manners and Customs of the Bible*, Whitaker House, New Kensington, PA, 1996, p. 37.
7. Henry, *Matthew Henry's Commentary*, p. 141.
8. Walton, John H., Victor H. Matthews y Mark W. Chavalas, *The IVP Bible Background Commentary: Old Testament*, InterVarsity, Downers Grove, IL, 2000, p. 62.
9. Calvino, Juan, *Genesis,* en *The Crossway Classic Commentaries* (1554) reimp., Crossway, Wheaton, IL, 2001, p. 254.
10. Henry, *Matthew Henry's Commentary*, p. 141.
11. Lewis, Ether Clark, *Portraits of Bible Women,* Vantage Press, Nueva York, 1956, p. 72.
12. Price, Eugenia, *God Speaks to Women Today*, Zondervan, Grand Rapids, 1964, p. 68.
13. Génesis 2:24
14. Buttrick, George Arthur, ed. diccionario, *The Interpreter's Dictionary of the Bible*, Abingdon Press, Nueva York, 1962, 3:280.
15. Levítico 18:18
16. Roiphe, Anne, *Water from the Well: Sarah, Rebekah, Rachel, and Leah*, William Morrow, Nueva York, 2006, p. 198.
17. Collard Miller, Kathy, *Women of the Bible*, Starburst, Lancaster, PA, 1999, p. 75.
18. Job 34:21
19. Wiersbe Warren W., *Be Authentic: Genesis 25-50: Exhibiting Real Faith in the Real World*, Chariot Victor, Colorado Springs, 1997, p. 42.

20. Faulkner, James, *Romances and Intrigues of the Women of the Bible*, Vantage Press, Nueva York, 1957, p. 32

21. Henry, *Matthew Henry's Commentary*, p. 141.

22. Alter, Robert, *Genesis: Translation and Commentary*, W.W. Norton, Nueva York, 1996, p. 155.

23. Deuteronomio 21:15-17

24. Proverbios 30:21

25. Proverbios 30:23

26. Génesis 29:31

27. Briscoe, Jill, *Running on Empty*, Harold Shaw, Wheaton, IL, 1995, p. 32.

28. 2 Crónicas 16:9

29. Pace Jeansonne, Sharon, *The Women of Genesis: From Sarah to Potiphar's Wife*, Fortress Press, Minneapolis, 1990, p. 75.

30. Éxodo 33:19

31. Henry, *Matthew Henry's Commentary*, p. 142.

32. Alter, *Genesis: Translation and Commentary*, p. 199.

33. *The Holy Bible, New Living Translation*, Tyndale, Wheaton IL, 1996, nota a Génesis 29:32.

34. Speiser, Ephraim A., *The Anchor Bible: Genesis*, Doubleday, Nueva York, 1964, p. 228.

35. Alter, *Genesis: Translation and Commentary*, p. 156.

36. Salmo 127:4

37. *The Holy Bible, New Living Translation*, nota a Génesis 29:33.

38. Ochs, Vanessa, *Sarah Laughed: Modern Lessons from the Wisdom and Stories of Biblical Women*, McGraw-Hill, Nueva York, 2005, p. 180.

39. Roiphe, *Water from the Well*, p. 207.

40. Staton, Julia, *What the Bible Says About Women*, College Press, Joplin, MO, 1980, p. 153.

41. Staton, *What the Bible Says About Women*, p. 152.

42. Briscoe, Jill, *Running on Empty*, p. 30.

43. Karssen, *Her Name Is Woman*, pp. 40-41.

44. Speiser, *The Anchor Bible: Genesis*, p. 228

45. Patterson, Dorothy Kelley, gen. Ed., *The Woman's Study Bible, The New King James Version*, Thomas Nelson, 1995, p. 61.

46. Ochs, *Sarah Laughed*, p. 180.

47. *The Holy Bible, New Living Translation*, nota a Génesis 29:35.

48. Isaías 61:3
49. Alter, *Genesis: Translation and Commentary*, p. 157.
50. Génesis 49:31
51. Elliott, Ralph H., *The Message of Genesis*, Abbot Books, St. Louis, MO, 1962, p. 168.
52. Hebreos 7:14
53. Henry, *Matthew Henry's Commentary*, p. 142.
54. Mateo 1:1-2
55. Hartley, John E., *New International Biblical Commentary: Genesis*, Hendrickson, Peabody, MA, 2000, p. 262.
56. Salmo 113:9
57. Staton, *What the Bible Says About Women,* p. 195.
58. Romanos 12:12
59. Ochs, *Sarah Laughed*, p. 180.
60. «Popular Baby Names», Social Secutiry Administration, www.ssa.gov/OACT/babynames.
61. Lockyer, Herbert, *All the Women of the Bible,* Zondervan Grand Rapids, 1967, p. 83.
62. Roiphe, *Water from the Well*, p. 250.
63. Mackintosh, Charles Henry, *Genesis to Deuteronomy: Notes on the Pentateuch* (1880) reimp. Loizeaux Brother, Neptune, NJ, 1972, p. 114.
64. Sangster, Margaret E., *The Women of the Bible: A Portrait Gallery*, Christian Herald, Nueva York, 1911, p. 71.
65. Baker, *Caught in a Higher Love*, p. 71.
66. Henry, *Matthew Henry's Commentary*, p. 141.
67. Patterson, *The Woman's Study Bible, The New King James Version*, p. 61.

Capítulo Ocho: Raquel

1. Buechner, Frederick, *The Son of Laughter: A Novel*, HarperSanFrancisco, Nueva York, 1994, p. 124.
2. Drimmer, Frederick, *Daughters of Eve: Women in the Bible*, C.R. Gibson, Norwalk, CT, 1975, p. 61.
3. Cantares 8:6
4. Cohen, Norman J., *Self, Struggle and Change: Family Conflict Stories in Genesis and Their Healing Insights for Our Lives*, Jewish Lights, Woodstock, VT, 1995, p. 137.

5. Deen, Edith, *All the Women of the Bible*, Harper & Row, Nueva York, 1955, p. 31.
6. Morton, H.V., *Women of the Bible*, Dodd, Mead, Nueva York, 1941, p. 47.
7. Génesis 29:21
8. Génesis 25:30
9. Gottlieb Zornberg, Avivah, *The Beginning of Desire: Reflections on Genesis*, Doubleday, Nueva York, 1995, p. 210.
10. Alter, Robert, *Genesis: Translation and Commentary*, W.W. Norton, Nueva York, 1996, p. 158.
11. Thaw Ronson, Barbara L., *The Women of the Torah: Commentaries from the Talmud, Midrash, and Kabbalah*, Jason Aronson, Jerusalén, 1999, p. 136.
12. Alter, *Genesis: Translation and Commentary*, p. 158.
13. Briscoe, Jill, *Running on Empty*, Harold Shaw, Wheaton, IL, 1995, p. 35.
14. Alter, *Genesis: Translation and Commentary*, p. 159.
15. Francisco, Clyde, «Genesis» en *The Broadman Bible Commentary*, rev., ed. gen. Clifton J. Allen, Broadman, Nashville, 1969, 1:215.
16. Briscoe, *Running on Empty*, p. 35.
17. Génesis 35:22
18. Rosenblatt, Naomi H. y Joshua Horwitz, *Wrestling with Angels: What Genesis Teaches Us About Our Spiritual Identity, Sexuality, and Personal Relationships*, Delta/Dell, Nueva York, p. 275.
19. Calvino, Juan, *Genesis,* en *The Crossway Classic Commentaries* (1554) reimp., Crossway, Wheaton, IL, 2001, p. 258.
20. Calvino, *Genesis*, p. 258.
21. Yates Sr., Kyle M., «Genesis», en *The Wycliffe Bible Commentary*, ed. Charles F. Pfeiffer y Everett F. Harrison, Moody Bible Institute, Chicago, 1962, p. 33.
22. Alter, *Genesis: Translation and Commentary*, p. 159.
23. Francisco, «Genesis» 1:215.
24. Roiphe, Anne, *Water from the Well: Sarah, Rebekah, Rachel, and Leah*, William Morrow, Nueva York, 2006, p. 214.
25. Roiphe, *Water from the Well*, p. 215
26. Price, Eugenia, *God Speaks to Women Today*, Zondervan, Grand Rapids, 1964, p. 61.
27. Calvino, *Genesis*, p. 258.

28. Francisco, «Genesis» 1:216.
29. Buttrick, George Arthur, ed. diccionario, *The Interpreter's Dictionary of the Bible*, Abingdon Press, Nueva York, 1962, 1:438.
30. Buttrick, *The Interpreter's Dictionary of the Bible*, 4:958.
31. Staton, Julia, *What the Bible Says About Women*, College Press, Joplin, MO, 1980, p. 194.
32. Pace Jeansonne, Sharon, *The Women of Genesis: From Sarah to Potiphar's Wife*, Fortress Press, Minneapolis, 1990, p. 77.
33. Hartley, John E., *New International Biblical Commentary: Genesis*, Hendrickson, Peabody, MA, 2000, p. 267.
34. Sallberg Kam, Rose, *Their Stories, Our Stories: Women of the Bible,* Continuum, Nueva York, 1995, p. 59.
35. Roiphe, *Water from the Well*, p. 217.
36. Westermann, Claus, *Genesis 12-36: A Continental Commentary*, traducido al inglés por John J. Scullion, Fortress Press, Minneapolis, 1995, p. 475.
37. Génesis 25:30
38. Cohen, *Self, Struggle and Change*, p. 142.
39. Jeansonne, *The Women of Genesis*, p. 77.
40. Janice Nunnaly-Cox, *Foremothers: Women of the Bible*, Seabury, Nueva York, 1981, p. 20.
41. Rosenblatt y Horwitz, *Wrestling with Angels,* p. 275.
42. Francisco, «Genesis», 1:216.
43. Cohen, *Self, Struggle and Change*, p. 142.
44. Alter, *Genesis: Translation and Commentary*, p. 160.
45. Roiphe, *Water from the Well*, p. 222.
46. Génesis 27:43
47. Génesis 29:28
48. Hartley, *New International Biblical Commentary: Genesis*, p. 266.
49. Francisco, «Genesis», 1:216.
50. Briscoe, *Running on Empty*, p. 37.
51. Kidner, Derek, *Genesis: An Introduction and Commentary*, Tyndale, Downers Grove, IL, 1967, p. 162.
52. Kam, *Their Stories, Our Stories*, p. 61.
53. Lockyer, Herbert, *All the Women of the Bible,* Zondervan Grand Rapids, 1967, p. 45.
54. Ronson, *The Women of the Torah*, p. 140.

55. Brueggemann, Walter, *Genesis: A Bible Commentary for Teaching and Preaching*, John Knox, Atlanta, 1982, p. 255.
56. Salmo 25:7
57. Lucas 23:42
58. Ephraim A. Speiser, *The Anchor Bible: Genesis*, Doubleday, Nueva York, 1964, p. 230.
59. Roiphe, *Water from the Well*, p. 228.
60. Greenspahn, Frederick E., *When Brothers Dwell Together: The Preeminence of Younger Siblings in the Hebrew Bible*, Oxford University Press, Oxford, 1994, p. 94.
61. Macartney, Clarence Edgard, *Great Women of the Bible*, Abingdon-Cokesbury, Nueva York, 1942, p. 143.
62. Hartley, *New International Biblical Commentary: Genesis*, p. 267.
63. Génesis 30:26
64. Génesis 30:28
65. Génesis 30:36
66. Yates, «Genesis», p. 34.
67. Génesis 30:43
68. Génesis 31:2
69. Stevens, Sherrill G. , *Layman's Bible Book Commentary*, vol 1, *Genesis*, Broadman, Nashville, 1978, p. 102.
70. Génesis 31:7
71. Génesis 31:13
72. Jeansonne, *The Women of Genesis*, p. 80.
73. Ogden Bellis, Alice, *Helpmates, Harlots, and Heroes: Women's Stories in the Hebrew Bible,* Westminster John Knox, Louisville, KY, 1994, p. 85.
74. Speiser, *The Anchor Bible: Genesis*, p. 241.
75. Alter, *Genesis: Translation and Commentary*, p. 168.
76. Jeansonne, *The Women of Genesis*, p. 168.
77. Speiser, *The Anchor Bible: Genesis*, p. 245.
78. Groot, Christiana de, «Genesis», en *The IVP Women's Bible Commentary*, ed. Catherine Clark Kroeger y Mary J. Evans, InterVarsity, Downers Grove, IL, 2002, pp. 22-23.
79. Francisco, «Genesis», 1:219.
80. Yates, «Genesis», p. 34.

81. Wiersbe, Warren W., *Be Authentic: Genesis 25-50: Exhibiting Real Faith in the Real World*, Chariot Victor, Colorado Springs, 1997, p. 47

82. Génesis 31:19

83. Éxodo 20:3

84. Éxodo 20:4

85. Éxodo 20:12

86. Éxodo 20:15

87. Raver, Miki, *Listen to Her Voice: Women of the Hebrew Bible*, Chronicle Books, San Francisco, 1998, p. 56.

88. Murphy, James G., *Barnes' Notes: Genesis* (1873) reimp., Baker, Grand Rapids, 1998, p. 406

89. Yates, «Genesis», p. 34.

90. Hartley, *New International Biblical Commentary: Genesis*, p. 273.

91. Calvino, *Genesis*, p. 266.

92. Yates, «Genesis», p. 34.

93. Ronson, *The Women of the Torah*, p. 147.

94. Génesis 31:20.

95. Génesis 31:23

96. Génesis 31:26

97. Hartley, *New International Biblical Commentary: Genesis*, p. 274.

98. Génesis 31:29

99. Hartley, *New International Biblical Commentary: Genesis*, p. 274.

100. Génesis 31:29

101. Génesis 31:30

102. Génesis 31:32

103. Von Rad, Gerhard, *Genesis: A Commentary*, Westminster Press, Filadelfia, 1972, p. 309.

104. Kidner, *Genesis: An Introduction and Commentary*, p. 166.

105. Génesis 31:33

106. Alter, *Genesis: Translation and Commentary*, p. 172.

107. Kline, Meredith G., «Genesis» en *The New Bible Commentary Revised*, Eerdmans, Grand Rapids, 1970, p. 104.

108. Von Rad, *Genesis: A Commentary*, p. 310.

109. Génesis 31:49

110. Génesis 31:55

111. Morton, *Women of the Bible*, p. 48.

112. Henry, Matthew, *Matthew Henry's Commentary on the Whole Bible,* vol. 1, *Genesis to Deuteronomy* (1706) reimp., Hendrickson, Peabody, MA, 1991, p. 164.
113. Speiser, *The Anchor Bible: Genesis*, p. 272.
114. Calvino, *Genesis*, p. 277.
115. Kidner, *Genesis: An Introduction and Commentary*, p. 176.
116. Macartney, *Great Women of the Bible*, p. 148
117. Morton, *Women of the Bible*, pp. 47-48.
118. Rut 4:11
119. Roiphe, *Water from the Well*, p. 255.
120. Roiphe, *Water from the Well*, p. 260.
121. Morton, *Women of the Bible*, p. 46.
122. Charles, Sylvia, *Women in the Word*, Bridge Publishing, South Plainfield, NJ, 1984, p. 73.
123. Libro de citas: www.quotationsbook.com.
124. Isaías 25:8

Conclusión: Vida eterna

1. Romanos 7:24
2. Salmo 22:6
3. Génesis 32:10
4. Job 42:6 (RVR 1960).
5. Romanos 4:18
6. Romanos 4:16
7. Vanderwaal, Cornelius, *Serach the Scriptures*, vol. 1, *Genesis-Exodus*, Paideia Press, St. Catherines Ontario, Canadá, 1978, p. 88.
8. Romanos 9:10-12
9. Romanos 9:10-12
10. Romanos 9:13
11. Romanos 9:14
12. Romanos 9:14
13. Romanos 9:15
14. Romanos 9:16
15. Juan 15:5
16. Romanos 3:24
17. Tito 3:4-5
18. Tito 3:7

Reconocimientos

Ay, yo fui mucho más que una Mujer Ligeramente Mala, al entregar el manuscrito a mi editor mucho tiempo después del plazo establecido. Un abrazo de todo corazón a quienes esperaron pacientemente y ofrecieron su atinada dirección editorial: Sara Fortenberry, Jeannette Thomason, Laura Bartey, Carol Bartley, Glenna Salsbury, Lisa Guest y mi propio hijo, Mart Higgs. Quiera Dios bendecirlos ricamente por todos sus generosos esfuerzos.

A todos los amigos de WaterBrook Press que me apoyaron —Steve Cobb, Dudly Delff, Ginia Hairston, Carie Freimuth, Lori Addicot, Leah McMahan, Mark Ford, Kristopher Orr y muchos otros— gracias por la creatividad y generosidad que una y otra vez me han prestado.

Por último, a mi único esposo, Bill Higgs: tú eres un genial administrador doméstico y comercial, un chef finísimo, el mejor padre y el hombre más adorable que conozco. Estoy contenta de haber dicho: «Sí, acepto».

Nos agradaría recibir noticias suyas.
Por favor, envíe sus comentarios sobre este libro
a la dirección que aparece a continuación.
Muchas gracias.

Vida@zondervan.com
www.editorialvida.com